双葉社ジュニア文庫

君の膵臓をたべたい

住野よる

クラスメイトであった山内桜良《やまうちさくら》の葬儀《そうぎ》は、生前《せいぜん》の彼女《かのじょ》にはまるで似《に》つかわしくない曇天《どんてん》の日《ひ》にとり行《おこな》われた。

彼女《かのじょ》の命《いのち》の価値《かち》の証《あかし》として、たくさんの人《ひと》の涙《なみだ》に包《つつ》まれているのであろうお葬式《そうしき》にも、昨日《きのう》の夜《よる》の通夜《つや》にも僕《ぼく》は行《い》かなかった。ずっと、家《いえ》にいた。

幸《さいわ》い、僕《ぼく》に出席《しゅっせき》を強《し》いるような唯一《ゆいいつ》のクラスメイトはもうこの世《よ》からいなくなっていたし、教師《きょうし》やあちらの親御《おやご》さんに僕《ぼく》を呼《よ》ぶ権利《けんり》も義務《ぎむ》もあるはずなく、自分自身《じぶんじしん》の選択《せんたく》を尊重《そんちょう》できた。

もちろん本来《ほんらい》なら誰《だれ》に呼《よ》ばれずとも高校生《こうこうせい》である僕《ぼく》は学校《がっこう》に行《い》かなくてはならないのだけど、彼女《かのじょ》が休日中《きゅうじつちゅう》に死《し》んでくれたおかげで、天気《てんき》の悪《わる》い日《ひ》に外《そと》に出《で》なくてもすんだ。共働《ともばたら》きの両親《りょうしん》を見送《みおく》って適当《てきとう》な昼食《ちゅうしょく》をとってから、僕《ぼく》はずっと自室《じしつ》にこもった。それがクラスメイトを失《うしな》った寂《さび》しさや空《むな》しさからきた行動《こうどう》かと言《い》えば、違《ちが》う。

僕《ぼく》はクラスメイトであった彼女《かのじょ》に連《つ》れ出《だ》されない限《かぎ》りは、以前《いぜん》から休日《きゅうじつ》を自分《じぶん》の部屋《へや》で過《す》ごす性分《しょうぶん》だった。

部屋《へや》で僕《ぼく》は大抵《たいてい》の時間《じかん》、本《ほん》を読《よ》んでいる。指南書《しなんしょ》や自己啓発本《じこけいはつぼん》は好《この》まず、小説《しょうせつ》をすすんで読《よ》む。ベッドの上《うえ》に転《ころ》がって、白《しろ》い枕《まくら》に頭《あたま》や顎《あご》を預《あず》けて、文庫本《ぶんこぼん》を読《よ》む。ハードカバーは重《おも》いから、文庫本《ぶんこぼん》の方《ほう》がいい。

現在《げんざい》読《よ》んでいる本《ほん》は、彼女《かのじょ》から以前《いぜん》借《か》りたものだ。本《ほん》を読《よ》まない彼女《かのじょ》が人生《じんせい》で唯一《ゆいいつ》出会《であ》った至高《しこう》の一冊《いっさつ》。借《か》りてからずっと本棚《ほんだな》に積《つ》んであって、彼女《かのじょ》が死《し》ぬ前《まえ》には読《よ》んで返《かえ》そうと思《おも》っていたのに、それも間《ま》に合《あ》わなかった。

間《ま》に合《あ》わなかったものは仕方《しかた》がないので、読《よ》み終《お》わったら彼女《かのじょ》の家《いえ》に返《かえ》しに行《い》くことにする。彼女《かのじょ》の遺影《いえい》に挨拶《あいさつ》をするのは、その時《とき》でいい。

ベッドの上《うえ》で、残《のこ》り半分《はんぶん》ほどだったその本《ほん》を読《よ》み終《お》わる頃《ころ》には夕方《ゆうがた》になっていた。カーテンを閉《し》め切《き》って蛍光灯《けいこうとう》の力《ちから》で視力《しりょく》を得《え》ていた僕《ぼく》は、時間《じかん》の経過《けいか》を携帯《けいたい》にかかってきた一本《いっぽん》の電話《でんわ》によって知《し》った。

電話《でんわ》は、なんてことはない。母親《ははおや》からのものだった。

最初《さいしょ》の二回《にかい》は無視《むし》していたのだけど、流石《さすが》にこれ以上《いじょう》は夕飯《ゆうはん》に関《かか》わりそうだと思《おも》い、携帯電話《けいたいでんわ》を耳《みみ》にあてた。電話《でんわ》の内容《ないよう》は、米《こめ》を炊《た》いておけというものだった。僕《ぼく》は母《はは》に了承《りょうしょう》の意《い》を伝《つた》え、電話《でんわ》を切《き》った。

携帯電話《けいたいでんわ》を机《つくえ》の上《うえ》に置《お》く前《まえ》に、ふと気《き》がつく。その機器《きき》に触《さわ》るのは、二日《ふつか》ぶりだった。意識的《いしきてき》に避《さ》けていたわけではないと思《おも》う。なんとなく、というにはあまりにも意味深《いみしん》かもしれないけど、僕《ぼく》は携帯電話《けいたいでんわ》に触《さわ》ることを忘《わす》れていた。

開閉式《かいへいしき》の僕《ぼく》の携帯電話《けいたいでんわ》。開《ひら》いて、メールの項目《こうもく》を呼《よ》び出《だ》し、受信《じゅしん》トレイを見《み》る。未開封《みかいふう》のメールは一通《いっつう》もなかった。当然《とうぜん》と言《い》えば当然《とうぜん》のことだ。続《つづ》いて送信済《そうしんず》みメールを確認《かくにん》する。そこに、通話以外《つうわいがい》の機能《きのう》では最新《さいしん》の利用《りよう》が見《み》てとれる。

僕《ぼく》が、クラスメイトだった彼女《かのじょ》に送《おく》ったメールだ。

たった一言《ひとこと》のメール。

これを、彼女《かのじょ》が見《み》たのかどうかは知《し》らない。

一度《いちど》は部屋《へや》を出《で》て台所《だいどころ》に行《い》こうとしたのだけど、僕《ぼく》はもう一度《いちど》ベッドに突《つ》っ伏《ぷ》した。

彼女《かのじょ》に贈《おく》った言葉《ことば》を心《こころ》の中《なか》で反芻《はんすう》した。

僕《ぼく》は、彼女《かのじょ》がそれを見《み》たのか知《し》らない。

『君《きみ》の膵臓《すいぞう》を食《た》べたい』

見《み》ていたとして、彼女《かのじょ》はそれをどう受《う》け取《と》っただろうか。

考《かんが》えていると、眠《ねむ》ってしまっていた。

結局《けっきょく》、米《こめ》は母親《ははおや》が帰《かえ》ってきてから炊《た》いた。

僕《ぼく》は夢《ゆめ》の中《なか》で彼女《かのじょ》と会《あ》っていた、かもしれない。

1

「君《きみ》の膵臓《すいぞう》を食《た》べたい」

学校《がっこう》の図書室《としょしつ》の書庫《しょこ》。ほこりっぽい空間《くうかん》で本棚《ほんだな》に並《なら》べられた書籍達《しょせきたち》の順番《じゅんばん》が正《ただ》しいものか確認《かくにん》するという、図書委員《としょいいん》としての任務《にんむ》を忠実《ちゅうじつ》にこなしている最中《さいちゅう》に、山内桜良《やまうちさくら》がおかしな告白《こくはく》をしてきた。

無視《むし》しようかと思《おも》ったけど、この空間《くうかん》にいるのは僕《ぼく》と彼女《かのじょ》だけで、ひとり言《ごと》というにはあまりに猟奇的《りょうきてき》なそれは、やっぱり僕《ぼく》に向《む》けられているんだろう。

仕方《しかた》なく、背中合《せなかあ》わせに本棚《ほんだな》を見《み》ているはずの彼女《かのじょ》に反応《はんのう》してあげる。

「いきなりカニバリズムに目覚《めざ》めたの？」

彼女《かのじょ》は大《おお》きく息《いき》を吸《す》って、ほこりに少《すこ》しむせてから、意気揚々《いきようよう》と説明《せつめい》を始《はじ》めた。僕《ぼく》は彼《かの》女《じょ》の方《ほう》を見《み》ない。

「昨日《きのう》テレビで見《み》たんだぁ、昔《むかし》の人《ひと》はどこか悪《わる》いところがあると、他《ほか》の動物《どうぶつ》のその部分《ぶぶん》を食《た》べたんだって」

「それが？」

「肝臓《かんぞう》が悪《わる》かったら肝臓《かんぞう》を食《た》べて、胃《い》が悪《わる》かったら胃《い》を食《た》べてって、そうしたら病気《びょうき》が治《なお》るって信《しん》じられてたらしいよ。だから私《わたし》は、君《きみ》の膵臓《すいぞう》を食《た》べたい」

「もしかして、その君《きみ》っていうのは僕《ぼく》のこと？」

「他《ほか》に？」

くすくすと笑《わら》う彼女《かのじょ》もこちらを見《み》ず仕事《しごと》に従事《じゅうじ》しているようだった。ハードカバーの本《ほん》を並《なら》べ替《か》える音《おと》が聞《き》こえる。

「僕《ぼく》の小《ちい》さな内臓《ないぞう》に、君《きみ》を救《すく》うなんていう重荷《おもに》は背負《せお》わせられないな」

「プレッシャーで胃《い》まで痛《いた》くなっちゃいそうだね」

「だから他《ほか》をあたってよ」

「他《ほか》に誰《だれ》をあたれって？　流石《さすが》の私《わたし》も家族《かぞく》は食《た》べられる気《き》しないなぁ」

また彼女《かのじょ》はくすくすと笑《わら》う。僕《ぼく》と言《い》えば、真面目《まじめ》にも無表情《むひょうじょう》で仕事《しごと》をこなしているのだから、見習《みなら》ってほしいものだ。

「だから、結局《けっきょく》【秘密《ひみつ》を知《し》ってるクラスメイト】くんにしか頼《たの》めないよ」

「君《きみ》の算段《さんだん》の中《なか》には、僕《ぼく》が膵臓《すいぞう》を必要《ひつよう》としてるって可能性《かのうせい》はないの？」

「どうせ膵臓《すいぞう》の役割《やくわり》も知《し》らないんでしょうに－」

「知《し》ってるよ」

知《し》っている。その聞《き》き慣《な》れない臓器《ぞうき》のことを、僕《ぼく》は以前調《いぜんしら》べたことがある。無論《むろん》、彼女《かのじょ》がきっかけで。

後《うし》ろで、彼女《かのじょ》が嬉《うれ》しそうに振《ふ》り返《かえ》ったのが息遣《いきづか》いとステップの音《おと》で伝《つた》わってきた。僕《ぼく》は本棚《ほんだな》に体《からだ》を向《む》けたまま、ちらりと一瞬《いっしゅん》だけ彼女《かのじょ》を見《み》やる。そこには汗《あせ》だくで、もうすぐ死《し》ぬとは思《おも》えない笑顔《えがお》を浮《う》かべる女《おんな》の子《こ》がいた。

この温暖化《おんだんか》のご時世《じせい》、もう七月《しちがつ》だというのに書庫《しょこ》はエアコンが効《き》いていない。僕《ぼく》も汗《あせ》だくだ。

「もしかして、調《しら》べたりしたの？」

彼女《かのじょ》の声《こえ》があまりに弾《はず》んでいたので、仕方《しかた》なく僕《ぼく》は質問《しつもん》に答《こた》えてあげる。

「膵臓《すいぞう》は、消化《しょうか》と、エネルギー生産《せいさん》の調整役《ちょうせいやく》だ。例《たと》えば糖《とう》をエネルギーに変《か》えるためにインスリンを作《つく》ってる。もし膵臓《すいぞう》がないと、人《ひと》はエネルギーを得《え》られなくて死《し》ぬ。だから君《きみ》に膵臓《すいぞう》をご馳走《ちそう》することはできないんだ。ごめんね」

一気《いっき》に言《い》ってしまって仕事《しごと》に戻《もど》ると、彼女《かのじょ》はうわはははっと声《こえ》を出《だ》して笑《わら》った。僕《ぼく》のジョークがそんなにうけたのかと少《すこ》し得意《とくい》になっていたのに、どうやら少《すこ》し違《ちが》うらしかった。

「なんだあ、【秘密《ひみつ》を知《し》ってるクラスメイト】くんも私《わたし》にちゃんと興味《きょうみ》持《も》ってくれてるんだねえ」

「……そりゃあ、重病《じゅうびょう》に罹《かか》ってるクラスメイトなんて興味《きょうみ》がつきない」

「そういうんじゃなくて、私《わたし》っていう人間《にんげん》には？」

「……さあ」

「なんだよそれー」

言《い》いながら彼女《かのじょ》はまたうわははっと笑《わら》う。きっと暑《あつ》さでアドレナリンが出《で》て頭《あたま》がおかしくなっているのだろう。僕《ぼく》はクラスメイトの容体《ようだい》を憂《うれ》う。

黙《だま》って作業《さぎょう》を続《つづ》けていると、図書室《としょしつ》の先生《せんせい》が僕達《ぼくたち》を呼《よ》びにきた。

どうやら図書室《としょしつ》を閉《し》める時間《じかん》になっていたようだ。僕達《ぼくたち》は確認《かくにん》が終《お》わったところまでの目印《めじるし》として、一冊《いっさつ》の本《ほん》を少《すこ》し前《まえ》に出《だ》しておき、忘《わす》れ物《もの》がないか見回《みまわ》ってから書庫《しょこ》を出《で》た。

暑《あつ》い部屋《へや》から出《で》ると、図書室内《としょしつない》に行《い》き渡《わた》ったクーラーの冷《ひ》えた風《かぜ》が汗《あせ》ばんだ体《からだ》にあたり、身震《みぶる》いした。

「すっずしー」

彼女《かのじょ》は嬉《うれ》しそうにくるりと回《まわ》って図書室《としょしつ》の受付《うけつけ》カウンター内《ない》に入《はい》り、自分《じぶん》の鞄《かばん》からタオルを取《と》り出《だ》して顔《かお》を拭《ふ》いた。僕《ぼく》もだらりと彼女《かのじょ》に続《つづ》き、カウンター内《ない》に入《はい》って濡《ぬ》れた体《からだ》を処理《しょり》する。

「お疲《つか》れ様《さま》、もう閉《し》めたからゆっくりしていって。ほら、お茶《ちゃ》とお菓子《かし》」

「わー、ありがとうございます！」

「ありがとうございます」

先生《せんせい》が出《だ》してくれた冷《つめ》たい麦茶《むぎちゃ》を一口《ひとくち》飲《の》んでから、図書室内《としょしつない》を見渡《みわた》す。確《たし》かに、生徒《せいと》は一人《ひとり》もいなかった。

「おまんじゅう美味《おい》しい」

全《すべ》てのポジティブなことにいちいち反応《はんのう》する彼女《かのじょ》は、カウンター内《ない》の椅子《いす》に座《すわ》り早《はや》くもくつろいでいる。僕《ぼく》もお菓子《かし》を一《ひと》つ手《て》に取《と》り、彼女《かのじょ》とは少《すこ》し離《はな》れた位置《いち》に椅子《いす》を移動《いどう》させ、座《すわ》る。

「二人《ふたり》ともごめんね、来週《らいしゅう》からテストだっていうのに」

「いえいえー、大丈夫《だいじょうぶ》ですよ。私達《わたしたち》いつもそこそこの点数《てんすう》取《と》れる組《ぐみ》ですから。ね、【秘《ひ》密《みつ》を知《し》ってるクラスメイト】くん」

「まあ、授業《じゅぎょう》聞《き》いてればね」

適当《てきとう》に答《こた》えてまんじゅうをかじる。美味《おい》しい。

「二人《ふたり》とも大学《だいがく》とかはもう考《かんが》えてるの？　山内《やまうち》さんは？」

「私《わたし》はまだ考《かんが》えてないですねー、まだっていうかもうっていうか」

「【大人《おとな》しい生徒《せいと》】くんは？」

「僕《ぼく》もまだ、です」

「駄目《だめ》だよ、【秘密《ひみつ》を知《し》ってるクラスメイト】くんはちゃんと考《かんが》えないとー」

二《ふた》つ目《め》のまんじゅうに手《て》を伸《の》ばしながら彼女《かのじょ》がお節介《せっかい》を焼《や》いてくる。僕《ぼく》は無視《むし》して麦茶《むぎちゃ》を一口《ひとくち》飲《の》んだ。市販《しはん》の麦茶《むぎちゃ》の味《あじ》、慣《な》れ親《した》しんだその味《あじ》が美味《おい》しい。

「二人《ふたり》とも未来《みらい》のことはきちんと考《かんが》えないとね。気《き》を抜《ぬ》いてると、私《わたし》と同《おな》い年《どし》になってるかもしれないわよ」

「うわはは、それはないですよー」

「………」

彼女《かのじょ》と先生《せんせい》は楽《たの》しそうに笑《わら》いあったけど、僕《ぼく》は笑《わら》わずにまんじゅうを一口《ひとくち》食《た》べてそれを麦茶《むぎちゃ》で流《なが》した。

彼女《かのじょ》の言《い》う通《とお》り。それはない。

彼女《かのじょ》が四十代《よんじゅうだい》の先生《せんせい》と同《おな》じ年齢《ねんれい》に辿《たど》り着《つ》くことはない。それはこの場《ば》では僕《ぼく》と彼女《かのじょ》だけが知《し》っていることで、だから彼女《かのじょ》は僕《ぼく》に目配《めくば》せをしてから笑《わら》った。まるでアメリカの映《えい》画《が》に出《で》てくる俳優《はいゆう》が、ジョークを言《い》う時《とき》ウインクをするみたいに。

ただ、言《い》っておくけど僕《ぼく》が笑《わら》わなかったのは、彼女《かのじょ》のジョークが不謹慎《ふきんしん》で笑《わら》えなかったからじゃない。彼女《かのじょ》の「私《わたし》、面白《おもしろ》いこと言《い》ってるでしょ」という得意《とくい》げな表情《ひょうじょう》が癇《かん》に障《さわ》ったからだ。

僕《ぼく》がむすっとしていると、彼女《かのじょ》は悔《くや》しそうに厳《きび》しい目《め》つきを僕《ぼく》に向《む》けた。僕《ぼく》はそれを見《み》て、やっと控《ひか》え目《め》に唇《くちびる》の端《はし》を上《あ》げてあげた。

閉室後《へいしつご》の図書室《としょしつ》に三十分《さんじゅっぷん》ほど居座《いすわ》り、僕《ぼく》らは家《いえ》に帰《かえ》ることにした。

下駄箱《げたばこ》に着《つ》くと、夕方六時《ゆうがたろくじ》を回《まわ》っているというのに、まだまだ張《は》り切《き》っている太陽《たいよう》の下《もと》で頑張《がんば》る運動部員達《うんどうぶいんたち》の声《こえ》が聞《き》こえてきた。

「書庫暑《しょこあつ》かったねー」

「そうだね」

「明日《あした》もあれやんのかー、まあ明日学校《あしたがっこう》くれば休《やす》みだしねー」

「そうだね」

「……聞《き》いてるの？」

「聞《き》いてるよ」

上靴《うわぐつ》をローファーに履《は》き替《か》えて、靴箱《くつばこ》の並《なら》んだ昇降口《しょうこうぐち》を出《で》る。校門《こうもん》は昇降口《しょうこうぐち》を挟《はさ》んで運動場《うんどうじょう》とは反対《はんたい》の位置《いち》にあるので、野球部《やきゅうぶ》やラグビー部《ぶ》の声《こえ》が少《すこ》しずつ遠《とお》ざかる。彼女《かのじょ》はとんとんとつま先《さき》を鳴《な》らしながら、わざわざ早足《はやあし》で僕《ぼく》に並《なら》んだ。

「人《ひと》の話《はなし》はちゃんと聞《き》きなさいって教《おそ》わらなかったの？」

「教《おそ》わったよ、だからちゃんと聞《き》いてたって」

「じゃあ、私《わたし》どういう話《はなし》してた？」

「……まんじゅ」

「はい聞《き》いてなーい！　嘘《うそ》はダメでしょ！」

まるで幼稚園《ようちえん》の先生《せんせい》みたいに、彼女《かのじょ》は僕《ぼく》を叱《しか》りつける。男子《だんし》としては低《ひく》い僕《ぼく》の身長《しんちょう》と、女子《じょし》としては高《たか》い彼女《かのじょ》の身長《しんちょう》はほぼ同《おな》じ。むしろほんの少《すこ》し低《ひく》い視線《しせん》から叱《しか》られるというのはなかなか新鮮《しんせん》だ。

「ごめんごめん、考《かんが》えごとをしてた」

「ん、考《かんが》えごと？」

彼女《かのじょ》はしかめていた顔《かお》を嘘《うそ》みたいに晴《は》れさせて、興味津々《きょうみしんしん》といった様子《ようす》でこちらを覗《のぞ》き込《こ》んできた。僕《ぼく》は彼女《かのじょ》と少《すこ》し距離《きょり》をとってから、控《ひか》え目《め》に頷《うなず》く。

「そうだよ、ずっと考《かんが》えてたんだ、僕《ぼく》にしては真剣《しんけん》に」

「お！　一体《いったい》どうしたの？」

「君《きみ》のことだよ」

僕《ぼく》は立《た》ち止《ど》まらず、彼女《かのじょ》の方《ほう》も見《み》ず、ごく普通《ふつう》の会話《かいわ》になるように、劇的《げきてき》な雰囲気《ふんいき》にならないように気《き》を付《つ》けた。あまり真剣《しんけん》に取《と》られると面倒臭《めんどうくさ》そうだから。

そういう僕《ぼく》の画策《かくさく》も全《すべ》て飛《と》び越《こ》えて、彼女《かのじょ》は予想通《よそうどお》りの面倒臭《めんどうくさ》いリアクションをとった。

「私《わたし》？　えー、なんだよー、愛《あい》の告白《こくはく》ー？　きゃー！　緊張《きんちょう》しちゃう！」

「…………違《ちが》うよ。あのさ」

「うん」

「残《のこ》り少《すく》ない命《いのち》を、図書室《としょしつ》の片《かた》づけなんかに使《つか》っていいの？」

僕《ぼく》の極《きわ》めて何気《なにげ》ない質問《しつもん》に、彼女《かのじょ》は首《くび》を傾《かし》げた。

「いいに決《き》まってるじゃん」

「決《き》まってはないと思《おも》うよ」

「そう？　じゃあ他《ほか》に何《なに》をしろって言《い》うの？」

「そりゃあ、初恋《はつこい》の人《ひと》に会《あ》いにいくとか、外国《がいこく》でヒッチハイクをして最期《さいご》の場所《ばしょ》を決《き》めるとか、色々《いろいろ》やりたいことがあるんじゃないの？」

彼女《かのじょ》は、今度《こんど》は反対方向《はんたいほうこう》に首《くび》を傾《かし》げた。

「んー、言《い》いたいことは分《わ》かんなくもないけどさ。例《たと》えば、【秘密《ひみつ》を知《し》ってるクラスメイト】くんにも、死《し》ぬまでにやりたいことはあるでしょう？」

「……………なくはない、かな」

「でも今《いま》、それをやってないじゃん。私《わたし》も君《きみ》も、もしかしたら明日《あした》死《し》ぬかもしれないのにさ。そういう意味《いみ》では私《わたし》も君《きみ》も変《か》わんないよ、きっと。一日《いちにち》の価値《かち》は全部《ぜんぶ》一緒《いっしょ》なんだから、何《なに》をしたかの差《さ》なんかで私《わたし》の今日《きょう》の価値《かち》は変《か》わらない。私《わたし》は今日《きょう》、楽《たの》しかったよ」

「…………なるほどね」

確《たし》かにそうかもしれない。彼女《かのじょ》の断言《だんげん》に、僕《ぼく》は悔《くや》しくも納得《なっとく》しかけてしまった。

僕《ぼく》だって、近《ちか》い将来《しょうらい》彼女《かのじょ》が死《し》ぬみたいに、いつか絶対《ぜったい》死《し》ぬ。それはいつくるか分《わ》からないけど、確実《かくじつ》な未来《みらい》。もしかしたら彼女《かのじょ》が死《し》ぬ前《まえ》に僕《ぼく》が死《し》ぬことだってあるかもしれない。

流石《さすが》、死《し》を自覚《じかく》している人間《にんげん》の言《い》うことにはそれなりの深《ふか》みがある。隣《となり》を歩《ある》く彼女《かのじょ》の評価《ひょうか》が僕《ぼく》の中《なか》で少《すこ》し上《あ》がった。

もちろん彼女《かのじょ》にとって僕《ぼく》の評価《ひょうか》なんてどうでもいいことだ。彼女《かのじょ》には、彼女《かのじょ》を好《す》きな人間《にんげん》がとても多《おお》いから僕《ぼく》なんかに構《かま》っている暇《ひま》はない。その証拠《しょうこ》に、校門《こうもん》の方《ほう》からサッカー部《ぶ》のユニフォームを着《き》て走《はし》ってくる男子《だんし》が、歩《ある》く彼女《かのじょ》の姿《すがた》を見《み》つけて表情《ひょうじょう》を明《あか》るく咲《さ》かせた。

駆《か》け寄《よ》ってくる彼《かれ》に彼女《かのじょ》も気《き》づいたようで、軽《かる》く手《て》をあげる。

「頑張《がんば》ってー」

「おつかれ、桜良《さくら》ー」

すれ違《ちが》うサッカー少年《しょうねん》は爽《さわ》やかな笑顔《えがお》で颯爽《さっそう》と走《はし》り去《さ》っていった。確《たし》か彼《かれ》は僕《ぼく》のクラスメイトでもあったはずだが、僕《ぼく》には目《め》もくれなかった。

「あいつー、【秘密《ひみつ》を知《し》ってるクラスメイト】くんを無視《むし》しやがってー。明日注意《あしたちゅうい》しとくね！」

「いいよ、いやむしろやめて。気《き》にしてないから」

本当《ほんとう》に気《き》にしていない。僕《ぼく》と彼女《かのじょ》は、まるで正反対《せいはんたい》の種類《しゅるい》の人間《にんげん》で、結果《けっか》クラスメイトからの扱《あつか》いが僕《ぼく》と彼女《かのじょ》でまるで違《ちが》うとしても、仕方《しかた》のないことだ。

「もー、そんなんだから友達《ともだち》ができないんだよー」

「事実《じじつ》だけど、余計《よけい》な御世話《おせわ》だよ」

「もー、そんなんだからー」

言《い》っている間《あいだ》に、僕《ぼく》らは校門《こうもん》に着《つ》いた。僕《ぼく》の家《いえ》と彼女《かのじょ》の家《いえ》は学校《がっこう》を挟《はさ》んで反対側《はんたいがわ》にあるので、彼女《かのじょ》とはここでお別《わか》れだ。本当《ほんとう》に残念《ざんねん》ながら。

「じゃあ」

「さっきの話《はなし》だけどさー」

躊躇《ちゅうちょ》なく背《せ》を向《む》けようとした僕《ぼく》を、彼女《かのじょ》の言葉《ことば》が止《と》めた。彼女《かのじょ》は、何《なに》かいたずらを思《おも》いついたような嬉《うれ》しそうな顔《かお》をしていた。僕《ぼく》は決《けっ》して嬉《うれ》しそうな顔《かお》をしていなかったと思《おも》う。

「どうしてもっていうなら【秘密《ひみつ》を知《し》ってるクラスメイト】くんに残《のこ》り少《すく》ない私《わたし》の人生《じんせい》の手助《てだす》けをさせてあげてもいいよ」

「どういう意味《いみ》？」

「日曜日《にちようび》、空《あ》いてる？」

「あー、ごめん、可愛《かわい》い彼女《かのじょ》とデートの約束《やくそく》があるんだ。あの子《こ》、ほっとくとすぐヒステリックになるから大変《たいへん》で」

「嘘《うそ》だよね？」

「嘘《うそ》だったら？」

「じゃあ、日曜日《にちようび》のお昼十一時《ひるじゅういちじ》に駅前集合《えきまえしゅうごう》ね！　『共病文庫《きょうびょうぶんこ》』にもちゃんとつけとくから！」

そう言《い》いきって、僕《ぼく》の了承《りょうしょう》なんて最初《さいしょ》から必要《ひつよう》ないという調子《ちょうし》で、彼女《かのじょ》は手《て》を振《ふ》りながら僕《ぼく》の帰路《きろ》とは反対側《はんたいがわ》に歩《ある》いていった。

彼女《かのじょ》の姿《すがた》の向《む》こう、夏《なつ》の空《そら》はまだオレンジとピンクとほんの少《すこ》しの群青《ぐんじょう》の間《あいだ》で僕《ぼく》らを見下《みお》ろしている。

手《て》は振《ふ》り返《かえ》さず、僕《ぼく》も今度《こんど》こそ彼女《かのじょ》に背《せ》を向《む》けて家《いえ》に帰《かえ》る。

騒《さわ》がしい笑《わら》い声《ごえ》がしなくなって、空《そら》の群青《ぐんじょう》が占《し》める割合《わりあい》が少《すこ》しずつ増《ふ》えてきて、僕《ぼく》はいつもの道《みち》を歩《ある》く。きっと、僕《ぼく》が見《み》ているいつもの帰《かえ》り道《みち》と彼女《かのじょ》が見《み》るいつもの帰《かえ》り道《みち》では、その一歩《いっぽ》一歩《いっぽ》の見《み》え方《かた》がまるで違《ちが》うのだろうなと思《おも》う。

僕《ぼく》はきっとこの道《みち》を卒業《そつぎょう》するまで歩《ある》き続《つづ》けるだろう。

彼女《かのじょ》は、あと何度《なんど》同《おな》じ道《みち》を歩《ある》けるのだろうか。

でもそうだ、彼女《かのじょ》の言《い》った通《とお》り、僕《ぼく》だってあと何度《なんど》この道《みち》を歩《ある》けるのかは分《わ》からない。

彼女《かのじょ》の見《み》る道《みち》の色《いろ》と、僕《ぼく》の見《み》る道《みち》の色《いろ》は本当《ほんとう》なら違《ちが》ってはいけないんだ。

首筋《くびすじ》に指《ゆび》をあてて生《い》きているか確認《かくにん》する。鼓動《こどう》に合《あ》わせて足《あし》を出《だ》すと、儚《はかな》い命《いのち》を無理矢《むりや》理《り》揺《ゆ》さぶっている感覚《かんかく》がして、気分《きぶん》が悪《わる》くなった。

夕風《ゆうかぜ》が吹《ふ》き、生《い》きている僕《ぼく》の気分《きぶん》を紛《まぎ》らわしてくれる。

少《すこ》しだけ、日曜日《にちようび》に出《で》かけるかどうかを、前向《まえむ》きに考《かんが》える気《き》になった。

2

あれは四月《しがつ》のこと、まだ、遅咲《おそざ》きの桜《さくら》が咲《さ》いていた。

医学《いがく》は、知《し》らない間《あいだ》に進歩《しんぽ》していた。それは僕《ぼく》だって詳《くわ》しいことは何《なに》も知《し》らないし、知《し》る気《き》にもならない。

ただ言《い》えるのは、医学《いがく》は少《すく》なくとも、命《いのち》に関《かか》わる大病《たいびょう》を患《わずら》って余命《よめい》が一年未満《いちねんみまん》という少女《しょうじょ》が、誰《だれ》にも異状《いじょう》を知《し》られずに日常生活《にちじょうせいかつ》をおくれるくらいには進歩《しんぽ》していた。つまり、人《ひと》はまた人《ひと》として生《い》きる時間《じかん》を延《の》ばす能力《のうりょく》を得《え》た。

僕《ぼく》は、病気《びょうき》なのに動《うご》き続《つづ》けるなんて機械《きかい》のようだと思《おも》っていたけれど、僕《ぼく》の感想《かんそう》なんて大病《たいびょう》を患《わずら》った全《すべ》ての人《ひと》にとってどうでもいい。

彼女《かのじょ》もまた、余計《よけい》な考《かんが》えに邪魔《じゃま》されたりせず、医学《いがく》の恩恵《おんけい》を存分《ぞんぶん》に享受《きょうじゅ》した。

だから、彼女《かのじょ》が僕《ぼく》というただのクラスメイトに病気《びょうき》を知《し》られてしまったのは、彼女《かのじょ》の運《うん》の悪《わる》さと詰《つ》めの甘《あま》さのせいに他《ほか》ならない。

その日《ひ》、僕《ぼく》は学校《がっこう》を休《やす》んだ。盲腸《もうちょう》の手術《しゅじゅつ》、自体《じたい》ではなく術後《じゅつご》の抜糸《ばっし》のために。体調《たいちょう》もよく病院《びょういん》での処置《しょち》もすぐに終《お》わった。学校《がっこう》にも遅刻《ちこく》して行《い》くはずだったのだけれど、大《おお》きな病院《びょういん》ゆえの待《ま》ち時間《じかん》の長《なが》さと、ついでだから学校《がっこう》を休《やす》もうという僕《ぼく》の意地《いじ》の悪《わる》さが、僕《ぼく》を病院《びょういん》のロビーに留《とど》まらせた。

些細《ささい》な気持《きも》ちだった。ロビーの隅《すみ》、端《はし》っこにぽつんと置《お》かれたソファの上《うえ》に、一冊《いっさつ》の本《ほん》が置《お》き去《ざ》りにされていた。誰《だれ》かの忘《わす》れものだろう、という考《かんが》えと同時《どうじ》に、一体《いったい》どんな本《ほん》なのだろうという、本好《ほんず》き特有《とくゆう》の期待《きたい》めいた興味《きょうみ》が頭《あたま》をもたげ、僕《ぼく》を動《うご》かした。

患者達《かんじゃたち》の間《あいだ》を縫《ぬ》って、ソファに近《ちか》づき、座《すわ》る。本《ほん》はぱっと見《み》たところでは三百《さんびゃく》ページ強《きょう》の文庫本《ぶんこぼん》だった。病院《びょういん》の近《ちか》くにある書店《しょてん》のカバーがかけられている。

カバーを外《はず》して題《だい》を確認《かくにん》しようとしたところで、少々驚《しょうしょうおどろ》いた。書店《しょてん》のカバーの下《した》には本来文庫本《ほんらいぶんこぼん》そのものに付《つ》いているはずのカバーはなく、本体《ほんたい》に太《ふと》いマジックで「共病文《きょうびょうぶん》庫《こ》」と手書《てが》きの文字《もじ》が置《お》かれていた。もちろんそんな題名《だいめい》も出版元《しゅっぱんもと》も聞《き》いたことがない。

一体《いったい》、これは何《なん》なのか、考《かんが》えても答《こた》えが見《み》つからないので、ぺらりと一枚《いちまい》ページをめくってみる。

最初《さいしょ》のページ、目《め》に入《はい》ったのは、慣《な》れ親《した》しんだ印刷《いんさつ》の文字《もじ》ではなく、ボールペンで丁寧《ていねい》に手書《てが》きされた、つまりは人《ひと》が書《か》いた文章《ぶんしょう》だった。

『20××年《ねん》11月《がつ》23日《にち》

本日《ほんじつ》から、共病文庫《きょうびょうぶんこ》と名付《なづ》けたこれに日々《ひび》の想《おも》いや行動《こうどう》を書《か》いていこうと思《おも》う。家族《かぞく》以外《いがい》の誰《だれ》にも言《い》わないけれど、私《わたし》は、あと数年《すうねん》で死《し》んじゃう。それを受《う》け止《と》めて、病気《びょうき》と一緒《いっしょ》に生《い》きる為《ため》に書《か》く。まず私《わたし》が罹《かか》った膵臓《すいぞう》の病気《びょうき》っていうのはちょっと前《まえ》まで判明《はんめい》した時《とき》にはほとんどの人《ひと》がすぐ死《し》んじゃう病気《びょうき》の王様《おうさま》だった。今《いま》は症状《しょうじょう》もほとんど出《で》なくできて……』

「膵臓《すいぞう》……死《し》ぬ……」

僕《ぼく》の口《くち》から思《おも》わず、日常《にちじょう》では発音《はつおん》するはずのない音《おと》の並《なら》びがこぼれ落《お》ちた。

……なるほど、どうやらこれは、余命《よめい》を宣告《せんこく》された誰《だれ》かの闘病日記《とうびょうにっき》、いや、共病日記《きょうびょうにっき》らしい。あまり、見《み》ていいものではないな。

それを僕《ぼく》が理解《りかい》して本《ほん》を閉《と》じた時《とき》、頭上《ずじょう》から声《こえ》が降《ふ》ってきた。

「あの……」

声《こえ》をかけられ顔《かお》をあげて、驚《おどろ》いたが表情《ひょうじょう》には出《だ》さなかった。驚《おどろ》いたのは声《こえ》を発《はっ》した相手《あいて》の顔《かお》を知《し》っていたから。感情《かんじょう》を隠《かく》したのは、彼女《かのじょ》は僕《ぼく》に本《ほん》とは関係《かんけい》なく声《こえ》をかけたのかもしれないと思《おも》ったからだ。

というか、恐《おそ》らくこんな僕《ぼく》でも、同級生《どうきゅうせい》が余命幾許《よめいいくばく》もないという運命《うんめい》を背負《せお》っている可能性《かのうせい》を、否定《ひてい》したかったのだろう。

クラスメイトが声《こえ》をかけてきたことにだけ関心《かんしん》を持《も》ったという顔《かお》を作《つく》って、彼女《かのじょ》の言葉《ことば》を待《ま》つと、僕《ぼく》の薄《うす》っぺらい期待《きたい》を嘲笑《あざわら》うみたいに彼女《かのじょ》は手《て》を差《さ》し出《だ》した。

「それ、私《わたし》のなんだ。【地味《じみ》なクラスメイト】くん、どうして病院《びょういん》に？」

当時《とうじ》、彼女《かのじょ》とほとんど会話《かいわ》をしたことのなかった僕《ぼく》は、彼女《かのじょ》について自分《じぶん》とは正反対《せいはんたい》の

明《あか》るく溌剌《はつらつ》としたクラスメイトという情報《じょうほう》しか持《も》っていなかった。だから彼女《かのじょ》が、重大《じゅうだい》な病気《びょうき》のことを関係《かんけい》の薄《うす》い僕《ぼく》に知《し》られたというこの状況《じょうきょう》で、気丈《きじょう》に笑顔《えがお》を浮《う》かべていられることに面食《めんく》らった。

それでも僕《ぼく》はできる限《かぎ》り知《し》らんぷりをしようと決《き》めこんだ。僕《ぼく》にとっても彼女《かのじょ》にとっても最善《さいぜん》の選択《せんたく》だと考《かんが》えた。

「前《まえ》に盲腸《もうちょう》の手術《しゅじゅつ》をしたんだけどね、それの抜糸《ばっし》に」

「ああそうなんだ。私《わたし》は膵臓《すいぞう》の検査《けんさ》にね。診《み》てもらわないと死《し》んじゃうから」

なんていうことだろう。彼女《かのじょ》はすぐさま僕《ぼく》の配慮《はいりょ》とか気《き》づかいを粉々《こなごな》に砕《くだ》いた。真意《しんい》が読《よ》みとれず彼女《かのじょ》の表情《ひょうじょう》を観察《かんさつ》していると、彼女《かのじょ》は笑《え》みを深《ふか》めて僕《ぼく》の隣《となり》に深《ふか》く腰《こし》かけた。

「びっくりした？　それ、『共病文庫《きょうびょうぶんこ》』、読《よ》んでたでしょ？」

あっけらかんと、おすすめの小説《しょうせつ》を紹介《しょうかい》するみたいに彼女《かのじょ》は言《い》った。だから、なるほど彼女《かのじょ》はいたずらを仕掛《しか》けているんだ、疑似餌《ぎじえ》にひっかかったのがたまたま面識《めんしき》だけはある僕《ぼく》だったという話《はなし》なんだ、とすら思《おも》った。

「本当《ほんとう》言《い》うとさ」

ほら、種明《たねあ》かしだ。

「私《わたし》がびっくりしちゃった。無《な》くしたと思《おも》って大慌《おおあわ》てで捜《さが》しに来《き》たら、【地味《じみ》なクラスメイト】くんが持《も》ってるんだもん」

「…………どういうこと？　これ」

「どういうことって？　私《わたし》の『共病文庫《きょうびょうぶんこ》』だよ。読《よ》んだんでしょ？　膵臓《すいぞう》の病気《びょうき》って分《わ》かってから日記《にっき》みたいにつけてるの」

「……冗談《じょうだん》でしょ？」

彼女《かのじょ》は病院内《びょういんない》だというのに、はばからず、うわははっと笑《わら》った。

「どんだけ悪趣味《あくしゅみ》な奴《やつ》だって思《おも》われてんの、私《わたし》。そんなのブラックジョークにもなんないよ？　書《か》いてあるのは本当《ほんとう》、私《わたし》は膵臓《すいぞう》が使《つか》えなくなって、あとちょっとで死《し》にます、うん」

「……………………ああ、そう」

「え！　それだけ？　なんかこう、ないの？」

彼女《かのじょ》は心外《しんがい》だというように、声《こえ》を荒《あら》らげた。

「……いや、クラスメイトにもうすぐ死《し》ぬって言《い》われて、なんて言《い》えばいいの？」

「うーん、私《わたし》なら言葉失《ことばうしな》うなぁ」

「そうだよ。僕《ぼく》が沈黙《ちんもく》しなかったのだけでも評価《ひょうか》してほしい」

彼女《かのじょ》は「そうだねぇ」と言《い》いながらくすくすと笑《わら》った。彼女《かのじょ》が何《なに》を面白《おもしろ》がっているのかは分《わ》からなかった。

それからすぐに彼女《かのじょ》は本《ほん》を受《う》け取《と》って立《た》ちあがり、こちらに手《て》を振《ふ》り病院《びょういん》の奥《おく》に行《い》ってしまった。「皆《みんな》には内緒《ないしょ》にしてるから、クラスで言《い》わないでね」と言《い》い置《お》いたから、僕《ぼく》はてっきり今後《こんご》彼女《かのじょ》と交流《こうりゅう》を持《も》つことはないだろうと、どこかでほっとしていた。

だというのに、彼女《かのじょ》は次《つぎ》の日《ひ》の朝《あさ》、廊下《ろうか》ですれ違《ちが》った僕《ぼく》に声《こえ》をかけてきた。あまつさえ、人数《にんずう》の設定《せってい》がクラス毎《ごと》に自由《じゆう》で、結果僕一人《けっかぼくひとり》だけが担当《たんとう》をしていた図書委員《としょいいん》に名乗《なの》りをあげた。彼女《かのじょ》の行動《こうどう》の理由《りゆう》が分《わ》からなかったけど、元来物事《がんらいものごと》の流《なが》れに流《なが》される性質《せいしつ》の僕《ぼく》は、大人《おとな》しく新人《しんじん》の図書委員《としょいいん》に仕事《しごと》を教《おし》えた。

考《かん》えてみればあの一冊《いっさつ》の文庫本《ぶんこぼん》が原因《げんいん》で、日曜日《にちようび》の午前十一時《ごぜんじゅういちじ》、僕《ぼく》は駅前《えきまえ》に立《た》っているのだから、世《よ》の中何《なかなに》が引《ひ》き金《がね》となるものか分《わ》からない。

草舟《くさぶね》のごとく強《つよ》い力《ちから》には逆《さか》らわず流《なが》されることにしている僕《ぼく》は、結局彼女《けっきょくかのじょ》の誘《さそ》いを断《ことわ》らず、正確《せいかく》には断《ことわ》るタイミングをもらえず、待《ま》ち合《あ》わせ場所《ばしょ》に来《き》てしまっていた。

すっぽかせばよかったのかもしれないけれど、こっちに非《ひ》があるようなことをして、彼《かの》女《じょ》に弱《よわ》みを見《み》せれば何《なに》を要求《ようきゅう》されるか分《わ》かったものじゃない。僕《ぼく》とは違《ちが》い、砕氷艦《さいひょうかん》のように自《みずか》ら道《みち》を切《き》り開《ひら》く彼女《かのじょ》に、立《た》ち向《む》かうのは利口《りこう》じゃない。

約束《やくそく》の時間五分前《じかんごふんまえ》に目印《めじるし》のモニュメントの前《まえ》に着《つ》き、ぼうっと待《ま》っていると彼女《かのじょ》は時《じ》間《かん》ちょうどに現《あらわ》れた。

あの病院《びょういん》での偶然以来《ぐうぜんいらい》、久《ひさ》しぶりに見《み》た彼女《かのじょ》の私服《しふく》はＴ《ティー》シャツにジーンズというシンプルなものだった。

笑顔《えがお》で歩《ある》いてくる彼女《かのじょ》に軽《かる》く手《て》をあげて応《こた》える。

「おっはよー、すっぽかされたらどうしようかと思《おも》ったよー」

「可能性《かのうせい》がなかったと言《い》えば嘘《うそ》になるよ」

「結果《けっか》オーライだね」

「言葉《ことば》の使《つか》い方《かた》があってるのか少《すこ》し微妙《びみょう》な気《き》がするけど。それで、今日《きょう》は何《なに》をするの」

「お、乗《の》り気《き》じゃないか」

強《つよ》い日差《ひざ》しの中《なか》で、彼女《かのじょ》は相変《あいか》わらず全《すべ》てが嘘《うそ》みたいな笑顔《えがお》を見《み》せる。ちなみに僕《ぼく》は乗《の》り気《き》なわけではない。

「とりあえず都会《とかい》に出《で》ようよ」

「人混《ひとご》みは好《す》きじゃないな」

「【秘密《ひみつ》を知《し》ってるクラスメイト】くん、電車代《でんしゃだい》持《も》ってる？　出《だ》してあげようか？」

「持《も》ってるよ」

結局僕《けっきょくぼく》は簡単《かんたん》に折《お》れて、彼女《かのじょ》の提案通《ていあんどお》りまずは都会《とかい》に移動《いどう》した。僕《ぼく》が懸念《けねん》した通《とお》り、色々《いろいろ》なお店《みせ》が集《あつ》まった巨大《きょだい》な駅《えき》には、人見知《ひとみし》りを辟易《へきえき》させるに充分《じゅうぶん》な数《かず》の人間《にんげん》が集《あつ》まっていた。

横《よこ》の彼女《かのじょ》はと言《い》えば、人間《にんげん》の量《りょう》にまいっている様子《ようす》もなく元気《げんき》そのものだった。この人《ひと》本当《ほんとう》にもうすぐ死《し》ぬのか？　という疑念《ぎねん》が湧《わ》いてくるけれど、以前《いぜん》に色々《いろいろ》と正式《せいしき》な紙《かみ》を見《み》せてもらったので、疑《うたが》いの余地《よち》はない。

改札《かいさつ》を出《で》て、ますます増《ふ》えていく人《ひと》の波《なみ》の中《なか》、彼女《かのじょ》は迷《まよ》いなく進《すす》んでいく。僕《ぼく》はどうにかはぐれないようについていき、地下《ちか》に入《はい》って人混《ひとご》みが少《すこ》し減《へ》ったところで、やっと彼女《かのじょ》から今日《きょう》の目的《もくてき》を聞《き》くことができた。

「まずは焼《や》き肉《にく》！」

「焼《や》き肉《にく》？　まだ午前中《ごぜんちゅう》だよ？」

「昼《ひる》と夜《よる》で肉《にく》の味《あじ》が変《か》わるの？」

「残念《ざんねん》ながら時間帯《じかんたい》の差《さ》が分《わ》かるほど、肉《にく》に固執《こしつ》したことはない」

「じゃあ問題《もんだい》なーし。焼《や》き肉《にく》食《た》べたいの、私《わたし》」

「僕《ぼく》、十時頃《じゅうじごろ》朝《あさ》ごはん食《た》べたんだけど」

「大丈夫《だいじょうぶ》、焼《や》き肉《にく》が嫌《きら》いな人《ひと》はいないから」

「君《きみ》は僕《ぼく》と会話《かいわ》しようっていう気《き》があるの？」

ないらしかった。

抵抗《ていこう》も空《むな》しく、気《き》がつけば僕《ぼく》は本格的《ほんかくてき》な七輪《しちりん》を挟《はさ》んで彼女《かのじょ》と向《む》かいあい座《すわ》っていた。本《ほん》当《とう》に草舟《くさぶね》っぷりがいたについている。店内《てんない》はあまり賑《にぎ》わってなく、薄暗《うすぐら》い中《なか》で、各《かく》テーブルを照《て》らす個々《ここ》の明《あ》かりが、不必要《ふひつよう》に互《たが》いの顔《かお》を見《み》やすくする。

間《ま》もなく若《わか》い店員《てんいん》が、テーブルの横《よこ》にひざまずいて注文《ちゅうもん》をとりにきた。僕《ぼく》が恐縮《きょうしゅく》しているると、彼女《かのじょ》は予習《よしゅう》してきた数学《すうがく》の証明《しょうめい》みたいにすらすらと店員《てんいん》に答《こた》えた。

「この一番高《いちばんたか》いので」

「ちょっと、そんなにお金持《かねも》ってないよ」

「大丈夫《だいじょうぶ》だよ、私《わたし》が払《はら》うから。この一番高《いちばんたか》い食《た》べ放題《ほうだい》コースを二人《ふたり》で。飲《の》み物《もの》は烏龍茶《うーろんちゃ》でいいよね？」

僕《ぼく》が勢《いきお》いにつられて頷《うなず》くと、彼女《かのじょ》の気《き》が変《か》わらぬうちにというわけか、若《わか》い店員《てんいん》は迅速《じんそく》に注文《ちゅうもん》を繰《く》り返《かえ》し、去《さ》っていった。

「うはー、楽《たの》しみー」

「……あの、今度《こんど》ちゃんと返《かえ》すから」

「いいんだって、気《き》にしないで。私《わたし》が払《はら》うの。私《わたし》、前《まえ》までバイトもしてたし、お金《かね》が貯《た》まってるから使《つか》い切《き》らなきゃいけないの」

死《し》ぬまでに、とは彼女《かのじょ》は言《い》わなかったけど、そういう意味《いみ》だろう。

「ますます駄目《だめ》だよ。もっと意味《いみ》があることに使《つか》いなよ」

「意味《いみ》あるよー、一人《ひとり》で焼《や》き肉食《にくた》べても楽《たの》しくないでしょ？　私《わたし》の楽《たの》しみのためにお金使《かねつか》うんだから」

「でもなあ」

「お待《ま》たせいたしました。最初《さいしょ》にお飲《の》み物《もの》になります」

僕《ぼく》が渋《しぶ》っていると絶妙《ぜつみょう》なタイミングで店員《てんいん》が烏龍茶《うーろんちゃ》を持《も》って現《あらわ》れた。まるでお金《かね》についての会話《かいわ》を断《た》ち切《き》りたかった彼女《かのじょ》が、店員《てんいん》を呼《よ》び寄《よ》せたみたいだと思《おも》った。彼女《かのじょ》はニヤニヤと笑《わら》っていた。

烏龍茶《うーろんちゃ》に続《つづ》いて、肉《にく》の盛《も》り合《あ》わせが運《はこ》ばれてきた。綺麗《きれい》に並《なら》べられた肉達《にくたち》は、率直《そっちょく》に言《い》って高《たか》そうで美味《おい》しそうだった。いわゆる、サシ、というんだろうか。脂《あぶら》の模様《もよう》が鮮《あざ》やかに浮《う》き出《で》ていて、焼《や》かなくても食《た》べられそうだという、色《いろ》んな人《ひと》に怒《おこ》られそうなことを僕《ぼく》に思《おも》わせた。

七輪《しちりん》の上《うえ》に載《の》せられた網《あみ》は十二分《じゅうにぶん》に熱《ねっ》せられているようで、彼女《かのじょ》がはしゃぎながら肉《にく》を一枚載《いちまいの》せると気持《きも》ちのいい音《おと》とそそる匂《にお》いで同時《どうじ》に胃《い》を刺激《しげき》された。育《そだ》ち盛《ざか》りの高校生《こうこうせい》は食欲《しょくよく》には勝《か》てず、僕《ぼく》も彼女《かのじょ》と一緒《いっしょ》に肉《にく》を網《あみ》に載《の》せる。高温《こうおん》の網《あみ》の上《うえ》で、高級《こうきゅう》な肉《にく》はすぐに焼《や》けた。

「いっただきまーす。んむう！」

「いただきます。うん、まあ、そりゃあ美味《おい》しいよね」

「え、その程度《ていど》の感動《かんどう》？　めちゃくちゃ美味《おい》しくない？　私《わたし》がもうすぐ死《し》ぬから感傷《かんしょう》でそう思《おも》ってるのかな？」

違《ちが》う、肉《にく》はすごく美味《おい》しい。ただテンションに差《さ》があるだけだ。

「んまーい。お金持《かねも》ちはこんなんばっか食《た》べてるのかなー」

「お金持《かねも》ちは食《た》べ放題《ほうだい》に来《こ》ないよ、多分《たぶん》」

「そうかー、こんな美味《おい》しい肉食《にくた》べ放題《ほうだい》なのにもったいない」

「お金持《かねも》ちはなんでも食《た》べ放題《ほうだい》だよ」

お腹《なか》はそんなに減《へ》っていなかったはずなのに、二人分《ふたりぶん》の肉《にく》の盛《も》り合《あ》わせはあっという間《ま》になくなった。彼女《かのじょ》はテーブルの端《はし》に置《お》かれたメニューを手《て》に取《と》り、追加分《ついかぶん》を吟味《ぎんみ》する。

「なんでもいい？」

「まかせるよ」

まかせる、というのはなんて僕《ぼく》に似合《にあ》う言葉《ことば》だろう。

彼女《かのじょ》が無言《むごん》で手《て》をあげると、どこで見《み》ていたんだという速《はや》さで店員《てんいん》が即座《そくざ》に寄《よ》ってきた。献身《けんしん》ぶりに少《すこ》したじろぐ僕《ぼく》を尻目《しりめ》に、彼女《かのじょ》はメニュー表《ひょう》から流暢《りゅうちょう》に注文《ちゅうもん》を口《くち》にする。

「ギアラ、コブクロ、テッポウ、ハチノス、ミノ、ハツ、ネクタイ、コリコリ、フワ、センマイ、シビレ」

「待《ま》って待《ま》って待《ま》って、何《なに》を頼《たの》んでるの？」

店員《てんいん》さんの仕事《しごと》を邪魔《じゃま》するのは気《き》が引《ひ》けたが、彼女《かのじょ》があまりに聞《き》き慣《な》れない単語《たんご》を並《なら》べるもので、僕《ぼく》は口《くち》を挟《はさ》んだ。

「コブクロ？　え、ＣＤ《シーディー》？」

「何《なに》言《い》ってるの？　あ、とりあえず今《いま》言《い》ったの一人前《いちにんまえ》ずつで」

彼女《かのじょ》の言葉《ことば》を聞《き》くと、店員《てんいん》は笑顔《えがお》でそそくさと引《ひ》き上《あ》げていってしまった。

「ハチとか言《い》ってなかった？　虫《むし》を食《た》べるの？」

「あー、もしかして知《し》らないの？　コブクロもハチノスも牛《うし》の部位《ぶい》の名前《なまえ》だよ。私《わたし》、ホルモン好《ず》きなんだよねー」

「内臓《ないぞう》ってこと？　牛《うし》ってそんな面白《おもしろ》い名前《なまえ》のパーツ持《も》ってるの？」

「人間《にんげん》も大概《たいがい》じゃない？　ファニーボーンって」

「それもどこか分《わ》かんないよ」

「ちなみに膵臓《すいぞう》はシビレね」

「もしかして牛《うし》の内臓《ないぞう》を食《た》べるのも治療《ちりょう》の一環《いっかん》としてなのかな」

「ホルモンは好《す》きなだけ。私《わたし》、好物《こうぶつ》を訊《き》かれたらホルモンって答《こた》えるよ。好《す》きなもの、内《ない》臓《ぞう》！」

「胸《むね》を張《は》られて僕《ぼく》はどう言《い》えばいいのさ」

「白《しろ》ご飯《はん》頼《たの》むの忘《わす》れてた。いる？」

「いらない」

しばらくして、大《おお》きなお皿《さら》いっぱいに彼女《かのじょ》が注文《ちゅうもん》した内臓《ないぞう》一式《いっしき》が並《なら》べられてきた。思《おも》ったよりもだいぶグロテスクなそれに、僕《ぼく》はかなり食欲《しょくよく》を見失《みうしな》う。

彼女《かのじょ》は店員《てんいん》に白《しろ》ご飯《はん》を注文《ちゅうもん》してから、嬉々《きき》としてホルモンを網《あみ》の上《うえ》に並《なら》べ始《はじ》めた。仕《し》方《かた》なく、僕《ぼく》も手伝《てつだ》う。

「ほら、これ焼《や》けたよー」

なかなか変《か》わった形《かたち》のホルモンに手《て》が伸《の》びない僕《ぼく》を見《み》かねて、彼女《かのじょ》がおせっかいにもぶつぶつと穴《あな》の空《あ》いた白《しろ》いものをこちらの小皿《こざら》の上《うえ》に載《の》せた。食《た》べ物《もの》を粗末《そまつ》にはしない主義《しゅぎ》なので、恐《おそ》る恐《おそ》る口《くち》に運《はこ》ぶ。

「美味《おい》しいでしょ？」

正直《しょうじき》、歯《は》ごたえがよくて香《こう》ばしくて思《おも》ったよりかなり美味《おい》しかったけれど、何《なに》やらしてやられた気《き》がして悔《くや》しいという心持《こころも》ちが胃《い》から上《あ》がってきたので、首《くび》を傾《かし》げるに留《とど》めておいた。彼女《かのじょ》はいつものように理由《りゆう》の分《わ》からない笑《わら》いを浮《う》かべる。

見《み》ると彼女《かのじょ》の烏龍茶《うーろんちゃ》がなくなっていたので、店員《てんいん》を呼《よ》び烏龍茶《うーろんちゃ》を一杯《いっぱい》と普通《ふつう》の肉《にく》を少《すこ》し頼《たの》んだ。

僕《ぼく》は主《おも》に肉《にく》を、彼女《かのじょ》は主《おも》にホルモンをもくもくと食《た》べる。たまに僕《ぼく》がホルモンを食《た》べると、彼女《かのじょ》はニヤニヤといらつく顔《かお》でこちらを見《み》てきた。そんな時《とき》は彼女《かのじょ》が大事《だいじ》に育《そだ》てていたホルモンを食《く》らってやると「あー！」と悔《くや》しそうにするので、それで溜飲《りゅういん》を下《さ》げる。

「私《わたし》、火葬《かそう》は嫌《いや》なんだよね」

それなりに楽《たの》しく焼《や》き肉《にく》を食《た》べていると、彼女《かのじょ》が明《あき》らかに場所《ばしょ》を間違《まちが》えた話題《わだい》を振《ふ》ってきた。

「なんだって？」

聞《き》き間違《まちが》いの可能性《かのうせい》もあったので、一応確認《いちおうかくにん》してみると、彼女《かのじょ》は真面目《まじめ》な顔《かお》で繰《く》り返《かえ》した。

「だから、火葬《かそう》は嫌《いや》なの。死《し》んだ後《あと》に焼《や》かれるのはなぁ」

「それ、焼《や》き肉食《にくた》べながらする話《はなし》？」

「この世界《せかい》から本当《ほんとう》にいなくなっちゃうみたいじゃん。皆《みんな》に食《た》べてもらうとか無理《むり》なのかな」

「肉《にく》を食《た》べながら死体処理《したいしょり》の話《はなし》はやめにしよう」

「膵臓《すいぞう》は君《きみ》が食《た》べてもいいよ」

「聞《き》いてる？」

「人《ひと》に食《た》べてもらうと魂《たましい》がその人《ひと》の中《なか》で生《い》き続《つづ》けるっていう信仰《しんこう》も外国《がいこく》にあるらしいよ」

どうやら、というか案《あん》の定《じょう》聞《き》いていない様子《ようす》だった。もしくは聞《き》いているけれど無視《むし》されているのか。後者《こうしゃ》のような気《き》がする。

「無理《むり》かな？」

「……無理《むり》だろうね。倫理的《りんりてき》に。法律的《ほうりつてき》にどうかは調《しら》べてみないと分《わ》からないけれど」

「そっかー残念《ざんねん》。君《きみ》に膵臓《すいぞう》はあげれないね」

「いらないよ」

「食《た》べたくないの？」

「君《きみ》は膵臓《すいぞう》のせいで死《し》んでいくんじゃないか。きっと君《きみ》の魂《たましい》の欠片《かけら》が一番残《いちばんのこ》ってる。君《きみ》の魂《たましい》はとても騒《さわ》がしそうだ」

「確《たし》かに」

うわははっと彼女《かのじょ》は楽《たの》しそうに笑《わら》った。やっぱり生《い》きていてもこの騒《さわ》がしさなのだから、死《し》んで魂専門《たましいせんもん》になった彼女《かのじょ》の膵臓《すいぞう》が騒《さわ》がしくないわけがない。そんなのを食《た》べるのはごめんだった。

比《くら》べてみると、彼女《かのじょ》は僕《ぼく》よりもたくさん食《た》べていた。肉《にく》もご飯《はん》もホルモンも「うー苦《くる》しい」と言《い》うまでたらふく。僕《ぼく》は適度《てきど》にお腹《なか》が膨《ふく》れて満足《まんぞく》だというところで止《と》めておいた。当然最初《とうぜんさいしょ》から自分《じぶん》の食《た》べられる分《ぶん》だけしか注文《ちゅうもん》していないので、彼女《かのじょ》のようにサイドメニューでテーブルを埋《う》めるという愚行《ぐこう》は犯《おか》さない。

食事後《しょくじご》、大量《たいりょう》の空《あ》き皿《ざら》と用済《ようず》みの七輪《しちりん》が店員《てんいん》によって下《さ》げられ、最後《さいご》にデザートのシャーベットが運《はこ》ばれてきた。「気持《きも》ち悪《わる》い」と「苦《くる》しい」を連呼《れんこ》していた彼女《かのじょ》もこの氷菓《こおりが》子《し》の出現《しゅつげん》に息《いき》を吹《ふ》き返《かえ》し、爽《さわ》やかな息吹《いぶき》を口内《こうない》に招《まね》き入《い》れてからは、嘘《うそ》のようにまた騒《さわ》ぎ始《はじ》めた。

「食事制限《しょくじせいげん》とかはないの？」

「基本的《きほんてき》にはね。でも、それもここ十年《じゅうねん》くらいで医学《いがく》が進化《しんか》したおかげらしいよ。人間《にんげん》の力《ちから》って凄《すご》いよね。病気《びょうき》には罹《かか》ったけど、生活《せいかつ》は全然脅《ぜんぜんおびや》かされてないもん。その進化《しんか》を治《なお》す方向《ほうこう》に使《つか》えって思《おも》うよね」

「本当《ほんとう》だね」

医学《いがく》のことなんてよく分《わ》からないけれど、彼女《かのじょ》の意見《いけん》に珍《めずら》しく同意《どうい》してあげてもいい。世《よ》の中《なか》には大病《たいびょう》を治《なお》すのではなく、寄《よ》り添《そ》うという闘病法《とうびょうほう》があるというのはどこかで聞《き》いたことがあった。でも、進歩《しんぽ》させるべき技術《ぎじゅつ》は、どう考《かんが》えても治《なお》す技術《ぎじゅつ》であって、病《びょう》気《き》と仲良《なかよ》くする方法《ほうほう》ではない。なんて、僕達《ぼくたち》が言《い》っても医学《いがく》が進歩《しんぽ》するわけではないのも分《わ》かっている。進歩《しんぽ》させたければ、医学部《いがくぶ》に入《はい》って特別《とくべつ》な勉強《べんきょう》をするしかない。もちろんその時間《じかん》は、彼女《かのじょ》にはない。僕《ぼく》には、意志《いし》がない。

「これからどうするの？」

「未来《みらい》って意味《いみ》？　私《わたし》には持《も》ち合《あ》わせがないよ」

「そうじゃないよ。あのね、前《まえ》から思《おも》ってたけどそういう冗談《じょうだん》を言《い》ってさ、僕《ぼく》が困《こま》ると思《おも》わないわけ」

彼女《かのじょ》はきょとんとしてから、くすくすと控《ひか》え目《め》に笑《わら》った。表情《ひょうじょう》の変化《へんか》の激《はげ》しい人《ひと》だ。とても僕《ぼく》と同《おな》じ生《い》き物《もの》とは思《おも》えない。違《ちが》う生《い》き物《もの》だから、天命《てんめい》が違《ちが》うのかもしれないけれど。

「いや、私《わたし》も君以外《きみいがい》の前《まえ》では言《い》わないよ。普通《ふつう》はひくでしょ？　でも、君《きみ》は凄《すご》いよ。もうすぐ死《し》ぬっていうクラスメイトと普通《ふつう》に話《はな》せるんだもん。私《わたし》だったら無理《むり》かもしれない。君《きみ》が凄《すご》いから私《わたし》は言《い》いたいこと言《い》ってるの」

「買《か》いかぶり過《す》ぎだ」

まったくもって。

「そんなことないと思《おも》うけどな。【秘密《ひみつ》を知《し》ってるクラスメイト】くんは私《わたし》の前《まえ》で悲《かな》しそうな顔《かお》しないし。もしかしたら家《いえ》では泣《な》いてくれてる？」

「泣《な》いてないよ」

「泣《な》いてよ」

泣《な》くわけがない。僕《ぼく》はそんなお門違《かどちが》いなことはしない。悲《かな》しまないし、ましてや彼女《かのじょ》の前《まえ》でそういう感情《かんじょう》を見《み》せたりはしない。彼女《かのじょ》が、人前《ひとまえ》で悲《かな》しむ表情《ひょうじょう》を見《み》せないのに、他《ほか》の誰《だれ》かが代行《だいこう》するのはお門違《かどちが》いだ。

「話《はなし》を戻《もど》すけど、これからは？」

「あー、話題《わだい》を変《か》えたー。さては泣《な》いてるな？　これから私《わたし》はロープを買《か》いにいくよ」

「泣《な》いてねーよ。ロープって」

「お、君《きみ》も男《おとこ》の子《こ》っぽい言葉遣《ことばづか》いするんだね。私《わたし》をキュンとさせようとしてるのかい？

うん、ロープ。自殺用《じさつよう》の」

「誰《だれ》がもうすぐ死《し》ぬ子《こ》に言《い》い寄《よ》るんだろう。自殺《じさつ》するの？」

「自殺《じさつ》もいいかなと思《おも》ってたんだけどね、病気《びょうき》に殺《ころ》される前《まえ》に自分《じぶん》でって。でも今《いま》のところは自殺《じさつ》はしないと思《おも》う。ロープはね、いたずらのために買《か》うの。っていうか、【秘密《ひみつ》を知《し》ってるクラスメイト】くんひどい！　私《わたし》が傷《きず》ついて自殺《じさつ》してもしらないよ」

「いたずら？　自殺《じさつ》するとかしないとか話《はなし》がごちゃごちゃしてきたね。とりあえず話《はなし》をまとめよう」

「そうだね、君《きみ》は彼女《かのじょ》っていたことは？」

「何《なに》をどういう風《ふう》にまとめたのか詳《くわ》しく聞《き》きたくないから、話《はな》さなくていいよ」

彼女《かのじょ》が何《なに》かを話《はな》しだそうとしたので、先手《せんて》を打《う》って立《た》ちあがった。テーブル周《まわ》りに伝票《でんぴょう》が見《み》つからなかったので、店員《てんいん》を呼《よ》んで伝票《でんぴょう》を持《も》って来《き》てほしいと頼《たの》むと、レジに行《い》くようにと指示《しじ》された。彼女《かのじょ》も「行《い》くかー」とニコニコしながら立《た》ちあがる。

どうやら会話《かいわ》に未練《みれん》を残《のこ》さないタイプの人間《にんげん》らしい。これは好都合《こうつごう》な彼女《かのじょ》の特徴《とくちょう》が見《み》つかった。今度《こんど》からこの手《て》でいこうと思《おも》う。

焼《や》き肉屋《にくや》を出《で》て、膨《ふく》らんだお腹《なか》を抱《かか》えて地上《ちじょう》に出《で》ると、夏《なつ》らしい燦々《さんさん》とした日差《ひざ》しが僕《ぼく》らを叩《たた》いた。僕《ぼく》は思《おも》わず目《め》を細《ほそ》める。「いい天気《てんき》ー。こんな日《ひ》に死《し》のうかなー」というどういう風《ふう》に反応《はんのう》してほしいのか全《まった》く分《わ》からない呟《つぶや》きが聞《き》こえてきたので、ひとまず彼女《かのじょ》に対《たい》する最《もっと》も有効《ゆうこう》な手段《しゅだん》としての無視《むし》を決《き》め込《こ》んだ。猛獣《もうじゅう》と目《め》を合《あ》わせてはいけないっていう、あんな感《かん》じで。

その後《ご》、軽《かる》い話《はな》し合《あ》いの末《すえ》、話《はな》し合《あ》いと言《い》ってもお祭《さっ》しの通《とお》りほとんど彼女《かのじょ》が喋《しゃべ》っていただけだったけど、僕《ぼく》らは駅《えき》と直結《ちょっけつ》している大型《おおがた》のショッピングセンターに向《む》かうことにした。そこには有名《ゆうめい》なホームセンターが入《はい》っていて、彼女《かのじょ》の所望《しょもう》する自殺用《じさつよう》のロープとやらもありそうだった。いや、本当《ほんとう》はそんなもの存在《そんざい》しないんだけど。

少《すこ》しだけ歩《ある》いて辿《たど》り着《つ》いたショッピングセンターの中《なか》は人《ひと》で溢《あふ》れかえっていたけど、ホームセンターの、特《とく》にロープコーナーには誰《だれ》もいなかった。きっとこんな天気《てんき》のいい日《ひ》にロープを選《えら》ぶ奴《やつ》なんていうのは、業者《ぎょうしゃ》かカウボーイか死《し》にかけの女《おんな》の子《こ》くらいなんだろう。遠《とお》くからははしゃぐ子《こ》ども達《たち》の声《こえ》が聞《き》こえてくる中《なか》、僕《ぼく》が少《すこ》し離《はな》れたところで釘《くぎ》の大《おお》きさを比《くら》べていると、彼女《かのじょ》は若《わか》い店員《てんいん》に声《こえ》をかけていた。

「すみません、自殺《じさつ》するためのロープを探《さが》しているんですけど、やっぱり外傷《がいしょう》とか負《お》いたくないんで、その場合《ばあい》どのタイプが無難《ぶなん》ですかね？」

はっきりと聞《き》こえた彼女《かのじょ》の頭《あたま》のおかしな質問《しつもん》。振《ふ》り返《かえ》ると、店員《てんいん》が明確《めいかく》な困惑《こんわく》の表情《ひょうじょう》を浮《う》かべていたので、少《すこ》しだけ笑《わら》ってしまう。笑《わら》ってから彼女《かのじょ》なりのジョークなんだと気《き》づき悔《くや》しくなった。自殺《じさつ》するのに無難《ぶなん》、という彼女《かのじょ》なりのジョーク。店員《てんいん》も僕《ぼく》も不意《ふい》をつかれてまんまと困惑《こんわく》し、僕《ぼく》に至《いた》っては笑《わら》ってしまった。軽《かる》くやつあたりで大《おお》きさの違《ちが》う釘《くぎ》を一本《いっぽん》ずつ入《い》れ替《か》えて入《い》れ物《もの》に戻《もど》し、困《こま》っている店員《てんいん》と背中《せなか》が笑《わら》っている彼女《かのじょ》に近《ちか》づく。

「ごめんなさい。彼女余命《かのじょよめい》が残《のこ》りわずかで、ちょっと頭《あたま》がおかしくなっちゃってて」

僕《ぼく》の助《たす》け船《ぶね》に店員《てんいん》は納得《なっとく》したのか、それとも呆《あき》れかえっただけか判《はん》じかねたけど、彼《かれ》は僕《ぼく》らを残《のこ》して自《みずか》らの仕事《しごと》に戻《もど》っていった。

「もう、せっかく店員《てんいん》さんに商品《しょうひん》を紹介《しょうかい》してもらおうと思《おも》ったのに。邪魔《じゃま》しないで。もしかして私《わたし》と店員《てんいん》さんの仲睦《なかむつ》まじさに嫉妬《しっと》しちゃったの？」

「あれを仲睦《なかむつ》まじいっていうなら、誰《だれ》もオレンジを天《てん》ぷらにしようとは思《おも》わないだろうね」

「どういう意味《いみ》？」

「意味《いみ》ないこと言《い》ったんだから追究《ついきゅう》しないでくれる？」

彼女《かのじょ》をイラつかせようと思《おも》って言《い》ったのに、一拍置《いっぱくお》いて彼女《かのじょ》はうわはははははっといつもより余計《よけい》に笑《わら》った。

なぜだか妙《みょう》に上機嫌《じょうきげん》になった彼女《かのじょ》は手早《てばや》くロープを一本買《いっぽんか》い、それを入《い》れておく可愛《かわい》らしい猫《ねこ》の絵《え》の付《つ》いたトートバッグも買《か》った。鼻歌交《はなうたま》じりにロープ入《い》りのバッグを振《ふ》りまわす彼女《かのじょ》と一緒《いっしょ》にホームセンターを出《で》る。一体《いったい》どんな愉快《ゆかい》なホームセンターから出《で》てきたのかと、周《まわ》りの人々《ひとびと》の誤解《ごかい》と注目《ちゅうもく》を集《あつ》めていた。

「【秘密《ひみつ》を知《し》ってるクラスメイト】くーん、これからどうする？」

「僕《ぼく》は君《きみ》についてきてるだけだから、特《とく》に目的《もくてき》はないけど」

「あれ、そうなんだ？　どこか寄《よ》りたいところとかは？」

「強《し》いて言《い》えば、本屋《ほんや》かな」

「本買《ほんか》うの？」

「いいや、用事《ようじ》もなく本屋《ほんや》に行《い》くの好《す》きなんだ」

「へぇ、なんだかスウェーデンのことわざみたいだね」

「どういう意味《いみ》？」

「意味《いみ》ないこと言《い》ったんだから追究《ついきゅう》しないでくれるかな、うふふ」

やっぱり彼女《かのじょ》は上機嫌《じょうきげん》みたいだった。僕《ぼく》はただただいらっとした。相反《あいはん》する表情《ひょうじょう》を浮《う》かべながら、僕《ぼく》らは同《どう》ショッピングセンター内《ない》の大《おお》きな本屋《ほんや》に行《い》くことにした。着《つ》いてから僕《ぼく》は彼女《かのじょ》に構《かま》わずに小説《しょうせつ》の新刊《しんかん》コーナーに向《む》かった。彼女《かのじょ》はついてこなかった。久《ひさ》しぶりに手《て》に入《い》れた一人《ひとり》の時間《じかん》を、僕《ぼく》は文庫本《ぶんこぼん》を眺《なが》めながら満喫《まんきつ》する。

何冊《なんさつ》もの文庫本《ぶんこぼん》の表紙《ひょうし》を眺《なが》めたり冒頭《ぼうとう》を読《よ》んだりしていると、知《し》らないうちに時間《じかん》が過《す》ぎていた。本《ほん》が好《す》きな人間《にんげん》なら理解《りかい》できるはずの感覚《かんかく》だけれど、全《すべ》ての人間《にんげん》が本好《ほんず》きなわけではない。だから僕《ぼく》は腕時計《うでどけい》を見《み》て少《すこ》しだけ罪悪感《ざいあくかん》を持《も》ちながら、店内《てんない》で彼女《かのじょ》を捜《さが》した。彼女《かのじょ》はファッション雑誌《ざっし》を笑顔《えがお》で立《た》ち読《よ》みしていた。立《た》ち読《よ》み中《ちゅう》ですら笑顔《えがお》を浮《う》かべられるのは凄《すご》いと思《おも》う。僕《ぼく》にはできない。

近《ちか》づくと、彼女《かのじょ》は声《こえ》をかける前《まえ》に気《き》がついてこちらに目《め》を向《む》けた。僕《ぼく》は素直《すなお》に謝《あやま》る。

「ごめん、君《きみ》のことを忘《わす》れてた」

「ひどっ！　でもまあ大丈夫《だいじょうぶ》。私《わたし》もずっと本《ほん》読《よ》んでたから。【秘密《ひみつ》を知《し》ってるクラスメイト】くんはファッションとか興味《きょうみ》ある？」

「ない。着《き》るものは、目立《めだ》たなくて普通《ふつう》なら何《なん》でもいいかな」

「そうだろうなぁって思《おも》った。私《わたし》は興味《きょうみ》あるんだよ。大学生《だいがくせい》になったらいっぱいお洒落《しゃれ》するんだぁ、なんつってもうすぐ死《し》ぬんだけどさ。人間《にんげん》やっぱ外見《がいけん》より中身《なかみ》の方《ほう》が大事《だいじ》だね」

「完璧《かんぺき》に言葉《ことば》の使《つか》い方《かた》を間違《まちが》ってるね」

僕《ぼく》は、周《まわ》りを見《み》るともなしに見《み》る。彼女《かのじょ》の発言《はつげん》が注目《ちゅうもく》を集《あつ》めているかもしれないと思《おも》ったからだ。でも一人《ひとり》の女子高生《じょしこうせい》が発《はっ》したとんでもない言葉《ことば》に、ほんの少《すこ》しでも興味《きょうみ》を持《も》った人間《にんげん》は周《まわ》りにいないようだった。

本屋《ほんや》ではどちらも何《なに》も買《か》わなかった。実《じつ》はその後《ご》も僕《ぼく》らは何《なに》も買《か》わなかった。本屋《ほんや》を出《で》た後《あと》も、彼女《かのじょ》の気《き》まぐれで目《め》に入《はい》ったアクセサリー屋《や》や、眼鏡屋《めがねや》に入《はい》ったりはしたけれど、商品《しょうひん》の一切《いっさい》を購入《こうにゅう》することなく僕《ぼく》らは店《みせ》を出《で》た。結局《けっきょく》、彼女《かのじょ》が購入《こうにゅう》したのはロープとトートバッグだけだった。

歩《ある》き疲《つか》れ、彼女《かのじょ》の提案《ていあん》で僕《ぼく》らは全国《ぜんこく》チェーンのカフェに入《はい》ることにした。店内《てんない》は混《こ》みあっていたけれど、運《うん》よく席《せき》を見《み》つけた。彼女《かのじょ》が待《ま》っている間《あいだ》に僕《ぼく》が二人分《ふたりぶん》を買《か》いに行《い》くことにする。彼女《かのじょ》は冷《つめ》たいカフェオレを所望《しょもう》した。レジで自分《じぶん》のアイスコーヒーとともにカフェオレを注文《ちゅうもん》し、トレイに載《の》せてテーブルに戻《もど》る。彼女《かのじょ》は何《なに》をして待《ま》っていたかと思《おも》えば、『共病文庫《きょうびょうぶんこ》』にペンを走《はし》らせていた。

「あ、ありがとう。いくらだった？」

「いいよ、焼《や》き肉代《にくだい》もあるし」

「あれは本当《ほんとう》に私《わたし》が好《す》きで払《はら》ったんだからいいよ。まあコーヒーくらいは奢《おご》られてあげよう」

嬉《うれ》しそうに彼女《かのじょ》はストローをグラスにさしてカフェオレを吸《す》い上《あ》げる。嬉《うれ》しそうに、といちいち表現《ひょうげん》するのも彼女《かのじょ》にとっては余計《よけい》かもしれない。彼女《かのじょ》はいつも何《なに》かしらポジティブな様子《ようす》を体《からだ》にたたえている。

「うふっ、私達周《わたしたちまわ》りからはカップルに見《み》えるかな？」

「見《み》えたとして、本当《ほんとう》のこととは違《ちが》うんだから関係《かんけい》ないよ」

「うわぁ、ドライだねぇ」

「見《み》ようと思《おも》えば性別《せいべつ》の違《ちが》う二人組《ふたりぐみ》は全部《ぜんぶ》カップルに見《み》えるし、外見《がいけん》だけなら君《きみ》もとても、もうすぐ死《し》ぬようには見《み》えない。大切《たいせつ》なのは、人《ひと》からの評価《ひょうか》じゃなくて中身《なかみ》。君《きみ》も言《い》ってたろ」

【秘密《ひみつ》を知《し》ってるクラスメイト】くんらしいね」

笑《わら》いながらカフェオレを飲《の》もうとするので、彼女《かのじょ》のグラスから逃《に》げ出《だ》した空気《くうき》の音《おと》がする。

「それで、【秘密《ひみつ》を知《し》ってるクラスメイト】くんには彼女《かのじょ》はいたの？」

「よし、休《やす》んだしそろそろ」

「まだ一口《ひとくち》もコーヒー飲《の》んでないでしょうが」

どうやら同《おな》じ手《て》は食《く》わないつもりらしい。立《た》ちあがろうとすると彼女《かのじょ》に腕《うで》を掴《つか》まれた。爪《つめ》をたてるのはやめてほしい。もしかして焼《や》き肉屋《にくや》で僕《ぼく》が話題《わだい》を切《き》ったことに対《たい》する腹《はら》いせだろうか。怒《いか》りを買《か》うのは嫌《いや》なので大人《おとな》しく座《すわ》り直《なお》す。

「どうなの？　彼女《かのじょ》は？」

「さあね」

「というか私《わたし》、君《きみ》のことなんにも知《し》らない気《き》がする」

「かもしれないね。僕《ぼく》は自分《じぶん》のことを話《はな》すのは好《す》きじゃない」

「どうして？」

「誰《だれ》も興味《きょうみ》がないだろうことを、へらへらと自意識過剰《じいしきかじょう》に喋《しゃべ》りたくないんだ」

「なんで誰《だれ》も興味《きょうみ》がないって決《き》めつけるの？」

「僕《ぼく》が人《ひと》に興味《きょうみ》がないからだよ。基本的《きほんてき》に人《ひと》は皆《みんな》、自分以外《じぶんいがい》に興味《きょうみ》がない、つまるところね。もちろん例外《れいがい》はあるよ。君《きみ》みたいに、特殊《とくしゅ》な事情《じじょう》を抱《かか》えてる人間《にんげん》には僕《ぼく》も少《すこ》し興《きょう》味《み》はある。でも僕自身《ぼくじしん》は、他《ほか》の誰《だれ》かに興味《きょうみ》を持《も》たれるような人間《にんげん》じゃない。だから、誰《だれ》の得《とく》にもならないことを喋《しゃべ》る気《き》にはならない」

テーブルの木目《もくめ》を見《み》ながら、普段考《ふだんかんが》えていることを机《つくえ》に並《なら》べる感覚《かんかく》で彼女《かのじょ》に曝《さら》す。こういう持論《じろん》も、いつもは心《こころ》の奥底《おくそこ》でほこりをかぶって眠《ねむ》っている。もちろん、話《はな》す相手《あいて》がいないからだ。

「私《わたし》は、興味《きょうみ》あるよ」

持論《じろん》にかかっていたほこりを払《はら》いのけて、それを手《て》に入《い》れた経緯《けいい》や思《おも》い出《で》を眺《なが》めていたので、彼女《かのじょ》の言葉《ことば》を理解《りかい》し損《そこ》ねた。顔《かお》をあげて、驚《おどろ》く。彼女《かのじょ》の豊《ゆた》かな表情《ひょうじょう》が、一《ひと》つの想《おも》いを表出《ひょうしゅつ》させていた。人《ひと》に疎《うと》い僕《ぼく》でも、彼女《かのじょ》が多少《たしょう》の怒《いか》りを抱《かか》えているのが一目《ひとめ》でわかった。

「どうしたの？」

「私《わたし》は、君《きみ》のことに興味《きょうみ》があるって言《い》ってるの。私《わたし》は興味《きょうみ》がない人《ひと》を遊《あそ》びに誘《さそ》ったりしない。馬鹿《ばか》にしないで」

彼女《かのじょ》の言《い》うことは本当《ほんとう》のところはよく分《わ》からなかった。僕《ぼく》に興味《きょうみ》を持《も》ってくれている理由《りゆう》も、怒《おこ》っている理由《りゆう》も分《わ》からない。ましてや、彼女《かのじょ》を馬鹿《ばか》になんてしていない。

「馬鹿《ばか》なのかもしれないとはたまに思《おも》うけど、馬鹿《ばか》にはしてないよ」

「君《きみ》はそのつもりなのかもしれないけどね、私《わたし》は機嫌《きげん》を損《そこ》ねました！」

「ああ、そう……ごめんなさい」

意味《いみ》は分《わ》からずともとにかく謝《あやま》る。怒《おこ》っている人《ひと》に唯一《ゆいいつ》にして最大《さいだい》の効力《こうりょく》を発揮《はっき》する行動《こうどう》をとることを僕《ぼく》は厭《いと》わない。案《あん》の定《じょう》、彼女《かのじょ》も他《ほか》の怒《おこ》った人々《ひとびと》と同《おな》じように、頬《ほほ》を膨《ふく》らませながらも徐々《じょじょ》に表情《ひょうじょう》を和《やわ》らげていった。

「君《きみ》がちゃんと答《こた》えてくれるなら、許《ゆる》すよ」

「……聞《き》いても楽《たの》しくないよ」

「教《おし》えて、興味《きょうみ》があるから」

彼女《かのじょ》はいつのまにか口角《こうかく》をあげてにんまりとしていた。逆《さか》らえる気《き》がせず、仕方《しかた》ない、と懐柔《かいじゅう》されてしまう自分《じぶん》を情《なさ》けないとは思《おも》わない。僕《ぼく》は草舟《くさぶね》。

「君《きみ》の期待《きたい》に応《こた》えられるとは思《おも》えないな」

「いいのいいの、さあ、答《こた》えて？」

「小学生《しょうがくせい》くらいからかな、僕《ぼく》には友達《ともだち》っていうのがいた記憶《きおく》がない」

「…………記憶喪失《きおくそうしつ》？」

「……やっぱり君《きみ》は馬鹿《ばか》なのかもしれない」

本気《ほんき》で疑《うたぐ》ってから、もしかすると彼女《かのじょ》の年齢《ねんれい》で不治《ふじ》の病《やまい》に罹《かか》ることの方《ほう》が記憶喪失《きおくそうしつ》になることよりも確率《かくりつ》が低《ひく》かったら、彼女《かのじょ》の発言《はつげん》にも正当性《せいとうせい》があるのかもしれないと思《おも》った。僕《ぼく》は前言《ぜんげん》を撤回《てっかい》するつもりで、顔《かお》を分《わ》かりやすくしかめる彼女《かのじょ》に説明《せつめい》してやる。

「友達《ともだち》がいなかったってこと。だから、君《きみ》の言《い》う彼女《かのじょ》っていうのも、もちろんいたことなんてない」

「ずーっと、友達《ともだち》いなかったの？　今《いま》だけじゃなくて？」

「うん、人《ひと》に興味《きょうみ》を持《も》たないから、人《ひと》からも興味《きょうみ》を持《も》たれないんだろうね。誰《だれ》も損《そん》してないから、僕《ぼく》はそれでよかった」

「友達欲《ともだちほ》しくなかったの？」

「どうだろう。いれば楽《たの》しかったのかもしれないけど、僕《ぼく》は現実《げんじつ》の世界《せかい》よりも小説《しょうせつ》の中《なか》の方《ほう》が楽《たの》しいって信《しん》じてるから」

「それでいっつも本読《ほんよ》んでるんだ」

「そうだね。これで僕《ぼく》の面白《おもしろ》くない話《はなし》は終《お》わり。社交辞令《しゃこうじれい》で訊《き》いてあげるけど、君《きみ》こそ彼氏《かれし》は？　いるんなら今《いま》すぐ僕《ぼく》なんかじゃなくて彼氏《かれし》と過《す》ごした方《ほう》がいい」

「いたけどね、ついこの前別《まえわか》れちゃった」

彼女《かのじょ》はなんの愁《うれ》いもなさそうに言《い》った。

「君《きみ》がもうすぐ死《し》ぬから？」

「違《ちが》うよ。彼氏《かれし》にそんなこと言《い》うわけないでしょー。友達《ともだち》にも言《い》ってないし」

じゃあなぜ僕《ぼく》にはあの時正直《ときしょうじき》に告《つ》げたのか。気《き》にならなかったので訊《き》かなかった。自然《しぜん》に。

「彼《かれ》ねー、あ、君《きみ》も知《し》ってるよ。うちのクラスにいるから。名前言《なまえい》っても君《きみ》は覚《おぼ》えてないかも、うわはは。彼《かれ》はね、友達《ともだち》としては凄《すご》くいい人《ひと》なんだけど、恋人《こいびと》になったら駄目《だめ》だったな」

「そういうこともあるんだ」

まずもって友人《ゆうじん》のいない僕《ぼく》には分《わ》からない。

「あるんだねー。だから私《わたし》から別《わか》れちゃった。神様《かみさま》が最初《さいしょ》からタグ付《づ》けしといてくれればいいのにね。この人《ひと》は友達専用《ともだちせんよう》、この人《ひと》は恋人《こいびと》でもいいよって」

「そうしてくれたら僕《ぼく》は楽《らく》だな。だけど君《きみ》みたいな人《ひと》は、人間関係《にんげんかんけい》は複雑《ふくざつ》だから面白《おもしろ》いとか言《い》いそうなものだけど」

僕《ぼく》の意見《いけん》に、彼女《かのじょ》はうわははっと豪快《ごうかい》に笑《わら》う。

「言《い》いそうだね。うん、確《たし》かにそう思《おも》ってるかも、じゃあ、さっきのタグ付《づ》けは撤回《てっかい》だな。君《きみ》は私《わたし》を分《わ》かってるね」

「…………」

否定《ひてい》しようとして、やめた。そうかもしれない、と思《おも》った。理由《りゆう》に、思《おも》い当《あ》たる節《ふし》があるからだった。僕《ぼく》は彼女《かのじょ》を分《わ》かっている。

「…………きっと、反対《はんたい》だから」

「反対《はんたい》？」

「君《きみ》は僕《ぼく》とは反対《はんたい》の人《ひと》だから、僕《ぼく》が思《おも》いそうにないことを、君《きみ》が思《おも》っているのだろうなと。それを口《くち》にしたら、当《あ》たってた」

「小難《こむずか》しいこと言《い》うね、小説《しょうせつ》の影響《えいきょう》？」

「かもね」

本当《ほんとう》は関《かか》わる必要《ひつよう》も予定《よてい》もなかったまるで反対《はんたい》の場所《ばしょ》に立《た》つ人《ひと》。

数ヶ月前《すうかげつまえ》まで、僕《ぼく》と彼女《かのじょ》の接点《せってん》は同《おな》じクラスにいることと、僕《ぼく》の耳《みみ》に飛《と》び込《こ》んでくる騒《さわ》がしい彼女《かのじょ》の笑《わら》い声《ごえ》だけだった。あまりに騒《さわ》がしいから、人《ひと》に興味《きょうみ》のない僕《ぼく》でも彼女《かのじょ》を病院《びょういん》で見《み》た時《とき》、すぐに名前《なまえ》が浮《う》かんだくらいだ。それもきっと、反対《はんたい》の人《ひと》だから、頭《あたま》のどこかに引《ひ》っかかっていたのだろう。

彼女《かのじょ》はカフェオレを飲《の》みながら、嬉《うれ》しそうに「美味《おい》しー」といちいち感想《かんそう》を言《い》う。僕《ぼく》は黙《だま》ってブラックのままのコーヒーを飲《の》む。

「あ、確《たし》かに反対《はんたい》かもねー、君《きみ》、焼《や》き肉《にく》の時《とき》カルビとかロースばっかり食《た》べてたじゃん。焼《や》き肉《にく》なんてホルモン食《た》べにいくみたいなもんなのに」

「思《おも》ったより美味《おい》しかったけど、やっぱり普通《ふつう》の肉《にく》の方《ほう》が美味《おい》しいよ。生《い》き物《もの》の内臓《ないぞう》を好《この》んで食《た》べるなんて、悪魔《あくま》のやることだね。コーヒーに砂糖《さとう》やミルクをやたらめったら入《い》れるってのも、悪魔《あくま》のやることだ。コーヒーはそのままで完成《かんせい》してるのに」

「どうやら君《きみ》とは食《しょく》の方向性《ほうこうせい》が合《あ》わないみたいだね」

「食《しょく》だけとは思《おも》えないけどね」

カフェには、その後一時間《ごいちじかん》ほど居座《いすわ》った。その間《あいだ》にした話《はなし》は全《すべ》て至極《しごく》どうでもよいものだった。生《せい》や、死《し》や、病気《びょうき》や、余生《よせい》についての話《はなし》はしなかった。ではどのような話題《わだい》があったかと言《い》うと、主《おも》に彼女《かのじょ》がクラスメイトについての話《はなし》をした。僕《ぼく》に、クラスメイトに興味《きょうみ》を持《も》たせようとしたようだったけど、彼女《かのじょ》の試《こころ》みは失敗《しっぱい》に終《お》わったと言《い》える。

僕《ぼく》は、クラスメイトの他愛無《たあいな》い失敗《しっぱい》や、単純《たんじゅん》な恋模様《こいもよう》に興味《きょうみ》を持《も》てるほど、退屈《たいくつ》な物《もの》語《がたり》しか知《し》らない人間《にんげん》ではなかった。そんな僕《ぼく》の感情《かんじょう》に彼女《かのじょ》はきっと気《き》づいていただろう、僕《ぼく》は退屈《たいくつ》を隠《かく》せる人間《にんげん》でもなかったからだ。それでも一生懸命《いっしょうけんめい》に話《はな》す彼女《かのじょ》の様子《ようす》の方《ほう》は、少《すこ》しばかり興味深《きょうみぶか》かった。僕《ぼく》なら糠《ぬか》に釘《くぎ》は打《う》たないし、暖簾《のれん》に腕《うで》を押《お》したりもしない。

そろそろ帰《かえ》ろうか、どちらからともなくそういう雰囲気《ふんいき》になった時《とき》に、僕《ぼく》は気《き》になっていたことを彼女《かのじょ》に訊《き》いた。

「そういえば、ロープどうするの？　自殺《じさつ》はしないんでしょ？　いたずらとか言《い》ってたけど」

「いたずらするよ、と言《い》っても私《わたし》は結果《けっか》は見《み》れないんだけどね、だから【秘密《ひみつ》を知《し》ってるクラスメイト】くんが確認《かくにん》しといてよ。『共病文庫《きょうびょうぶんこ》』でね、私《わたし》がロープのことほのめかしとくからさ、そしたらロープ見《み》つけた人《ひと》は、私《わたし》が自殺《じさつ》しようかと思《おも》うほど追《お》いつめられてたのかぁって勘違《かんちが》いするでしょ？　そういういたずら」

「悪趣味《あくしゅみ》だね」

「大丈夫大丈夫《だいじょうぶだいじょうぶ》、ちゃんと本当《ほんとう》は嘘《うそ》でしたってのも書《か》いとくから。落《お》としてから上《あ》げた方《ほう》がいいでしょ」

「それでよかったとはならないだろうけど、ないよりいいかな」

僕《ぼく》は呆《あき》れた、そしてやはり自分《じぶん》とは方向性《ほうこうせい》のまるで違《ちが》う彼女《かのじょ》の思考《しこう》が面白《おもしろ》いと思《おも》った。

僕《ぼく》ならば、死《し》んだ後《あと》の周《まわ》りの人間《にんげん》の反応《はんのう》になんて気《き》を配《くば》ったりしない。

カフェを出《で》てから、駅《えき》に向《む》かい、人混《ひとご》みにもまれながらどうにか電車《でんしゃ》に乗《の》り込《こ》んで、立《た》ったまま短《みじか》い会話《かいわ》をしているうちに、僕《ぼく》らは住《す》んでいる町《まち》に帰《かえ》ってきていた。

二人《ふたり》ともに、駅《えき》までは自転車《じてんしゃ》で来《き》ていたので、無料《むりょう》の駐輪場《ちゅうりんじょう》で自転車《じてんしゃ》を回収《かいしゅう》し、学校《がっこう》の近《ちか》くまで走《はし》らせてから、手《て》を振《ふ》って別《わか》れた。彼女《かのじょ》は「また明日《あした》」と言《い》っていた。明日《あした》は図書委員会《としょいいんかい》もなく、彼女《かのじょ》と話《はな》すことはないだろうと思《おも》ったけど、一応《いちおう》「うん」と返《かえ》しておいた。

自転車《じてんしゃ》で帰《かえ》った道《みち》は、やっぱり今後何度《こんごなんど》でも見《み》るのだろう、いつもの道《みち》だった。あれ？と不思議《ふしぎ》になる。昨日《きのう》までは心《こころ》の表面《ひょうめん》に浮《う》かびあがっていた死《し》とか消失《しょうしつ》への逃《のが》れ得《え》ぬ恐《きょう》怖《ふ》が、少《すこ》しだけ沈《しず》んでしまっていた。大方《おおかた》、今日会《きょうあ》った彼女《かのじょ》の印象《いんしょう》があまりに死《し》と遠《とお》く、僕《ぼく》から死《し》への現実感《げんじつかん》を奪《うば》ってしまったのだろう。

この日《ひ》、僕《ぼく》は彼女《かのじょ》が死《し》ぬことを少《すこ》しだけ信《しん》じられなくなった。

家《いえ》に帰《かえ》って、本《ほん》を読《よ》み、母《はは》の作《つく》った夕飯《ゆうはん》を食《た》べて、お風呂《ふろ》に入《はい》り、台所《だいどころ》で麦茶《むぎちゃ》を飲《の》んで、父《ちち》に「おかえり」と言《い》い、また本《ほん》を読《よ》もうと思《おも》って部屋《へや》に帰《かえ》ると、携帯電話《けいたいでんわ》にメールが来《き》ていた。僕《ぼく》は基本的《きほんてき》に、携帯電話《けいたいでんわ》のメール機能《きのう》を使《つか》わないので、メール着信《ちゃくしん》の合図《あいず》を不《ふ》思議《しぎ》に思《おも》った。携帯電話《けいたいでんわ》を開《ひら》いてみると、メールは彼女《かのじょ》からのものだった。そういえば、図書委員《としょいいん》の連絡網《れんらくもう》とやらで彼女《かのじょ》とメールアドレスの交換《こうかん》をしたのを思《おも》い出《だ》す。

ベッドに寝転《ねころ》がり、メールを開《ひら》いてみる。こんな内容《ないよう》だった。

『おつかれー！　メールしてみたよ、届《とど》いてるかな？　今日《きょう》は付《つ》き合《あ》ってくれてありがとね［ピース］　凄《すご》い楽《たの》しかったよ！［笑顔《えがお》］　また私《わたし》がやりたいことに付《つ》き合《あ》ってくれたらとても嬉《うれ》しいよ［笑顔《えがお》］　死《し》ぬまで仲良《なかよ》くしてね！　じゃあおやすみー［笑顔《えがお》］　また明日《あした》ー』

まず思《おも》い当《あ》たったのは、焼《や》き肉《にく》のお金《かね》を返《かえ》し忘《わす》れたということだった。明日《あした》は無理《むり》にしても忘《わす》れないように携帯電話《けいたいでんわ》のメモ帳機能《ちょうきのう》に記録《きろく》しておく。

簡単《かんたん》に返信《へんしん》しておこうと思《おも》って、もう一度文章《いちどぶんしょう》を読《よ》み返《かえ》す。

仲良《なかよ》く、か。

普通《ふつう》なら、彼女《かのじょ》なりのジョークであろう「死《し》ぬまで」に目《め》が行《ゆ》くのだろうけれど、僕《ぼく》はむしろ後《うし》ろの部分《ぶぶん》が気《き》になった。

そうか、僕《ぼく》らは仲良《なかよ》くしてるのか。

今日一日《きょういちにち》を思《おも》い返《かえ》してみて、確《たし》かに仲良《なかよ》くしているのかもしれないと考《かんが》えた。

ふいに心《こころ》に浮《う》かんだことをそのままメールにしようかとして、やめた。それを彼女《かのじょ》に言《い》うのは、悔《くや》しい気《き》がした。

僕《ぼく》も今日《きょう》、少《すこ》しだけ楽《たの》しかった。

心《こころ》の奥《おく》の方《ほう》に閉《と》じ込《こ》めたそれを、メールの上《うえ》で「また明日《あした》」という言葉《ことば》にして彼女《かのじょ》に贈《おく》った。

ベッドの上《うえ》で、僕《ぼく》は文庫本《ぶんこぼん》を開《ひら》いた。反対側《はんたいがわ》の彼女《かのじょ》は、何《なに》をしているんだろうか。

3

昨日《きのう》の夜中《よなか》、僕《ぼく》が眠《ねむ》った後《あと》、隣《となり》の県《けん》で殺人事件《さつじんじけん》が起《お》きた。通《とお》り魔《ま》みたいなものだったらしく、当然《とうぜん》、朝《あさ》からテレビはその話題《わだい》で持《も》ちきりだった。

だから今日《きょう》から試験期間《しけんきかん》とはいえ、学校《がっこう》も事件《じけん》の話題《わだい》で持《も》ちきりだろうと思《おも》ったら、少《すく》なくとも僕《ぼく》のクラスではそういうこともなくて、では試験《しけん》についての話題《わだい》があるのかといえばそうでもなくて、どうやら僕《ぼく》にとってあまりよくない話題《わだい》でクラスメイト達《たち》はひそひそと盛《も》り上《あ》がっているみたいだった。

彼《かれ》らはつまり、あの明朗快活《めいろうかいかつ》で元気溌剌《げんきはつらつ》、クラスの人気者《にんきもの》の彼女《かのじょ》が、クラス随一《ずいいち》の地味《じみ》で根暗《ねくら》な少年《しょうねん》と休《やす》みの日《ひ》にお茶《ちゃ》をしていた謎《なぞ》を解《と》き明《あ》かしたいらしかった。そんなのに答《こた》えがあるなら僕《ぼく》が知《し》りたいと思《おも》ったけど、今日《きょう》もいつものようにクラスメイトとの接《せっ》触《しょく》をできるだけ避《さ》けたので、訊《き》く機会《きかい》には恵《めぐ》まれなかった。

事態《じたい》は、ひとまず図書委員会《としょいいんかい》の打《う》ち合《あ》わせか何《なに》かだろうという方向性《ほうこうせい》でまとまったかに見《み》えた。話《はなし》に関与《かんよ》していなかった僕《ぼく》もそのまま収束《しゅうそく》してくれるのを願《ねが》ったけれど、余計《よけい》なことに勇気《ゆうき》があり遠慮《えんりょ》のない女子《じょし》が彼女《かのじょ》に大声《おおごえ》で直接質問《ちょくせつしつもん》し、また余計《よけい》なことに彼女《かのじょ》が余計《よけい》に余計《よけい》なことを言《い》った。

「仲良《なかよ》しなの」

一応《いちおう》、クラスメイト達《たち》の興味《きょうみ》の矛先《ほこさき》は僕《ぼく》だというのは認識《にんしき》していたので、いつもよりは彼《かれ》らの会話《かいわ》に注意《ちゅうい》を向《む》けていた、だから彼女《かのじょ》の余計極《よけいきわ》まりない言葉《ことば》も聞《き》こえた。その後《ご》のクラスメイト達《たち》からの視線《しせん》にも気《き》づいた。当然《とうぜん》、僕《ぼく》はそれらに気《き》がつかないふりをした。

試験《しけん》が一《ひと》つ終《お》わるごとに、ほとんど会話《かいわ》もしたことがないクラスメイト達《たち》から視線《しせん》を投《な》げつけられ、なぜ、どうしてといわれのない容疑《ようぎ》を陰《かげ》でかけられたけど、僕《ぼく》は相変《あいか》わらず無視《むし》を続《つづ》けた。

関与《かんよ》の拒否《きょひ》を許《ゆる》されなくなったことが一度《いちど》だけ、三時間目《さんじかんめ》の終《お》わりにあったけれど、それもすぐに解決《かいけつ》した。

先《さき》ほど、遠慮《えんりょ》も配慮《はいりょ》もなしに彼女《かのじょ》に質問《しつもん》した女子《じょし》が、とことこと僕《ぼく》のところに歩《ある》いてきて話《はな》しかけてきた。

「ねーねー、【地味《じみ》なクラスメイト】くん、桜良《さくら》と仲《なか》いいの？」

訊《き》かれて、きっとこの人《ひと》はいい人《ひと》なんだろうなと思《おも》った。理由《りゆう》は、他《ほか》のクラスメイト達《たち》が遠巻《とおま》きにこちらを観察《かんさつ》していたから。この人《ひと》はさっきも今回《こんかい》もあけっぴろげな性格《せいかく》を利《り》用《よう》され、前線《ぜんせん》に立《た》たされたんだろう。

僕《ぼく》は、正確《せいかく》な名前《なまえ》も覚《おぼ》えていないクラスメイトに同情《どうじょう》し、答《こた》えてあげる。

「別《べつ》に。昨日《きのう》はたまたま会《あ》っただけ」

「ふーん」

善良《ぜんりょう》で素直《すなお》な女《おんな》の子《こ》は、僕《ぼく》の言葉《ことば》を聞《き》いたままに受《う》け取《と》ってくれたようで、「分《わ》かったー」と言《い》いながらクラスメイト達《たち》の輪《わ》の中《なか》に入《はい》っていった。

こういう時《とき》、僕《ぼく》は嘘《うそ》をつくことをためらわない。自分《じぶん》の保身《ほしん》と、彼女《かのじょ》の秘密《ひみつ》の保護《ほご》という名目《めいもく》があるのだから仕方《しかた》がない。余計《よけい》なことしか言《い》わない彼女《かのじょ》でも、僕《ぼく》と会《あ》った理由《りゆう》が、不治《ふじ》の病《やまい》というとんでもない秘密《ひみつ》とリンクしているのだから、口裏《くちうら》は合《あ》わせてくれるだろう。

ひとまずの難《なん》はこれで去《さ》った。四時間目《よじかんめ》までの試験《しけん》を終《お》えて、今回《こんかい》もクラス平均《へいきん》より少《すこ》し上《うえ》くらいの点数《てんすう》を上手《うま》く取《と》れているだろうという予感《よかん》を得《え》てから、僕《ぼく》は特《とく》に誰《だれ》とコミュニケーションをとることもなく掃除《そうじ》をし、帰《かえ》りの準備《じゅんび》をした。することもないしさっさと帰《かえ》ろう。そうやって教室《きょうしつ》から出《で》ようとした僕《ぼく》を、大《おお》きな声《こえ》が止《と》めた。

「待《ま》って待《ま》って！【仲《なか》のいいクラスメイト】くん！」

振《ふ》り返《かえ》ると、満面《まんめん》の笑《え》みの彼女《かのじょ》と、僕《ぼく》ら二人《ふたり》を訝《いぶか》しがるクラスメイト達《たち》の顔《かお》が見《み》えた。

本当《ほんとう》はどちらも無視《むし》したかったけれど、仕方《しかた》なく後者《こうしゃ》だけを無視《むし》して、歩《あゆ》み寄《よ》ってくる彼女《かのじょ》を待《ま》った。

「ちょっと図書室《としょしつ》に来《き》てほしいんだって、仕事《しごと》あるらしいよ」

彼女《かのじょ》の声《こえ》を聞《き》いて、なぜだかクラス内《ない》にほっとした空気《くうき》が散《ち》らばった。

「僕《ぼく》は聞《き》いてないよ」

「さっき先生《せんせい》に会《あ》って言《い》われたの。他《ほか》に用事《ようじ》ある？」

「ないけど」

「じゃあ行《い》こうよ。どうせ勉強《べんきょう》もしないんでしょ？」

失礼《しつれい》だと思《おも》ったけれど事実《じじつ》だったので、彼女《かのじょ》に並《なら》んで図書室《としょしつ》に行《い》くことにした。

この後《あと》、図書室《としょしつ》についてからのことを詳細《しょうさい》に説明《せつめい》するのは嫌《いや》なので、簡潔《かんけつ》に説明《せつめい》すると、彼女《かのじょ》は僕《ぼく》をからかいたかっただけだった。僕《ぼく》が真面目《まじめ》に先生《せんせい》に仕事内容《しごとないよう》を尋《たず》ねると、呼《よ》び出《だ》されてあげた僕《ぼく》を彼女《かのじょ》と先生《せんせい》は高《たか》らかに笑《わら》った。即時帰宅《そくじきたく》を試《こころ》みたものの、先生《せんせい》が謝《あやま》りながらお茶菓子《ちゃがし》を出《だ》してくれたのでそれに免《めん》じて許《ゆる》してやった。

しばらくお茶《ちゃ》をしてから、今日《きょう》は早《はや》めに図書室《としょしつ》を閉《し》めるということで追《お》い出《だ》された。その段《だん》になり僕《ぼく》は初《はじ》めて彼女《かのじょ》になぜ意味《いみ》のない嘘《うそ》をついたのか訊《き》いた。さぞかし大層《たいそう》な理由《りゆう》があるんだろうな、と思《おも》って。

「別《べつ》に。いたずらが好《す》きなだけだよ？」

こいつ……、と思《おも》ったけれどそれを表《おもて》に出《だ》しては、いたずらをしかけた者《もの》の思《おも》うつぼなのだろうと、靴箱《くつばこ》に向《む》かう途中《とちゅう》で一回《いっかい》彼女《かのじょ》の足《あし》を引《ひ》っかけるに留《とど》めておいた。彼女《かのじょ》は軽《かろ》やかに僕《ぼく》の足《あし》を飛《と》び越《こ》え、片眉《かたまゆ》を吊《つ》り上《あ》げた心底《しんそこ》むかつく顔《かお》をした。

「いつか狼少年《おおかみしょうねん》みたいになって罰《ばつ》を受《う》けるといいよ」

「だから膵臓《すいぞう》やっちゃったのか、神様《かみさま》ちゃんと見《み》てるねー。君《きみ》は嘘《うそ》ついちゃ駄目《だめ》だよ」

「膵臓《すいぞう》やっちゃったら意味《いみ》ない嘘《うそ》ついていいっていうルールはないからね」

「え、そうなの？　知《し》らなかった。ところで【仲《なか》のいいクラスメイト】くん、お昼《ひる》ごはん食《た》べた？」

「食《た》べてるわけないよ。いきなり君《きみ》に連《つ》れて行《い》かれたんだから」

できるだけ嫌味《いやみ》ったらしく聞《き》こえるように言《い》ったところで、靴箱《くつばこ》に着《つ》いた。

「どうするの？」

「スーパーに寄《よ》ってお惣菜《そうざい》でも買《か》って帰《かえ》るよ」

「まだ用意《ようい》してないんだったら一緒《いっしょ》に食《た》べに行《い》こうよ。私《わたし》んちお父《とう》さんもお母《かあ》さんも今日《きょう》はいなくてさ、お金《かね》だけ渡《わた》されてるんだよねー」

「…………」

靴《くつ》を履《は》き替《か》えながら、彼女《かのじょ》がした提案《ていあん》をすぐに唾棄《だき》してやろうかと考《かんが》えたけど、実際《じっさい》、僕《ぼく》は答《こた》えあぐねた。断《ことわ》る理由《りゆう》を明確《めいかく》に創《つく》り出《だ》すことができなかったからだ。昨日感《きのうかん》じた、「少《すこ》し楽《たの》しかった」という本心《ほんしん》も邪魔《じゃま》をした。

外靴《そとぐつ》を履《は》いてつま先《さき》を鳴《な》らしてから、彼女《かのじょ》は一度大《いちどおお》きく伸《の》びをした。今日《きょう》は少《すこ》し雲《くも》が出《で》ているので、太陽《たいよう》も昨日《きのう》よりは弱気《よわき》だ。

「どう？　私《わたし》、ちょっと死《し》ぬ前《まえ》に行《い》きたいところあるんだよー」

「……またクラスメイトに見《み》られたら面倒《めんどう》だな」

「あ！　それ！　思《おも》い出《だ》した！」

突然大声《とつぜんおおごえ》をあげた彼女《かのじょ》、頭《あたま》がおかしくなったのかと思《おも》って見《み》ると、眉《まゆ》をひそめて不機嫌《ふきげん》さを演出《えんしゅつ》していた。

「【仲《なか》のいいクラスメイト】くんさー、私《わたし》と別《べつ》に仲良《なかよ》くないって言《い》ったでしょ？　週末《しゅうまつ》に遊《あそ》ぶ仲《なか》なのに！」

「うん、言《い》ったけど」

「昨日《きのう》メールで言《い》ったじゃん。死《し》ぬまで仲良《なかよ》くって」

「本当《ほんとう》のことがどうかは、別《べつ》にどうでもいいんだよ。ただ僕《ぼく》はクラスメイト達《たち》から観察《かんさつ》されるだけならまだしも、話《はな》しかけられたり詮索《せんさく》されたりするのが嫌《いや》だったんだ」

「誤魔化《ごまか》さなくてもいいでしょー。大事《だいじ》なのは中身《なかみ》の本当《ほんとう》のことって昨日《きのう》言《い》ってたくせに」

「大事《だいじ》なのは中身《なかみ》だから、誤魔化《ごまか》してもいいんだよ」

「堂々巡《どうどうめぐ》りだなー」

「それに君《きみ》の病気《びょうき》がばれないようにっていう配慮《はいりょ》もあったんだから、君《きみ》のように意味《いみ》のない嘘《うそ》をついたわけじゃない。褒《ほ》められこそすれ怒《おこ》られる筋合《すじあ》いはないよ」

「むむむむ」

彼女《かのじょ》は難《むずか》しいことを考《かんが》えすぎた子《こ》どもみたいな顔《かお》をする。

「やっぱり君《きみ》とは方向性《ほうこうせい》が合《あ》わないなー」

「そうかもね」

「こりゃ食《しょく》だけじゃないね、この問題《もんだい》はもっと根《ね》が深《ふか》そうだ」

「政治問題《せいじもんだい》みたいだね」

うわははっと笑《わら》う彼女《かのじょ》の機嫌《きげん》はどうやらいつの間《ま》にか元通《もとどお》りのようだ。単純《たんじゅん》さと切《き》り替《か》えの早《はや》さは、彼女《かのじょ》に友人《ゆうじん》が多《おお》い理由《りゆう》の二《ふた》つなのだろう。

「で、どうするお昼《ひる》」

「……行《い》ってもいいけど、いいの？　他《ほか》に友達《ともだち》とかと遊《あそ》ばなくて」

「予定《よてい》のダブルブッキングなんてするわけないでしょー。明日《あした》友達《ともだち》と遊《あそ》ぶ約束《やくそく》はあるよ。だけど膵臓《すいぞう》のこと隠《かく》さなくていいのって君《きみ》だけだから、楽《らく》なんだよね」

「息抜《いきぬ》きか」

「そ、息抜《いきぬ》き」

「じゃあ、人助《ひとだす》けのために付《つ》き合《あ》ってもいいよ」

「ホント？　やった」

息抜《いきぬ》きのためならば、仕方《しかた》がない。もしクラスメイトに発見《はっけん》されて面倒臭《めんどうくさ》いことになっても、人助《ひとだす》けのためなら多少《たしょう》は仕方《しかた》がない。彼女《かのじょ》にだって、秘密《ひみつ》を吐《は》きだす場所《ばしょ》が必要《ひつよう》だろう。だから、仕方《しかた》がない。

そう、僕《ぼく》は草舟《くさぶね》。

「どこに行《い》くの？」

僕《ぼく》が訊《き》くと、目《め》を細《ほそ》めて空《そら》を仰《あお》いでいた彼女《かのじょ》は躍《おど》るように言《い》った。

「パラダイスだよ」

楽園《らくえん》、そんな場所《ばしょ》が高校生《こうこうせい》の女《おんな》の子《こ》から命《いのち》を奪《うば》うこんな世界《せかい》にあるのだろうかと、僕《ぼく》は不思議《ふしぎ》に思《おも》った。

店内《てんない》に入《はい》ってからやっと、僕《ぼく》は彼女《かのじょ》についてきたことを後悔《こうかい》した。しかしそれについて彼女《かのじょ》を恨《うら》むのが筋違《すじちが》いだというのも分《わ》かっている。悪《わる》いのは僕《ぼく》だ。これまであまりに人《ひと》との接触《せっしょく》を避《さ》けてきたために、人《ひと》から誘《さそ》われるという経験《けいけん》が欠如《けつじょ》していたために、嫌《いや》な予《よ》感《かん》というものを感《かん》じ取《と》れなかった。人《ひと》との用事《ようじ》には、相手《あいて》の用意《ようい》したプランがまるで自分《じぶん》の意向《いこう》にそぐわず、またその発見《はっけん》が遅《おく》れることもあるということを知《し》らなかった。こういうのを、危機管理能力《ききかんりのうりょく》が足《た》りないというんだろう。

「どうしたの？　浮《う》かない顔《かお》して」

彼女《かのじょ》の顔《かお》から、こちらが困《こま》っているのを理解《りかい》して、面白《おもしろ》がっているのがまる分《わ》かりだった。

彼女《かのじょ》の質問《しつもん》への答《こた》えは明確《めいかく》に持《も》ち合《あ》わせていた。だけれど答《こた》えてどうにかなるものでもないので、言《い》わないことにした。僕《ぼく》にできることと言《い》えば、今回《こんかい》の失敗《しっぱい》を次回《じかい》に生《い》かすこと以外《いがい》にない。

つまりそう、僕《ぼく》は、女《おんな》の子《こ》しかいないファンシーでメロウな空間《くうかん》に紛《まぎ》れこんで喜《よろこ》べるような男子《だんし》じゃあないということが分《わ》かった。

「ここねー、ショートケーキが美味《おい》しいの」

入《はい》る前《まえ》から、少《すこ》しだけおかしいとは思《おも》った。だけれどそんなには気《き》にしなかった。こんな場所《ばしょ》に来《き》たことがないのだから、警戒心《けいかいしん》の持《も》ちようもないだろう。しかしまさか、こんなにもどちらかの性別《せいべつ》に客層《きゃくそう》が偏《かたよ》った飲食店《いんしょくてん》があるとは思《おも》いもよらない。店員《てんいん》が置《お》いていった伝票《でんぴょう》を見《み》ると、「男性《だんせい》」と書《か》かれた欄《らん》にチェックがしてある。よほど男性《だんせい》の来店《らいてん》が珍《めずら》しいのか、価格設定《かかくせってい》が男女《だんじょ》で違《ちが》うのか、僕《ぼく》には分《わ》からないけれど、どちらでも納得《なっとく》できる。

僕《ぼく》らが今《いま》いるお店《みせ》は、系統《けいとう》で言《い》うなら、スイーツビュッフェというものらしい。名前《なまえ》は、「デザートパラダイス」。今《いま》の僕《ぼく》にとってはファストフードのお店《みせ》の方《ほう》が楽園《らくえん》に見《み》える。

僕《ぼく》はにやつく彼女《かのじょ》に嫌々《いやいや》話《はな》しかける。

「ねえ」

「どうしたの？」

「ニヤニヤすんな。あのさ、君《きみ》は太《ふと》りたいの、それとも僕《ぼく》を太《ふと》らせたいの？　二日《ふつか》連続《れんぞく》で食《た》べ放題《ほうだい》だなんて」

「どっちでもないよ。ただ食《た》べたいものが食《た》べたいの」

「真理《しんり》だね。なるほど、それで今日《きょう》は甘《あま》い物《もの》が死《し》ぬほど食《た》べたかったと？」

「そうそう。君《きみ》は甘《あま》い物《もの》、大丈夫《だいじょうぶ》だよね？」

「生《なま》クリームが苦手《にがて》」

「そんな人《ひと》いるの？　じゃあチョコレートケーキ食《た》べなよ。美味《おい》しいよ。あとここ甘《あま》い物《もの》だけじゃなくて、パスタとかカレーとかピッツアもあるよ」

「それは凄《すご》く朗報《ろうほう》だけど、ピザを発音《はつおん》よく言《い》うのやめない？　鼻《はな》につく」

「チーズが？」

冗談《じょうだん》をしたり顔《がお》で言《い》う彼女《かのじょ》の鼻《はな》に水《みず》でもみまってやろうかと思《おも》ったけど、僕《ぼく》は他人《たにん》に迷惑《めいわく》をかけるのは嫌《きら》いなので、片《かた》づけをする店員《てんいん》さんを気遣《きづか》ってやめておいた。道端《みちばた》ならやっていた、というわけでもないけれど。

彼女《かのじょ》の思《おも》い通《どお》りにおろおろするのも癪《しゃく》なので、僕《ぼく》は来《き》てしまったからには覚悟《かくご》を決《き》めたというふりをして立《た》ちあがり、彼女《かのじょ》とともに食《た》べ物《もの》を取《と》りにいくことにした。平日《へいじつ》の昼間《ひるま》とはいえ、うちの学校《がっこう》と同様《どうよう》、試験期間《しけんきかん》に入《はい》った高校《こうこう》の女子高生達《じょしこうせいたち》で店内《てんない》は溢《あふ》れている。適当《てきとう》に炭水化物《たんすいかぶつ》とサラダ、ハンバーグやから揚《あ》げを取《と》って席《せき》に戻《もど》ると、彼女《かのじょ》は既《すで》に嬉《うれ》しそうな顔《かお》をして座《すわ》っていた。彼女《かのじょ》の皿《さら》の上《うえ》には、大量《たいりょう》の甘《あま》い物達《ものたち》。洋菓子《ようがし》の甘《あま》さがあまり得意《とくい》ではない僕《ぼく》は、少《すこ》し気分《きぶん》が悪《わる》くなる。

「そういえば、殺人事件怖《さつじんじけんこわ》いね」

食《た》べ始《はじ》めて数十秒後《すうじゅうびょうご》、彼女《かのじょ》がそう切《き》り出《だ》した。

僕《ぼく》は安堵《あんど》する。

「よかった、今日全然《きょうぜんぜん》その事件《じけん》について話《はな》してる人《ひと》いないから、僕《ぼく》の夢《ゆめ》かと思《おも》ってたところだよ」

「皆興味《みんなきょうみ》ないんじゃない？　人《ひと》があんまり住《す》んでない田舎《いなか》らしいし」

「君《きみ》にしては薄情《はくじょう》なものの言《い》いかただね」

意外《いがい》に思《おも》った。言《い》うほど彼女《かのじょ》を知《し》ってるわけでもないけど、僕《ぼく》の想像《そうぞう》の中《なか》の彼女《かのじょ》はそんな風《ふう》には言《い》わないはずだった。

「私《わたし》は興味《きょうみ》あるよ。ちゃんとニュースも見《み》たし、ああ、この人《ひと》も私《わたし》より先《さき》に死《し》ぬとは思《おも》わなかっただろうなーって思《おも》ったもん、だけど」

「一応《いちおう》、万《まん》が一《いち》ってあるから訊《き》いておくけど、会《あ》ったことでもあるの？」

「あると思《おも》うの？」

「思《おも》ってると思《おも》うの？　まあいいや、で？」

「うん、私《わたし》は興味《きょうみ》あるよ、だけど普通《ふつう》に生《い》きてる皆《みんな》はさ、生《い》きるとか死《し》ぬとかにあんまり興味《きょうみ》ないでしょってこと」

「なるほどね」

正《ただ》しい意見《いけん》かもしれない。普通《ふつう》に生《い》きていて、生《い》きるとか死《し》ぬとか、そういうことを意《い》識《しき》して生《い》きている人《ひと》なんて少《すく》ない。事実《じじつ》だろう。日々《ひび》死生観《しせいかん》を見《み》つめながら生《い》きているのは、きっと哲学者《てつがくしゃ》か宗教家《しゅうきょうか》か芸術家《げいじゅつか》だけだ。あと、大病《たいびょう》に侵《おか》されてる女《おんな》の子《こ》とか、彼《かの》女《じょ》の秘密《ひみつ》を知《し》ってしまった奴《やつ》とか。

「死《し》に直面《ちょくめん》してよかったことといえば、それだね。毎日《まいにち》、生《い》きてるって思《おも》って生《い》きるようになった」

「どんな偉《えら》い人《ひと》の言葉《ことば》よりも心《こころ》に響《ひび》く」

「でしょ？　あーあ、皆《みんな》ももうすぐ死《し》ねばいいのに」

舌《した》を出《だ》す彼女《かのじょ》、冗談《じょうだん》めかして言《い》ったつもりなんだろうけど、僕《ぼく》は本気《ほんき》だろうなと受《う》け止《と》めた。言葉《ことば》は往々《おうおう》にして、発信《はっしん》した方《ほう》ではなく、受信《じゅしん》した方《ほう》の感受性《かんじゅせい》に意味《いみ》の全《すべ》てがゆだねられている。

ハート形《がた》のお皿《さら》に控《ひか》え目《め》に盛《も》ったトマトパスタを食《た》べる。少《すこ》し固《かた》まっているけどなかなかいける。思《おも》えば、食事《しょくじ》も、帰《かえ》り道《みち》と同《おな》じだ。僕《ぼく》の一口《ひとくち》と彼女《かのじょ》の一口《ひとくち》は、本人《ほんにん》の感《かん》じている価値《かち》が全《まった》く違《ちが》うかもしれない。

もちろん、本来《ほんらい》ならば違《ちが》ってはいけないのだけれど。犯罪者《はんざいしゃ》の気《き》まぐれや何《なに》かで明日《あした》死《し》んでしまうかもしれない僕《ぼく》と、もうすぐ膵臓《すいぞう》をやられて死《し》んでしまう彼女《かのじょ》の食事《しょくじ》に価値《かち》の差《さ》なんてあってはならないのだけれど。それをきちんと理解《りかい》できるのは、きっと死《し》んだ後《あと》だ。

【仲《なか》のいいクラスメイト】くんは、女《おんな》の子《こ》に興味《きょうみ》あるの？」

生《なま》クリームを鼻《はな》につけた彼女《かのじょ》は死生観《しせいかん》なんて視界《しかい》に入《い》れたこともないみたいな間《ま》の抜《ぬ》けた顔《かお》で言《い》った。滑稽《こっけい》だから、黙《だま》っておく。

「突然《とつぜん》、何《なに》を言《い》い出《だ》すの？　君《きみ》は」

「女《おんな》の子《こ》ばっかりのお店《みせ》に連《つ》れて来《こ》られておろおろしてるみたいだし、可愛《かわい》い女《おんな》の子《こ》とかが近《ちか》くを通《とお》っても目《め》もくれないしさ。私《わたし》なんかすぐ見《み》ちゃうよ」

どうやらおろおろは見抜《みぬ》かれていたらしい。僕《ぼく》は演技力《えんぎりょく》を鍛《きた》える決意《けつい》をする。上達《じょうたつ》が先《さき》か彼女《かのじょ》の死《し》が先《さき》か見《み》ものだ。

「場違《ばちが》いな場所《ばしょ》にいるっていうのが好《す》きじゃないんだ。そして人《ひと》のことをじろじろ見《み》たりするっていう失礼《しつれい》なことはしない」

「私《わたし》が失礼《しつれい》な奴《やつ》みたい」

彼女《かのじょ》は頬《ほほ》を膨《ふく》らます。鼻《はな》の上《うえ》は相変《あいか》わらずなので、ますます愉快《ゆかい》な顔《かお》になる。まるで人《ひと》に見《み》せることを前提《ぜんてい》にした表情《ひょうじょう》みたいだ。

「もー失礼《しつれい》しちゃう、【仲《なか》のいいクラスメイト】くんが昨日《きのう》、友達《ともだち》も恋人《こいびと》もいたことがないって言《い》ってたからさ、好《す》きな人《ひと》くらいはいたことないのかなって思《おも》って」

「僕《ぼく》は別《べつ》に誰《だれ》のことも嫌《きら》いじゃない、つまり皆好《みんなす》きってことだよ」

「はいはい、分《わ》かった分《わ》かった。好《す》きな子《こ》は？　いたの？」

溜息《ためいき》をついて、彼女《かのじょ》はから揚《あ》げを頬張《ほおば》る。段々僕《だんだんぼく》の戯言《たわごと》のあしらい方《かた》に慣《な》れてきているようだ。

「いくらなんでも片想《かたおも》いくらいはしてるでしょ？」

「……片想《かたおも》い」

「両想《りょうおも》いじゃない方《ほう》ね」

「分《わ》かるよそれくらい」

「分《わ》かってるなら、その話《はなし》をしてよ。片想《かたおも》いくらいはしたことあるの？」

僕《ぼく》は、もったいぶった方《ほう》が面倒臭《めんどうくさ》いことになると判断《はんだん》した。昨日《きのう》みたいにへそを曲《ま》げられてはかなわない。

「んー、そうだなぁ、一回《いっかい》だけ、ある気《き》がする」

「それそれ、どんな子《こ》だったの？」

「どうしてそんなの知《し》りたいのさ」

「気《き》になるからだよ、君《きみ》は私《わたし》と反対《はんたい》なんだって昨日《きのう》言《い》ってたから、どんな人《ひと》を好《す》きになるんだろうって」

そんなのは自分《じぶん》を鏡《かがみ》にすればいいだけだと思《おも》うけど、他人《たにん》に価値観《かちかん》のはかり方《かた》を押《お》し付《つ》けるようなまねはしたくないので、言《い》わなかった。

「どんな人《ひと》、か。そうだね、『さん』、をつける人《ひと》だった」

「……………さん？」

彼女《かのじょ》は眉間《みけん》に皺《しわ》を寄《よ》せて、鼻《はな》を動《うご》かす。クリームも一緒《いっしょ》に動《うご》く。

「そう。中学生《ちゅうがくせい》の時《とき》、クラスにいたんだ。きちんと、何《なに》にでも『さん』をつける女《おんな》の子《こ》。本屋《ほんや》さん、店員《てんいん》さん、魚屋《さかなや》さん。教科書《きょうかしょ》に出《で》てくる小説家《しょうせつか》なんかにもね。芥川《あくたがわ》さん、太宰《だざい》さん、三島《みしま》さん。果《は》ては食《た》べ物《もの》にもつけてた。大根《だいこん》さん、なんて具合《ぐあい》に。今思《いまおも》えばただの癖《くせ》だったのかもしれないし、人間性《にんげんせい》とはまるで関係《かんけい》がないのかもしれないけど。当時《とうじ》、僕《ぼく》はそれが色《いろ》んなものに敬意《けいい》を忘《わす》れないってことだと思《おも》った。言《い》いかえれば、優《やさ》しさとか奥《おく》ゆかしさみたいなものだと思《おも》ったんだ。それで、他《ほか》の誰《だれ》かよりもその子《こ》に少《すこ》しだけ、特《とく》別《べつ》な感情《かんじょう》を持《も》ってた」

一気《いっき》に言《い》いきってから、僕《ぼく》は水《みず》を一口《ひとくち》飲《の》んだ。

「これが片想《かたおも》いっていうのか分《わ》からないけどね」

彼女《かのじょ》を見《み》る。彼女《かのじょ》は、うんともすんとも言《い》わずに笑顔《えがお》を浮《う》かべて皿《さら》の上《うえ》のフルーツが載《の》ったケーキを食《た》べた。咀嚼《そしゃく》するごとに彼女《かのじょ》の笑顔《えがお》が深《ふか》まっていくので、どうしたのかと思《おも》っていると、彼女《かのじょ》は頬《ほほ》をかきながら僕《ぼく》を上目遣《うわめづか》いに見《み》た。

「どうしたの？」

「いやぁ」

彼女《かのじょ》はくねくねと身《み》をよじる。

「いやさ、思《おも》ったより素敵《すてき》だったからこっちが照《て》れちゃったよ」

「……ああ、うん、素敵《すてき》な子《こ》だったのかもしれない」

「違《ちが》うよ、好《す》きな理由《りゆう》が、だよ」

どう答《こた》えていいか分《わ》からなかったので、彼女《かのじょ》を真似《まね》て皿《さら》の上《うえ》にあったハンバーグを口《くち》に運《はこ》ぶ。これも美味《おい》しかった。彼女《かのじょ》はニヤニヤというよりはニコニコしながら嬉《うれ》しそうにこちらを見《み》ている。

「その恋《こい》はどうなったの？　でもそうか、彼女《かのじょ》いたことないんだもんね」

「そうだよ。その子《こ》はね、どうやら一般的《いっぱんてき》に見《み》て外見《がいけん》も可愛《かわい》かったみたいで、クラスにいた明《あか》るくてかっこいい人気者《にんきもの》な男《おとこ》の子《こ》が持《も》っていっちゃった」

「へえ、人《ひと》を見《み》る目《め》がないね」

「どういう意味《いみ》？」

「ううん、なんでもないよ。そっかぁ君《きみ》でも淡《あわ》い恋心《こいごころ》を持《も》った純粋《じゅんすい》な少年《しょうねん》だったことがあるんだねー」

「うん、おあいそで訊《き》いてあげるけど君《きみ》は？」

「今《いま》までいた彼氏《かれし》は三人《さんにん》かな。言《い》っとくけど全部本気《ぜんぶほんき》だったよ。よく中学生《ちゅうがくせい》の頃《ころ》の恋愛《れんあい》は遊《あそ》びだなんて言《い》う人《ひと》がいるけど、そんなのは自分《じぶん》の恋心《こいごころ》に責任《せきにん》も持《も》てない馬鹿野郎《ばかやろう》だよ」

熱《ねつ》に満《み》ちた語《かた》り口《くち》と表情《ひょうじょう》で、彼女《かのじょ》の気《き》が迫《せま》ってくる。僕《ぼく》は少《すこ》し身《み》を引《ひ》く。熱《あつ》いのは苦手《にがて》だ。

ちなみに、彼女《かのじょ》の外見《がいけん》は過去《かこ》に三人《さんにん》の恋人《こいびと》がいたと言《い》われて、十分《じゅうぶん》に納得《なっとく》できるものだ。化粧《けしょう》っ気《け》は少《すく》なく、誰《だれ》もが振《ふ》り返《かえ》る美人《びじん》というわけではないけれど、目鼻立《めはなだ》ちに華《はな》やかさがある。

「ちょっと、ひかないでよね」

「ひいてはないよ、でもちょっと鼻《はな》につくかな？　クリームが」

「え？」と理解《りかい》していない彼女《かのじょ》は全《まった》く間抜《まぬ》けな顔《かお》をしていた。その顔《かお》なら、恋人《こいびと》はできていないかもしれない。しばらくしてやっと気《き》がついた彼女《かのじょ》はおしぼりを急《いそ》いで鼻《はな》に当《あ》てた。彼女《かのじょ》の鼻《はな》の上《うえ》のクリームがなくなる前《まえ》に僕《ぼく》は席《せき》を立《た》った。皿《さら》の上《うえ》が空《から》になっていたからだ。

新《あたら》しい皿《さら》を手《て》にとって、少《すこ》しは甘《あま》い物《もの》を食《た》べようかと店内《てんない》を物色《ぶっしょく》していると、僥倖《ぎょうこう》なことに大好物《だいこうぶつ》のわらびもちを見《み》つけたので、皿《さら》にとって横《よこ》にあった黒蜜《くろみつ》をかける。芸術《げいじゅつ》的《てき》に流《なが》れゆく黒蜜《くろみつ》にうっとりとしてから、ついでにホットコーヒーをカップに入《い》れる。

彼女《かのじょ》が不機嫌《ふきげん》だった時《とき》の対処法《たいしょほう》を考《かんが》えながら、女子高生達《じょしこうせいたち》の間《あいだ》をすり抜《ぬ》けて席《せき》に向《む》かうと、僕《ぼく》の憂慮《ゆうりょ》に反《はん》して彼女《かのじょ》は上機嫌《じょうきげん》だった。

ただし、僕《ぼく》は先《さき》ほどまでと同様《どうよう》に席《せき》につくことはできなかった。

テーブルに近《ちか》づくと、僕《ぼく》をみとめた彼女《かのじょ》が笑顔《えがお》を深《ふか》めた。

彼女《かのじょ》の表情《ひょうじょう》で気《き》がついたのだろう、元々《もともと》僕《ぼく》が座《すわ》っていたはずの席《せき》に座《すわ》る人物《じんぶつ》もこちらを向《む》いた。そして、その少女《しょうじょ》は驚《おどろ》いた顔《かお》をした。僕《ぼく》は、見《み》たことのある人《ひと》だ、と思《おも》った。

「さ、桜良《さくら》、連《つ》れって、【根暗《ねくら》そうなクラスメイト】くん？」

彼女《かのじょ》よりも幾分《いくぶん》か勝気《かちき》そうな少女《しょうじょ》が誰《だれ》なのか、僕《ぼく》はやっと思《おも》い出《だ》す。確《たし》かこの人《ひと》は、彼女《かのじょ》とよく行動《こうどう》をともにしている女《おんな》の子《こ》だ。何《なに》かの運動部《うんどうぶ》に入《はい》っていた気《き》がする。

「そうだよ、キョウコ、どうしてそんなに驚《おどろ》くの？　あ、【仲《なか》のいいクラスメイト】くん、この子《こ》は親友《しんゆう》のキョウコね」

笑《わら》う彼女《かのじょ》、戸惑《とまど》う彼女《かのじょ》の親友《しんゆう》、皿《さら》とカップを持《も》って成《な》り行《ゆ》きを見守《みまも》る僕《ぼく》。これはまた面《めん》倒臭《どうくさ》いことになるんだろうなと、心《こころ》の中《なか》で嘆息《たんそく》しながら、ひとまずコーヒーとわらびもちをテーブルに置《お》いて空《あ》いていた席《せき》に座《すわ》った。幸《こう》か不幸《ふこう》か、僕《ぼく》と彼女《かのじょ》は四人《よにん》がけの丸《まる》テーブルに通《とお》されていた。向《む》かいあう女子二人《じょしふたり》の間《あいだ》に座《すわ》って、見《み》るともなく二人《ふたり》を見《み》る。

「え、だって、桜良《さくら》、【根暗《ねくら》そうなクラスメイト】くんと仲《なか》いいの？」

「うん、リカに訊《き》かれて言《い》ったじゃん、仲良《なかよ》しって」

彼女《かのじょ》は僕《ぼく》に向《む》けて少《すこ》し笑《わら》いかける。親友《しんゆう》の女《おんな》の子《こ》の戸惑《とまど》いは彼女《かのじょ》の笑《え》みで更《さら》に助長《じょちょう》されたみたいだった。

「でも、リカから、あれは桜良《さくら》の冗談《じょうだん》だって聞《き》いたよ？」

「もー、それは【仲《なか》のいいクラスメイト】くんが変《へん》に騒《さわ》がれたくないから、誤魔化《ごまか》したの。リカ、私《わたし》よりも彼《かれ》のこと信《しん》じるんだもん、私達《わたしたち》の友情《ゆうじょう》はどこに行《い》ったのって思《おも》ったよ」

冗談《じょうだん》めかした彼女《かのじょ》の言葉《ことば》に、親友《しんゆう》さんは笑《わら》わない。その代《か》わり、こちらを窺《うかが》うように視線《しせん》を向《む》けてきた。はからずも目《め》が合《あ》ってしまったので、僕《ぼく》は軽《かる》く会釈《えしゃく》をしておく。つられて、相手《あいて》も会釈《えしゃく》をした。それで終《お》わるかと思《おも》いきや、流石《さすが》は彼女《かのじょ》の親友《しんゆう》と言《い》うべきか、会釈《えしゃく》だけでは許《ゆる》してくれなかった。

「ね、ねえ、私《わたし》【根暗《ねくら》そうなクラスメイト】くんと話《はな》したことある？」

考《かん》えれば、失礼《しつれい》な質問《しつもん》だと思《おも》ったけれど、悪気《わるぎ》はなさそうだったし、仮《かり》にあっても嫌《いや》な気《き》にはならなかった。

「前《まえ》に話《はな》したよ。図書室《としょしつ》で僕《ぼく》がカウンターやってた時《とき》に来《こ》なかったっけ」

聞《き》いていた彼女《かのじょ》はうわははっと笑《わら》って「それは話《はな》したって言《い》わないよ」と口《くち》を挟《はさ》んだ。

それは君《きみ》だけの価値観《かちかん》だよ、と思《おも》っていたら当事者《とうじしゃ》のはずの親友《しんゆう》さんまで「私《わたし》も言《い》わないと思《おも》う」と呟《つぶや》いた。まあ、僕《ぼく》にとっても親友《しんゆう》さんにとっても、どちらでも構《かま》わない問題《もんだい》だ。

「キョウコいいの？　友達《ともだち》が席《せき》で待《ま》ってるんじゃないの？」

「あ、うん、そろそろ行《い》くけどさ。あのね、桜良《さくら》、別《べつ》に文句《もんく》があるとかじゃないよ、訊《き》いてるだけだよ」

親友《しんゆう》さんは、彼女《かのじょ》の顔《かお》をじっと見《み》て、一度《いちど》だけ僕《ぼく》の顔《かお》も見《み》た。

「二日《ふつか》も連続《れんぞく》で、しかもこんな、女《おんな》の子《こ》かカップルしかいないようなところに二人《ふたり》っきりで。仲良《なかよ》しって、そういう意味《いみ》なの？」

「違《ちが》うよ」

彼女《かのじょ》が胸《むね》を張《は》って否定《ひてい》したので、僕《ぼく》は口《くち》から出《で》かけていた否定《ひてい》の言葉《ことば》を呑《の》み込《こ》んだ。

二人《ふたり》でむきになるというのは、この状況《じょうきょう》であまりよろしくないと思《おも》われた。

親友《しんゆう》さんは、安心《あんしん》したみたいに表情《ひょうじょう》を緩《ゆる》ませてから、すぐに怪訝《けげん》そうに顔《かお》を歪《ゆが》めて彼《かの》

女《じょ》と僕《ぼく》を交互《こうご》に見《み》た。
「じゃあ、なんなの？　友達《ともだち》？」
「だから、仲良《なかよ》しって言《い》ってるじゃん」
「桜良《さくら》はもういいよ、あんたたまに要領《ようりょう》を得《え》ないから。【根暗《ねくら》そうなクラスメイト】くん、
桜良《さくら》とはただの友達《ともだち》ってことで、いいの？」
やっぱり親友《しんゆう》だけあって、彼女《かのじょ》のことをよく分《わ》かってる。僕《ぼく》は飛《と》んできた流《なが》れ弾《だま》をどう
処理《しょり》しようか考《かんが》えてから、一番適切《いちばんてきせつ》な言葉《ことば》を選《えら》んで答《こた》えた。
「仲良《なかよ》し、かな」
同時《どうじ》に二《ふた》つの顔《かお》が見《み》えた。脱力《だつりょく》した呆《あき》れる顔《かお》と、破顔《はがん》した嬉《うれ》しそうな顔《かお》。
親友《しんゆう》さんは人《ひと》に聞《き》かせるための溜息《ためいき》をついてから、彼女《かのじょ》を力強《ちからづよ》い眼光《がんこう》で射貫《いぬ》き「明日《あした》、
白状《はくじょう》させるからね」と捨《す》て台詞《ぜりふ》を吐《は》いて、彼女《かのじょ》にだけ手《て》を振《ふ》って去《さ》っていった。
明日《あした》の友達《ともだち》との約束《やくそく》とはあの人《ひと》との約束《やくそく》なのか、と、僕《ぼく》は自分《じぶん》ではなく彼女《かのじょ》に火《ひ》の粉《こ》が
降《ふ》りかかることを嬉《うれ》しく思《おも》う。明日《あした》からもクラスメイト達《たち》から注《そそ》がれるであろう視線《しせん》に関《かん》
しては、もう諦《あきら》めることにした。実害《じつがい》がなければ多少《たしょう》は目《め》を瞑《つぶ》ろう。
「いや、まさかキョウコに会《あ》うとはねぇ」
驚《おどろ》きと喜《よろこ》びを半分《はんぶん》ずつ言葉《ことば》に含《ふく》ませながら、彼女《かのじょ》は僕《ぼく》のお皿《さら》の上《うえ》のわらびもちを一《ひと》つ勝《かっ》

手《て》に取《と》って食《た》べた。

「キョウコとはね、中学《ちゅうがく》の頃《ころ》からなの。あの子《こ》あの通《とお》り気《き》が強《つよ》いから最初《さいしょ》は怖《こわ》い子《こ》かなと思《おも》ったんだけどね、話《はな》したらすぐ仲良《なかよ》くなっちゃった。いい子《こ》だから、【仲良《なかよ》し】くんも仲良《なかよ》くしてあげて」

「……親友《しんゆう》に、病気《びょうき》のことは言《い》わなくていいの？」

水《みず》を差《さ》すことを、分《わ》かっていて僕《ぼく》は言《い》った。ポジティブな感情《かんじょう》に彩《いろど》られている彼女《かのじょ》の心《こころ》を一瞬《いっしゅん》にして白《しら》けさせてしまうだろう、と。彼女《かのじょ》を意図的《いとてき》に傷《きず》つけようという趣味《しゅみ》で言《い》ったわけじゃない。

ただやっぱり、素直《すなお》な気持《きも》ちで、自分《じぶん》なんかと残《のこ》り少《すく》ない時間《じかん》を過《す》ごしてしまっていいのか、という意味《いみ》で彼女《かのじょ》に訊《き》いた。彼女《かのじょ》のことを、僕《ぼく》なんかよりずっと大切《たいせつ》に思《おも》っている親友《しんゆう》と一緒《いっしょ》に最後《さいご》の時間《じかん》を分《わ》かち合《あ》いながら過《す》ごすという方《ほう》が、価値《かち》があるのではないかと思《おも》った。僕《ぼく》にしては珍《めずら》しい、配慮《はいりょ》と思《おも》いやりの言葉《ことば》だった。

「いいのいいの！　あの子《こ》、感傷的《かんしょうてき》だからさ、言《い》ったらきっと私《わたし》と会《あ》う度《たび》に泣《な》いちゃうもん。そんな時間《じかん》、楽《たの》しくないでしょ？　私《わたし》は私《わたし》のために、ギリギリまで周《まわ》りには隠《かく》す、もう決《き》めたの」

僕《ぼく》の差《さ》した冷水《ひやみず》を、意志《いし》の力《ちから》で弾《はじ》き飛《と》ばすような、彼女《かのじょ》の言葉《ことば》と表情《ひょうじょう》。僕《ぼく》に、もう何《なに》も言《い》うまいと思《おも》わせるに充分《じゅうぶん》だった。

ただ一《ひと》つだけ、昨日《きのう》から心《こころ》にひそんでいた疑問《ぎもん》が、彼女《かのじょ》の意志《いし》に触発《しょくはつ》されて表出《ひょうしゅつ》してきたので、それだけは訊《き》いておかなければならないと思《おも》った。

「ねえ、君《きみ》はさ」

「うん？　どうしたの？」

「本当《ほんとう》に死《し》ぬの？」

彼女《かのじょ》の表情《ひょうじょう》が、一瞬《いっしゅん》消《き》えた。それを見《み》ただけで、やめておけばよかったのにと思《おも》った。けれど、僕《ぼく》が後悔《こうかい》の余韻《よいん》を持《も》つ間《ま》もなく、彼女《かのじょ》は表情《ひょうじょう》を取《と》り戻《もど》し、いつもみたいにくるくると様《さま》変《が》わりさせた。

最初《さいしょ》は、笑顔《えがお》、それから困《こま》った顔《かお》、苦笑《くしょう》、怒《おこ》った顔《かお》、悲《かな》しそうな顔《かお》、また困《こま》った顔《かお》に戻《もど》ってきて、最後《さいご》に僕《ぼく》の目《め》を正面《しょうめん》から見据《みす》えて、笑《わら》って言《い》った。

「死《し》ぬよ」

「……そうか」

彼女《かのじょ》は、いつもより瞬《まばた》きを多《おお》くしながら笑《え》みを深《ふか》めた。

「死《し》ぬんだよ、もう何年《なんねん》も前《まえ》から知《し》ってた。今《いま》は医学《いがく》の進歩《しんぽ》？　みたいなので症状《しょうじょう》もほとんど表《おもて》には出《で》ないし、余命《よめい》も延長《えんちょう》できた。でも、死《し》ぬよ。あと、一年《いちねん》、持《も》つかどうか分《わ》からないって言《い》われてる」

特《とく》に知《し》りたくも聞《き》きたくもなかったのに、彼女《かのじょ》の声《こえ》はきちんと僕《ぼく》の鼓膜《こまく》に届《とど》いてしまった。

「【仲良《なかよ》し】くんにしか話《はな》さないよ。君《きみ》は、きっとただ一人《ひとり》、私《わたし》に真実《しんじつ》と日常《にちじょう》を与《あた》えてくれる人《ひと》なんじゃないかな。お医者《いしゃ》さんは、真実《しんじつ》だけしか与《あた》えてくれない。家族《かぞく》は、私《わたし》の発言《はつげん》一《ひと》つ一《ひと》つに過剰反応《かじょうはんのう》して、日常《にちじょう》を取《と》り繕《つくろ》うのに必死《ひっし》になってる。友達《ともだち》もきっと、知《し》ったらそうなると思《おも》う。君《きみ》だけは真実《しんじつ》を知《し》りながら、私《わたし》と日常《にちじょう》をやってくれてるから、私《わたし》は君《きみ》と遊《あそ》ぶのが楽《たの》しいよ」

心《こころ》の奥《おく》から針《はり》で刺《さ》されたような痛《いた》みが伝《つた》わってきた。僕《ぼく》は彼女《かのじょ》にそんなものを与《あた》えてなんかいないと分《わ》かっているからだ。もしも、僕《ぼく》がもしも彼女《かのじょ》に何《なに》かを与《あた》えていると言《い》うならば、それは恐《おそ》らくただの逃避《とうひ》だ。

「昨日《きのう》も言《い》ったけど、買《か》いかぶり過《す》ぎだよ」

「そんなことよりさ、やっぱりカップルに見《み》えるんだってよ？」

「……どういうつもりで言《い》ってるの？」

「別《べつ》にぃ」

美味《おい》しそうに、フォークに刺《さ》さったチョコレートケーキを頬張《ほおば》る彼女《かのじょ》は、やはりもうすぐ死《し》ぬ人間《にんげん》になんて見《み》えなかった。

気《き》づく。

全《すべ》ての人間《にんげん》が、いつか死《し》ぬようになんて見《み》えないってことに。僕《ぼく》も、犯人《はんにん》に殺《ころ》された人《ひと》も、彼女《かのじょ》も、昨日《きのう》生《い》きていた。死《し》ぬ素振《そぶ》りなんて見《み》せずに生《い》きていた。そうか、それが、誰《だれ》の今日《きょう》の価値《かち》も同《おな》じということなのかもしれない。

僕《ぼく》が考《かんが》えていると、彼女《かのじょ》は諭《さと》すように言《い》った。

「そんな難《むずか》しい顔《かお》しないで、どうせ君《きみ》も死《し》ぬんだよ。天国《てんごく》で会《あ》おうよ」

「……確《たし》かにね」

そうだ、彼女《かのじょ》が生《い》きることに対《たい》して感傷的《かんしょうてき》になるのはただの思《おも》いあがりだ。彼女《かのじょ》より僕《ぼく》が先《さき》に死《し》ぬなんて絶対《ぜったい》にないと確信《かくしん》している傲慢《ごうまん》だ。

「だから私《わたし》みたいに徳《とく》を積《つ》んでおくんだよ」

「そうだね、君《きみ》が死《し》んだら仏教徒《ぶっきょうと》にでもなろう」

「私《わたし》が死《し》んだからって、私以外《わたしいがい》の女《おんな》に手《て》を出《だ》したら許《ゆる》さないわよ！」

「ごめんね、君《きみ》とは遊《あそ》びなんだ」

うわははっと、彼女《かのじょ》はいつもの豪快《ごうかい》な笑《わら》い方《かた》をした。

僕《ぼく》らは食《た》べ物《もの》をたらふく胃《い》に詰《つ》め込《こ》んだ。お金《かね》を各々《おのおの》で払《はら》い、店《みせ》を出《で》て、今日《きょう》は家《いえ》に帰《かえ》ることにした。学校《がっこう》からデザートパラダイスまで歩《ある》くには少々距離《しょうしょうきょり》があったから、本来《ほんらい》なら自転車《じてんしゃ》を使《つか》いたいところだったけど、家《いえ》まで自転車《じてんしゃ》を取《と》りに行《い》く時間《じかん》と苦労《くろう》を惜《お》しむ彼女《かのじょ》の提案《ていあん》で、僕《ぼく》らは制服《せいふく》のまま歩《ある》いて食事《しょくじ》に来《き》ていた。

帰《かえ》り道《みち》、とことこと二人《ふたり》国道沿《こくどうぞ》いの歩道《ほどう》を歩《ある》きながら、もう真上《まうえ》にはない太陽《たいよう》の光《ひかり》を浴《あ》びた。

「暑《あつ》いのもいいよねー、最後《さいご》の夏《なつ》かもしれないから満喫《まんきつ》しなきゃ。次《つぎ》は何《なに》をしようかなぁ。夏《なつ》と言《い》われて真《ま》っ先《さき》に何《なに》を想像《そうぞう》する？」

「スイカバーかな」

彼女《かのじょ》は笑《わら》う。彼女《かのじょ》はいつも笑《わら》っている気《き》がする。

「スイカじゃなくて？」と、「他《ほか》には？」と。

「かき氷《ごおり》」

「どっちも氷《こおり》じゃん！」

「君《きみ》は夏《なつ》と言《い》えばなんだと思《おも》うの？」

「私《わたし》はやっぱり海《うみ》とか花火《はなび》とかお祭《まつ》りかなぁ、あと、ひと夏《なつ》のアバンチュール！」

「黄金《おうごん》でも探《さが》しに行《い》くの？」

「黄金《おうごん》？　どうして？」

「アバンチュールって冒険《ぼうけん》って意味《いみ》でしょ？」

彼女《かのじょ》はわざとらしく溜息《ためいき》をつき、両掌《りょうて》を上《うえ》に向《む》けて首《くび》を振《ふ》った。呆《あき》れているジェスチャーだろうけど、なんとむかつく仕草《しぐさ》なのだろう。

「冒険違《ぼうけんちが》いだよ。ほら、夏《なつ》、冒険《ぼうけん》、分《わ》かるでしょ？」

「早起《はやお》きしてカブトムシを探《さが》しに行《い》くとか」

「分《わ》かった、【仲良《なかよ》し】くんは馬鹿《ばか》な人《ひと》なんだ」

「ある特定《とくてい》の季節《きせつ》になると頭《あたま》が恋愛《れんあい》で支配《しはい》される方《ほう》が馬鹿《ばか》だよ」

「分《わ》かってるんじゃん！　もう！」

顔《かお》に汗《あせ》を浮《う》かべながら睨《にら》まれたので、ふいっと視線《しせん》を逸《そ》らす。

「暑《あつ》いのに手間取《てまど》らせないでよね」

「暑《あつ》いのもいいとか言《い》ってなかった？」

「ひと夏《なつ》の淡《あわ》い恋《こい》。ひと夏《なつ》の過《あやま》ち、せっかく女子高生《じょしこうせい》なんだから、そういうのの一《ひと》つや二《ふた》つ経験《けいけん》してもいいかなって」

淡《あわ》いのはともかく過《あやま》ちは駄目《だめ》なんじゃないかな。

「生《い》きてるんだから恋《こい》をしないとね」

「人生《じんせい》で三人《さんにん》も恋人《こいびと》がいたんだったらもう十分《じゅうぶん》じゃないの？」

「ほら、心《こころ》は数《かず》で語《かた》れるものじゃないから」

「一見深《いっけんふか》そうだけど、よく考《かんが》えたら意味《いみ》が分《わ》からない言葉《ことば》だね。簡単《かんたん》に言《い》うと、君《きみ》はまだ恋人《こいびと》を作《つく》る気《き》があるってことだね」

何気《なにげ》なく使《つか》った言葉《ことば》だったから、彼女《かのじょ》がまた冗談《じょうだん》で返《かえ》してくるのだと思《おも》ったら、違《ちが》った。

彼女《かのじょ》は突然何《とつぜんなに》を思《おも》ったのか立《た》ち止《ど》まった。予告《よこく》されなかった僕《ぼく》は推進力《すいしんりょく》のまま彼女《かのじょ》より五歩多《ごほおお》く前《まえ》に進《すす》み、やっと彼女《かのじょ》の行動《こうどう》の意味《いみ》を探《さぐ》ろうと振《ふ》り返《かえ》る。大方百円玉《おおかたひゃくえんだま》でも見《み》つけたのだろうと思《おも》っていると、立《た》ち止《ど》まった彼女《かのじょ》はこちらをじっと見《み》ていた。腕《うで》を後《うし》ろで組《く》み、長《なが》い髪《かみ》を風《かぜ》になびかせて。

「どうしたの？」

「……恋人《こいびと》を作《つく》る気《き》があるって言《い》ったら、どうにかしてくれるの？」

こちらを試《ため》すみたいな表情《ひょうじょう》。まるで無理矢理《むりやり》、意味深《いみしん》な顔《かお》を創《つく》り出《だ》したような。

表情《ひょうじょう》の意味《いみ》も、彼女《かのじょ》の言葉《ことば》の意味《いみ》も、人間関係《にんげんかんけい》の乏《とぼ》しい僕《ぼく》にはよく分《わ》からなかった。

「どうにかしてくれるって、何《なに》を？」

「……ううん、いいの」

首《くび》を振《ふ》って彼女《かのじょ》はまた歩《ある》きだした。横《よこ》に並《なら》んだ時《とき》に顔色《かおいろ》を窺《うかが》うと、さっきの複雑《ふくざつ》さがすっきりとリセットされた笑顔《えがお》に戻《もど》っていて、僕《ぼく》にとってはますます意味《いみ》が分《わ》からない。

「もしかして、僕《ぼく》に友達《ともだち》とか紹介《しょうかい》してくれっていう冗談《じょうだん》だったの？」

「違《ちが》うよ」

思《おも》いつく節《ふし》がそれしかなかったのだけれど、あっさり否定《ひてい》されてしまった。

「じゃあ、一体《いったい》どういう」

「いいじゃん、小説《しょうせつ》じゃないんだから、私《わたし》の発言《はつげん》に全《すべ》て意味《いみ》があると思《おも》ったら大間違《おおまちが》いだよ。別《べつ》に意味《いみ》ないの。【仲良《なかよ》し】くんはもうちょっと人間《にんげん》と接《せっ》しなさい」

「……ああそう」

無理矢理《むりやり》納得《なっとく》させられたような形《かたち》になったけど、意味《いみ》がないならはっきりと否定《ひてい》したのはおかしい、とは言《い》わなかった。どうして言《い》わなかったかは、僕《ぼく》の草舟精神《くさぶねせいしん》に由来《ゆらい》する。彼女《かのじょ》が、その話題《わだい》について会話《かいわ》を続《つづ》けることを許《ゆる》さない雰囲気《ふんいき》を出《だ》した、気《き》がした。所詮《しょせん》は人間《にんげん》に疎《うと》い僕《ぼく》の感受性《かんじゅせい》によるものなので、真偽《しんぎ》は定《さだ》かでない。

学校近《がっこうちか》くの分《わ》かれ道《みち》で、彼女《かのじょ》は手《て》を振《ふ》りながら大《おお》きな声《こえ》で言《い》った。

「じゃあ、また次《つぎ》の予定《よてい》決《き》めたら教《おし》えるねー」

いつのまにか彼女《かのじょ》の予定《よてい》への参加《さんか》を勝手《かって》に決《き》められていたことを特《とく》に追及《ついきゅう》はせず、僕《ぼく》は手《て》を振《ふ》って彼女《かのじょ》に背《せ》を向《む》けた。この時《とき》にはもう、毒《どく》を食《く》らわば皿《さら》までというような気《き》が湧《わ》いていたのかもしれない。

帰宅《きたく》してからも考《かんが》えたけれど、結局《けっきょく》あの時《とき》の彼女《かのじょ》の言葉《ことば》と表情《ひょうじょう》の意味《いみ》は分《わ》からなかった。

多分《たぶん》、死《し》ぬまで分《わ》かることはないだろう。

4

『共病文庫《きょうびょうぶんこ》』とは、つまるところ彼女《かのじょ》の遺書《いしょ》なのだと、僕《ぼく》は解釈《かいしゃく》している。彼女《かのじょ》はまっさらなその文庫本《ぶんこぼん》に日々《ひび》起《お》こった出来事《できごと》や感《かん》じたことを書《か》き込《こ》み、残《のこ》している。記録《きろく》の仕方《しかた》にはどうやら彼女《かのじょ》なりのルールがあるらしい。

どのようなルールがあるかというと、僕《ぼく》が知《し》る限《かぎ》りでは、まず、記録《きろく》は毎日行《まいにちおこな》われるわけではない。特別《とくべつ》なことがあった日《ひ》、特別《とくべつ》なことを感《かん》じた日《ひ》、自分《じぶん》が死《し》んだ後《あと》に軌跡《きせき》として残《のこ》す価値《かち》のあることだけを彼女《かのじょ》は『共病文庫《きょうびょうぶんこ》』にまとめている。

次《つぎ》に、彼女《かのじょ》は文字《もじ》以外《いがい》の情報《じょうほう》を『共病文庫《きょうびょうぶんこ》』に残《のこ》さないことにしている。例《たと》えば絵《え》であるとか、グラフであるとか、そういったものは文庫本《ぶんこぼん》には似合《にあ》わないと考《かんが》えているらしく、『共病文庫《きょうびょうぶんこ》』にはひたすらに黒《くろ》いボールペンの文字《もじ》だけが走《はし》っている。

そして、彼女《かのじょ》は死《し》ぬまで『共病文庫《きょうびょうぶんこ》』を誰《だれ》にも公開《こうかい》しないと決《き》めている。僕《ぼく》が彼女《かのじょ》のドジにより見《み》てしまった最初《さいしょ》の一《いち》ページを例外《れいがい》とし、その生《せい》の記録《きろく》は誰《だれ》にも見《み》られていない。どうやら死《し》んだ後《あと》には全《すべ》ての親《した》しい人《ひと》に公開《こうかい》するようにと両親《りょうしん》に言《い》っているらしく、現在《げんざい》の使《つか》われ方《かた》がどうあれ、周囲《しゅうい》が受《う》け取《と》るのは死後《しご》である。ということはやはり、彼《かの》女《じょ》の遺書《いしょ》だということになる。

なので、彼女《かのじょ》が死《し》ぬまでは誰《だれ》もその記録《きろく》に影響《えいきょう》を与《あた》えることも受《う》けることもできないはずなのだけれど、僕《ぼく》は一度《いちど》だけ『共病文庫《きょうびょうぶんこ》』について意見《いけん》をしたことがある。

それは僕《ぼく》の名前《なまえ》を、『共病文庫《きょうびょうぶんこ》』に登場《とうじょう》させないでほしいということだ。理由《りゆう》は単純《たんじゅん》に、彼女《かのじょ》の死後《しご》、彼女《かのじょ》の両親《りょうしん》や友人達《ゆうじんたち》から余計《よけい》な詮索《せんさく》や非難《ひなん》を受《う》けたくなかったからだ。図書委員《としょいいん》としての仕事中《しごとちゅう》、彼女《かのじょ》が『共病文庫《きょうびょうぶんこ》』について「色《いろ》んな人《ひと》を登場《とうじょう》させる」と言《い》っていたので、その時《とき》に彼女《かのじょ》に正式《せいしき》に頼《たの》んだ。彼女《かのじょ》の答《こた》えは、「私《わたし》が書《か》いてるんだから勝手《かって》にさせろ」だった。もっともな話《はなし》で、僕《ぼく》は食《く》い下《さ》がるのをやめた。彼女《かのじょ》は「嫌《いや》と言《い》われたらやりたくなる」とも付《つ》け加《くわ》えた。僕《ぼく》はクラスメイトの死後《しご》に起《お》こる面倒《めんどう》について諦《あきら》めることにした。

ということで、焼《や》き肉《にく》やスイーツの件《けん》については、多少《たしょう》なりとも『共病文庫《きょうびょうぶんこ》』に勝手《かって》に名前《なまえ》を書《か》かれているのかもしれないけれど、デザートパラダイスに行《い》った次《つぎ》の日《ひ》からの二日間《ふつかかん》、僕《ぼく》のことは彼女《かのじょ》の『共病文庫《きょうびょうぶんこ》』には登場《とうじょう》しなかったはずだ。

理由《りゆう》は、その二日間《ふつかかん》は彼女《かのじょ》と一言《ひとこと》も学校《がっこう》で会話《かいわ》を交《か》わさなかったから。別《べつ》に変《へん》なことでもなんでもなく、僕《ぼく》と彼女《かのじょ》はそもそも教室《きょうしつ》での行動様式《こうどうようしき》がまるで違《ちが》うので、むしろ焼《や》き肉《にく》とスイーツに彩《いろど》られたあの日々《ひび》がイレギュラーと言《い》えた。

僕《ぼく》は登校《とうこう》し、試験《しけん》を受《う》け、黙《だま》って家路《いえじ》についた。彼女《かのじょ》の親友《しんゆう》や、そこらへんのグループからの視線《しせん》を度々《たびたび》感《かん》じたけれど、わざわざこちらから気《き》にしてあげる必要《ひつよう》はないと割《わ》り切《き》った。

この二日間《ふつかかん》、本当《ほんとう》に特別《とくべつ》なことはなかった。もし、強《し》いて二《ふた》つだけ起《お》こった小《ちい》さなことをあげるとするなら、まず一《ひと》つ、僕《ぼく》が廊下《ろうか》をもくもくと掃除《そうじ》している時《とき》、普段《ふだん》なら僕《ぼく》になんて目《め》もくれないクラスメイトの男子《だんし》が話《はな》しかけてきた。

「よう【地味《じみ》なクラスメイト】ぁ、お前《まえ》、山内《やまうち》と付《つ》き合《あ》ってんの？」

あまりに無粋《ぶすい》な物言《ものい》いに僕《ぼく》はある種《しゅ》のすがすがしさすら感《かん》じた。もしかすると彼《かれ》が彼女《かのじょ》に好意《こうい》を抱《いだ》いていて、僕《ぼく》に対《たい》して筋違《すじちが》いな怒《いか》りを抱《いだ》いていたりするのではないかと勘繰《かんぐ》ったけれど、彼《かれ》の様子《ようす》からそれは違《ちが》うようだと推測《すいそく》した。彼《かれ》の顔《かお》は一点《いってん》の曇《くも》りもなく晴《は》れていた。きっと好奇心《こうきしん》の塊《かたまり》のようなお調子者《ちょうしもの》なんだろう。

「違《ちが》うよ、断《だん》じて」

「そうなの？　でもデートしてたんだろ？」

「成《な》り行《ゆ》きでご飯《はん》を食《た》べに行《い》っただけ」

「なあんだ」

「どうしてそんなこと気《き》になるの？」

「ん？　あ、まさか俺《おれ》が山内《やまうち》を好《す》きだからとか思《おも》ってんのか？　ちげーよ！　俺《おれ》は、ほら、もっとおしとやかな子《こ》が好《す》きだから」

別《べつ》に訊《き》いていないのに、彼《かれ》は屈託《くったく》なくぺらぺらと喋《しゃべ》った。彼女《かのじょ》がおしとやかでないという点《てん》だけ、彼《かれ》とは気《き》が合《あ》いそうだ。

「そっか、ちげーのか、クラスの奴《やつ》ら騒《さわ》いでるぜ」

「間違《まちが》ってることなんだから、気《き》にしてないよ」

「おっとなー、ガムいる？」

「いらない。ちりとり持《も》ってくれる？」

「まかせろ」

いつも掃除《そうじ》をサボってふらふらしているから断《ことわ》られるかと思《おも》ったら、彼《かれ》は案外素直《あんがいすなお》にちりとりを持《も》ってくれた。もしかすると、彼《かれ》は掃除《そうじ》の時間《じかん》という概念《がいねん》を理解《りかい》していないだけで、教《おし》えてあげればきちんとやってくれるのかもしれない。

彼《かれ》はそれきり何《なに》も追及《ついきゅう》して来《こ》なかった。この二日間《ふつかかん》で起《お》こった僕《ぼく》にとってのイレギュラーの一《ひと》つ目《め》がこれ。

クラスメイトとの会話《かいわ》はよくも悪《わる》くもなかったのだけれど、もう一《ひと》つのイレギュラーは些細《ささい》なこととはいえ、僕《ぼく》を少《すこ》しだけ憂鬱《ゆううつ》な気分《きぶん》にさせた。文庫本《ぶんこぼん》に挟《はさ》んでいたはずのしおりがなくなったのだ。

幸《さいわ》い僕《ぼく》は読《よ》んでいた場面《ばめん》を覚《おぼ》えていたけれど、なくしたしおりは書店等《しょてんなど》で配《くば》られている無料《むりょう》のものではなく、以前博物館《いぜんはくぶつかん》に行《い》った時《とき》に買《か》った薄《うす》いプラスチックで作《つく》られたものだった。いつなくなったのか分《わ》からず、いずれにしろ自分《じぶん》の不注意《ふちゅうい》が原因《げんいん》なので何《なに》を恨《うら》みようもなかったのだけれど、僕《ぼく》は久《ひさ》しぶりに落《お》ち込《こ》んだ。

そういう風《ふう》に多少《たしょう》どうでもいいことや落《お》ち込《こ》んだことはあったのだけれど、二日間《ふつかかん》は僕《ぼく》にとって平常《へいじょう》なものだった。僕《ぼく》の平常《へいじょう》は静《しず》けさとともにあるものなので、つまり死《し》にかけた女《おんな》の子《こ》につきまとわれたりしなかったということだ。

平常《へいじょう》の崩壊《ほうかい》、その序章《じょしょう》がやってきたのは、水曜日《すいようび》の夜《よる》。最後《さいご》の「いつも」を満喫《まんきつ》していた僕《ぼく》のもとに、一通《いっつう》のメールが届《とど》いた。

その時《とき》、異常《いじょう》が始《はじ》まろうとしていたことに気《き》がついていなかったのは、僕《ぼく》が望《のぞ》むと望《のぞ》まざるとにかかわらず、登場人物《とうじょうじんぶつ》だったからだろう。小説《しょうせつ》でも、第一章《だいいっしょう》がどこの場面《ばめん》かと知《し》ることができるのは読者《どくしゃ》だけだ。登場人物《とうじょうじんぶつ》は何《なに》も知《し》らない。

メールの内容《ないよう》はこう。

『テストお疲《つか》れ！　明日《あした》からテスト休《やす》みだねぇ［笑顔《えがお》］単刀直入《たんとうちょくにゅう》に言《い》うけど、空《あ》いてる？　どうせ空《あ》いてるよね？　電車《でんしゃ》で遠出《とおで》しようと思《おも》います！［ピース］どこか行《い》きたいところある？』

人《ひと》に都合《つごう》を断定《だんてい》されるのは幾分《いくぶん》か気分《きぶん》が悪《わる》かったけれど、空《あ》いているのは図星《ずぼし》で、断《ことわ》る理由《りゆう》もなかったので僕《ぼく》は『君《きみ》が死《し》ぬ前《まえ》に行《い》きたいところに行《い》けばいい』と返《かえ》した。

もちろん、これが後《のち》に僕自身《ぼくじしん》の首《くび》を絞《し》める。彼女《かのじょ》に物事《ものごと》の決定権《けっていけん》を渡《わた》すということがどういうことか、推《お》して知《し》るべきだった。

続《つづ》けて彼女《かのじょ》から場所《ばしょ》と時間《じかん》を指定《してい》するメールが来《き》た。場所《ばしょ》は県内《けんない》では有数《ゆうすう》の大《おお》きな駅《えき》で、時間《じかん》は妙《みょう》に早《はや》かったのだけれど、彼女《かのじょ》の気《き》まぐれだろうと気《き》にすることをしなかった。

僕《ぼく》がたった二文字《にもじ》のメールを返《かえ》すと、すぐに彼女《かのじょ》から、その日最後《ひさいご》のメールが届《とど》いた。

『絶対約束《ぜったいやくそく》やぶっちゃ駄目《だめ》だよ？』

いくら彼女《かのじょ》が相手《あいて》とはいえ、僕《ぼく》は基本的《きほんてき》には約束《やくそく》をすっぽかしたりはしないので、最後《さいご》に『大丈夫《だいじょうぶ》』というメールを返《かえ》してから、携帯電話《けいたいでんわ》を机《つくえ》の上《うえ》に放《ほう》った。

ネタばれをしておくと、この『約束《やくそく》』という言葉《ことば》が彼女《かのじょ》のトリックの全《すべ》てだった。いや、僕《ぼく》がトリックと解釈《かいしゃく》しているだけだけど。僕《ぼく》は、彼女《かのじょ》の言《い》う『約束《やくそく》』とは、明日出《あしたで》かけることを指《さ》していると思《おも》っていた。違《ちが》った。彼女《かのじょ》の言《い》う『約束《やくそく》』とは、『君《きみ》が死《し》ぬ前《まえ》に行《い》きたいところに行《い》けばいい』という僕《ぼく》の失言《しつげん》を指《さ》していた。

次《つぎ》の日《ひ》、早朝《そうちょう》に待《ま》ち合《あ》わせの場所《ばしょ》に着《つ》くと、彼女《かのじょ》は既《すで》に来《き》ていた。いつもは持《も》っていない空色《そらいろ》のリュックを背負《せお》い、いつもはかぶっていない麦《むぎ》わら帽子《ぼうし》をかぶり、まるで旅《たび》に出《で》るみたいだな、と思《おも》った。

挨拶《あいさつ》も交《か》わさぬうちに、彼女《かのじょ》は僕《ぼく》の姿《すがた》を見《み》て驚《おどろ》いた。

「軽装《けいそう》すぎだよ！　荷物《にもつ》それだけなの？　着替《きが》えは？」

「………着替《きが》え？」

「んー、まあ、あっちで買《か》えばいいか。ユニクロはあるだろうし」

「……あっち？　ユニクロ？」

初《はじ》めて、僕《ぼく》の心《こころ》に不穏《ふおん》がきざした。

僕《ぼく》の疑念《ぎねん》も質問《しつもん》もどこ吹《ふ》く風《かぜ》で、彼女《かのじょ》は腕時計《うでどけい》を見《み》ながら「朝《あさ》ごはん食《た》べた？」と質問《しつもん》を返《かえ》してきた。

「一応《いちおう》、パンだけ」

「私《わたし》、食《た》べてないんだ。買《か》いに行《い》っていい？」

特《とく》に問題《もんだい》はないと思《おも》ったので頷《うなず》く。彼女《かのじょ》はにこりと笑《わら》って大股《おおまた》で目的地《もくてきち》に向《む》かって歩《ある》き出《だ》した。コンビニにでも行《い》くのかと、そう考《かんが》えていると、着《つ》いたところはお弁当屋《べんとうや》だった。

「え、駅弁《えきべん》を買《か》うの？」

「うん、新幹線《しんかんせん》の中《なか》で食《た》べるんだよ。君《きみ》も買《か》う？」

「ちょっとちょっとちょっとちょっとちょっと」

僕《ぼく》はショーケースに並《なら》ぶお弁当《べんとう》を楽《たの》しそうに眺《なが》める彼女《かのじょ》の二《に》の腕《うで》を掴《つか》んで、レジ前《まえ》からひきはがす。レジのおばちゃんから微笑《ほほえ》ましいものを見《み》る視線《しせん》を浴《あ》びせられながら、改《あらた》めて彼女《かのじょ》と向《む》き合《あ》うと、なんと驚《おどろ》いた顔《かお》をしていたのだから驚《おどろ》かされる。

「それはこっちの表情《ひょうじょう》だよ」

「どうしたの？」

「新幹線《しんかんせん》？　駅弁《えきべん》？　ちゃんと説明《せつめい》して、今日何《きょうなに》をする気《き》なの？」

「だから、電車《でんしゃ》で遠出《とおで》だよ」

「電車《でんしゃ》って新幹線《しんかんせん》のことなの？　遠出《とおで》って、どこまで行《い》く気《き》？」

彼女《かのじょ》はやっと思《おも》い出《だ》したといった顔《かお》をしてからポケットに手《て》を突《つ》っ込《こ》み、二枚《にまい》の四角《しかく》いものを出《だ》した。チケットだとはすぐに分《わ》かった。

彼女《かのじょ》から一枚《いちまい》を渡《わた》されて、見《み》て、僕《ぼく》は目《め》を見開《みひら》いた。

「えっと、冗談《じょうだん》？」

うわはははっと彼女《かのじょ》が笑《わら》う。本気《ほんき》、らしい。

「日帰《ひがえ》りで行《い》くところじゃないって、今《いま》からでも考《かんが》え直《なお》そう」

「…………いやいや、【仲良《なかよ》し】くん、違《ちが》うって」

「よかった、やっぱり冗談《じょうだん》か」

「そうじゃないよ、日帰《ひがえ》りじゃ、ないよ」

「…………え？」

ここからの僕《ぼく》らの会話《かいわ》は、あまりに不毛《ふもう》だった上《うえ》に、最後《さいご》には僕《ぼく》が押《お》し切《き》られてしまうという流《なが》れなので割愛《かつあい》する。

彼女《かのじょ》が主張《しゅちょう》し、僕《ぼく》が説得《せっとく》し、昨日《きのう》のメールというカードを切《き》られ、約束《やくそく》は基本的《きほんてき》に破《やぶ》らないという僕《ぼく》の意志《いし》につけこまれ。

気《き》がつくと僕《ぼく》は、新幹線《しんかんせん》に乗《の》っていた。

「あーあ」

流《なが》れゆく景色《けしき》を窓際《まどぎわ》の席《せき》で眺《なが》めながら、ここに来《き》てなお現状《げんじょう》を受《う》け入《い》れるべきなのか迷《まよ》っている僕《ぼく》。横《よこ》では、彼女《かのじょ》が美味《おい》しそうに炊《た》き込《こ》みごはんを食《た》べている。

「初《はじ》めて行《い》くんだー、【仲良《なかよ》し】くん行《い》ったことは？」

「ないよ」

「安心《あんしん》していいよ、今日《きょう》のためにガイドブックちゃんと買《か》ってあるから」

「ああ、そう」

草舟《くさぶね》にも、ほどというものがあるのではないか。僕《ぼく》は自分《じぶん》を叱責《しっせき》する。

ちなみに新幹線《しんかんせん》のチケット代《だい》は焼《や》き肉《にく》と同様《どうよう》彼女《かのじょ》の財布《さいふ》から出《で》ている。気《き》にするなと言《い》われたけど、僕《ぼく》という人間《にんげん》の威信《いしん》にかけても返済《へんさい》しなくてはならない。

アルバイトでもしようか、そう考《かんが》えていると目《め》の前《まえ》にみかんが差《さ》し出《だ》された。

「食《た》べる？」

「……ありがと」

みかんを受《う》け取《と》って、無言《むごん》で皮《かわ》をむく。

「元気《げんき》ないねー。まさかと思《おも》うけど乗《の》り気《き》じゃないとか？」

「いや、乗《の》ってるよ。君《きみ》の計画《けいかく》にも、新幹線《しんかんせん》にも。そんな自分《じぶん》を見《み》つめてたところだよ」

「辛気臭《しんきくさ》いなぁ、旅行《りょこう》はもっとうきうきしてなきゃ！」

「旅行《りょこう》っていうより拉致《らち》だと思《おも》うんだよね」

「自分自身《じぶんじしん》を見《み》つめるくらいなら、私《わたし》を見《み》つめてよ」

「だから、本当《ほんとう》に、どういうつもりで言《い》ってんの、それ」

どこ吹《ふ》く風《かぜ》といった様子《ようす》で、彼女《かのじょ》は食《た》べ終《お》えた駅弁《えきべん》にふたをして輪《わ》ゴムで留《と》める。テキパキとした手《て》さばきには、生《い》きている人間《にんげん》の生活感《せいかつかん》があった。

彼女《かのじょ》の醸《かも》し出《だ》す現実感《げんじつかん》と実際《じっさい》の現実《げんじつ》の差異《さい》に文句《もんく》を言《い》う気《き》もそがれ、僕《ぼく》は黙《だま》ってみかんをひとふさずつ食《た》べる。彼女《かのじょ》が売店《ばいてん》で買《か》ったものだけど、意外《いがい》と甘《あま》くて美味《おい》しかった。外《そと》を見《み》ると、普段《ふだん》は見《み》ることのできない一面《いちめん》の田園風景《でんえんふうけい》が広《ひろ》がっている。畑《はたけ》に佇《たたず》むかかしを見《み》て、なぜか僕《ぼく》はもはや抵抗《ていこう》しても仕方《しかた》がないと、覚悟《かくご》を決《き》めていた。

「そういえば【仲良《なかよ》し】くんって、下《した》の名前《なまえ》なんだっけ？」

横《よこ》で情報誌《じょうほうし》を開《ひら》いて名産品《めいさんひん》を見比《みくら》べていた彼女《かのじょ》からの突然《とつぜん》の質問《しつもん》。僕《ぼく》は山《やま》の緑《みどり》を見《み》て穏《おだ》やかな気持《きも》ちになっていたので、素直《すなお》に質問《しつもん》に答《こた》えてやる。そんなに珍《めずら》しい名前《なまえ》でもないだろうに、彼女《かのじょ》は興味深《きょうみぶか》げに何度《なんど》か頷《うなず》いた。そして僕《ぼく》のフルネームを控《ひか》え目《め》に口《くち》ずさむ。

「君《きみ》みたいな名前《なまえ》の小説家《しょうせつか》いるよね？」

「そうだね、どっちが思《おも》い浮《う》かんでるのか知《し》らないけど」

僕《ぼく》は自分《じぶん》の名字《みょうじ》と名前《なまえ》、それぞれから連想《れんそう》できる二人《ふたり》の作家《さっか》を思《おも》い出《だ》す。

「もしかしてそれで小説《しょうせつ》が好《す》きなの？」

「当《あ》たらずも遠《とお》からずかな。読《よ》み始《はじ》めたきっかけはそうだけれどね、好《す》きなのは面白《おもしろ》いと思《おも》うからだよ」

「ふーん、一番好《いちばんす》きな小説家《しょうせつか》は名前《なまえ》と一緒《いっしょ》？」

「違《ちが》う。一番《いちばん》は、太宰治《だざいおさむ》」

文豪《ぶんごう》の名前《なまえ》を聞《き》いて、彼女《かのじょ》は幾分《いくぶん》か意外《いがい》そうに目《め》を見開《みひら》いた。

「太宰治《だざいおさむ》って、人間失格《にんげんしっかく》とかの？」

「そうだよ」

「そんな暗《くら》そうなのが好《す》きなんだぁ」

「確《たし》かに小説《しょうせつ》の雰囲気《ふんいき》は思《おも》いつめたような太宰治《だざいおさむ》の精神《せいしん》が文面《ぶんめん》を通《とお》して伝《つた》わってくるようだけどね、暗《くら》いという言葉《ことば》では片《かた》づけられないよ」

僕《ぼく》が珍《めずら》しく乗《の》り気《き》になって喋《しゃべ》ってあげると、彼女《かのじょ》は興味《きょうみ》なさげに唇《くちびる》を尖《とが》らせた。

「んー、ま、私《わたし》は読《よ》む気《き》にはならないかな」

「君《きみ》は文学《ぶんがく》にはあまり興味《きょうみ》がないみたいだね」

「そうだねー、あんまり。漫画《まんが》は読《よ》むけどね」

だろうな、と思《おも》った。善《よ》し悪《あ》しの問題《もんだい》ではなく、彼女《かのじょ》がじっと小説《しょうせつ》を読《よ》んでいる姿《すがた》が想像《そうぞう》できなかった。漫画《まんが》を読《よ》む時《とき》だって、きっと家《いえ》にいれば部屋《へや》の中《なか》をうろうろしたり、いちいち声《こえ》をあげたりしながら読《よ》んでいるのだろう。

相手《あいて》が興味《きょうみ》のない話《はなし》をしても仕方《しかた》がないので、僕《ぼく》は彼女《かのじょ》に気《き》になっていたことを訊《き》くことにする。

「君《きみ》の旅行《りょこう》を両親《りょうしん》はよく許《ゆる》したね。どんな手《て》を使《つか》ったの？」

「キョウコと旅行《りょこう》してくるって言《い》ったの。私《わたし》の両親《りょうしん》、私《わたし》が最後《さいご》にしたいことがあるって言《い》ったら大抵《たいてい》涙《なみだ》ぐんで許《ゆる》してくれるんだけど、流石《さすが》に男《おとこ》の子《こ》との旅行《りょこう》はねー、分《わ》かんないからさ」

「君《きみ》は本当《ほんとう》にひどいね、両親《りょうしん》の気持《きも》ちをふみにじって」

「そう言《い》う君《きみ》は？　ご両親《りょうしん》になんて言《い》い訳《わけ》する気《き》？」

「僕《ぼく》は両親《りょうしん》に心配《しんぱい》をかけないように、友達《ともだち》がいるって嘘《うそ》ついてるからさ。友達《ともだち》の家《いえ》に泊《と》まるって言《い》うよ」

「ひどいし、寂《さび》しいね」

「誰《だれ》も傷《きず》つかないって言《い》ってくれない？」

彼女《かのじょ》は呆《あき》れたように首《くび》を振《ふ》って、足元《あしもと》に置《お》いたリュックから雑誌《ざっし》を取《と》り出《だ》した。僕《ぼく》が愛《あい》する両親《りょうしん》に嘘《うそ》をつかなければならない原因《げんいん》を作《つく》った張本人《ちょうほんにん》のくせに、なんという態度《たいど》だろうか。彼女《かのじょ》が雑誌《ざっし》を開《ひら》いたので、これは好機《こうき》と僕《ぼく》も鞄《かばん》の中《なか》から文庫本《ぶんこぼん》を取《と》り出《だ》してそちらに集中《しゅうちゅう》する。朝《あさ》から騒《さわ》がしい非日常《ひにちじょう》を相手《あいて》にして疲《つか》れていたので、物語《ものがたり》の中《なか》に身《み》を委《ゆだ》ねて心《こころ》を癒《いや》したかった。

というようなことを僕《ぼく》が考《かんが》えている時点《じてん》で、彼女《かのじょ》に平穏《へいおん》を邪魔《じゃま》されるという事態《じたい》への伏《ふく》線《せん》になっているのではないかと、誰《だれ》かのせいですっかり疑心暗鬼《ぎしんあんき》になってしまった僕自身《ぼくじしん》は考《かんが》えた。ところが僕《ぼく》の大切《たいせつ》な時間《じかん》はしばらくの間《あいだ》、誰《だれ》に邪魔《じゃま》されることもなく過《す》ぎていった。一時間《いちじかん》ほど集中《しゅうちゅう》して小説《しょうせつ》を読《よ》み、きりがいいところで、ふと予想《よそう》だにしなかった平穏《へいおん》を手《て》に入《い》れていたことに気《き》がついた。隣《となり》を見《み》ると、彼女《かのじょ》は雑誌《ざっし》をお腹《なか》の上《うえ》に置《お》いて気《き》持《も》ちよさそうに眠《ねむ》っていた。

彼女《かのじょ》の寝顔《ねがお》を見《み》て、大病《たいびょう》が巣食《すく》っているとは思《おも》えない健康的《けんこうてき》な肌《はだ》に落書《らくが》きでもしてやろうかと思《おも》ったけれど、やめておいてあげた。

その後《ご》、新幹線《しんかんせん》が目的《もくてき》の駅《えき》に着《つ》くまで彼女《かのじょ》が目覚《めざ》めることはなかった。着《つ》いてからも。なんて言《い》い方《かた》をするとまるで彼女《かのじょ》が新幹線《しんかんせん》の中《なか》で短《みじか》い生涯《しょうがい》を終《お》えたようだけれど、単《たん》純《じゅん》になかなか目覚《めざ》めなかっただけのことだ、縁起《えんぎ》でもない勘違《かんちが》いはよくない。僕《ぼく》が優《やさ》しくほっぺをつねり鼻《はな》をつまんでも、彼女《かのじょ》はふがふがというだけでなかなか起《お》きなかった。最終手段《さいしゅうしゅだん》、持《も》っていた輪《わ》ゴムで無防備《むぼうび》だった手《て》の甲《こう》に攻撃《こうげき》をくわえてやると、彼女《かのじょ》はオーバーリアクションで飛《と》び起《お》きて「もっと呼《よ》びかけるとかあるでしょう！」と言《い》いながら、僕《ぼく》の肩《かた》をグーで殴《なぐ》った。せっかく起《お》こしてあげたっていうのに信《しん》じられない。

幸《さいわ》い新幹線《しんかんせん》はここが終点《しゅうてん》だったので、僕《ぼく》らは荷物《にもつ》を持《も》ち悠々《ゆうゆう》と下車《げしゃ》することが許《ゆる》された。

「初上陸《はつじょうりく》！　うわぁ！　ラーメンの匂《にお》いがする！」

「それは流石《さすが》に気《き》のせいじゃない？」

「絶対《ぜったい》するよ！　鼻腐《はなくさ》ってんじゃないの？」

「君《きみ》みたいに脳《のう》じゃなくてよかったよ」

「腐《くさ》ってるのは膵臓《すいぞう》ですぅ」

「その必殺技《ひっさつわざ》、卑怯《ひきょう》だからこれから禁止《きんし》にしよう。不公平《ふこうへい》だ」

彼女《かのじょ》が笑《わら》いながら「【仲良《なかよ》し】くんも必殺技作《ひっさつわざつく》れば？」と言《い》ったけれど、僕《ぼく》には大病《たいびょう》に罹《かか》る近日中《きんじつちゅう》の予定《よてい》はないので、丁重《ていちょう》にお断《ことわ》りしておいた。

ホームから長《なが》いエスカレーターを下《お》りると、土産物屋《みやげものや》や休憩処《きゅうけいどころ》が立《た》ち並《なら》ぶフロアに出《で》た。改装《かいそう》されたばかりなのか、清潔感満点《せいけつかんまんてん》の空間《くうかん》はとても好感《こうかん》が持《も》てた。

地上《ちじょう》に下《お》りるためのエスカレーターに乗《の》り、僕《ぼく》らはやっと改札《かいさつ》を出《で》た。出《で》た瞬間《しゅんかん》、まさか、と衝撃《しょうげき》を受《う》けた。自分《じぶん》の感覚《かんかく》を疑《うたぐ》った。さっき彼女《かのじょ》が言《い》った通《とお》り、ラーメンの匂《にお》いがした。なんてことだ、これが事実《じじつ》だとすると、彼《か》の府《ふ》ではソースの匂《にお》いがして、彼《か》の県《けん》ではうどんの匂《にお》いがするとでも言《い》うのだろうか。まだ行《い》ったことがないので、可能性《かのうせい》は否定《ひてい》できないけれど、一《ひと》つの料理《りょうり》がこんなにも人間《にんげん》の日常《にちじょう》に侵食《しんしょく》してきているなんてあり得《え》るのか？

隣《となり》に立《た》つ彼女《かのじょ》の顔《かお》を見《み》なくても、きっとニヤニヤと笑《わら》っていることは想像《そうぞう》がつくので絶《ぜっ》対《たい》に見《み》ない。

「んで、どこに行《い》くの？」

「ぬふふふふふ、え？」

鬱陶《うっとう》しい。

「ああ、どこに行《い》くか？　学問《がくもん》の神様《かみさま》に会《あ》いに行《い》くよ。だけどその前《まえ》にお昼《ひる》ごはんだねえ」

そういえばお腹《なか》が空《す》いてきた気《き》もする。

「やっぱりラーメンだと思《おも》うんだけど、どう？」

「異論《いろん》はない」

人《ひと》が行《ゆ》き交《か》う駅《えき》の中《なか》を、大股《おおまた》で歩《ある》く彼女《かのじょ》について行《い》く。どうやら新幹線《しんかんせん》の中《なか》で読《よ》んでいた情報誌掲載《じょうほうしけいさい》のお店《みせ》に行《い》くようで、その歩《あゆ》みには迷《まよ》いがない。地下《ちか》に潜《もぐ》ったり外《そと》に出《で》たりしながら行《い》くと、意外《いがい》とすぐに地下街《ちかがい》にあるラーメン屋《や》さんの前《まえ》に辿《たど》り着《つ》いた。店《みせ》に近《ちか》づいた段階《だんかい》で独特《どくとく》の匂《にお》いが濃《こ》くなってきて、僕《ぼく》は少《すこ》し恐《おそ》れをなしたけれど、お店《みせ》の外壁《がいへき》には有名《ゆうめい》なグルメ漫画《まんが》でこのお店《みせ》が取《と》り上《あ》げられたらしきページのコピーが貼《は》られていた。

どうやらおかしな店《みせ》ではないらしいと僕《ぼく》を安心《あんしん》させた。

ラーメンは美味《おい》しかった。注文《ちゅうもん》してから出《で》てくるスピードも早《はや》く、僕《ぼく》らはむさぼるように食《た》べた。二人《ふたり》とも、替《か》え玉《だま》というシステムを利用《りよう》したのだが、麺《めん》の硬《かた》さを尋《たず》ねられた時《とき》に彼女《かのじょ》が「はりがね」と言《い》ったのを聞《き》いて、僕《ぼく》は丁寧《ていねい》につっこんであげた。まさかそういう種類《しゅるい》の硬《かた》さ分類《ぶんるい》が実際《じっさい》にあって、僕《ぼく》が赤《あか》っ恥《ぱじ》をかいたのは誰《だれ》も知《し》らなくていい事実《じじつ》だ。ちなみに「はりがね」は、ただの小麦粉《こむぎこ》をねって細《ほそ》くしたものにお湯《ゆ》をかけた程度《ていど》にしか思《おも》えない茹《ゆ》でであがりだった。

腹《はら》ごしらえを終《お》えて、僕《ぼく》らはすぐに電車《でんしゃ》に乗《の》った。彼女《かのじょ》が会《あ》いたがった学問《がくもん》の神様《かみさま》が住《す》む神社《じんじゃ》は電車《でんしゃ》で三十分《さんじゅっぷん》ほどとのことだったので、急《いそ》ぐ必要《ひつよう》はなかったけれど、この旅行《りょこう》のホストが急《いそ》ぎたいと言《い》ったので僕《ぼく》はそれに従《したが》った。

電車《でんしゃ》の中《なか》で僕《ぼく》はどこかで読《よ》んだ情報《じょうほう》を思《おも》い出《だ》し、結《むす》んでいた口《くち》を開《ひら》いた。

「ここはかなり物騒《ぶっそう》な県《けん》らしいから、気《き》を付《つ》けた方《ほう》がいいよ。発砲事件《はっぽうじけん》とか多《おお》いらしい」

「そうなの？　でもそんなのどこの県《けん》も一緒《いっしょ》だよ。ほら、こないだ隣《となり》の県《けん》でも殺人事件《さつじんじけん》あったしさ」

「もうニュースで見《み》なくなったね」

「テレビで警察《けいさつ》の人《ひと》が言《い》ってたけど、通《とお》り魔《ま》って一番捕《いちばんつか》まりにくいらしいよ。憎《にく》まれっ子《こ》世《よ》にはばかるっていうからねー」

「そんな次元《じげん》の話《はなし》じゃないよね」

「だから君《きみ》が生《い》き残《のこ》って私《わたし》が死《し》ぬんだろうね」

「今知《いまし》ったんだけど、格言《かくげん》はあてにならない。覚《おぼ》えといて」

電車《でんしゃ》は本当《ほんとう》に三十分《さんじゅっぷん》ほどで僕《ぼく》らを目的地《もくてきち》に運《はこ》んでくれた。空《そら》は嫌《いや》になるほどの快晴《かいせい》で、立《た》っているだけでじんわりと汗《あせ》がにじんできた。着替《きが》えがなくても大丈夫《だいじょうぶ》かと思《おも》っていたけれど、後《あと》でユニクロに寄《よ》った方《ほう》がよさそうだ。

「いーい天気《てんき》ぃー」

太陽《たいよう》にはりあっているみたいな笑《え》みを浮《う》かべて、彼女《かのじょ》は軽《かる》いステップを踏《ふ》みながら神社《じんじゃ》までの坂道《さかみち》を上《のぼ》っていった。平日《へいじつ》の昼間《ひるま》だというのに混《こ》み合《あ》っている境内《けいだい》までの参道《さんどう》は、左右《さゆう》を土産物屋《みやげものや》や雑貨屋《ざっかや》、食事処《しょくじどころ》や怪《あや》しいT《ティー》シャツを売《う》っている店《みせ》などに挟《はさ》まれていて、見《み》ていて飽《あ》きなかった。特《とく》に目《め》をひいたのはいくつもある名物《めいぶつ》のお餅《もち》の店《みせ》で、香《こう》ばしい匂《にお》いが鼻腔《びこう》をくすぐった。

時折彼女《ときおりかのじょ》はふらふらと店《みせ》に引《ひ》っ張《ぱ》られていった。結果何《けっかなに》も買《か》わないのだけれど、それは店側《みせがわ》も分《わ》かっているから、安心《あんしん》して見《み》ているだけで楽《たの》しめる。

汗《あせ》だくになりながらようやく参道《さんどう》を上《のぼ》りきるや、ひとまず僕《ぼく》らは自動販売機《じどうはんばいき》で飲《の》み物《もの》を買《か》った。購買意欲《こうばいいよく》をあおる絶妙《ぜつみょう》な場所《ばしょ》に設置《せっち》された自動販売機《じどうはんばいき》に負《ま》けるのは悔《くや》しかったけれど、喉《のど》の渇《かわ》きという、生命《せいめい》に直結《ちょっけつ》したうずきが理性《りせい》を飛《と》ばした。

彼女《かのじょ》が汗《あせ》の伝《つた》う髪《かみ》の毛《け》を振《ふ》りみだしながら、やっぱり笑《わら》う。

「青春《せいしゅん》みたいだね！」

「空《そら》は青《あお》いけど、春《はる》じゃない……あっつい」

「運動部《うんどうぶ》にいたことは？」

「ないよ。ほら、高貴《こうき》な生《う》まれだから体《からだ》を動《うご》かさなくてもいいんだ」

「高貴《こうき》な人達《ひとたち》なめんな。運動《うんどう》しなよー、病人《びょうにん》の私《わたし》と同《おな》じくらい汗《あせ》かいてんじゃん」

「運動不足《うんどうぶそく》とか多分関係《たぶんかんけい》ないでしょ」

周《まわ》りでも体力《たいりょく》の限界《げんかい》を迎《むか》えたのか、木陰《こかげ》で恥《は》ずかしげもなく腰《こし》をおろしている人達《ひとたち》がたくさんいる。今日《きょう》はまた特別暑《とくべつあつ》い日《ひ》のようだ。

どうにか若《わか》さと水分《すいぶん》で脱水症状《だっすいしょうじょう》を免《まぬが》れてから、僕《ぼく》らはまた歩《ある》きだす。手《て》を洗《あら》って、熱《あつ》く焼《や》けた牛《うし》の偶像《ぐうぞう》に触《さわ》って、水《みず》に浮《う》かぶ亀《かめ》を眺《なが》めながら橋《はし》を渡《わた》って、やっとこさ神様《かみさま》の御《ご》前《ぜん》に辿《たど》り着《つ》いた。どうして途中《とちゅう》で牛《うし》に出会《であ》ったのかは、説明《せつめい》を読《よ》んだのだけれど暑《あつ》さのせいで忘《わす》れてしまった。彼女《かのじょ》は最初《さいしょ》から読《よ》むつもりもなさそうだった。

神様《かみさま》の財布《さいふ》になっている箱《はこ》の前《まえ》に立《た》ち、控《ひか》え目《め》なお賽銭《さいせん》を入《い》れて、きちんと二拝二拍手《にはいにはくしゅ》一拝《いちはい》をする。

参拝《さんぱい》というのは、神様《かみさま》にお願《ねが》いをする場《ば》ではないと僕《ぼく》は何《なに》かで読《よ》んだことがあった。参《さん》拝《ぱい》の本来《ほんらい》の意味《いみ》は、神様《かみさま》の前《まえ》で決意《けつい》を表明《ひょうめい》することだと。だけれど、僕《ぼく》には今《いま》のところどんな決意《けつい》もなかった。仕方《しかた》がないので、隣《となり》の彼女《かのじょ》の手伝《てつだ》いをしようと思《おも》う。知《し》らないふりをして、神様《かみさま》にお願《ねが》いする。

彼女《かのじょ》の膵臓《すいぞう》が治《なお》りますように。

気《き》がつけば、彼女《かのじょ》よりも長《なが》く僕《ぼく》は祈《いの》っていた。叶《かな》わないと分《わ》かっている願《ねが》いの方《ほう》が、きっと祈《いの》りやすいのだろう。もしかしたら彼女《かのじょ》は違《ちが》うことを祈《いの》ったかもしれない。僕《ぼく》にそれを訊《き》く気《き》はなかった。祈《いの》りは、一人《ひとり》で静《しず》かに捧《ささ》げるものだ。

「死《し》ぬまで元気《げんき》でいられるようにってお願《ねが》いしたよ。【仲良《なかよ》し】くんは？」

「……君《きみ》はいつも僕《ぼく》の想《おも》いを踏《ふ》みにじるね」

「え、まさか私《わたし》がどんどん弱《よわ》っていくようにお願《ねが》いしたの？　最低《さいてい》！　見損《みそこ》なったよ！」

「どうして人《ひと》の不幸《ふこう》を願《ねが》うんだよ」

実際《じっさい》には彼女《かのじょ》の憶測《おくそく》と全《まった》く反対《はんたい》のことを祈《いの》っていたけれど、言《い》わなかった。そういえばここは学問《がくもん》の神様《かみさま》じゃなかったっけ？　まあ神様《かみさま》なんだから細《こま》かいことは気《き》にしないでくれるだろう。

「ねえ、おみくじ引《ひ》こうよ！」

彼女《かのじょ》の提案《ていあん》に、僕《ぼく》は眉《まゆ》をひそめる。彼女《かのじょ》の運命《うんめい》とおみくじは相関性《そうかんせい》がなく思《おも》われた。おみくじには未来《みらい》のことが書《か》かれているのに、彼女《かのじょ》には未来《みらい》がない。

彼女《かのじょ》はおみくじが販売《はんばい》されている場所《ばしょ》に駆《か》け寄《よ》り、迷《まよ》いなく百円《ひゃくえん》を箱《はこ》に入《い》れておみくじを引《ひ》く。仕方《しかた》がないので僕《ぼく》も付《つ》き合《あ》う。

「いいこと書《か》いてある方《ほう》が勝《か》ちだからね」

「おみくじをなんだと思《おも》ってるの？」

「あ、大吉《だいきち》だ」

嬉《うれ》しそうな顔《かお》をする彼女《かのじょ》。心中《しんちゅう》唖然《あぜん》とした。神様《かみさま》は彼女《かのじょ》をなんだと思《おも》っているのだろう。これでおみくじにはなんの力《ちから》もないことが証明《しょうめい》されてしまった。それとも、既《すで》にとびっきりの大凶《だいきょう》を引《ひ》いてしまった彼女《かのじょ》へ、神様《かみさま》からの優《やさ》しさだとでも。

彼女《かのじょ》は大声《おおごえ》をあげた。

「あははははははははは！　見《み》て見《み》て！　『病《やまい》、やがて治《なお》る』だってぇ！　治《なお》んねぇっつうの！」

「……君《きみ》が楽《たの》しそうでなによりだよ」

「君《きみ》は？」

「吉《きち》」

「小吉《しょうきち》の、下《した》？」

「大吉《だいきち》の下《した》って話《はなし》もあるよね」

「どっちにしろ私《わたし》の勝《か》ちだね、えっへん」

「君《きみ》が楽《たの》しそうでなによりだよー」

「良縁来《りょうえんき》たるって書《か》いてあるじゃん、よかったね」

「本当《ほんとう》によかったって思《おも》うなら、どうして吐《は》き捨《す》てるように言《い》うの
彼女《かのじょ》は小首《こくび》を傾《かし》げてから至近距離《しきんきょり》でにへらっと笑《わら》う。口《くち》を
開《ひら》かなければ可愛《かわい》げがあるのに、と思《おも》ってしまった自分《じぶん》に最大限《さいだいげん》の不覚《ふかく》を感《かん》じる。

僕《ぼく》が目《め》を逸《そ》らすと、くくくっと笑《わら》い声《ごえ》が聞《き》こえてきた。笑《わら》ったきり彼女《かのじょ》は何《なに》も言《い》わなかった。

本殿《ほんでん》から出《で》て僕《ぼく》らは来《き》た道《みち》を戻《もど》る。来《く》る時《とき》に渡《わた》った橋《はし》を渡《わた》らずに左《ひだり》に折《お》れていくと、宝物殿《ほうもつでん》や、菖蒲池《しょうぶいけ》と名前《なまえ》のついた水《みず》たまりがあった。池《いけ》には亀《かめ》が大量《たいりょう》に浮《う》いていて、僕《ぼく》らは売店《ばいてん》で亀《かめ》の餌《えさ》を買《か》って池《いけ》にまいた。亀《かめ》ののんびりとした動《うご》きを見《み》ていると、暑《あつ》さも少《すこ》しは紛《まぎ》れる気《き》がした。僕《ぼく》が夢中《むちゅう》で餌《えさ》やりをしていると、彼女《かのじょ》は小《ちい》さな女《おんな》の子《こ》に話《はな》しかけられたりしていた。にこやかに対応《たいおう》する様子《ようす》を見《み》て、流石《さすが》は僕《ぼく》と反対《はんたい》の人間《にんげん》だと思《おも》う。女《おんな》の子《こ》に「お姉《ねえ》さん達《たち》、恋人《こいびと》ぉ?」と訊《き》かれた彼女《かのじょ》は「違《ちが》うよー、仲良《なかよ》しだよー」と言《い》って幼《よう》女《じょ》を困《こま》らせていた。

亀《かめ》に餌《えさ》をやり終《お》えてから、池《いけ》の脇《わき》の道《みち》を歩《ある》いていくと一軒《いっけん》の食事処《しょくじどころ》の前《まえ》に出《で》た。彼女《かのじょ》の提案《ていあん》で立《た》ちよることにした。店内《てんない》はクーラーが効《き》いていて、二人《ふたり》して思《おも》わず溜息《ためいき》をついた。広《ひろ》い店内《てんない》に客《きゃく》は僕《ぼく》らの他《ほか》に三組《さんくみ》。家族連《かぞくづ》れと、上品《じょうひん》な老夫婦《ろうふうふ》と、少《すこ》し騒《さわ》がしいおばさん四人《よにん》。僕《ぼく》らは窓際《まどぎわ》の座敷《ざしき》に上《あ》がった。

ほどなく、気《き》の良《よ》さそうなおばあさんがコップに入《はい》った水《みず》を二人分《ふたりぶん》持《も》って寄《よ》ってきて、注文《ちゅうもん》を訊《き》いた。

「梅ケ枝餅《うめがえもち》二《ふた》つと、私《わたし》はお茶《ちゃ》かな。君《きみ》もお茶《ちゃ》でいい？」

頷《うなず》くと、おばあさんはにこにことしながら店《みせ》の奥《おく》へと歩《ある》いていった。

冷《つめ》たい水《みず》を飲《の》むと、体《からだ》の温度《おんど》がどんどんと下《さ》がっていくのを感《かん》じた。指《ゆび》の先《さき》まで、涼《りょう》が行《い》きわたって心地《ここち》がいい。

「あのお菓子《かし》、梅ヶ枝餅《うめがえもち》っていうんだね」

「名物《めいぶつ》なんだよ。ガイドブックに載《の》ってた」

お待《ま》たせしましたーっと、全《まった》く待《ま》っていないと断言《だんげん》できる早《はや》さで赤《あか》いお皿《さら》に載《の》った梅ケ《うめが》枝餅《えもち》と緑茶《りょくちゃ》が二《ふた》つ運《はこ》ばれてきた。料金《りょうきん》は前払《まえばら》いのようで、二人《ふたり》で半分《はんぶん》ずつ店員《てんいん》さんに小銭《こぜに》を渡《わた》した。

店内《てんない》で常《つね》に焼《や》いているらしい丸《まる》くて白《しろ》いお餅《もち》は、持《も》ってみるとぱりぱりで、かじってみると中《なか》からたっぷりの甘《あま》みとほのかな塩味《しおあじ》を持《も》ったあんこが出《で》てきて、それはそれは美味《びみ》だった。緑茶《りょくちゃ》ともよく合《あ》う。

「美味《おい》しいね！　私《わたし》についてきて正解《せいかい》だったでしょ」

「少《すこ》しだけね」

「素直《すなお》じゃないなー。そんなんじゃあ、私《わたし》がいなくなったらまた一人《ひとり》になっちゃうよ？」

「……………」

別《べつ》に構《かま》わない。そう思《おも》っている。僕《ぼく》にとっては、今《いま》の状況《じょうきょう》が異常《いじょう》だ。彼女《かのじょ》がいなくなれば、また元《もと》の生活《せいかつ》に戻《もど》るだけだ。誰《だれ》とも関《かか》わらず、小説《しょうせつ》の世界《せかい》に身《み》を潜《ひそ》める。そんな毎日《まいにち》に、戻《もど》る。決《けっ》して悪《わる》いものじゃない。けれど、彼女《かのじょ》に理解《りかい》してもらえるとは思《おも》わない。

梅ケ枝餅《うめがえもち》を食《た》べ終《お》えて、お茶《ちゃ》を飲《の》みながら彼女《かのじょ》は情報誌《じょうほうし》をテーブルの上《うえ》に広《ひろ》げた。

「これからの予定《よてい》は？」

「お、乗《の》り気《き》だね」

「どうせなら皿《さら》も一緒《いっしょ》に食《た》べてやろうって新幹線《しんかんせん》からかかしを見《み》て決《き》めたんだ」

「ああそう、意味分《いみわ》かんない。私《わたし》ね、死《し》ぬまでにしたいことをリストアップしたの」

それはいいことだ。僕《ぼく》と過《す》ごす時間《じかん》の無駄《むだ》に気《き》がつくことだろう。

「男《おとこ》の子《こ》と旅行《りょこう》したいとか、本場《ほんば》でとんこつラーメン食《た》べたいとか、それで今回《こんかい》の旅行《りょこう》に踏《ふ》み切《き》ったんだけど、とりあえず今日《きょう》の私《わたし》の最終的《さいしゅうてき》な目的《もくてき》は、夜《よる》ご飯《はん》にモツ鍋《なべ》を食《た》べるってことなんだよね。それさえ叶《かな》えば万々歳《ばんばんざい》。【仲良《なかよ》し】くん、他《ほか》に行《い》きたいところとかある？」

「いいや、僕《ぼく》は観光地《かんこうち》っていうのには基本的《きほんてき》に無頓着《むとんちゃく》だから、何《なに》があるのかもあんまり知《し》らないいな。昨日《きのう》メールでも言《い》ったけど、君《きみ》の行《い》きたいところに行《い》けばいいんじゃない」

「んー、そっか、どうしよっかな………んあっ！」

彼女《かのじょ》が間抜《まぬ》けな声《こえ》をあげた。理由《りゆう》は店内《てんない》に何《なに》かの割《わ》れる音《おと》と下品《げひん》な悲鳴《ひめい》が響《ひび》き渡《わた》ったから。音《おと》の方《ほう》を見《み》ると、ずっと騒《さわ》いでいたおばさん達《たち》のうち太《ふと》った一人《ひとり》が、ヒステリックな声《こえ》をあげていた。隣《となり》には、頭《あたま》を下《さ》げるおばあさん。どうやら、おばあさんが躓《つまず》いたか何《なに》かで湯《ゆ》のみをひっくり返《かえ》してしまったらしい。床《ゆか》に落《お》ちた陶器《とうき》の湯《ゆ》のみが割《わ》れた音《おと》が、次《つぎ》なる行《い》き先《さき》に悩《なや》む彼女《かのじょ》を驚《おどろ》かせた。

状況《じょうきょう》を見守《みまも》り、観察《かんさつ》する。おばあさんは平謝《ひらあやま》りを続《つづ》けているけれど、自分《じぶん》の服《ふく》にお茶《ちゃ》がかかってしまったらしいおばさんは、ヒステリーにだんだんと拍車《はくしゃ》がかかり、発狂《はっきょう》したような様子《ようす》になってきている。正面《しょうめん》を見《み》ると、彼女《かのじょ》も、お茶《ちゃ》を飲《の》みながら静観《せいかん》していた。

どうにか事態《じたい》が穏便《おんびん》に収《おさ》まるのを期待《きたい》していたのに、そういった期待《きたい》はよく裏切《うらぎ》られるもので、怒《いか》りが頂点《ちょうてん》に達《たっ》したらしいおばあさんは乱暴《らんぼう》におばあさんを突《つ》きとばした。おばあさんは押《お》されたまま後《うし》ろによろめきテーブルにぶつかって、テーブルごと床《ゆか》に倒《たお》れた。醤油《しょうゆ》の瓶《びん》や割《わ》りばしの束《たば》が床《ゆか》に散《ち》らばる。

事態《じたい》を受《う》け、まだ傍観《ぼうかん》を決《き》め込《こ》もうとしていたのは、僕《ぼく》だけだった。

「ちょっと!」

今《いま》まで聞《き》いたことがないくらいの大《おお》きな声《こえ》を張《は》り上《あ》げて、僕《ぼく》と同席《どうせき》していたはずの彼女《かのじょ》は立《た》ちあがり、座敷《ざしき》をおりておばあさんに駆《か》け寄《よ》った。

やっぱり、と僕《ぼく》は思《おも》った。傍観者《ぼうかんしゃ》でありたいと願《ねが》う僕《ぼく》、当事者《とうじしゃ》になろうとする彼女《かのじょ》、つまりはそういうことだ。僕《ぼく》は自分《じぶん》を鏡《かがみ》にして、彼女《かのじょ》なら立《た》ちあがるはずだと、確信的《かくしんてき》に思《おも》っていた。

彼女《かのじょ》はおばあさんを立《た》ちあがらせながら、敵《てき》とみなした女性《じょせい》を怒鳴《どな》りつけた。当然相手《とうぜんあいて》も対抗《たいこう》してきたけれど、ここが彼女《かのじょ》の真価《しんか》だろう。店内《てんない》にいた他《ほか》のお客《きゃく》、家族連《かぞくづ》れのお父《とう》さんや老夫婦《ろうふうふ》の二人《ふたり》が、重《おも》い腰《こし》をあげ、彼女《かのじょ》の味方《みかた》をし始《はじ》めたのだ。

多方向《たほうこう》から責《せ》められたおばさん達《たち》は奇声《きせい》をあげていた当人以外《とうにんいがい》も顔《かお》を真《ま》っ赤《か》にして文句《もんく》を喚《わめ》き散《ち》らしながら、店《みせ》から逃《に》げるように出《で》て行《い》った。敵《てき》が去《さ》った後《あと》、彼女《かのじょ》はおばあさんに礼《れい》を言《い》われ、褒《ほ》め称《たた》えられていた。僕《ぼく》は、まだお茶《ちゃ》を飲《の》んでいた。

倒《たお》れたテーブルを片《かた》づけてから彼女《かのじょ》が帰《かえ》ってきて、「おかえり」と声《こえ》をかけると彼女《かのじょ》はまだ怒《おこ》った様子《ようす》だったので、僕《ぼく》の不参加《ふさんか》を叱《しか》られるのかと思《おも》ったら、そうではなかった。

「あのおばさんが突然《とつぜん》出《だ》した足《あし》にひっかかって、おばあさん躓《つまず》いたんだって。まったくひどいよね！」

「そうだね」

世《よ》の中《なか》には、加害者《かがいしゃ》と傍観者《ぼうかんしゃ》の罪《つみ》は同列《どうれつ》であるという考《かんが》え方《かた》がある。それならば、僕《ぼく》の罪《つみ》は彼《か》のおばさんと同等《どうとう》なので、強《つよ》く非難《ひなん》することをしなかった。

正義《せいぎ》のための怒《いか》りを掲《かか》げる余命幾許《よめいいくばく》もない彼女《かのじょ》を見《み》ながら、憎《にく》まれっ子《こ》は世《よ》にはばかるのだなと考《かんが》えた。

「君《きみ》より先《さき》に死《し》んだ方《ほう》がいい人間《にんげん》はたくさんいるもんだね」

「本当《ほんとう》だよ！」

彼女《かのじょ》の同意《どうい》に、僕《ぼく》は苦笑《くしょう》した。やっぱり僕《ぼく》は、彼女《かのじょ》がいなくなったら一人《ひとり》になろうと思《おも》った。

店《みせ》を出《で》る時《とき》、彼女《かのじょ》はおばあさんからのお礼《れい》とともにお土産《みやげ》の梅ヶ枝餅《うめがえもち》を六《むっ》つ持《も》たされた。最初《さいしょ》は断《ことわ》ろうとしていた彼女《かのじょ》だったが、おばあさんの押《お》しに負《ま》けて快《こころよ》く受《う》け取《と》っていた。

焼《や》いてから少《すこ》し時間《じかん》の経《た》った梅ヶ枝餅《うめがえもち》を僕《ぼく》も貰《もら》って食《た》べると、しっとりとした違《ちが》う食感《しょっかん》が楽《たの》しめて、これもまた美味《おい》しかった。

「とりあえず都会《とかい》の方《ほう》に行《い》ってみようよ、ユニクロも探《さが》さなきゃいけないし」

「そうだね、思《おも》ったより汗《あせ》かいた。申《もう》し訳《わけ》ないんだけどさ、君《きみ》が死《し》ぬまでに必《かなら》ず返《かえ》すから、お金《かね》を貸《か》してくれない？」

「え、やだ」

「………君《きみ》は鬼畜生《おにちくしょう》だね。地獄《じごく》で仲良《なかよ》くするといい」

「うわははっ、嘘《うそ》だよ、冗談《じょうだん》冗談《じょうだん》。別《べつ》に返《かえ》さなくてもいいよ」

「いいや、今《いま》まで君《きみ》が払《はら》ってるのも全部《ぜんぶ》返《かえ》す」

「意固地《いこじ》だなぁ」

電車《でんしゃ》に乗《の》って僕《ぼく》らは元来《もとき》た駅《えき》を目指《めざ》した。電車内《でんしゃない》は静《しず》かだった。ご老人達《ろうじんたち》が居眠《いねむ》りをしたり、小《ちい》さい子《こ》ども達《たち》が集《あつ》まってひそひそと作戦会議《さくせんかいぎ》をしたりしていた。彼女《かのじょ》が隣《となり》で雑誌《ざっし》を読《よ》んでいたので、僕《ぼく》はぼんやりと外《そと》を眺《なが》めた。時刻《じこく》は既《すで》に夕方《ゆうがた》にさしかかっているが、夏《なつ》の空《そら》はまだまだ明《あか》るい。ずっと明《あか》るいままならいい。この頃《ころ》になると僕《ぼく》は、そんなことを気《き》まぐれに思《おも》い始《はじ》めていた。

神様《かみさま》へのお願《ねが》いはそれにすればよかったなと、独《ひと》りごちていると、隣《となり》で彼女《かのじょ》が雑誌《ざっし》を畳《たた》んで目《め》を瞑《つぶ》った。彼女《かのじょ》はそのまま、僕《ぼく》らが目指《めざ》す駅《えき》に着《つ》くまで、ぐっすりと眠《ねむ》っていた。

駅《えき》に着《つ》くとお昼《ひる》よりもだいぶ人《ひと》が増《ふ》えていた。せかせかと下校途中《げこうとちゅう》の学生《がくせい》やサラリーマン達《たち》が行《ゆ》き交《か》う中《なか》を僕《ぼく》らは呑気《のんき》に歩《ある》く。ここの県民達《けんみんたち》は他《ほか》の場所《ばしょ》の人達《ひとたち》よりも足《あし》が速《はや》いように思《おも》う。物騒《ぶっそう》な県内《けんない》でトラブルを回避《かいひ》するためだろうか。

彼女《かのじょ》と相談《そうだん》して、僕《ぼく》らは県内随一《けんないずいいち》の繁華街《はんかがい》に赴《おもむ》くことを決《き》めた。携帯電話《けいたいでんわ》で調《しら》べたところ、そこにユニクロもあるみたいだった。あとから調《しら》べたら、どうやら神社《じんじゃ》のあった場所《ばしょ》から一番《いちばん》の都会《とかい》にある駅《えき》までは改札《かいさつ》を出《で》ずとも行《い》けたらしいけれど、何《なに》しろ拉致《らち》されてきた僕《ぼく》にそんな下調《したしら》べは不可能《ふかのう》だし、彼女《かのじょ》はそんなことに気《き》を回《まわ》すほど細《こま》やかな人間《にんげん》ではない。

僕《ぼく》らは、地下鉄《ちかてつ》に乗《の》って街《まち》へと向《む》かった。

時刻《じこく》は、とっぷりと夜八時《よるはちじ》。僕《ぼく》らは掘《ほ》りごたつに座《すわ》って、湯気立《ゆげた》つ鍋《なべ》をつついていた。モツとキャベツとニラくらいしか具《ぐ》が入《はい》っていないその名物鍋料理《めいぶつなべりょうり》は、内臓《ないぞう》よりは肉《にく》がいいと断言《だんげん》する僕《ぼく》を黙《だま》らせるほどの味《あじ》だった。もちろん彼女《かのじょ》はずっと騒《さわ》いでいた。

「生《い》きててよかったぁ！」

「真実《しんじつ》の一言《ひとこと》だね」

僕《ぼく》は自分《じぶん》の器《うつわ》から出汁《だし》を飲《の》む。しみじみと美味《うま》い。

あれから僕《ぼく》らは街《まち》に向《む》かい、ユニクロに寄《よ》って、それからただぶらぶらとした。彼女《かのじょ》がサングラスを買《か》いたいと言《い》って眼鏡屋《めがねや》に入《はい》ってみたり、僕《ぼく》が本屋《ほんや》を見《み》つけて入《はい》ってみたり。知《し》らない土地《とち》の街並《まちな》みは見《み》ているだけでそこそこ楽《たの》しく、突然現《とつぜんあらわ》れた公園《こうえん》で鳩《はと》を追《お》いかけたり、県《けん》を代表《だいひょう》する銘菓《めいか》を作《つく》るお店《みせ》で試食《ししょく》をしたりしていたら、時間《じかん》はすぐに過《す》ぎた。

暗《くら》くなり始《はじ》めると他県民《たけんみん》には珍《めずら》しい屋台《やたい》が軒《のき》を連《つら》ね、僕《ぼく》らはそれを眺《なが》めながら彼女《かのじょ》が目《め》星《ぼし》をつけていたモツ鍋屋《なべや》へと向《む》かった。平日《へいじつ》だからか、運《うん》がよかっただけか、賑《にぎ》わった店《てん》内《ない》で僕《ぼく》らはすぐに席《せき》へ通《とお》された。彼女《かのじょ》が「私《わたし》のおかげだね」と嘯《うそぶ》いていたけれど、予約《よやく》も何《なに》もしていなかったのだから断《だん》じて彼女《かのじょ》のおかげではない。

食事中《しょくじちゅう》はほぼ中身《なかみ》のある会話《かいわ》は交《か》わさなかった。彼女《かのじょ》は終始鍋《しゅうしなべ》を讃《たた》えていて、僕《ぼく》は静《しず》かに舌鼓《したつづみ》を打《う》っていた。くだらない会話《かいわ》もなく存分《ぞんぶん》に食事《しょくじ》を楽《たの》しむことができた。美味《おい》しいものと向《む》き合《あ》う時《とき》はこうでなくてはならない。

彼女《かのじょ》がまたそのくだらない口《くち》を開《ひら》いたのは、旨《うま》みが凝縮《ぎょうしゅく》されたスープにお店《みせ》の人《ひと》が中《ちゅう》華麺《かめん》を投入《とうにゅう》してくれた時《とき》だった。

「これで私達《わたしたち》も一緒《いっしょ》に鍋《なべ》つつく仲《なか》だねえ」

「もしかして、同《おな》じ釜《かま》の飯感覚《めしかんかく》で言《い》ってるの？」

「それ以上《いじょう》だよ。私《わたし》、彼氏《かれし》ともモツ鍋《なべ》つついたことないもん」

うきゃきゃきゃっと彼女《かのじょ》は笑《わら》った。笑《わら》い方《かた》がいつもと違《ちが》うのは、体内《たいない》にアルコールを入《い》れているからだ。彼女《かのじょ》は高校生《こうこうせい》の分際《ぶんざい》で堂々《どうどう》とワインを注文《ちゅうもん》した。お店《みせ》の人《ひと》はあまりに悪《わる》びれない注文《ちゅうもん》を訝《いぶか》しがることもなく聞《き》き入《い》れ、白《しろ》のグラスワインを運《はこ》んできた。警察《けいさつ》に連絡《れんらく》してくれてもよかったのに。

いつもより上機嫌《じょうきげん》になった彼女《かのじょ》は、普段《ふだん》より自分自身《じぶんじしん》のことを話《はな》したがった。僕《ぼく》は人《ひと》の話《はなし》を聞《き》いている方《ほう》が、喋《しゃべ》ることよりも好《す》きなので都合《つごう》がよかった。

どんな話《はなし》の流《なが》れだったか、彼女《かのじょ》は僕《ぼく》のクラスメイトでもあるらしい前《まえ》の彼氏《かれし》について話《はな》し始《はじ》めた。

「彼《かれ》ね、すっごくいい人《ひと》なの。うん、本当《ほんとう》に、あっちから告白《こくはく》されて、いい人《ひと》だし友達《ともだち》だから付《つ》き合《あ》っても大丈夫《だいじょうぶ》かなぁって思《おも》ったら、そうじゃないのが難《むずか》しいところだよねぇ。ほら私《わたし》、結構《けっこう》あけすけにものを言《い》うじゃない？　そしたらすぐ不機嫌《ふきげん》になっちゃって、喧嘩《けんか》になったら凄《すご》い粘着質《ねんちゃくしつ》な怒《おこ》り方《かた》してくるの。友達《ともだち》だったらよかったんだけど、もっと長《なが》い時間《じかん》一緒《いっしょ》にいると嫌《いや》になってくるわけよ」

彼女《かのじょ》はワインに口《くち》をつける。僕《ぼく》は黙《だま》って共感《きょうかん》できない彼女《かのじょ》の話《はなし》を聞《き》く。

「キョウコからも私《わたし》の元彼《もとかれ》は好評《こうひょう》だったよ。表面上《ひょうめんじょう》は爽《さわ》やかボーイだから」

「僕《ぼく》とは縁《えん》がなさそうだ」

「だろうね、君《きみ》、キョウコにも敬遠《けいえん》されてるし」

「君《きみ》は僕《ぼく》がそういうこと言《い》われて傷《きず》つくとか思《おも》わないの？」

「傷《きず》つくの？」

「傷《きず》つかないよ。こっちも敬遠《けいえん》してるんだからおあいこだ」

「私《わたし》が死《し》んだらキョウコと仲良《なかよ》くしてあげてほしいのになぁ」

それまでとは違《ちが》う様子《ようす》で、彼女《かのじょ》の目《め》が真《ま》っ直《す》ぐにこちらを見据《みす》えた。葉《ば》らしかった。仕方《しかた》なく僕《ぼく》は「考《かんが》えておく」と答《こた》えた。彼女《かのじょ》は「お願《ねが》い」と一言《ひとこと》だけ添《そ》えた。意味《いみ》のある一言《ひとこと》だった。どうせ仲良《なかよ》くなることはないと決《き》めてかかっていた僕《ぼく》の心《こころ》が揺《ゆ》れた、少《すこ》しだけ。

モツ鍋《なべ》を堪能《たんのう》し終《お》えてから店《みせ》を出《で》ると、気持《きも》ちのいい夜風《よかぜ》が顔《かお》を撫《な》でた。店内《てんない》はクーラーがかかっていたけれど、いくつもの鍋《なべ》がぐつぐつと煮込《にこ》まれていたのでほとんど用《よう》をなしていなかった。僕《ぼく》の後《あと》から、会計《かいけい》を済《す》ませた彼女《かのじょ》が出《で》てくる。僕《ぼく》は今回《こんかい》の旅行中《りょこうちゅう》の支《し》払《はら》いを絶対返済《ぜったいへんさい》の条件付《じょうけんつ》きで彼女《かのじょ》に任《まか》せるという協定《きょうてい》を結《むす》んでいた。

「わー気持《きも》ちいー」

「まだ夜《よる》は涼《すず》しいね」

「だねー。さーて、じゃあホテル行《い》くかぁ」

今日《きょうと》泊まる場所《ばしょ》は昼《ひる》のうちに彼女《かのじょ》から聞《き》いていた。そこは僕《ぼく》らが新幹線《しんかんせん》でやってきた駅《えき》から直結《ちょっけつ》のそこそこグレードの高《たか》いホテルで、県内《けんない》でも有名《ゆうめい》なところらしい。本当《ほんとう》なら彼《かの》女《じょ》は簡単《かんたん》なビジネスホテルにでも泊《と》まるつもりだったのに、予定《よてい》を両親《りょうしん》に話《はな》したところ、どうせだったらいいところに泊《と》まるようにと助成金《じょせいきん》をもらった。せっかくなのでご厚意《こうい》に甘《あま》えちゃおうということだ。もちろん彼女《かのじょ》の両親《りょうしん》が出《だ》したお金《かね》の半分《はんぶん》は親友《しんゆう》さんのためのお金《かね》なのだけれど、それは責任《せきにん》が彼女《かのじょ》にあるので僕《ぼく》は知《し》らない。

駅《えき》に着《つ》くと本当《ほんとう》にホテルまではすぐだった。いや、公式《こうしき》な情報《じょうほう》に本当《ほんとう》も嘘《うそ》もないのだろうけれど、思《おも》ったよりも更《さら》にすぐだったという意味《いみ》だ。

ホテルの内装《ないそう》の豪華《ごうか》さと優雅《ゆうが》さに僕《ぼく》が圧倒《あっとう》されなかったのは、彼女《かのじょ》の持《も》つ情報誌《じょうほうし》で事《じ》前《ぜん》に確認《かくにん》をしていたからだ。もし心《こころ》の準備《じゅんび》がなされていなかったら度肝《どぎも》を抜《ぬ》かれたことだろう。そして彼女《かのじょ》にひれ伏《ふ》したはずだ。そんなことは僕《ぼく》にもあるひとつまみの自尊心《じそんしん》が許《ゆる》さないので、誌面《しめん》で先《さき》に驚《おどろ》いておいて本当《ほんとう》によかった。

五体投地《ごたいとうち》を免《まぬが》れるも、やはり身《み》の丈《たけ》に合《あ》わない雰囲気《ふんいき》に落《お》ち着《つ》かない僕《ぼく》は、手続《てつづ》きを彼《かの》女《じょ》に任《まか》せて瀟洒《しょうしゃ》なロビーのソファに座《すわ》り、大人《おとな》しく待《ま》つことにした。ソファは座《すわ》り心地《ごこち》に奥行《おくゆ》きと優《やさ》しさがあった。

彼女《かのじょ》は慣《な》れた様子《ようす》で堂々《どうどう》と受付《うけつけ》カウンターに向《む》かい、従業員《じゅうぎょういん》の皆様方《みなさまがた》に頭《あたま》を下《さ》げられていた。ろくな大人《おとな》にならないだろうな、となんの疑《うたが》いもなく思《おも》ったけれど、そういえば大人《おとな》にならないんだったと思《おも》い出《だ》した。

明《あき》らかに場違《ばちが》いなペットボトルのお茶《ちゃ》を飲《の》みながら、僕《ぼく》は彼女《かのじょ》が受付《うけつけ》をすませる様子《ようす》を横方向《よこほうこう》から見守《みまも》った。

フロントで彼女《かのじょ》の相手《あいて》をしてくれているのは、細身《ほそみ》で髪《かみ》をオールバックにした、いかにもホテルマンという雰囲気《ふんいき》の若《わか》い男性《だんせい》だった。

僕《ぼく》がホテル従業員《じゅうぎょういん》の気苦労《きぐろう》に思《おも》いを馳《は》せていると、彼女《かのじょ》が手元《てもと》の紙《かみ》か何《なに》かに記入《きにゅう》を始《はじ》めた。こちらからでは会話《かいわ》の内容《ないよう》は聞《き》こえないけれど、彼女《かのじょ》が紙《かみ》を返《かえ》すと、ホテルマンの彼《かれ》はにこやかな笑顔《えがお》で手元《てもと》のコンピューターに姿勢《しせい》よく向《む》かい、入力《にゅうりょく》を始《はじ》めた。予約内容《よやくないよう》の確認《かくにん》ができたのか、彼《かれ》が彼女《かのじょ》に向《む》き直《なお》り丁寧《ていねい》に口《くち》を動《うご》かす。

と、彼女《かのじょ》は驚《おどろ》いた顔《かお》をして首《くび》を横《よこ》に振《ふ》った。その反応《はんのう》にホテルマンの彼《かれ》も表情《ひょうじょう》を強張《こわば》らせ、再度《さいど》コンピューターを操《あやつ》り、彼女《かのじょ》に対《たい》して口《くち》を動《うご》かす。彼女《かのじょ》は再《ふたた》び首《くび》を横《よこ》に振《ふ》ると、リュックを肩《かた》から下《お》ろし、中《なか》から紙《かみ》を一枚取《いちまいと》り出《だ》して彼《かれ》に渡《わた》した。

ホテルマンの彼《かれ》はその紙《かみ》とコンピューターの画面《がめん》を見比《みくら》べて、顔《かお》を歪《ゆが》めながら奥《おく》へと一《いち》度《ど》引《ひ》っ込《こ》んでいった。彼女《かのじょ》と同様《どうよう》、僕《ぼく》も手持《ても》ち無沙汰《ぶさた》に待《ま》っていると、彼《かれ》は年配《ねんぱい》の男性《だんせい》を引《ひ》き連《つ》れて戻《もど》ってきた、戻《もど》ってくるなり二人《ふたり》は彼女《かのじょ》に対《たい》して何度《なんど》も何度《なんど》も頭《あたま》を下《さ》げた。

その後《ご》、若《わか》い彼《かれ》ではなく、年配《ねんぱい》の男性《だんせい》の方《ほう》が全身《ぜんしん》で謝罪《しゃざい》を表現《ひょうげん》しながら彼女《かのじょ》に語《かた》りかけ始《はじ》めた。彼女《かのじょ》は困《こま》ったように笑《わら》っていた。

何事《なにごと》が起《お》こっているのだろうか、一部始終《いちぶしじゅう》を観察《かんさつ》しながら僕《ぼく》なりに考《かんが》えていた。普通《ふつう》に考《かんが》えれば、予約《よやく》がきちんと取《と》れていないとかホテル側《がわ》のミスがあったというのが妥当《だとう》だろうけれど、それじゃあ彼女《かのじょ》の困《こま》った笑顔《えがお》が説明《せつめい》できない気《き》がする。何《なに》にせよ、こういった場合《ばあい》はホテル側《がわ》がきちんと対処《たいしょ》をしてくれるのだろうから、僕《ぼく》は悠然《ゆうぜん》と構《かま》えておこうと思《おも》った。いざとなれば、そこらのネットカフェなんかで夜《よる》を明《あ》かすのでもいい。

困《こま》った笑顔《えがお》のままこちらをちらちらと窺《うかが》っていた彼女《かのじょ》に、僕《ぼく》はなんとはなしに頷《うなず》いてみせた。特《とく》に意味《いみ》のない行動《こうどう》だったけれど、彼女《かのじょ》は僕《ぼく》の動《うご》きを見《み》て、カウンターで眉尻《まゆじり》を下《さ》げる二人《ふたり》に何《なに》かを言《い》った。

瞬間《しゅんかん》、二人《ふたり》のホテルマンの顔《かお》が晴《は》れ、相変《あいか》わらず頭《あたま》を下《さ》げつつではあったけれど、今《こん》度《ど》は彼女《かのじょ》にお礼《れい》を言《い》っているようだった。話《はなし》がまとまったようで何《なに》よりだ、と思《おも》った僕《ぼく》を数分後《すうふんご》の僕《ぼく》は殴《なぐ》りたい。何度《なんど》も言《い》っているように、僕《ぼく》には危機管理能力《ききかんりのうりょく》が足《た》りないのだ。

鍵《かぎ》やら何《なに》やらを受《う》けとった彼女《かのじょ》は、また頭《あたま》を下《さ》げられながら僕《ぼく》のところへと戻《もど》ってきた。僕《ぼく》は彼女《かのじょ》の顔《かお》を見上《みあ》げて、「大変《たいへん》だったみたいだね」と声《こえ》をかけてあげる。僕《ぼく》なりの労《ねぎら》いに彼女《かのじょ》は表情《ひょうじょう》で応《こた》えた。まず唇《くちびる》を尖《とが》らして顔《かお》に照《て》れと困惑《こんわく》を浮《う》かべ、それから僕《ぼく》の顔色《かおいろ》を窺《うかが》うように目《め》をしばたたかせて、最後《さいご》に全《すべ》てを振《ふ》りきるように相好《そうごう》を崩《くず》した。

「あのさ、ちょっと手違《てちが》いがあったみたいでさ」

「うん」

「元々《もともと》予約《よやく》してた部屋《へや》がいっぱいになってて」

「そうだったんだ」

「そうなの、で、あっちの責任《せきにん》だからって予約《よやく》してたとこより大分《だいぶん》いい部屋《へや》を用意《ようい》してくれるみたいなんだけど」

「それは結構《けっこう》だね」

「あのさ…………」

彼女《かのじょ》は、手《て》に持《も》っていた鍵《かぎ》を一《ひと》つ、顔《かお》の横《よこ》にぶら下《さ》げた。

「一緒《いっしょ》の部屋《へや》なんだけど、いいよね？」

「…………は？」

彼女《かのじょ》の笑顔《えがお》に対《たい》して、僕《ぼく》は気《き》の利《き》いた返事《へんじ》一《ひと》つできなかった。

もうこの手《て》のやりとりは僕自身《ぼくじしん》飽《あ》き飽《あ》きしているし、もし僕《ぼく》の心中《しんちゅう》を読《よ》む人《ひと》がいるとするなら、この先《さき》の展開《てんかい》は見《み》え見《み》えだと思《おも》うけれど、僕《ぼく》は彼女《かのじょ》に押《お》し切《き》られて、同《おな》じ部屋《へや》に泊《と》まることになった。

ただ僕《ぼく》を意志《いし》の脆弱《ぜいじゃく》な、異性《いせい》と部屋《へや》をともにすることを簡単《かんたん》に許《ゆる》すような軟派《なんぱ》な人間《にんげん》だと思《おも》わないでほしい。僕《ぼく》と彼女《かのじょ》の間《あいだ》にはいわゆる多少《たしょう》の金銭的問題《きんせんてきもんだい》があった。そこにつけ込《こ》まれただけで、僕《ぼく》は彼女《かのじょ》に自分《じぶん》だけ違《ちが》うところに泊《と》まってもいいと主張《しゅちょう》さえした。

って、僕《ぼく》は誰《だれ》に言《い》い訳《わけ》をしているのだろうか。

そう、言《い》い訳《わけ》。強硬姿勢《きょうこうしせい》をとって彼女《かのじょ》とは別行動《べっこうどう》をする、それが僕《ぼく》にはできたはずだ。彼女《かのじょ》も無理《むり》には止《と》めなかったろう。しかし、僕《ぼく》は僕《ぼく》の意思《いし》でそれをしなかった。理由《りゆう》は？

さあ、分《わ》からない。

ともあれ、僕《ぼく》は結局彼女《けっきょくかのじょ》と部屋《へや》をともにすることになった。かといって、なんら僕《ぼく》にやましいところはない。それは、生涯《しょうがい》を通《とお》して断言《だんげん》できる。僕《ぼく》らは、潔白《けっぱく》だった。

「一緒《いっしょ》のベッドに寝《ね》るなんてドキドキするね」

うん、僕《ぼく》だけは、潔白《けっぱく》だった。

「馬鹿《ばか》じゃないの？」

広《ひろ》い部屋《へや》の中《なか》、柔《やわ》らかい光《ひかり》を放《はな》つシャンデリアの下《した》で踊《おど》るように回《まわ》った後《あと》、おかしなことを言《い》った彼女《かのじょ》を、僕《ぼく》はねめつけた。大《おお》きなベッドが置《お》かれた洋風空間《ようふうくうかん》の奥《おく》にある品《ひん》のいいソファに座《すわ》って、彼女《かのじょ》に当然《とうぜん》のことを教《おし》えてあげる。

「僕《ぼく》はこっち」

「えー、せっかくいい部屋《へや》なんだから、ちゃんとベッドまで味《あじ》わっとこうよー」

「じゃあ、後《あと》で一度《いちど》寝《ね》ころんでみるよ」

「女《おんな》の子《こ》と一緒《いっしょ》に寝《ね》れるって嬉《うれ》しくないの？」

「そういう僕《ぼく》の品位《ひんい》を落《お》とすような発言《はつげん》はやめて。ほら、僕《ぼく》ってどこまでも紳士《しんし》だから。そういうのは恋人《こいびと》とやってよ」

「恋人《こいびと》じゃないから、いけないことみたいで楽《たの》しいんじゃない」

言《い》ってから彼女《かのじょ》は何《なに》かを思《おも》いついたみたいで、リュックから『共病文庫《きょうびょうぶんこ》』を取《と》り出《だ》しメモをした。この行動《こうどう》は彼女《かのじょ》を観察《かんさつ》していると頻繁《ひんぱん》に見《み》かける。

「すごーい！　ジャグジーだぁ！」

お風呂場《ふろば》に行《い》った彼女《かのじょ》がはしゃいでいるのを聞《き》きながら、僕《ぼく》は窓《まど》を開《あ》け、ベランダに出《で》た。僕《ぼく》らの通《とお》された部屋《へや》は高層十五階《こうそうじゅうごかい》に位置《いち》し、スイートとまではいかないまでも高校生《こうこうせい》が宿泊《しゅくはく》するには贅沢《ぜいたく》すぎた。トイレと風呂《ふろ》は別《べつ》だし、ベランダからの夜景《やけい》は壮観《そうかん》だ。

「うわぁ、素敵《すてき》」

いつのまにか彼女《かのじょ》もベランダに出《で》て夜景《やけい》を見《み》ていた。囁《ささや》く風《かぜ》に彼女《かのじょ》の長《なが》い髪《かみ》が揺《ゆ》れる。

「二人《ふたり》で夜景《やけい》なんて、ロマンチックだと思《おも》わない？」

僕《ぼく》は答《こた》えずに部屋《へや》の中《なか》に戻《もど》った。ソファに座《すわ》り、目《め》の前《まえ》の丸《まる》テーブルの上《うえ》にあったリモコンで部屋同様《へやどうよう》に大《おお》きなテレビの電源《でんげん》を入《い》れ、ザッピングする。普段《ふだん》は見《み》かけないローカル番組《ばんぐみ》が多《おお》く流《なが》れていて、方言《ほうげん》を前面《ぜんめん》に押《お》し出《だ》してくる芸能人達《げいのうじんたち》の番組《ばんぐみ》は、彼女《かのじょ》の戯言《たわごと》よりもよほど興味深《きょうみぶか》かった。

ベランダから戻《もど》ってきた彼女《かのじょ》は窓《まど》を閉《し》めて僕《ぼく》の前《まえ》を横切《よこぎ》りベッドに座《すわ》った。「うおわっ」と声《こえ》をあげた彼女《かのじょ》の様子《ようす》から察《さっ》するに、よほど弾力《だんりょく》のあるベッドだったのか。よし、後《あと》で一度《いちど》だけ弾力《だんりょく》を味《あじ》わってみても損《そん》はない。

彼女《かのじょ》も僕《ぼく》と同様《どうよう》に大《おお》きなテレビを眺《なが》める。

「方言《ほうげん》って面白《おもしろ》いよねー。食《た》べたかろう、ってなんか昔《むかし》の武士《ぶし》みたい。このへんで最先端《さいせんたん》の街《まち》なのに、方言《ほうげん》は古《ふる》いって不思議《ふしぎ》」

彼女《かのじょ》にしてはなかなか興味深《きょうみぶか》いことを言《い》う。

「方言《ほうげん》の研究《けんきゅう》とか仕事《しごと》にできたら楽《たの》しそう」

「珍《めずら》しく同意《どうい》だね。僕《ぼく》も、大学《だいがく》に行《い》ったらそういう勉強《べんきょう》をしてもいいかなと思《おも》ってるくらい」

「いいなぁ、私《わたし》も大学《だいがく》とか行《い》きたかったなぁ」

「……なんて言《い》えばいいの」

冗談《じょうだん》めかしてではなく、感傷《かんしょう》をまとってそういうことを言《い》うのはやめてほしい。どんな気持《きも》ちになればいいのかも分《わ》からない。

「方言豆知識《ほうげんまめちしき》とかないの？」

「そうだなぁ、じゃあ、僕《ぼく》らは関西弁《かんさいべん》を聞《き》いても全部同《ぜんぶおな》じに聞《き》こえちゃうけど、本当《ほんとう》はいくつかの種類《しゅるい》に分《わ》かれてるんだ。何種類《なんしゅるい》くらいあると思《おも》う？」

「一万《いちまん》！」

「……あるわけないでしょ。そういう空気読《くうきよ》まない回答《かいとう》は嫌《きら》われるよ？　諸説《しょせつ》あるけど、実《じつ》は三十弱《さんじゅうじゃく》もあるって言《い》われてるんだ」

「あ、そんなもんなんだ」

「……これまで何人《なんにん》が君《きみ》に傷《きず》つけられてきたんだろうね」

交友関係《こうゆうかんけい》の広《ひろ》い彼女《かのじょ》のことだから、その数《かず》は計《はか》り知《し》れないだろう。まったく、罪深《つみぶか》い人間《にんげん》だ。その点交友関係《てんこうゆうかんけい》がない僕《ぼく》は、人《ひと》を傷《きず》つけるようなことはしない。どちらが人《ひと》として正《ただ》しいのかは、判断《はんだん》が分《わ》かれると思《おも》う。

しばらく黙《だま》ってテレビを見《み》ていた彼女《かのじょ》だったけれど、やがてじっとしているのに耐《た》えられなくなったのか、広《ひろ》いベッドの上《うえ》をごろごろと転《ころ》がって散々《さんざん》に荒《あ》らしてから、「お風呂《ふろ》に入《はい》る！」と高《たか》らかに宣言《せんげん》をして、風呂場《ふろば》に行《い》き浴槽《よくそう》にお湯《ゆ》を張《は》り始《はじ》めた。壁《かべ》を挟《はさ》んで聞《き》こえる勢《いきお》いのよいお湯《ゆ》の音《おと》をＢＧＭ《ビージーエム》に、彼女《かのじょ》はリュックから小物《こもの》を色々《いろいろ》と取《と》り出《だ》して風呂《ふろ》場《ば》と別個《べっこ》になった洗面所《せんめんじょ》でも水《みず》を使《つか》う。化粧《けしょう》でも落《お》としているのだろう。興味《きょうみ》はないけど。

お風呂《ふろ》に湯《ゆ》が溜《た》まると彼女《かのじょ》は喜《よろこ》び勇《いさ》んで風呂場《ふろば》へと消《き》えていった。「覗《のぞ》いたら駄目《だめ》だよ」と馬鹿《ばか》げた忠告《ちゅうこく》をもらったけれど、僕《ぼく》は彼女《かのじょ》が風呂場《ふろば》に歩《ある》いていくのすら見《み》ていなかった。ほら、紳士《しんし》だから。

どこかで聞《き》いた恐《おそ》らくは何《なに》かのCM《シーエム》ソングが、鼻歌《はなうた》となって風呂場《ふろば》から届《とど》いてくる。僕《ぼく》は、クラスメイトが近《ちか》くで湯浴《ゆあ》みをしている現状《げんじょう》に一体《いったい》どうして辿《たど》り着《つ》いたのか、己《おのれ》の意思《いし》と行動《こうどう》の反省《はんせい》も含《ふく》め思《おも》い返《かえ》す。天井《てんじょう》を仰《あお》ぐと、目《め》の端《はし》にシャンデリアがちらついた。記憶《きおく》の読《よ》みなおしが新幹線《しんかんせん》で彼女《かのじょ》に殴《なぐ》られたあたりまで来《き》た時《とき》に、僕《ぼく》は名《な》を呼《よ》ばれた。

【仲良《なかよ》し】くーん、私《わたし》のリュックから洗顔《せんがん》クリーム取《と》ってくれなーい」

風呂場《ふろば》の構造上反響《こうぞうじょうはんきょう》する彼女《かのじょ》の声《こえ》に、僕《ぼく》は特《とく》に何《なん》の気《き》なく従《したが》い、ベッドの上《うえ》に載《の》せられた空色《そらいろ》のリュックを手《て》に取《と》り、中身《なかみ》を覗《のぞ》いた。

何《なん》の気《き》もなかった。

だから目《め》に映《うつ》ったものに、僕《ぼく》の心《こころ》は、どこかの地震《じしん》みたいに揺《ゆ》れた。

彼女《かのじょ》みたいに明《あか》るい色《いろ》の、リュック。

中身《なかみ》を見《み》て、動揺《どうよう》する必要《ひつよう》も理由《りゆう》もないはずなのに、心臓《しんぞう》が脈打《みゃくう》った。

知《し》っていたはずで、理解《りかい》していたはずだ。彼女《かのじょ》という存在《そんざい》の前提《ぜんてい》ですらあったはずなのに、それを見てしまった僕《ぼく》は、息《いき》を呑《の》んだ。

落《お》ち着《つ》け……。

僕《ぼく》は自分《じぶん》に言《い》い聞《き》かす。

リュックの中《なか》には、数本《すうほん》の注射器《ちゅうしゃき》と、見《み》たこともない量《りょう》の錠剤《じょうざい》、使用法《しようほう》の分《わ》からない検査機器《けんさきき》のようなものが入《はい》っていた。

思考《しこう》が、止《と》まろうとするのをなんとか踏《ふ》みとどまらせる。

知《し》っていたはずだ、これが現実《げんじつ》。彼女《かのじょ》が医学《いがく》の力《ちから》で存在《そんざい》を保《たも》っているという事実《じじつ》。目《ま》の当《あ》たりにすると、心《こころ》に言《い》いようのない恐怖《きょうふ》が降《ふ》ってくるのを感《かん》じた。押《お》し込《こ》めていた怯《きょう》懦《だ》が、とたんに顔《かお》を出《だ》した。

「どしたのー？」

風呂場《ふろば》の方《ほう》に振《ふ》り返《かえ》ると、僕《ぼく》の心境《しんきょう》など露《つゆ》も知《し》らない彼女《かのじょ》の濡《ぬ》れた腕《うで》がひょこひょこと動《うご》いていた。僕《ぼく》は、自分《じぶん》の中《なか》に生《う》まれた感情《かんじょう》を悟《さと》られないために急《いそ》いでチューブの洗《せん》顔《がん》クリームを探《さが》し出《だ》して、彼女《かのじょ》の手《て》に渡《わた》した。

「ありがとー。あ、今全裸《いまぜんら》だから！」

僕《ぼく》が返《かえ》せずにいると、彼女《かのじょ》の方《ほう》から先《さき》に「なんか言《い》ってよ！　恥《は》ずかしい！」と勝手《かって》なツッコミがきて、それから風呂場《ふろば》の扉《とびら》が閉《し》まった。

僕《ぼく》は、彼女《かのじょ》が占有《せんゆう》するベッドに近《ちか》づき、身《み》を投《な》げた。予想通《よそうどお》り弾力《だんりょく》のあるベッドに僕《ぼく》の体《からだ》は吸《す》いこまれていった。白《しろ》い天井《てんじょう》に意識《いしき》まで吸《す》いこまれそうになる。

混乱《こんらん》していた。

どうしたことだ。

知《し》っていたはず、分《わ》かっていたはず、理解《りかい》していたはず。

なのに、まだ目《め》を背《そむ》けていた。

彼女《かのじょ》という、現実《げんじつ》。

実際《じっさい》に、物質《ぶっしつ》として見《み》せられただけで、僕《ぼく》はお門違《かどちが》いな感情《かんじょう》に支配《しはい》されようとしている。怪物《かいぶつ》に心《こころ》を食《く》われようとしている。

どうして。

答《こた》えの出《で》ない考《かんが》えをぐるぐると回《まわ》している間《あいだ》に、目《め》まで回《まわ》ってしまったのか、僕《ぼく》はベッドの上《うえ》で眠《ねむ》ってしまった。

目《め》を覚《さ》ますと、髪《かみ》を濡《ぬ》らした彼女《かのじょ》が僕《ぼく》の肩《かた》を揺《ゆ》らしていた。怪物《かいぶつ》は、既《すで》にどこかに行《い》ってしまっていた。

「やっぱりベッドに寝《ね》たかったんじゃん」

「……言《い》ったでしょ、一回《いっかい》だけ味《あじ》わうって。もう十分《じゅうぶん》」

立《た》ちあがって、僕《ぼく》はソファに腰掛《こしか》ける。彼女《かのじょ》に怪物《かいぶつ》の爪痕《つめあと》を気取《けど》られないよう、できる限《かぎ》りの無表情《むひょうじょう》でテレビに目《め》を向《む》ける。それをできる程度《ていど》には、平静《へいせい》を取《と》り戻《もど》している自分《じぶん》に安心《あんしん》した。

彼女《かのじょ》は備《そな》え付《つ》けのドライヤーを使《つか》って、長《なが》い髪《かみ》を乾《かわ》かしている。

「【仲良《なかよ》し】くんもお風呂《ふろ》入《はい》りなよ、ジャグジーよかったよー」

「そうしよっかな。覗《のぞ》かないでね、僕《ぼく》お風呂《ふろ》に入《はい》る時《とき》は人間《にんげん》の皮《かわ》を脱《ぬ》ぐようにしてるから」

「日焼《ひや》けしたの？」

「うん、そういうことでいいよ」

彼女《かのじょ》に貸《か》してもらったお金《かね》で買《か》った服《ふく》をユニクロの袋《ふくろ》に入《い》れたまま、僕《ぼく》はお風呂場《ふろば》に行《い》く。湿気《しっけ》がこもったそこには甘《あま》い匂《にお》いが充満《じゅうまん》していて、賢明《けんめい》な僕《ぼく》は気《き》のせいだと思《おも》い込《こ》むことにした。

念《ねん》のため、きちんとドアの鍵《かぎ》をかけ、服《ふく》を脱《ぬ》いでシャワーを浴《あ》びた。頭《あたま》を洗《あら》って体《からだ》を洗《あら》い、湯船《ゆぶね》に溜《た》まっていた湯《ゆ》に浸《つ》かった。彼女《かのじょ》の言《い》う通《とお》り、ジャグジー機能《きのう》を発動《はつどう》させると、得《え》も言《い》われぬ幸福感《こうふくかん》に包《つつ》まれた。心《こころ》の奥《おく》に残《のこ》っていた怪物《かいぶつ》の足跡《あしあと》が塗《ぬ》りつぶされていくのを感《かん》じる。風呂《ふろ》は偉大《いだい》だ。僕《ぼく》は今後十年以上《こんごじゅうねんいじょう》味《あじ》わうことのないと思《おも》われる高級《こうきゅう》ホテルの風呂《ふろ》をかなり長《なが》めに満喫《まんきつ》した。

風呂《ふろ》から出《で》ると、シャンデリアの明《あ》かりが消《け》されていて部屋《へや》は薄暗《うすぐら》くなっていた。彼女《かのじょ》は僕《ぼく》の寝床《ねどこ》であるはずのソファに座《すわ》っていて、丸《まる》テーブルの上《うえ》にはさっきまではなかったコンビニの袋《ふくろ》が置《お》かれている。

「下《した》のコンビニでお菓子《かし》とか買《か》ってきたよー。そこの棚《たな》からコップ取《と》ってくれない、二《ふた》つ」

僕《ぼく》は彼女《かのじょ》の所望《しょもう》する通《とお》りにコップを二《ふた》つ持《も》ち、テーブルの上《うえ》に置《お》いた。ソファは埋《う》まっていたので、テーブルを挟《はさ》んで向《む》かいあった趣味《しゅみ》のいい椅子《いす》に座《すわ》る。こちらもソファと同《どう》様《よう》、人《ひと》の心《こころ》を落《お》ち着《つ》かせる弾力《だんりょく》を持《も》っていた。

ほっこりとした気持《きも》ちで座《すわ》っていると、彼女《かのじょ》はコンビニの袋《ふくろ》を床《ゆか》に下《お》ろし、袋《ふくろ》の中《なか》から瓶《びん》を取《と》り出《だ》して中身《なかみ》を二《ふた》つのコップに注《そそ》いだ。コップが半分《はんぶん》まで琥珀色《こはくいろ》の液体《えきたい》で満《み》たされると、次《つぎ》に別《べつ》の瓶《びん》から透明《とうめい》な炭酸系《たんさんけい》の飲《の》み物《もの》をこぼれるギリギリまで注《そそ》いだ。二《ふた》つの液体《えきたい》が混《ま》ざり合《あ》い、コップの中《なか》で謎《なぞ》の飲《の》み物《もの》ができあがる。

「これは？」

「梅酒《うめしゅ》のソーダ割《わ》り、これくらいの比率《ひりつ》でいいのかなぁ」

「モツ鍋屋《なべや》から思《おも》ってたけど、君《きみ》は高校生《こうこうせい》の分際《ぶんざい》で」

「かっこつけてるわけじゃないよ、お酒《さけ》好《す》きなの。飲《の》まない？」

「……しょうがない、付《つ》き合《あ》おう」

なみなみ注《そそ》がれた梅酒《うめしゅ》をこぼさないように口元《くちもと》に持《も》っていく。久《ひさ》しぶりのアルコールは、爽《さわ》やかな香《かお》りと裏腹《うらはら》に甘《あま》ったるかった。

彼女《かのじょ》は宣言通《せんげんどお》り至極《しごく》美味《おい》しそうに梅酒《うめしゅ》を飲《の》みながら、お菓子《かし》をいくつかテーブルの上《うえ》に広《ひろ》げた。

「ポテトチップスは何味派《なにあじは》？　私《わたし》、コンソメ」

「うすしお以外《いがい》は軟派《なんぱ》だね」

「ほんっとに方向性《ほうこうせい》合《あ》わないね！　コンソメしか買《か》ってこなかったもんねー、ざまあみろ」

随分楽《ずいぶんたの》しそうな彼女《かのじょ》を見《み》ながら飲《の》む酒《さけ》は、やっぱり甘《あま》ったるい。モツ鍋《なべ》でそこそこお腹《なか》がいっぱいになっていたのに、スナック菓子《がし》というのは不思議《ふしぎ》と食欲《しょくよく》を誘発《ゆうはつ》する。僕《ぼく》は邪道《じゃどう》であるコンソメ味《あじ》のポテトチップスをパリパリと食《た》べながら、コップを傾《かたむ》けた。

二人《ふたり》ともが一杯目《いっぱいめ》を飲《の》み終《お》わり、彼女《かのじょ》が二杯目《にはいめ》をついでくれてから、こんな提案《ていあん》をしてきた。

「ゲームでもしようよ」

「ゲーム？　将棋《しょうぎ》でもやるの？」

「私《わたし》、将棋《しょうぎ》はルール知《し》ってる程度《ていど》なんだよね、君《きみ》は強《つよ》そうだね」

「詰将棋《つめしょうぎ》は好《す》きだけどね、一人《ひとり》でできるから」

「さーびし。トランプなら持《も》ってるよ」

彼女《かのじょ》はベッドの方《ほう》に歩《ある》き、自分《じぶん》のリュックの中《なか》から箱《はこ》に入《はい》ったトランプを一《いっ》セット持《も》ってきた。

「二人《ふたり》でトランプこそ寂《さび》しいと思《おも》うよ。例《たと》えば、何《なに》をやるつもりなの？」

「大富豪《だいふごう》？」

「革命《かくめい》に次《つ》ぐ革命《かくめい》で国民《こくみん》がいなくなるよ」

うきゃきゃきゃっと機嫌《きげん》よさそうに彼女《かのじょ》は笑《わら》った。

「んー」

プラスチックの箱《はこ》からトランプを出《だ》し、シャッフルしながら体《からだ》を揺《ゆ》らして彼女《かのじょ》は考《かんが》えているようだった。僕《ぼく》は特《とく》に口《くち》を出《だ》さず彼女《かのじょ》が買《か》ってきたポッキーを口《くち》にくわえていた。

トランプが手《て》の中《なか》で五周《ごしゅう》くらいした時《とき》、彼女《かのじょ》は動《うご》きを止《と》めた。どうやら妙案《みょうあん》が浮《う》かんだらしい、自分《じぶん》の考《かんが》えを自賛《じさん》するように勝手《かって》に何度《なんど》も頷《うなず》いて、輝《かがや》く目《め》を僕《ぼく》に向《む》けた。

「せっかくお酒《さけ》飲《の》んでるし、いきおいで『真実《しんじつ》か挑戦《ちょうせん》』ゲームでもやろうよ」

聞《き》き慣《な》れないゲームの名前《なまえ》に僕《ぼく》は眉《まゆ》をひそめる。

「何《なに》、その哲学的《てつがくてき》な名前《なまえ》のゲーム」

「知《し》らないの？　じゃあルールはやりながら説明《せつめい》するね。最初《さいしょ》に一《ひと》つだけ、一番大事《いちばんだいじ》なルール。絶対《ぜったい》に、ゲームを降《お》りちゃ駄目《だめ》。いい？」

「つまり、将棋盤《しょうぎばん》を引《ひ》っくり返《かえ》すようなのは駄目《だめ》ってことでしょ？　いいよ、そんな無粋《ぶすい》なことはしない」

「言《い》ったね？」

いたずらっぽく邪悪《じゃあく》に笑《わら》いながら、彼女《かのじょ》はテーブルの上《うえ》に載《の》っていたお菓子《かし》を床《ゆか》にどけて、裏《うら》を向《む》いたトランプを手際《てぎわ》よく円形《えんけい》に広《ひろ》げた。彼女《かのじょ》の表情《ひょうじょう》から経験《けいけん》の差《さ》で僕《ぼく》を打《う》ちのめそうとしているのは見《み》え見《み》えだったので、鼻《はな》っ柱《ぱしら》を折《お》ってやろうと僕《ぼく》は気合《きあ》いを入《い》れる。大丈夫《だいじょうぶ》、トランプを使《つか》ったゲームは大体《だいたい》の場合《ばあい》、思考《しこう》と運《うん》の勝負《しょうぶ》になる。ルールさえ理解《りかい》すれば、経験《けいけん》はものを言《い》わないはずだ。

「ちなみに、たまたまトランプがあったから利用《りよう》するけど、これはじゃんけんでもいいと思《おも》う」

「……僕《ぼく》の気合《きあ》いを返《かえ》してよ」

「もう食《た》べちゃった。それじゃあね、この中《なか》から一枚選《いちまいえら》んでこの輪《わ》っかの中央《ちゅうおう》で裏返《うらがえ》して。

数字《すうじ》の大《おお》きな方《ほう》が勝《か》ち。勝《か》った方《ほう》が権利《けんり》を得《え》るからね」

「何《なん》の権利《けんり》？」

「真実《しんじつ》か挑戦《ちょうせん》か、訊《き》く権利《けんり》。そういえば回数《かいすう》どうしよ、十回《じゅっかい》でいっか。とりあえずトランプ選《えら》んで」

指示通《しじどお》り、僕《ぼく》は一枚《いちまい》を選《えら》んで裏返《うらがえ》す。スペードの８。

「マークが違《ちが》って数字《すうじ》が同《おな》じ場合《ばあい》は？」

「めんどくさいからやり直《なお》しで。さっきも言《い》ったけど、これは適当《てきとう》に作《つく》ったルールだからあんまり本質《ほんしつ》とは関係《かんけい》ないよ」

今度《こんど》は彼女《かのじょ》が梅酒《うめしゅ》を飲《の》みながらトランプをめくる。ハートの11。何《なに》かは分《わ》からないけど、きっと不利《ふり》な状況《じょうきょう》になるのだろうと、僕《ぼく》は身構《みがま》える。

「やったぁ、じゃあ私《わたし》に権利《けんり》があるのね。今《いま》から私《わたし》が『真実《しんじつ》か挑戦《ちょうせん》か？』って言《い》うから、君《きみ》はまずは『真実《しんじつ》』って言《い》って。はい、じゃあ、真実《しんじつ》か挑戦《ちょうせん》か？」

「真実《しんじつ》……で？」

「じゃあ手始《てはじ》めに、うちのクラスで誰《だれ》が一番可愛《いちばんかわい》いと思《おも》う？」

「…………突然何《とつぜんなに》を言《い》っているの、君《きみ》は」

「これが『真実《しんじつ》か挑戦《ちょうせん》』ゲームだよ？　もし君《きみ》が答《こた》えたくなかったら『挑戦《ちょうせん》』を選《えら》ぶの。

君《きみ》が挑戦《ちょうせん》を選《えら》んだら、私《わたし》が君《きみ》に何《なに》か指示《しじ》するからそれに挑戦《ちょうせん》する。真実《しんじつ》か挑戦《ちょうせん》か、どちらかを絶対《ぜったい》に選《えら》ばなきゃいけない」

「なんなのその悪魔《あくま》の遊《あそ》びは」

「で、さっきも言《い》ったけど、途中《とちゅう》で降《お》りちゃ駄目《だめ》なの。これはさっき君《きみ》も了承《りょうしょう》したよね？　無粋《ぶすい》なことはしないんだよね？」

いやらしい笑《え》みを浮《う》かべながら酒《さけ》をあおる彼女《かのじょ》を前《まえ》に、僕《ぼく》は、嫌《いや》がる素振《そぶ》りを見《み》せては彼女《かのじょ》の思《おも》うつぼだと、無表情《むひょうじょう》を貫《つらぬ》いた。

いや、諦《あきら》めるのは早《はや》い。まだ突破口《とっぱこう》はあるはずだ。

「そんなゲーム本当《ほんとう》にあるの？　君《きみ》が今考《いまかんが》えついただけじゃないの？　もしそうなら、僕《ぼく》はゲームからは降《お》りないって言《い》ったんだから、無効《むこう》だと主張《しゅちょう》する」

「残念《ざんねん》だったね。私《わたし》がそんな詰《つ》めの甘《あま》い人間《にんげん》だと思《おも》う？」

「思《おも》う」

「ふふん、このゲームはたくさんの映画《えいが》にも登場《とうじょう》するれっきとしたゲームなの。前《まえ》に映画《えいが》で見《み》た時《とき》にきちんと調《しら》べたんだから確《たし》かだよ。わざわざゲームからは降《お》りないって二回《にかい》も言《い》ってくれてありがとう」

くくくくっと魔界《まかい》のものとしか思《おも》えない笑《わら》い方《かた》をする彼女《かのじょ》の目《め》には、明《あき》らかに邪気《じゃき》が宿《やど》っていた。

どうやらまた僕《ぼく》は、はめられたわけだけれど。一体《いったい》これで何度目《なんどめ》だ。

「公序良俗《こうじょりょうぞく》にあまりに反《はん》する真実《しんじつ》も挑戦《ちょうせん》もやめようね、あ、君《きみ》はエロいのとかもなしだからね、いいかげんにしてよねまったく」

「うるさい馬鹿《ばか》」

「ひどっ！」

彼女《かのじょ》はコップに残《のこ》った酒《さけ》を飲《の》み干《ほ》し、三杯目《さんばいめ》を作《つく》りだした。常《つね》に顔《かお》が半笑《はんわら》いなのを見《み》ると多少《たしょう》は酒《さけ》が回《まわ》っているのかもしれない。ちなみに僕《ぼく》はさっきから顔《かお》が熱《あつ》い。

「で、まず私《わたし》の質問《しつもん》が、君《きみ》がうちのクラスで一番可愛《いちばんかわい》いと思《おも》っているのは誰《だれ》かってこと」

「僕《ぼく》、人《ひと》を見《み》た目《め》で判断《はんだん》しないんだよ」

「別《べつ》に人格《じんかく》は関係《かんけい》ないよ、誰《だれ》の顔《かお》を可愛《かわい》いと思《おも》ってるのかなって」

「………」

「ちなみに、挑戦《ちょうせん》にした場合《ばあい》、私《わたし》、容赦《ようしゃ》しないから」

それは、嫌《いや》な予感《よかん》しかしない。

一番《いちばん》ダメージ少《すく》なくこの場《ば》を回避《かいひ》する方法《ほうほう》を考《かんが》えて、仕方《しかた》なく、僕《ぼく》は真実《しんじつ》を選択《せんたく》する。

「あの子《こ》は、綺麗《きれい》なんだと思《おも》う。あの、数学《すうがく》が得意《とくい》な子《こ》」

「あー！　ヒナね！　あの子八分《はちぶん》の一《いち》ドイツ人《じん》なんだよ。へぇ、あんな感《かん》じが好《す》きなんだ。ヒナは綺麗《きれい》なのに男《おとこ》っ気《け》もほとんどないし、私《わたし》も男《おとこ》の子《こ》だったらヒナを選《えら》ぶかも。見《み》る目《め》あるね！」

「君《きみ》と同《おな》じ意見《いけん》だったら見《み》る目《め》があるってのは、大層《たいそう》なエゴだね」

酒《さけ》を飲《の》む。あまり味《あじ》がしなくなってきた。

また彼女《かのじょ》の号令《ごうれい》でカードを選《えら》ぶ。あと九回《きゅうかい》。途中《とちゅう》抜《ぬ》けはできそうにないので、残《のこ》り全《すべ》ての権利《けんり》が僕《ぼく》に回《まわ》ってくることを願《ねが》う。が、僕《ぼく》はこういう時《とき》、あまり運《うん》がよくないみたい。

僕《ぼく》はハートの2、彼女《かのじょ》はダイヤの6だった。

「やりぃ、天《てん》はやっぱり心《こころ》やさしい女《おんな》の子《こ》に味方《みかた》するね」

「一気《いっき》に神様《かみさま》が信《しん》じられなくなったよ」

「真実《しんじつ》か挑戦《ちょうせん》か？」

「……真実《しんじつ》」

「クラス内《ない》でヒナが一番《いちばん》だとして、見《み》た目《め》で私《わたし》は何番目《なんばんめ》？」

「…………あくまで僕《ぼく》が顔《かお》を思《おも》い出《だ》せる人間《にんげん》に限《かぎ》りだけど、三番《さんばん》」

アルコールの力《ちから》を注入《ちゅうにゅう》しようと思《おも》って僕《ぼく》が酒《さけ》を飲《の》むと、彼女《かのじょ》も同時《どうじ》にコップに口《くち》を付《つ》け、僕《ぼく》よりも激《はげ》しくあおった。

「いやー、自分《じぶん》で訊《き》いておいてなんだけど、めちゃくちゃ恥《は》ずかしい！　てか【仲良《なかよ》し】くんが素直《すなお》に答《こた》えるとは思《おも》わなかったから、余計《よけい》に」

「早《はや》く終《お》わらせたいんだよ。だから、諦《あきら》めた」

酒《さけ》のせいだろう、彼女《かのじょ》の顔《かお》が赤《あか》い。

【仲良《なかよ》し】くん、ゆっくりやろうよ、夜《よる》は長《なが》いんだから」

「そうだね、嫌《いや》な時間《じかん》は長《なが》く感《かん》じるっていうし」

「私《わたし》はすっごい楽《たの》しいよ」

言《い》いながら、彼女《かのじょ》は梅酒《うめしゅ》を二《ふた》つのコップに注《そそ》いだ。ソーダはもうなく、そのままの濃《こ》い梅酒《うめしゅ》がコップを満《み》たす。味《あじ》どころではなく、漂《ただよ》う匂《にお》いまで甘《あま》ったるくなってきた。

「そっかー、私《わたし》は三番目《さんばんめ》に可愛《かわい》いかぁ。えへへへへ」

「いいから、引《ひ》くよ。はい、ダイヤの12」

「ゲームを盛《も》り上《あ》げる気《き》はないの？　はい、うわあ、ダイヤの２」

残念《ざんねん》そうな顔《かお》をする彼女《かのじょ》を見《み》て、僕《ぼく》は心底安心《しんそこあんしん》した。このゲームで僕《ぼく》ができる最大《さいだい》の抵《てい》抗《こう》は、十回《じゅっかい》のうち一《ひと》つでも多《おお》く彼女《かのじょ》の手番《てばん》を潰《つぶ》すことだ。十回《じゅっかい》が終《お》わったら、もう二度《にど》と彼女《かのじょ》がゲームと称《しょう》する得体《えたい》の知《し》れないものには参加《さんか》しないという誓《ちか》いは既《すで》にたてた。

「ほら、【仲良《なかよ》し】くん、言《い》って」

「ああ、真実《しんじつ》か挑戦《ちょうせん》か」

「真実《しんじつ》！」

「えーっとそうだね、じゃあ」

彼女《かのじょ》の何《なに》が知《し》りたいだろうか、考《かんが》えてすぐに思《おも》いついた。

彼女《かのじょ》について知《し》りたいことなんて、これ以外《いがい》にない。

「よし、決《き》めた」

「結構《けっこう》どきどきするね！」

「君《きみ》は、どんな子《こ》どもだったの？」

「…………え、そんなのでいいの？　私《わたし》、スリーサイズくらいなら答《こた》える覚悟《かくご》だったのに」

「黙《だま》れ馬鹿《ばか》」

「ひどいっ！」

彼女《かのじょ》は楽《たの》しそうにのけ反《ぞ》る。もちろん、僕《ぼく》の質問《しつもん》の目的《もくてき》は、彼女《かのじょ》のほのぼのとした思《おも》い出話《でばなし》を聞《き》くことではない。僕《ぼく》が知《し》りたいのは、彼女《かのじょ》という人間《にんげん》がどうやってできあがったのかということだ。周囲《しゅうい》の人間《にんげん》に影響《えいきょう》を与《あた》え、影響《えいきょう》を与《あた》えられる、僕《ぼく》とは正反対《せいはんたい》の彼女《かのじょ》ができあがる過程《かてい》を僕《ぼく》は知《し》りたかった。

理由《りゆう》は、単純《たんじゅん》に不思議《ふしぎ》だと思《おも》ったから。僕《ぼく》と彼女《かのじょ》の二《ふた》つの人間性《にんげんせい》の成立《せいりつ》、二《ふた》つの間《あいだ》に一体《いったい》どんな人生《じんせい》の隔《へだ》たりがあったのだろうか。一歩《いっぽ》間違《まちが》えば、僕《ぼく》も彼女《かのじょ》のようになっていただろうか、それが気《き》になった。

「子《こ》どもの頃《ころ》かぁ、私《わたし》とにかく落《お》ち着《つ》きがないって言《い》われてた」

「だろうね、容易《ようい》に想像《そうぞう》できるよ」

「でしょ？　小学生《しょうがくせい》の時《とき》って女子《じょし》の方《ほう》が身長《しんちょう》大《おお》きいじゃん、私《わたし》クラスで一番《いちばん》大《おお》きくて男《おとこ》の子《こ》と喧嘩《けんか》もしてたなぁ。物壊《ものこわ》したりもしてたし、問題児《もんだいじ》だったよ」

なるほど、体《からだ》の大《おお》きさというのは本人《ほんにん》の性質《せいしつ》に関係《かんけい》があるのかもしれない。僕《ぼく》は昔《むかし》から体《からだ》が小《ちい》さく、弱《よわ》かった。だから内向的《ないこうてき》な人間《にんげん》になったのかも。

「これでいい？」

「そうだね、じゃあ次《つぎ》に行《い》こう」

それから、どうやら神様《かみさま》は本当《ほんとう》によい子《こ》の味方《みかた》だったらしく、僕《ぼく》が五連勝《ごれんしょう》した。ゲームを開始《かいし》した時《とき》の得意気《とくいげ》な彼女《かのじょ》はどこに行《い》ってしまったのか、神様《かみさま》に膵臓《すいぞう》とともに見放《みはな》された彼女《かのじょ》は負《ま》けるごとに酒《さけ》をあおり、不機嫌《ふきげん》になっていった。いや、正確《せいかく》には僕《ぼく》の質問《しつもん》を聞《き》く度《たび》に不機嫌《ふきげん》になっていった。残《のこ》り二《に》セットを残《のこ》す時点《じてん》、彼女《かのじょ》は顔《かお》を真《ま》っ赤《か》にして唇《くちびる》を尖《とが》らし、ソファからずり落《お》ちそうになっていた。すねた子《こ》どもみたいだった。

ちなみに、以下《いか》が彼女《かのじょ》に「これ面接《めんせつ》？」と言《い》わしめた五回《ごかい》の質問《しつもん》と答《こた》えである。

「一番長《いちばんなが》く続《つづ》けている趣味《しゅみ》は？」

「強《し》いて言《い》うなら映画《えいが》はずっと好《す》きかなぁ」

「有名人《ゆうめいじん》で一番尊敬《いちばんそんけい》している人《ひと》とその理由《りゆう》は？」

「杉原千畝《すぎはらちうね》！　ユダヤ人《じん》にビザ出《だ》した人《ひと》ね。自分《じぶん》が正《ただ》しいって思《おも》ったことを貫《つらぬ》くって凄《すご》くかっこいいと思《おも》う」

「自分《じぶん》で思《おも》う長所《ちょうしょ》と短所《たんしょ》は？」

「長所《ちょうしょ》は皆《みんな》と仲良《なかよ》くなれるところで、短所《たんしょ》はありすぎて分《わ》かんないけど、注意力散漫《ちゅういりょくさんまん》なところかな」

「今《いま》までで一番嬉《いちばんうれ》しかったことは？」

「うふっ、君《きみ》に出会《であ》えたことかな！　てへっ」

「膵臓《すいぞう》のことは抜《ぬ》きで、今《いま》までで一番《いちばん》つらかったことは？」

「ずっと一緒《いっしょ》にいた犬《いぬ》が中学生《ちゅうがくせい》の時《とき》に死《し》んじゃったことかな……あのさ、これ面接《めんせつ》？」

僕《ぼく》は我《われ》ながら見事《みごと》な何食《なにく》わぬ顔《かお》で「いや、ゲームだよ」と返《かえ》してあげた。彼女《かのじょ》は潤《うる》んだ目《め》で「もっと楽《たの》しいこと訊《き》いてよお！」と吼《ほ》えた。そしてまた一杯《いっぱい》、酒《さけ》を余計《よけい》に飲《の》んだ。

「飲《の》めよぅ」

柄《がら》の悪《わる》い目《め》つきを向《む》けてくる酔《よ》っ払《ぱら》いの神経《しんけい》を逆《さか》なでしないよう、僕《ぼく》も酒《さけ》を飲《の》む。これで僕《ぼく》も結構酒《けっこうさけ》が回《まわ》っていたのだけれど、僕《ぼく》の方《ほう》が彼女《かのじょ》よりポーカーが得意《とくい》だった。

「残《のこ》り二回《にかい》、僕《ぼく》が引《ひ》くよ、クラブの11」

「えー！　なんでそんな強《つよ》いのー、もー」

心底悲《しんそこかな》しそうに悔《くや》しそうに腹立《はらだ》たしそうに嘆《なげ》きながら、彼女《かのじょ》もトランプをめくった。彼《かの》女《じょ》の出《だ》した数字《すうじ》を見《み》て、勝《か》ちを確信《かくしん》していた僕《ぼく》の背中《せなか》に汗《あせ》が流《なが》れる。

スペードの13、キングだった。

「ややや、やったぁ！　……はれ？」

歓声《かんせい》と同時《どうじ》に立《た》ちあがった彼女《かのじょ》はアルコールが足《あし》にまで回《まわ》っている様子《ようす》で、よろけてソファの上《うえ》にこけた。先《さき》ほどまでの様子《ようす》とは一変《いっぺん》、彼女《かのじょ》は自分《じぶん》の体《からだ》の異状《いじょう》にケタケタと笑《わら》う。

「ねえ、【仲良《なかよ》し】くん、申《もう》し訳《わけ》ないんだけどね、今回《こんかい》は質問《しつもん》と命令《めいれい》をどっちも言《い》うから、どっちか選《えら》んでもらってもいい？」

「ついに本性《ほんしょう》を現《あらわ》したね、質問《しつもん》はともかく、言《い》うにことかいて命令《めいれい》って」

「ああ、そうそう、真実《しんじつ》と挑戦《ちょうせん》ね」

「まあ、ルール上問題《じょうもんだい》ないかな」

「よーし、真実《しんじつ》か挑戦《ちょうせん》か。真実《しんじつ》なら、私《わたし》の可愛《かわい》いと思《おも》うところを三《みっ》つあげて。挑戦《ちょうせん》なら、私《わたし》をベッドまで運《はこ》んで」

彼女《かのじょ》が言《い》い終《お》わるが早《はや》いか、僕《ぼく》は考《かんが》えずに体《からだ》を動《うご》かした。この場合《ばあい》、真実《しんじつ》を選《えら》んだところでどうせいつかは彼女《かのじょ》を移動《いどう》させなければならないので、ここで仕事《しごと》をすませておく方《ほう》を選択《せんたく》するのに逡巡《しゅんじゅん》の余地《よち》はなかった。それに真実《しんじつ》の方《ほう》の質問《しつもん》が極悪《ごくあく》すぎる。

立《た》ちあがると体重《たいじゅう》がいつもより軽《かる》くなった錯覚《さっかく》に襲《おそ》われた。彼女《かのじょ》が座《すわ》るソファに近《ちか》づく。彼女《かのじょ》は楽《たの》しそうにうきゃきゃきゃっと笑《わら》った。酒《さけ》が脳《のう》にまで回《まわ》っているらしい。彼女《かのじょ》に手《て》を貸《か》そうと僕《ぼく》は彼女《かのじょ》の眼前《がんぜん》に掌《てのひら》を差《さ》し出《だ》す。すると、彼女《かのじょ》の高《たか》らかな笑《わら》いが止《と》まった。

「何《なに》、この手《て》」

「手《て》を貸《か》してあげるから、ほら立《た》って」

「んーん、立《た》てないよ。私《わたし》、足《あし》に全《まった》く力入《ちからはい》んないもん」

彼女《かのじょ》は、唇《くちびる》の端《はし》をゆっくりと持《も》ち上《あ》げた。

「言《い》ったでしょ？　は、こ、ん、でって」

「…………」

「ほらほら、おんぶがいいかな、それともお姫《ひめ》さ、きゃあっ！」

恥《は》ずかしいその名称《めいしょう》を言《い》わせる前《まえ》に、彼女《かのじょ》の背《せ》とひざ裏《うら》に腕《うで》を回《まわ》し持《も》ちあげた。貧弱《ひんじゃく》

な僕《ぼく》にでも彼女《かのじょ》を数《すう》メートル持《も》ち運《はこ》ぶくらいの力《ちから》はある。迷《まよ》っては駄目《だめ》だと思《おも》った。大丈夫《だいじょうぶ》、僕《ぼく》らは今酔《いまよ》っ払《ぱら》いなのだから、多少《たしょう》の羞恥《しゅうち》は、寝《ね》れば消《け》し飛《と》ぶ。

彼女《かのじょ》がいかなる反応《はんのう》も見《み》せる前《まえ》に、腕《うで》の中《なか》の彼女《かのじょ》をベッドに放《ほう》り出《だ》した。熱《ねつ》が、腕《うで》の中《なか》からすり抜《ぬ》けて行《い》く。彼女《かのじょ》は驚《おどろ》いた表情《ひょうじょう》のまま固《かた》まっている。酒《さけ》と運動《うんどう》のせいで息《いき》を切《き》らしながら見《み》ていると、ややあって彼女《かのじょ》は表情《ひょうじょう》を静《しず》かに綻《ほころ》ばせ、けけけけけっと蝙蝠《こうもり》みたいに笑《わら》った。

「びっくりしちゃったー、ありがとー」

言《い》いながら、彼女《かのじょ》はのそのそと緩慢《かんまん》な動《うご》きで大《おお》きなベッドの向《む》かって左側《ひだりがわ》に寄《よ》って仰《あお》向《む》けに寝《ね》た。そのまま眠《ねむ》ってしまえばいいのにっと思《おも》ったけれど、彼女《かのじょ》は両腕《りょううで》でベッドの表面《ひょうめん》を叩《たた》きながら、うふふふふっと笑《わら》っている。残念《ざんねん》なことに、最終《さいしゅう》ゲームを放棄《ほうき》しそうにはなかった。

僕《ぼく》は腹《はら》を決《き》める。

「じゃあ、最後《さいご》だね。特別《とくべつ》に君《きみ》の分《ぶん》は僕《ぼく》がめくってあげる。どの辺《へん》がいいか言《い》って」

「そだなー、私《わたし》のコップが置《お》いてあるところらへん」

彼女《かのじょ》は大人《おとな》しくなり、忙《せわ》しなく動《うご》いていた腕《うで》は無造作《むぞうさ》にベッドの上《うえ》に投《な》げ出《だ》される。

立《た》ったまま僕《ぼく》は、梅酒《うめしゅ》の少《すこ》し残《のこ》ったコップに端《はし》が触《ふ》れていたトランプを、めくる。

クラブの7だ。

「7」

「うわー、びみょん」

「微妙《びみょう》って意味《いみ》でいいの？」

「うん、びみょんびみょん」

フレーズが気《き》に入《い》ったのか「びみょーん」と言《い》い続《つづ》ける彼女《かのじょ》を無視《むし》して、僕《ぼく》は最後《さいご》の一枚《いちまい》を選《えら》ぶためにトランプの輪《わ》っかを見《み》た。こういう時《とき》、じっくりと考《かんが》えて大切《たいせつ》に札《ふだ》を引《ひ》く人《ひと》もいるのだろうけれど、間違《まちが》っている。条件《じょうけん》がまるで同《おな》じ中《なか》から選《えら》ぶのだから、運《うん》以外《がい》の要素《ようそ》はまるでない。こういう場合《ばあい》はすぱっと決《き》めてしまった方《ほう》がかえって裏目《うらめ》に出《で》ないものだ。

僕《ぼく》は無造作《むぞうさ》に、輪《わ》っかの中《なか》から一枚《いちまい》を取《と》り、できる限《かぎ》り雑念《ざつねん》を取《と》り払《はら》って、表《おもて》に向《む》けた。

ようは運《うん》なのだ。

いさぎよく決《き》めようが決《き》めまいが、数字《すうじ》が変化《へんか》したりはしない。

僕《ぼく》が引《ひ》いたカードは、

「何《なん》だったー？」

「…………6」

こういう時、嘘《うそ》がつけない程度《ていど》に僕《ぼく》は誠実《せいじつ》で、不器用《ぶきよう》だ。将棋盤《しょうぎばん》を引《ひ》っくり返《かえ》せる人間《にんげん》になれれば楽《らく》なのだろうが、なりたくないし、なれない。

「やりぃ、どうしよっかなぁ」

言《い》ったきり、彼女《かのじょ》は黙《だま》った。僕《ぼく》は刑《けい》の執行《しっこう》を待《ま》つ死刑囚《しけいしゅう》の気《き》になって、立《た》ったまま彼女《かのじょ》の問《と》いを待《ま》つ。

薄暗《うすぐら》い室内《しつない》に、久《ひさ》しぶりの静寂《せいじゃく》が下《お》りた。宿泊料《しゅくはくりょう》のおかげだろうか、外《そと》からの音《おと》もほとんど聞《き》こえず、両隣《りょうどなり》の部屋《へや》からの音漏《おとも》れもない。自分《じぶん》の呼吸《こきゅう》と心臓《しんぞう》の音《おと》が、酔《よ》いのためいやにはっきりと聞《き》こえた。彼女《かのじょ》の息遣《いきづか》いも規則正《きそくただ》しく大《おお》きく聞《き》こえた。もしかすると寝息《ねいき》なのではないかと思《おも》ったけれど、見《み》ると目《め》はしっかり開《ひら》いていて、暗《くら》い天井《てんじょう》を見《み》ていた。

僕《ぼく》は時間《じかん》を持《も》て余《あま》し、カーテンの隙間《すきま》から外《そと》を見《み》た。繁華街《はんかがい》はまだ人工的《じんこうてき》な光《ひかり》に彩《いろど》られ、眠《ねむ》るつもりなんて毛《け》ほどもなさそうだった。

「真実《しんじつ》か挑戦《ちょうせん》か」

突然《とつぜん》の背後《はいご》からの言葉《ことば》、やっと彼女《かのじょ》の中《なか》で結論《けつろん》が出《で》たらしい、それができる限《かぎ》り自分《じぶん》の心《こころ》を脅《おびや》かすものではないことを祈《いの》りつつ、彼女《かのじょ》に背《せ》を向《む》けたまま答《こた》える。

「真実《しんじつ》」

一呼吸《ひとこきゅう》、大《おお》きな空気《くうき》の流動《りゅうどう》が聞《き》こえて、彼女《かのじょ》が今夜最後《こんやさいご》の問《と》いを言《い》った。

「私《わたし》が」

「……」

「私《わたし》が、本当《ほんとう》は死《し》ぬのがめちゃくちゃ怖《こわ》いって言《い》ったら、どうする？」

僕《ぼく》は言葉《ことば》を発《はっ》さずに、振《ふ》り向《む》いた。

彼女《かのじょ》の声《こえ》が、あまりに静《しず》かだったから、僕《ぼく》は心臓《しんぞう》が凍《こお》ってしまうかと思《おも》った。冷気《れいき》から逃《に》げるために、彼女《かのじょ》が生《い》きているかどうかを確認《かくにん》する必要《ひつよう》があって、振《ふ》り向《む》いた。

僕《ぼく》の視線《しせん》は感《かん》じているだろう、なのに彼女《かのじょ》は相変《あいか》わらず天井《てんじょう》を見上《みあ》げたまま、これ以上何《じょうなに》も言《い》う気《き》はないと、口《くち》を結《むす》んでいた。

本音《ほんね》、なのか。彼女《かのじょ》の真意《しんい》を僕《ぼく》は捉《とら》えきれなかった。本音《ほんね》でも、おかしくはない。冗談《じょうだん》でも、おかしくはない。本音《ほんね》であったとして、どう答《こた》えればいいのか。冗談《じょうだん》だったとして、どう答《こた》えればいいのか。

分《わ》からない。

僕《ぼく》の想像力《そうぞうりょく》の貧弱《ひんじゃく》さを笑《わら》うように、また、僕《ぼく》の心《こころ》の奥《おく》で怪物《かいぶつ》が呼吸《こきゅう》を始《はじ》めた。

臆《おく》した僕《ぼく》は、自分《じぶん》の意思《いし》とおよそ関係《かんけい》なく口《くち》を開《ひら》いていた。

「挑戦《ちょうせん》……」

「…………」

僕《ぼく》の選択《せんたく》を、彼女《かのじょ》はいいとも悪《わる》いとも言《い》わなかった。ただ、天井《てんじょう》を見《み》たまま、僕《ぼく》にこう命令《めいれい》した。

「君《きみ》もベッドで寝《ね》なさい、反論《はんろん》も反抗《はんこう》も認《みと》めません」

彼女《かのじょ》はまた「びみょーん」と今度《こんど》はメロディをつけて歌《うた》い始《はじ》めた。

自分《じぶん》の取《と》るべき行動《こうどう》を悩《なや》んだけれど、やっぱり僕《ぼく》は、将棋盤《しょうぎばん》を引《ひ》っくり返《かえ》すことができなかった。

電気《でんき》を消《け》して、彼女《かのじょ》に背《せ》を向《む》けて横《よこ》になり、ただ睡魔《すいま》が連《つ》れ去《さ》ってくれるのを待《ま》った。自分一人《じぶんひとり》のものではない寝床《ねどこ》が、時々彼女《ときどきかのじょ》の寝《ね》がえりに合《あ》わせ揺《ゆ》れた。共有《きょうゆう》できない心《こころ》みたいだった。

大《おお》きなサイズのベッドは、二人《ふたり》が仰向《あおむ》けに寝《ね》ても十分《じゅうぶん》な隙間《すきま》を持《も》つことができた。

僕《ぼく》らは潔白《けっぱく》だった。

潔白《けっぱく》で、純粋《じゅんすい》だった。

誰《だれ》も、僕《ぼく》を許《ゆる》してくれなかった。

僕《ぼく》と彼女《かのじょ》は同時《どうじ》に同《おな》じ理由《りゆう》で目覚《めざ》めた。朝《あさ》の八時《はちじ》、携帯電話《けいたいでんわ》の電子音《でんしおん》がけたたましく鳴《な》った。ベッドから起《お》きあがって自分《じぶん》の電話《でんわ》を鞄《かばん》から取《と》り出《だ》すも、なんの着信《ちゃくしん》もない。ということは彼女《かのじょ》のだということなので、ソファの上《うえ》に置《お》かれていた電話《でんわ》を取《と》ってベッドに座《すわ》る彼女《かのじょ》に手渡《てわた》す。寝《ね》ぼけ眼《まなこ》の彼女《かのじょ》は開閉式《かいへいしき》の電話《でんわ》を開《ひら》いて、耳《みみ》に当《あ》てた。

途端《とたん》、離《はな》れた場所《ばしょ》にいた僕《ぼく》にまで届《とど》く咆哮《ほうこう》が、電話口《でんわぐち》の向《む》こうから聞《き》こえてきた。

『桜良《さくら》あああ！　あんた今《いま》どこにいんの！』

彼女《かのじょ》は顔《かお》をしかめて電話《でんわ》を耳《みみ》から離《はな》した。相手側《あいてがわ》が落《お》ち着《つ》いてから再《ふたた》び耳《みみ》に当《あ》てる。

「おはよー、どしたの？」

『どうしたじゃない！　どこにいるのって訊《き》いてるの！』

少《すこ》し迷《まよ》った様子《ようす》で、彼女《かのじょ》は僕《ぼく》らが現在《げんざい》足《あし》を踏《ふ》み入《い》れている県《けん》の名前《なまえ》を電話《でんわ》の相手《あいて》に告《つ》げた。相手《あいて》が、慄《おのの》いたのが分《わ》かった。

『ちょっ、なんであんたそんなとこ、あんた私《わたし》と旅行《りょこう》してるって両親《りょうしん》に嘘《うそ》ついたでしょ！』

それで、電話《でんわ》の相手《あいて》が親友《しんゆう》さんだと知《し》った。騒《さわ》ぎ立《た》てる親友《しんゆう》に反《はん》して、彼女《かのじょ》は呑気《のんき》に欠伸《あくび》をする。

「どうして知《し》ってるの？」

『朝《あさ》にＰＴＡ《ピーティーエー》のことで連絡網《れんらくもう》が回《まわ》ってきたの！　あんたんちの次《つぎ》、うちでしょうが！

あんたのお母《かあ》さんから電話《でんわ》あって、私《わたし》が電話取《でんわと》っちゃって誤魔化《ごまか》すの大変《たいへん》だったんだよ』

「誤魔化《ごまか》してくれたんだぁ、さっすがキョウコ。ありがとね。どうやったの？」

『お姉《ねえ》ちゃんのふりしたんだけど、そんなことどうでもいいの！　どうして親《おや》を騙《だま》してまでそんなところ行《い》ってるわけ？』

「……んー」

『それに、本当《ほんとう》に行《い》きたかったんなら嘘《うそ》ついたりしないで、ちゃんと旅行《りょこう》すればよかったじゃん。私《わたし》ついていくのに』

「あー、いいねそれ、夏休《なつやす》みどっか行《い》こうよ。キョウコいつ部活休《ぶかつやす》みなの？」

『あとでカレンダー確認《かくにん》してまた連絡《れんらく》するねー、っじゃねえ！』

　鮮《あざ》やかなノリツッコミが僕《ぼく》の耳《みみ》にも余裕《よゆう》を持《も》って届《とど》いてきた。静《しず》かな室内《しつない》では通常《つうじょう》の声《こえ》で通話《つうわ》されてても、ある程度《ていど》の内容《ないよう》は聞《き》こえてくる。僕《ぼく》は顔《かお》を洗《あら》い、歯《は》を磨《みが》きながら電話《でんわ》の様子《ようす》を見守《みまも》る。歯磨《はみが》き粉《こ》は普段使《ふだんつか》っているものよりもからかった。

『大体一人《だいたいひとり》で黙《だま》って遠《とお》くまで行《い》くって、死《し》ぬ前《まえ》の猫《ねこ》じゃないんだからさ』

　笑《わら》えない冗談《じょうだん》だ、そう思《おも》って聞《き》いていると、彼女《かのじょ》の返答《へんとう》はもっと笑《わら》えない、ただし、事実《じじつ》だった。

「一人《ひとり》じゃないよ」

彼女《かのじょ》は昨晩《さくばん》の酒《さけ》のせいで充血《じゅうけつ》した目《め》で、面白《おもしろ》そうに僕《ぼく》に視線《しせん》を送《おく》る。頭《あたま》を抱《かか》えようかと思《おも》ったけれど、あいにく両手《りょうて》は歯《は》ブラシとコップで塞《ふさ》がっていた。

『一人《ひとり》じゃ、ない？　え、誰《だれ》と……彼氏《かれし》？』

「違《ちが》うって、この前別《まえわか》れたの知《し》ってるでしょー」

『それなら誰《だれ》』

「【仲良《なかよ》し】くん」

電話口《でんわぐち》の向《む》こうの、絶句《ぜっく》が聞《き》こえた。僕《ぼく》はもうどうにでもなればいいという気持《きも》ちで歯《は》を磨《みが》く。

『あんた、え』

「話《はなし》を聞《き》いて、キョウコ」

『………』

「不思議《ふしぎ》に思《おも》うだろうし、意味分《いみわ》かんないかもしれないけど、でもこのことに関《かん》してはいつかきっとキョウコに説明《せつめい》する、だから納得《なっとく》とまではいかなくても、許《ゆる》して。それで、今《いま》はキョウコの胸《むね》の中《なか》にだけしまっておいてほしいの」

『………』

いつになく真面目《まじめ》な彼女《かのじょ》の声色《こわいろ》に、親友《しんゆう》さんは困惑《こんわく》している様子《ようす》だった。そりゃそうだろうと思《おも》う。親友《しんゆう》を差《さ》し置《お》いて彼女《かのじょ》は、得体《えたい》の知《し》れないクラスメイトと旅行《りょこう》しているのだから。

しばらく黙《だま》りこくっていた電話口《でんわぐち》の向《む》こうの親友《しんゆう》さん。彼女《かのじょ》は辛抱強《しんぼうづよ》く耳《みみ》に電話《でんわ》をあてがっていた。やがて、その電子機器《でんしきき》から声《こえ》が聞《き》こえてきた。

『……………分《わ》かった』

「ありがとう、キョウコ」

『条件《じょうけん》がある』

「なんなりと」

『無事《ぶじ》に帰《かえ》ってくることと、お土産《みやげ》を買《か》ってくること。それと夏休《なつやす》みには私《わたし》と旅行《りょこう》に行《い》くこと。それと、【親友《しんゆう》と不可解《ふかかい》な関係《かんけい》のクラスメイト】に言《い》っといて、桜良《さくら》に変《へん》なことしたらぶっ殺《ころ》すって』

「うわはは、分《わ》かった」

数語挨拶《すうごあいさつ》を交《か》わして、彼女《かのじょ》は電話《でんわ》を切《き》った。僕《ぼく》は口《くち》をゆすいで昨日《きのう》は彼女《かのじょ》に盗《と》られていたソファに座《すわ》る。テーブルの上《うえ》にトランプが散《ち》らかっていたので片《かた》づけながら彼女《かのじょ》を見《み》ると、寝癖《ねぐせ》のついた長《なが》い髪《かみ》を撫《な》でつけていた。

「友達思《ともだちおも》いの親友《しんゆう》を持《も》ってよかったね」

「本当《ほんとう》だよねー、あ、聞《き》こえてたかもしれないけど、君《きみ》、キョウコに殺《ころ》されるらしいよ」

「変《へん》なことしたら、でしょ。僕《ぼく》は潔白《けっぱく》だっていうのも加《くわ》えてちゃんと説明《せつめい》しておいてね」

「お姫様《ひめさま》だっこは？」

「へー、あれそういう名前《なまえ》なんだ、僕《ぼく》はさしずめ引《ひ》っ越《こ》し業者《ぎょうしゃ》の気分《きぶん》だったよ」

「どれか分《わ》かってる時点《じてん》でキョウコに殺《ころ》されるね」

寝癖《ねぐせ》を直《なお》すためにシャワーを浴《あ》びる彼女《かのじょ》を待《ま》ってから、僕《ぼく》らは朝食《ちょうしょく》をとるためにホテルの一階《いっかい》に下《お》りた。

朝食《ちょうしょく》は豪華《ごうか》なビュッフェ形式《けいしき》になっていて、やはりホテルのクラスを思《おも》わせた。僕《ぼく》は主《おも》に魚《さかな》や湯豆腐《ゆどうふ》などをお皿《さら》に盛《も》って和定食風《わていしょくふう》の朝《あさ》ごはんにした。窓際《まどぎわ》の席《せき》に先《さき》に座《すわ》って待《ま》っていると、彼女《かのじょ》が馬鹿《ばか》みたいな量《りょう》の食《た》べ物《もの》をトレイいっぱいに持《も》ってきた。「朝《あさ》はいっぱい食《た》べなきゃ」と言《い》っていたけれど、結局彼女《けっきょくかのじょ》は三分《さんぶん》の一《いち》ほどを残《のこ》して、僕《ぼく》がそれを食《た》べた。食《た》べている間《あいだ》、僕《ぼく》は計画性《けいかくせい》について懇々《こんこん》と彼女《かのじょ》に説《と》いた。

部屋《へや》に戻《もど》ってから僕《ぼく》はお湯《ゆ》を沸《わ》かしてコーヒーを淹《い》れ、彼女《かのじょ》は紅茶《こうちゃ》を淹《い》れた。昨日《きのう》と同《おな》じ場所《ばしょ》に座《すわ》って朝《あさ》の番組《ばんぐみ》を見《み》ながら一息《ひといき》ついた。眩《まぶ》しい太陽《たいよう》の光《ひかり》も差《さ》し込《こ》む穏《おだ》やかな空間《くうかん》で、二人《ふたり》とも昨日《きのう》の最後《さいご》の質問《しつもん》のことは忘《わす》れてしまったようだった。

「今日《きょう》の予定《よてい》は？」

訊《き》くと、彼女《かのじょ》は元気《げんき》よく立《た》ちあがり自分《じぶん》の空色《そらいろ》のリュックに歩《あゆ》み寄《よ》って、中《なか》から手帳《てちょう》を出《だ》した。新幹線《しんかんせん》のチケットをそこに挟《はさ》んであったらしい。

「二時半《にじはん》の新幹線《しんかんせん》に乗《の》るから、お昼《ひる》ごはん食《た》べてお土産《みやげ》買《か》う時間《じかん》は余裕《よゆう》であるね。午前《ごぜん》中《ちゅう》どこに行《い》こうか？」

「僕《ぼく》は分《わ》からないから任《まか》せるよ」

のんびりホテルをチェックアウトして従業員達《じゅうぎょういんたち》に頭《あたま》を下《さ》げられた後《あと》、彼女《かのじょ》の判断《はんだん》で僕《ぼく》らはバスを利用《りよう》して、有名《ゆうめい》だというショッピングモールに向《む》かった。川《かわ》を取《と》り囲《かこ》むように作《つく》られたそこは日用品《にちようひん》売《う》り場《ば》から劇場《げきじょう》までなんでもが揃《そろ》っている複合商業《ふくごうしょうぎょう》施設《しせつ》で、観《かん》光地《こうち》として外国《がいこく》の人達《ひとたち》も多《おお》く訪《おとず》れる場所《ばしょ》らしい。着《つ》いてみると赤《あか》く巨大《きょだい》なそれはインパクト抜群《ばつぐん》で、ランドマークとしての存在感《そんざいかん》を漲《みなぎ》らせていた。

壮大《そうだい》で複雑《ふくざつ》な作《つく》りになっている空間内《くうかんない》のどこに行《い》くべきなのか僕《ぼく》らは迷《まよ》ったけれど、ふらふらと歩《ある》いていると、タイミングよくピエロの恰好《かっこう》をした大道芸人《だいどうげいにん》が水辺《みずべ》の広《ひろ》いスペースでパフォーマンスをしていて、僕《ぼく》らは彼《かれ》を見《み》る観客《かんきゃく》の中《なか》に交《ま》ざった。

二十分《にじゅっぷん》くらいのステージは面白《おもしろ》いものだった、終演後《しゅうえんご》ピエロがユーモラスにお金《かね》をせびるので、僕《ぼく》は高校生《こうこうせい》らしく百円《ひゃくえん》を彼《かれ》の帽子《ぼうし》に入《い》れた。彼女《かのじょ》は楽《たの》しそうに五百円《ごひゃくえん》を帽子《ぼうし》に入《い》れていた。

「楽《たの》しかったねー、【仲良《なかよ》し】くん大道芸人《だいどうげいにん》になりなよ」

「誰《だれ》に言《い》ってるのさ。あーいう他人《たにん》を巻《ま》き込《こ》む系統《けいとう》の仕事《しごと》は僕《ぼく》には無理《むり》。だからあの人《ひと》は凄《すご》いと思《おも》うよ」

「そっか残念《ざんねん》。私《わたし》がやろうかなぁ。あ、忘《わす》れてた、もうすぐ死《し》ぬんだった」

「それを言《い》うために話《はなし》をふってきたの？　一年間《いちねんかん》あるんでしょ、練習《れんしゅう》したらあそこまではいけなくても、上手《うま》くなるんじゃないかな」

僕《ぼく》の助言《じょげん》に、彼女《かのじょ》は大層嬉《たいそううれ》しそうな顔《かお》をした。人《ひと》を喜《よろこ》ばせるためにあるような笑顔《えがお》だ。

「そうだね！　確《たし》かに！　やってみようかな！」

未来《みらい》への展望《てんぼう》に興奮《こうふん》した彼女《かのじょ》は、施設内《しせつない》にある手品《てじな》グッズの専門店《せんもんてん》でいくつか練習用《れんしゅうよう》の品々《しなじな》を買《か》った。購入時《こうにゅうじ》、僕《ぼく》は店内《てんない》には入《い》れてもらえなかった。いつか僕《ぼく》にも披露《ひろう》するので、一緒《いっしょ》に選《えら》んじゃ意味《いみ》がないという理由《りゆう》だった。仕方《しかた》なく、僕《ぼく》は店頭《てんとう》で流《なが》れる手品《てじな》グッズのＣＭ《シーエム》を小学生《しょうがくせい》くらいの子《こ》ども達《たち》と一緒《いっしょ》に見《み》ていた。

「あー、これで私《わたし》も彗星《すいせい》のように現《あらわ》れて、突如《とつじょ》いなくなった伝説《でんせつ》の手品師《てじなし》として語《かた》り継《つ》がれるのかぁ」

「君《きみ》がとんでもない天才《てんさい》だったら、あるいは」

「私《わたし》の一年《いちねん》は皆《みんな》の五年《ごねん》くらいの価値《かち》があるから、きっと大丈夫《だいじょうぶ》。期待《きたい》しといて」

「人《ひと》の一日《いちにち》の価値《かち》は変《か》わらないんじゃなかったの？」

彼女《かのじょ》は本当《ほんとう》にやる気《き》になっているみたいで、いつも以上《いじょう》に表情《ひょうじょう》には力《ちから》が漲《みなぎ》っていた。短《みじか》い期間《きかん》のものとは言《い》え、目標《もくひょう》ができるというのは人間《にんげん》を輝《かがや》かせる。僕《ぼく》と並《なら》べば彼女《かのじょ》の輝《かがや》きはより際立《きわだ》って見《み》えるだろう。

輝《かがや》ける彼女《かのじょ》と施設内《しせつない》を回《まわ》っていると、時間《じかん》はすぐに過《す》ぎた。彼女《かのじょ》はいくつかの衣料品《いりょうひん》を買《か》った。可愛《かわい》らしいＴ《ティー》シャツやスカートを手《て》にとって逐一僕《ちくいちぼく》に評価《ひょうか》を求《もと》めてきたけれど、僕《ぼく》に女《おんな》の子《こ》のファッションの善《よ》し悪《あ》しは分《わ》からないので、似合《にあ》っているという褒《ほ》めてもけなしてもいない言葉《ことば》を選《えら》んだ。不思議《ふしぎ》と彼女《かのじょ》は上機嫌《じょうきげん》になってくれたのでよかった。似《に》合《あ》っているというのは嘘《うそ》ではなかったから、僕《ぼく》の心《こころ》も痛《いた》まなかった。

途中《とちゅう》でウルトラマンのグッズを売《う》っているお店《みせ》に寄《よ》って、彼女《かのじょ》が僕《ぼく》に骨《ほね》でできた恐竜《きょうりゅう》のような怪獣《かいじゅう》のソフビ人形《にんぎょう》をプレゼントしてくれたけれど、なぜそれなのか意味《いみ》が分《わ》からなかった。彼女《かのじょ》に訊《き》くと、似合《にあ》っていると言《い》われた。僕《ぼく》は上機嫌《じょうきげん》にはならなかった。お返《かえ》しに彼女《かのじょ》にはウルトラマンのソフビ人形《にんぎょう》をあげた。似合《にあ》っていると言《い》うと、彼女《かのじょ》は相変《あいか》わらず上機嫌《じょうきげん》だった。

百円《ひゃくえん》のソフビ人形《にんぎょう》を指《ゆび》にはめて、ソフトクリームを食《た》べてから、僕《ぼく》らは駅《えき》に戻《もど》ることにした。

駅《えき》に着《つ》くとちょうど時間《じかん》は正午《しょうご》で、ソフトクリームを食《た》べたばかりだった僕《ぼく》らはお昼《ひる》を食《た》べる前《まえ》にお土産《みやげ》を見《み》ることにした。駅《えき》の構内《こうない》にはお土産《みやげ》だけに特化《とっか》した大《おお》きなスペースがあり、主《おも》に彼女《かのじょ》を目移《めうつ》りさせた。

試食《ししょく》を繰《く》り返《かえ》しながら、彼女《かのじょ》は家族用《かぞくよう》のお菓子《かし》と名物《めいぶつ》の魚《さかな》の卵《たまご》、親友《しんゆう》さんへのお菓子《かし》を買《か》った。僕《ぼく》も一応《いちおう》、モンドセレクション何年連続金賞《なんねんれんぞくきんしょう》とかいうお菓子《かし》を自分用《じぶんよう》に買《か》った。

家族《かぞく》には友達《ともだち》の家《いえ》に泊《と》まるとしか言《い》っていないので、お土産《みやげ》を買《か》って帰《かえ》るわけにはいかなかった。非常《ひじょう》に残念至極《ざんねんしごく》だけれど、今回《こんかい》は仕方《しかた》がない。

昨日《きのう》とは違《ちが》うラーメン屋《や》でラーメンを食《た》べて、余裕《よゆう》を持《も》ってカフェでお茶《ちゃ》をしてから僕《ぼく》らは新幹線《しんかんせん》に乗《の》った。僕《ぼく》なりに旅《たび》の終《お》わりを感傷的《かんしょうてき》に思《おも》った。

彼女《かのじょ》は過去《かこ》にとらわれる僕《ぼく》よりも、幾分《いくぶん》か前向《まえむ》きだった。

「また旅行《りょこう》しようよ、次《つぎ》は冬《ふゆ》かな」

窓側《まどがわ》の席《せき》で景色《けしき》を眺《なが》めながら彼女《かのじょ》が言《い》った。僕《ぼく》はどう反応《はんのう》するべきか迷《まよ》って、最後《さいご》くらいは素直《すなお》に答《こた》えることにした。

「そうだね、それもいいかも」

「あれぇ、いやに素直《すなお》じゃん。さては楽《たの》しかったな？」

「うん、楽《たの》しかったよ」

楽《たの》しかった。本心《ほんしん》だ。両親《りょうしん》が忙《いそが》しく放任主義《ほうにんしゅぎ》な家庭《かてい》に育《そだ》ち、もちろん一緒《いっしょ》に旅行《りょこう》をするような友人《ゆうじん》もいない僕《ぼく》にとって、久《ひさ》しぶりの遠出《とおで》は思《おも》ったより随分《ずいぶん》と楽《たの》しかった。

彼女《かのじょ》はなぜか驚《おどろ》いた顔《かお》をして僕《ぼく》を見《み》た後《あと》、すぐにいつもの笑顔《えがお》に戻《もど》ってだっしと力強《ちからづよ》く僕《ぼく》の腕《うで》を掴《つか》んだ。僕《ぼく》は何《なに》をされるのかと、怯《おび》えてしまう。僕《ぼく》の心情《しんじょう》に気《き》がついたのか、彼女《かのじょ》は恥《は》ずかしそうに手《て》を引《ひ》っ込《こ》めて「ごめん」と呟《つぶや》いた。

「何《なに》、僕《ぼく》の膵臓《すいぞう》を力《ちから》ずくで奪《うば》おうとでも？」

「違《ちが》うよ、ただ君《きみ》が珍《めずら》しく素直《すなお》なもんだから舞《ま》い上《あ》がっちゃった。うん、私《わたし》もめちゃくちゃ楽《たの》しかったよ。ありがとう、一緒《いっしょ》に来《き》てくれて。次《つぎ》はどこに行《い》こうか。私《わたし》は、次《つぎ》は北《きた》がいいなぁ。寒《さむ》さを存分《ぞんぶん》に味《あじ》わいたい」

「どうして自分《じぶん》を虐《いじ》めなきゃいけないの。僕《ぼく》は寒《さむ》いのは嫌《きら》いだから、今回《こんかい》より更《さら》に南《みなみ》に逃避行《とうひこう》したいな」

「もー、ほんっとに方向性《ほうこうせい》が合《あ》わない！」

楽《たの》しそうに頬《ほほ》を膨《ふく》らます彼女《かのじょ》を見《み》ながら、僕《ぼく》は自分用《じぶんよう》に買《か》ったお土産《みやげ》の封《ふう》を破《やぶ》いた。彼女《かの》に一《ひと》つおすそ分《わ》けをして、まんじゅうタイプのお菓子《かし》をかじる。バターの味《あじ》が、とても甘《あま》ったるかった。

僕《ぼく》らの住《す》む町《まち》に着《つ》く頃《ころ》には、夏《なつ》の空《そら》も少《すこ》しずつ群青色《ぐんじょういろ》を受《う》け入《い》れ始《はじ》めていた。共通《きょうつう》の最寄《もよ》りの駅《えき》まで電車《でんしゃ》で一緒《いっしょ》に帰《かえ》り、そこからは二人《ふたり》とも自転車《じてんしゃ》で学校《がっこう》の近《ちか》くまで走《はし》って、いつもの場所《ばしょ》で道《みち》を分《わ》かれた。僕《ぼく》も彼女《かのじょ》も、どうせ月曜日《げつようび》には会《あ》うのだからと別《わか》れの言葉《ことば》もそこそこにそれぞれの帰路《きろ》についた。

家《いえ》に帰《かえ》ると母親《ははおや》も父親《ちちおや》もまだ帰宅《きたく》していなかった。僕《ぼく》は手洗《てあら》いうがいをきちんとして、自室《じしつ》にこもった。ベッドの上《うえ》に寝転《ねころ》がると、急《きゅう》なまどろみが僕《ぼく》に覆《おお》いかぶさってきた。疲《つか》れか、睡眠不足《すいみんぶそく》か、そのどちらもだろうと思《おも》いながら、眠《ねむ》りに落《お》ちた。

夕飯時《ゆうはんどき》に母親《ははおや》に起《お》こされ、焼《や》きそばを食《た》べながらテレビを見《み》た。よく、帰《かえ》るまでが遠足《えんそく》というけれど、家《いえ》でいつもの食事《しょくじ》をとるまでが遠足《えんそく》なのだということを知《し》った。僕《ぼく》は、日常《にちじょう》に戻《もど》った。

週末《しゅうまつ》の二日間《ふつかかん》、彼女《かのじょ》からはなんの連絡《れんらく》もなかった。僕《ぼく》はいつものように自室《じしつ》にこもって本《ほん》を読《よ》んだり、お昼《ひる》に一人《ひとり》で歩《ある》いてスーパーに出《で》かけアイスを買《か》ったりした。なんの変《へん》哲《てつ》もない二日間《ふつかかん》を過《す》ごしてみて、日曜日《にちようび》の夜《よる》に、僕《ぼく》は気《き》がついた。

彼女《かのじょ》からの連絡《れんらく》を、僕《ぼく》は待《ま》っていた。

月曜日《げつようび》、学校《がっこう》に着《つ》くと、僕《ぼく》が彼女《かのじょ》と遠出《とおで》をしていた事実《じじつ》がクラス内《ない》に広《ひろ》まっていた。それと関係《かんけい》があるのかは分《わ》からないけれど、僕《ぼく》の上靴《うわぐつ》が、ゴミ箱《ばこ》の中《なか》で発見《はっけん》された。どうも、僕《ぼく》がうっかり落《お》としたというわけではなさそうだった。

5

朝《あさ》から、常《つね》ならぬことの連続《れんぞく》だった。

まず上靴《うわぐつ》がなくなったのは知《し》っての通《とお》りだけれど、それに止《とど》まらなかった。

いつも通《どお》りに登校《とうこう》し、靴箱《くつばこ》で上靴《うわぐつ》を取《と》ろうとして、「あれ、どこに行《い》ったんだ」と心《こころ》の中《なか》で呟《つぶや》いたと同時《どうじ》だった。

「おはよ……」

声《こえ》をかけられた。うちのクラスで、僕《ぼく》に挨拶《あいさつ》をする人間《にんげん》なんて彼女《かのじょ》くらいしかいないのだけれど、彼女《かのじょ》にしてはテンションが低《ひく》かったから膵臓《すいぞう》でも壊《こわ》したかと思《おも》い、振《ふ》り返《かえ》って、驚《おどろ》いた。

彼女《かのじょ》の親友《しんゆう》さんが、僕《ぼく》に敵意《てきい》むき出《だ》しの視線《しせん》を向《む》けて立《た》っていた。

戦慄《せんりつ》した、けれど、返事《へんじ》をしなければ失礼《しつれい》なことはいくら人付《ひとづ》き合《あ》いに疎《うと》い僕《ぼく》でも知《し》っていたので、控《ひか》え目《め》に「おはよう」と返《かえ》す。親友《しんゆう》さんはじっと僕《ぼく》の目《め》を見《み》てから、ふんっと鼻《はな》を鳴《な》らして靴《くつ》を履《は》き替《か》え出《だ》した。僕《ぼく》は上靴《うわぐつ》もないし、どうしてよいか分《わ》からずに立《た》ちつくす。

上靴《うわぐつ》を履《は》いた親友《しんゆう》さんはそのまま行《い》ってくれるかと思《おも》いきや、もう一度《いちど》僕《ぼく》の目《め》を見《み》て、また同《おな》じように鼻《はな》を鳴《な》らした。嫌《いや》な気分《きぶん》にはならなかった。僕《ぼく》に被虐趣味《ひぎゃくしゅみ》があるわけでは断《だん》じてない。彼女《かのじょ》の目《め》が迷《まよ》っているように見《み》えたからだ。きっと、どう接《せっ》するべきか決《き》めかねているのだろう。

そんな中《なか》、たとえ敵意《てきい》を持《も》っていたとしても、僕《ぼく》に挨拶《あいさつ》をしてくれた彼女《かのじょ》に敬意《けいい》を表《ひょう》したい。僕《ぼく》なら、きっと彼女《かのじょ》が靴箱《くつばこ》を離《はな》れるまで身《み》を潜《ひそ》める。靴箱《くつばこ》の周《まわ》りを見《み》てみたけれど上靴《うわぐつ》は見《み》つからなかった。もし誰《だれ》かが間違《まちが》えて履《は》いていったとしたら、僕《ぼく》が知《し》らない間《あいだ》に返《かえ》ってくるだろうと期待《きたい》し、靴下《くつした》のまま教室《きょうしつ》へと向《む》かった。

教室《きょうしつ》に入《はい》った時点《じてん》で複数《ふくすう》の方向《ほうこう》から不躾《ぶしつけ》な視線《しせん》を感《かん》じたけれど、無視《むし》した。観察《かんさつ》されることに関《かん》しては、彼女《かのじょ》と行動《こうどう》をともにし始《はじ》めてから諦《あきら》めていた。彼女《かのじょ》は、まだ来《き》ていない。

一番後《いちばんうし》ろの自分《じぶん》の席《せき》に座《すわ》り、鞄《かばん》から机《つくえ》の中《なか》に必要《ひつよう》なものを移動《いどう》させる。今日《きょう》は試験《しけん》の返《へん》却日《きゃくび》なので、必要《ひつよう》なのは試験問題《しけんもんだい》だけだ。加《くわ》えて筆箱《ふでばこ》と文庫本《ぶんこぼん》を机《つくえ》の中《なか》に入《い》れる。

先日《せんじつ》のテストの問題《もんだい》を見返《みかえ》しながら上靴《うわぐつ》の行方《ゆくえ》を考《かんが》えていると、教室内《きょうしつない》がざわついた。何事《なにごと》かと視線《しせん》をあげると、彼女《かのじょ》が機嫌《きげん》よさそうに教室《きょうしつ》の前方《ぜんぽう》から入《はい》ってきていた。クラスメイトの数人《すうにん》が騒《さわ》ぎたてながら彼女《かのじょ》を迎《むか》え、輪《わ》の中《なか》に取《と》り込《こ》む。その輪《わ》の中《なか》に、親友《しんゆう》さんは入《はい》っていなかった。親友《しんゆう》さんは難《むずか》しい顔《かお》をして輪《わ》にまざった彼女《かのじょ》を見《み》ていた。と、親《しん》友《ゆう》さんがこちらにちらりと目《め》を向《む》ける。僕《ぼく》も親友《しんゆう》さんを見《み》ていたので目《め》が合《あ》ってしまい、すぐさま目《め》を逸《そ》らした。

彼女《かのじょ》を取《と》り巻《ま》くクラスメイト達《たち》がひそひそざわざわとしている中《なか》、僕《ぼく》は早々《そうそう》に彼《かれ》らに注《ちゅう》意《い》を向《む》けるのをやめた。僕《ぼく》と関係《かんけい》のないことだったらどうでもいいことだし、関係《かんけい》があることならろくなことではないと思《おも》ったからだ。

文庫本《ぶんこぼん》を広《ひろ》げて、文学《ぶんがく》の世界《せかい》に飛《と》び込《こ》む。本好《ほんず》きの集中力《しゅうちゅうりょく》は雑音《ざつおん》なんかに負《ま》けはしない。

と思《おも》っていたのだけれど、いくら本《ほん》が好《す》きでも、話《はな》しかけられれば流石《さすが》に本《ほん》の世界《せかい》から引《ひ》きずりだされてしまうということが分《わ》かった。

普段《ふだん》、朝《あさ》から二人《ふたり》に声《こえ》をかけられることなんてないので、驚《おどろ》いた。顔《かお》をあげると、この前《まえ》、共同掃除活動《きょうどうそうじかつどう》の可能性《かのうせい》を見《み》た男子《だんし》が立《た》っていた。彼《かれ》は相変《あいか》わらず、悪《わる》く言《い》えば何《なに》も考《かんが》えてなさそうに笑《わら》う。

「よう、【噂《うわさ》されてるクラスメイト】あ。あのさ、お前《まえ》、なんで上靴《うわぐつ》捨《す》ててんの？」

「……え？」

「トイレのゴミ箱《ばこ》に捨《す》ててあんじゃん。まだ使《つか》えそうなのに、なんで？　犬《いぬ》のふんでも踏《ふ》んだのか？」

「校内《こうない》に犬《いぬ》のふんがあったらそっちが問題《もんだい》だと思《おも》うよ。でも、そうか、ありがとう。なくして、困《こま》ってた」

「おお、そうなのか、気《き》をつけろよ。ガムいる？」

「いらない。ちょっと取《と》ってくるよ」

「ああ、あとお前《まえ》、山内《やまうち》とどっか行《い》ってたの？　また噂《うわさ》なってるぜ」

彼《かれ》の素朴《そぼく》な疑問《ぎもん》は、教室内《きょうしつない》がざわついていたおかげと、周囲《しゅうい》の席《せき》から人《ひと》がいなくなっていたおかげで、僕《ぼく》にしか届《とど》かなかった。

「やっぱお前《まえ》ら、付《つ》き合《あ》ってんの？」

「いいや。駅《えき》でたまたま会《あ》ったんだ」

「ふーん、そっか。なんか面白《おもしろ》いことあったら教《おし》えろよ。それを誰《だれ》かに見《み》られたのかな」

彼《かれ》はガムを噛《か》みながら自分《じぶん》の席《せき》に戻《もど》っていった。彼《かれ》を単純《たんじゅん》だと断《だん》ずることはできるだろうけれど、僕《ぼく》には彼《かれ》のその性質《せいしつ》が極《きわ》めて善良《ぜんりょう》なものに思《おも》えた。

席《せき》を立《た》ち、教室《きょうしつ》から一番近《いちばんちか》いトイレに行《い》くと、確《たし》かにゴミ箱《ばこ》の中《なか》に上靴《うわぐつ》が入《はい》っていた。運良《うんよ》くゴミ箱《ばこ》には上靴《うわぐつ》を汚《よご》すようなゴミは入《はい》っていなかったので、僕《ぼく》は取《と》り出《だ》した上靴《うわぐつ》を大人《おとな》しく履《は》いて教室《きょうしつ》に戻《もど》った。教室《きょうしつ》に僕《ぼく》が入《はい》ると、一瞬静《いっしゅんしず》まった空気《くうき》はまたすぐにさわさわと振動《しんどう》し始《はじ》めた。

授業《じゅぎょう》は滞《とどこお》りなく済《す》んだ。返却《へんきゃく》されたテストはまあまあのできだった。前《まえ》の方《ほう》で親友《しんゆう》さんと結果《けっか》についてはしゃいでいた彼女《かのじょ》と、一瞬《いっしゅん》目《め》が合《あ》った。彼女《かのじょ》はなんの気兼《きが》ねも見《み》せず、僕《ぼく》にテストの表面《ひょうめん》を見《み》せびらかした。遠《とお》くてはっきりとは分《わ》からなかったが、丸《まる》がたくさんついていた。彼女《かのじょ》の行動《こうどう》に気《き》がついた親友《しんゆう》さんが困惑《こんわく》の表情《ひょうじょう》を浮《う》かべていたので、僕《ぼく》は彼女《かのじょ》から目《め》を逸《そ》らした。この日《ひ》は彼女《かのじょ》とこれ以上《いじょう》のコンタクトをとらなかった。

次《つぎ》の日《ひ》も、僕《ぼく》は彼女《かのじょ》と会話《かいわ》をしなかった。僕《ぼく》とクラスメイトの間《あいだ》であったことと言《い》えば、また親友《しんゆう》さんに睨《にら》まれたことと、例《れい》の彼《かれ》にガムをすすめられたことくらい。あとは、個人《こじん》的《てき》な問題《もんだい》なのだけれど、百円《ひゃくえん》ショップで買《か》った筆箱《ふでばこ》がなくなった。

数日《すうじつ》ぶりに彼女《かのじょ》と会話《かいわ》する機会《きかい》が訪《おとず》れたのは、夏休《なつやす》み前《まえ》、最後《さいご》の登校日《とうこうび》。夏休《なつやす》み前《まえ》と言《い》っても、僕《ぼく》らは明日《あした》から二週間《にしゅうかん》補習《ほしゅう》期間《きかん》があるので、あまり意味《いみ》のない区切《くぎ》りの日《ひ》だ。終業式《しゅうぎょうしき》と事務連絡《じむれんらく》だけで帰宅《きたく》するはずだったその日《ひ》、僕《ぼく》は図書室《としょしつ》の先生《せんせい》に放課後《ほうかご》の仕事《しごと》を頼《たの》まれた。もちろん、図書委員《としょいいん》である彼女《かのじょ》も一緒《いっしょ》に、とのことだった。

雨《あめ》が降《ふ》る水曜日《すいようび》、僕《ぼく》はおよそ初《はじ》めて、教室内《きょうしつない》で自分《じぶん》から彼女《かのじょ》に話《はな》しかけた。彼女《かのじょ》が日直《にっちょく》の仕事《しごと》で黒板《こくばん》を消《け》していた時《とき》に、僕《ぼく》は彼女《かのじょ》にことの次第《しだい》を伝《つた》えた。教室《きょうしつ》の前《まえ》に立《た》つ僕《ぼく》らにそれなりの数《かず》の視線《しせん》が向《む》いていると分《わ》かったけど、やっぱり無視《むし》した。彼女《かのじょ》は、最初《さいしょ》から気《き》にしていない様子《ようす》だった。

放課後《ほうかご》、彼女《かのじょ》は教室《きょうしつ》の戸締《とじま》りをするということで、僕一人先《ぼくひとりさき》に食堂《しょくどう》で昼食《ちゅうしょく》をとって、図書室《としょしつ》に向《む》かった。一応《いちおう》は終業式《しゅうぎょうしき》の日《ひ》なので、図書室《としょしつ》にいる生徒《せいと》は少《すく》なかった。

仕事《しごと》というのは図書室《としょしつ》の先生《せんせい》が会議《かいぎ》に出《で》ている間《あいだ》、カウンターで受付《うけつけ》をするというものだった。先生《せんせい》が図書室《としょしつ》を出《で》て行《い》った後《あと》、僕《ぼく》が本《ほん》を読《よ》みながらカウンターに座《すわ》っていると、クラスメイトが二人本《ふたりほん》を借《か》りに来《き》た。一人《ひとり》は大人《おとな》しい女子《じょし》で、「桜良《さくら》は？」とまるで僕《ぼく》には興味《きょうみ》がなさそうに訊《き》いてきた。もう一人《ひとり》はうちのクラスの学級委員《がっきゅういいん》を務《つと》める男子《だんし》で、「山内《やまうち》さんは？」といつも教室《きょうしつ》で見《み》る温厚《おんこう》な表情《ひょうじょう》と声色《こわいろ》で訊《き》いてきた。二人《ふたり》ともに、教室《きょうしつ》にいるのではないかと答《こた》えてあげた。

その彼女《かのじょ》はほどなくしてやってきた。相変《あいか》わらず今日《きょう》の天気《てんき》にそぐわない笑顔《えがお》をたずさえていた。

「やっほー、私《わたし》がいなくて寂《さび》しかった？」

「山以外《やまいがい》でやっほーっていう人《ひと》いるんだね。やまびこが返《かえ》ってくるとでも？　そういえば君《きみ》を捜《さが》しにきたクラスメイトがいたよ」

「誰《だれ》？」

「名前《なまえ》は曖昧《あいまい》だな。大人《おとな》しい女《おんな》の子《こ》と、学級委員《がっきゅういいん》の彼《かれ》」

「ああ、なるほど、おっけーおっけー」

言いながら彼女《かのじょ》は勢《いきお》いよくカウンター内《ない》の回転椅子《かいてんいす》に腰《こし》を下《お》ろした。静《しず》かな図書室内《としょしつない》にぎしぎしという椅子《いす》の悲鳴《ひめい》が響《ひび》く。

「椅子《いす》が可哀想《かわいそう》だよ」

「乙女《おとめ》にそういうこと言《い》っていいと思《おも》ってんの？」

「君《きみ》は乙女《おとめ》じゃないと思《おも》ってるよ」

「うふふふ、そんなこと言《い》っていいのかな？　昨日《きのう》、男の子《おとこのこ》から愛《あい》の告白《こくはく》を受《う》けた私《わたし》に」

「…………は？　なにそれ」

思《おも》いもよらぬことに、僕《ぼく》は素直《すなお》に驚《おどろ》いてしまった。

そんな僕《ぼく》を見《み》て満足《まんぞく》したのか、彼女《かのじょ》は口角《こうかく》を限界《げんかい》まで上《あ》げて眉間《みけん》に皺《しわ》を寄《よ》せた。なんていうむかつく表情《ひょうじょう》だろう。

「昨日放課後《きのうほうかご》に呼《よ》び出《だ》されてさ、告白《こくはく》されたんだぁ」

「それが本当《ほんとう》だとして、僕《ぼく》に言《い》っていいものなの？」

「誰《だれ》にされたかってのは残念《ざんねん》ながらシークレットで、ミッフィーちゃん」

彼女《かのじょ》は唇《くちびる》の前《まえ》で両手《りょうて》の人差《ひとさ》し指《ゆび》を交差《こうさ》させる。

「もしかしてミッフィーちゃんのバッテンが口《くち》だと思《おも》ってる人《ひと》？　あれは真《ま》ん中《なか》で上《うえ》と下《した》に分《わ》かれるんだよ、上《うえ》が鼻《はな》で下《した》が口《くち》なんだ」

「嘘《うそ》ぉ！」

図《ず》に描《えが》きながら説明《せつめい》してあげると、彼女《かのじょ》は図書室内《としょしつない》で迷惑極《めいわくきわ》まりない大声《おおごえ》をあげた。まぶたと口《くち》を大《おお》きく開《ひら》いた彼女《かのじょ》を見《み》て、僕《ぼく》は満足《まんぞく》する。方言豆知識《ほうげんまめちしき》の弔《とむら》い合戦《がっせん》が済《す》んだ。

「なんとまあ、いやぁ、マジでびっくり。私《わたし》の十七年《じゅうななねん》を否定《ひてい》された気分《きぶん》だよ。ってそれはいいんだけど、告白《こくはく》されたんだぁ」

「あ、話《はなし》を戻《もど》すんだ。それで？」

「うん、ごめんなさいしたよ。どうしてだと思《おも》う？」

「さあ」

「おっしえなーい」

「じゃあ僕《ぼく》が教《おし》えてあげるよ、『さあ』とか『ふーん』、とか言《い》われたら、その人《ひと》は君《きみ》の質問《しつもん》にさほど興味《きょうみ》を持《も》ってないんだ。どこかで『さあ』とか言《い》われたことない？」

彼女《かのじょ》は何《なに》か言《い》い返《かえ》そうとしたみたいだったけど、本《ほん》を借《か》りに人《ひと》が来《き》たのでその言葉《ことば》が外《そと》に出《で》てくることはなかった。

真面目《まじめ》にカウンター業務《ぎょうむ》をこなした後《あと》、彼女《かのじょ》は話題《わだい》を変《か》えた。

「そういえばこんな雨《あめ》の日《ひ》は外《そと》で遊《あそ》べないから、今日《きょう》は君《きみ》が私《わたし》の家《いえ》に来《く》ることになってるんだけど大丈夫《だいじょうぶ》だよね？」

「君《きみ》の家《いえ》、僕《ぼく》の家《いえ》とは方向《ほうこう》が反対《はんたい》だからやだよ」

「普通《ふつう》の理由《りゆう》で普通《ふつう》に断《ことわ》んないでよ！　それじゃあ本当《ほんとう》に誘《さそ》われて嫌《いや》みたいじゃない！」

「心外《しんがい》だなぁ、まるで僕《ぼく》が嫌《いや》じゃないと思《おも》ってるみたいだ」

「なんだとぅ、まあいいよ、そんなことを言《い》いながら君《きみ》は結局《けっきょく》、私《わたし》と遊《あそ》ぶのに付《つ》き合《あ》ってくれるもんね」

まあ、多分《たぶん》そうだろうなと思《おも》う。きちんとした理由《りゆう》をつけられたり、脅《おど》されたり、大義《たいぎ》名分《めいぶん》を与《あた》えられたら、僕《ぼく》は彼女《かのじょ》の誘《さそ》いに傾《かたむ》いてしまう。道《みち》を与《あた》えられたら逆《さか》らわないのは、僕《ぼく》が草舟《くさぶね》だからで、それ以外《いがい》のどういった理由《りゆう》もないのだけれど。

「とりあえず話《はなし》を聞《き》きなさいよ。これを聞《き》いたら君《きみ》も素直《すなお》に私《わたし》の家《いえ》に来《き》たくなるかもよ」

「君《きみ》に僕《ぼく》の、フルーチェよりも固《かた》い意志《いし》が打《う》ち砕《くだ》けるのかな」

「どっろどろじゃん。フルーチェとか懐《なつ》かしいね、しばらく食《た》べてないから今度《こんど》買《か》おうっと。小学生《しょうがくせい》の時《とき》お母《かあ》さんがよく作《つく》ってくれたんだ。苺《いちご》が好《す》き」

「へぇ、君《きみ》の話《はなし》の道筋《みちすじ》もヨーグルトみたいだね。僕《ぼく》の意志《いし》とよく混《ま》ざりそうだ」

「うふん、混《ま》ぜてみる？」

夏制服《なつせいふく》のリボンを緩《ゆる》め、シャツのボタンを外《はず》す彼女《かのじょ》はきっと暑《あつ》がりなんだと思《おも》う。それかただの馬鹿《ばか》か。うーん、後者《こうしゃ》かな。

「そんな呆《あき》れた目《め》で見《み》ないでよ。はいはい、じゃあ話《はなし》を戻《もど》すけどね、私《わたし》この前《まえ》、本《ほん》は全然《ぜんぜん》読《よ》まないって言《い》ったじゃん」

「言《い》ってたね、漫画《まんが》は読《よ》むけどって」

「うん、だけどあれから思《おも》い出《だ》したことがあってさ。私《わたし》、基本的《きほんてき》に本《ほん》は読《よ》まないんだけど、小《ちい》さい時《とき》から一冊《いっさつ》だけ好《す》きな本《ほん》があるの。お父《とう》さんから貰《もら》ったんだけどね。興味《きょうみ》ない？」

「なるほど、それは僕《ぼく》にしては珍《めずら》しく興味《きょうみ》があるよ。好《す》きな本《ほん》っていうのは、人《ひと》となりを表《あら》わすと思《おも》ってるから。君《きみ》みたいな人間《にんげん》がどんな本《ほん》を好《す》きなのか気《き》になる。で、なんなのその本《ほん》は」

彼女《かのじょ》はもったいぶったように間《ま》を空《あ》けてから言《い》った。

「『星《ほし》の王子《おうじ》さま』、知《し》ってる？」

「サン・テグジュペリ？」

「ええ！　知《し》ってるの？　ちょっとぉ、私外国《わたしがいこく》の本《ほん》だから流石《さすが》の【仲良《なかよ》し】くんも知《し》らないと思《おも》って張《は》り切《き》ってたのに、損《そん》した」

唇《くちびる》を尖《とが》らせ、彼女《かのじょ》は背《せ》もたれに体重《たいじゅう》をかけて脱力《だつりょく》する。またぎしぎしという音《おと》が響《ひび》く。

「『星《ほし》の王子《おうじ》さま』が有名《ゆうめい》じゃないと思《おも》ってる時点《じてん》で、君《きみ》がいかに本《ほん》に興味《きょうみ》がないかって感《かん》じだね」

「そっかぁ、その様子《ようす》じゃ読《よ》んだこともあるんでしょう？　もー」

「いや、それが恥《は》ずかしながら未読《みどく》なんだ」

「そうなんだ！」

彼女《かのじょ》は突然力《とつぜんちから》を取《と》り戻《もど》したように身《み》を起《お》こして椅子《いす》ごと体《からだ》を寄《よ》せてきた。僕《ぼく》は椅子《いす》ごと後《あと》ずさる。彼女《かのじょ》の顔《かお》にはもちろん弾《はじ》ける笑顔《えがお》が張《は》り付《つ》いている。どうやら彼女《かのじょ》を喜《よろこ》ばせてしまったようだ。

「いやぁ、そうなんじゃないかと思《おも》ってたんだよぅ」

「嘘《うそ》をついたら地獄《じごく》に落《お》ちるって知《し》らないの？」

「読《よ》んでないなら、私《わたし》が『星《ほし》の王子《おうじ》さま』を貸《か》してあげるから読《よ》んでみて！　それを取《と》りに、今日《きょう》うちに来《き》て！」

「持《も》ってきてくれればいいんじゃないの？」

「女《おんな》の子《こ》に重《おも》い物運《ものはこ》ばせる気《き》？」

「読《よ》んだことはないけど文庫本《ぶんこぼん》だよね」

「君《きみ》の家《いえ》に持《も》っていってあげてもいいよ」

「重《おも》さはどうなったの。まあいいや、君《きみ》と不毛《ふもう》なやり合《あ》いをするのも疲《つか》れるし、うちに来《こ》られるくらいならこっちから行《い》くよ」

今回《こんかい》はそれを大義名分《たいぎめいぶん》にする。

本当《ほんとう》を言《い》えば、『星《ほし》の王子《おうじ》さま』なんて有名《ゆうめい》な本《ほん》、この図書室《としょしつ》にでもあるのだろうけど、本《ほん》に詳《くわ》しくない図書委員《としょいいん》である彼女《かのじょ》の機嫌《きげん》を変《へん》に損《そこ》ねないために黙《だま》っておいてあげよう。そんなに有名《ゆうめい》な本《ほん》をどうして今《いま》まで僕《ぼく》が読《よ》まなかったのかは、自分《じぶん》でも分《わ》からない。きっとただタイミングの問題《もんだい》だ。

「お、物分《ものわ》かりいいね。何《なに》かあったの？」

「君《きみ》から学《まな》んだんだ。草舟《くさぶね》は大型船《おおがたせん》に立《た》ち向《む》かっても意味《いみ》ないって」

「相変《あいか》わらず、時々《ときどき》意味《いみ》分《わ》かんないこと言《い》うね君《きみ》は」

比喩《ひゆ》表現《ひょうげん》について彼女《かのじょ》に懇々《こんこん》と説明《せつめい》してあげていると、図書室《としょしつ》の先生《せんせい》が帰《かえ》ってきた。僕《ぼく》らはいつものように先生《せんせい》と世間話《せけんばなし》をして、お茶《ちゃ》とお菓子《かし》をいただきながら明日《あした》から二《に》週間《しゅうかん》は学校《がっこう》に来《こ》なければならない不遇《ふぐう》を嘆《なげ》いて、下校《げこう》することにした。

外《そと》に出《で》ると今日中《きょうじゅう》にはとても晴《は》れそうにない厚《あつ》い雲《くも》が空《そら》を満《み》たしていた。雨《あめ》の日《ひ》は嫌《きら》いではない。雨《あめ》の持《も》つ閉塞感《へいそくかん》が、僕《ぼく》の気持《きも》ちにそぐっている日《ひ》が多《おお》くて、雨《あめ》に対《たい》して否定的《ひていてき》な気持《きも》ちにはなれない。

「雨《あめ》って嫌《きら》いだなぁ」

「……本当《ほんとう》に君《きみ》とは気持《きも》ちの方向性《ほうこうせい》が合《あ》わないよね」

「雨好《あめず》きな人《ひと》とかいるの？」

いるんだな、それが。僕《ぼく》は答《こた》えずに彼女《かのじょ》の前《まえ》を歩《ある》いた。彼女《かのじょ》の家《いえ》の場所《ばしょ》を正確《せいかく》には知《し》らないけれど、僕《ぼく》の家《いえ》とは反対方向《はんたいほうこう》だというのは知《し》っているので、校門《こうもん》を出《で》て普段《ふだん》とは逆《ぎゃく》の方《ほう》に歩《ほ》を進《すす》める。

「女《おんな》の子《こ》の部屋《へや》とか入《はい》ったことあるの？」

僕《ぼく》の横《よこ》に並《なら》んで彼女《かのじょ》が言《い》った。

「ないけど、同《おな》じ高校生《こうこうせい》の部屋《へや》なんだから、別《べつ》に大《たい》して面白《おもしろ》いものでもないと僕《ぼく》は仮説《かせつ》をたててる」

「まあ当《あ》たりだね。私《わたし》の部屋《へや》はシンプルなもんだよ。キョウコの部屋《へや》はバンドのポスターとかで男《おとこ》の子《こ》より男《おとこ》の子《こ》っぽい。君《きみ》のお気《き》に入《い》りのヒナの部屋《へや》は、ぬいぐるみとか可愛《かわい》いものでいっぱいだよ。そうだ、今度《こんど》ヒナと三人《さんにん》でどっか行《い》く？」

「遠慮《えんりょ》しとくよ。僕《ぼく》、綺麗《きれい》な子《こ》の前《まえ》だと緊張《きんちょう》して喋《しゃべ》れなくなるから」

「そうやって私《わたし》は可愛《かわい》くないっていうボケなんだろうけど無駄《むだ》だよ、君《きみ》が私《わたし》は三番目《さんばんめ》に可愛《かわい》いって言《い》ったあの夜《よる》を忘《わす》れないから」

「僕《ぼく》が三人《さんにん》しかクラスメイトの顔《かお》を覚《おぼ》えてないとも知《し》らずにね」

まあそれは言《い》い過《す》ぎだけれど、僕《ぼく》はクラスメイトの顔《かお》を全《すべ》ては覚《おぼ》えていない。人《ひと》と関《かか》わることのない僕《ぼく》に、人《ひと》の顔《かお》を覚《おぼ》える能力《のうりょく》は必要《ひつよう》ないので、退化《たいか》してしまったんだろう。選択肢《せんたくし》の出《で》そろっていないレースは、無効《むこう》のはずだ。

彼女《かのじょ》の家《いえ》までは、学校《がっこう》からちょうど僕《ぼく》の家《いえ》までくらいの距離《きょり》だった。大《おお》きな一軒家《いっけんや》が立《た》ち並《なら》ぶ住宅街《じゅうたくがい》の中《なか》に紛《まぎ》れ込《こ》むクリーム色《いろ》の壁《かべ》と赤《あか》い屋根《やね》を持《も》ったそこが、彼女《かのじょ》の住《す》む家《いえ》だ。

彼女《かのじょ》がいるので、もちろん堂々《どうどう》と正面入口《しょうめんいりぐち》から踏《ふ》み入《い》る。入口《いりぐち》から玄関《げんかん》までは距離《きょり》があったので、敷地内《しきちない》に入《はい》ってから傘《かさ》を閉《と》じるまでは少《すこ》し時間差《じかんさ》があった。

彼女《かのじょ》に招《まね》き入《い》れられて、僕《ぼく》は湿気《しっけ》を嫌《いや》がる猫《ねこ》みたいに屋内《おくない》に逃《に》げ込《こ》む。

「ただいまー！」

「お邪魔《じゃま》します」

元気《げんき》のいい帰宅《きたく》の挨拶《あいさつ》に合《あ》わせ、僕《ぼく》も控《ひか》え目《め》に言葉《ことば》を発《はっ》する。同級生《どうきゅうせい》の親《おや》というものに会《あ》った記憶《きおく》が中学校《ちゅうがっこう》の学級参観《がっきゅうさんかん》以来《いらい》で、何気《なにげ》に緊張《きんちょう》していた。

「家族誰《かぞくだれ》もいないよ」

「……誰《だれ》もいない空間《くうかん》に元気《げんき》に挨拶《あいさつ》する人《ひと》は頭《あたま》のおかしい人《ひと》だよ」

「今《いま》のは家《いえ》に挨拶《あいさつ》したの。私《わたし》を育《そだ》ててくれた大切《たいせつ》な場所《ばしょ》だよ」

たまにまともなことを彼女《かのじょ》が言《い》うと、僕《ぼく》は返事《へんじ》に窮《きゅう》する。僕《ぼく》はもう一度《いちど》、今度《こんど》は家《いえ》に「お邪魔《じゃま》します」と挨拶《あいさつ》をし、彼女《かのじょ》に続《つづ》いて靴《くつ》を脱《ぬ》いだ。

彼女《かのじょ》が電気《でんき》を順番《じゅんばん》につけて行《い》くにつれ、家《いえ》に命《いのち》がともっていくようだった。洗面所《せんめんじょ》に連《つ》れていかれて手洗《てあら》いうがいを済《す》ませ、二階《にかい》にある彼女《かのじょ》の部屋《へや》に向《む》かった。

迎《むか》え入《い》れられた初《はじ》めての女《おんな》の子《こ》の部屋《へや》は、大《おお》きかった。何《なに》が？　全《すべ》てが。部屋《へや》自体《じたい》、テレビ、ベッド、本棚《ほんだな》、パソコン。羨《うらや》ましい、かと一瞬《いっしゅん》は思《おも》ったけれど、これが彼女《かのじょ》の両《りょう》親《しん》の悲《かな》しみに比例《ひれい》しているのだろうと思《おも》うと、憧《あこが》れは一瞬《いっしゅん》で霧散《むさん》した。むしろ空《むな》しさが室内《しつない》に満《み》ちているようだ。

「適当《てきとう》に座《すわ》ってて－、眠《ねむ》かったらベッドインしてもいいよ。キョウコに告《つ》げ口《ぐち》するけど」

言《い》ってから、自分《じぶん》は机《つくえ》の前《まえ》の赤《あか》い回転椅子《かいてんいす》に座《すわ》ってくるくると回《まわ》った。迷《まよ》って、僕《ぼく》はベッドの上《うえ》に座《すわ》る。バネの反発《はんぱつ》で体《からだ》が弾《はず》んだ。

改《あらた》めて部屋《へや》の中《なか》を見回《みまわ》す。彼女《かのじょ》の言《い》った通《とお》り室内《しつない》はシンプルなもので、僕《ぼく》の部屋《へや》との違《ちが》いは大《おお》きさと小物《こもの》の可愛《かわい》さと本棚《ほんだな》の中身《なかみ》くらい。彼女《かのじょ》の本棚《ほんだな》の中身《なかみ》は、全部漫画《ぜんぶまんが》だった。人気《にんき》の少年漫画《しょうねんまんが》や、僕《ぼく》の知《し》らない漫画《まんが》もたくさん本棚《ほんだな》に並《なら》んでいた。

くるくると回《まわ》るのをやめてから、彼女《かのじょ》は気持《きも》ちが悪《わる》そうに「おえっ」とえずいてうなだれた。白《しら》けた目《め》でそれを観察《かんさつ》していると、彼女《かのじょ》は突然顔《とつぜんかお》をあげる。

「何《なに》して遊《あそ》ぶ？　真実《しんじつ》か挑戦《ちょうせん》？」

「本《ほん》を貸《か》してくれるんでしょ？　そのために来《き》たんだよ」

「落《お》ち着《つ》きなよ、寿命縮《じゅみょうちぢ》んで私《わたし》より先《さき》に死《し》んじゃうよ」

呪《のろ》いの言葉《ことば》をかけてくる彼女《かのじょ》をねめつけると、彼女《かのじょ》は唇《くちびる》を歪《ゆが》めて変《へん》な顔《かお》をした。むかついたら負《ま》けというゲームだと思《おも》う。すぐ負《ま》けそうだ。

ふらっと立《た》ちあがった彼女《かのじょ》は本棚《ほんだな》に近《ちか》づき、『星《ほし》の王子《おうじ》さま』を取《と》ってくれる気《き》になったのかと思《おも》いきや、一番下《いちばんした》の引《ひ》き棚《だな》から折《お》りたたみ式《しき》の将棋盤《しょうぎばん》を取《と》り出《だ》してきた。

「やってみようよ、友達《ともだち》が忘《わす》れていったんだけど取《と》りに来《こ》ないんだ」

別《べつ》に断《ことわ》る理由《りゆう》もなかったので、僕《ぼく》は彼女《かのじょ》の誘《さそ》いに乗《の》ることにした。

結果《けっか》、将棋《しょうぎ》の対局《たいきょく》はぐっだぐだの泥仕合《どろじあい》の末《すえ》に僕《ぼく》が勝《か》った。実《じつ》は圧勝《あっしょう》できるかと思《おも》っていた。しかしながら詰将棋《つめしょうぎ》と対人《たいじん》の試合《しあい》は調子《ちょうし》が違《ちが》い、上手《うま》くリズムを掴《つか》めなかった。王手《おうて》がかかると、彼女《かのじょ》は悔《くや》しそうに将棋盤《しょうぎばん》を引《ひ》っくり返《かえ》した。おい。

ベッドの上《うえ》に散《ち》らばった将棋《しょうぎ》の駒《こま》を拾《ひろ》いながら外《そと》を見《み》ると、まだ激《はげ》しい雨《あめ》が降《ふ》っていた。

「雨《あめ》もうちょっと弱《よわ》まってから帰《かえ》ったらいいよ。それまで遊《あそ》ぼ」

彼女《かのじょ》はまるでこちらの心《こころ》を見透《みす》かしたかのように言《い》いながら、将棋《しょうぎ》の盤《ばん》を片《かた》づけ、今《こん》度《ど》はテレビゲームを出《だ》してきた。

テレビゲームというのをやるのも、実《じつ》に久《ひさ》しぶりのことだった。

最初《さいしょ》は、格闘《かくとう》ゲームをやった。コントローラのボタンを押《お》すだけで画面《がめん》の中《なか》の人間《にんげん》が簡《かん》単《たん》に相手《あいて》を傷《きず》つけ、傷《きず》つけられる様《さま》を楽《たの》しむという、極悪非道《ごくあくひどう》なあれだ。

僕《ぼく》が普段《ふだん》ほとんどゲームをしないということで、少《すこ》しの間練習《あいだれんしゅう》の時間《じかん》を貰《もら》った。画面《がめん》を見《み》ながら操作《そうさ》していると、彼女《かのじょ》は色々《いろいろ》とアドバイスをくれた。親切《しんせつ》な側面《そくめん》もあるではないかと思《おも》いきや、大間違《おおまちが》いで、いざ対戦《たいせん》になると彼女《かのじょ》はさっきの将棋《しょうぎ》の腹《はら》いせとばかりに、画面《がめん》の色《いろ》が変《か》わったり人間《にんげん》から変《へん》な波動《はどう》が出《で》たりする技《わざ》で僕《ぼく》のキャラをずたぼろにした。

しかし、僕《ぼく》もただやられはしない。やっていくうちに、コツを覚《おぼ》え、相手《あいて》の攻撃《こうげき》をいなしたり、ガード中《ちゅう》の相手《あいて》を投《な》げたりできるようになり、猪突猛進《ちょとつもうしん》に攻撃《こうげき》を繰《く》り出《だ》してくる彼女《かのじょ》のキャラクターをこけにしてやった。ちょうど僕《ぼく》の勝《か》ち星《ぼし》の数《かず》が彼女《かのじょ》の勝《か》ち星《ぼし》の数《かず》に並《なら》んだくらいだろうか、彼女《かのじょ》は僕《ぼく》がもう少《すこ》しで勝《か》ちそうだというところで電源《でんげん》を切《き》った。

だから、おい。

彼女《かのじょ》は非難《ひなん》の視線《しせん》なんてなんのその、仕切《しき》り直《なお》しとばかりにゲームソフトを入《い》れ替《か》えてゲーム機《き》を再起動《さいきどう》させた。

彼女《かのじょ》は色々《いろいろ》なゲームソフトを持《も》っていて、僕《ぼく》らはいくつかのゲームで対戦《たいせん》をしたのだけれど、僕《ぼく》と彼女《かのじょ》が最《もっと》もいい勝負《しょうぶ》をしたのはレースゲームだった。人《ひと》との対戦《たいせん》ではあるも

の の、結局《けっきょく》はタイムとの戦《たたか》いであり、自己《じこ》との戦《たたか》いであるレースゲームは僕《ぼく》の性分《しょうぶん》に合《あ》っているのかもしれない。

大《おお》きなテレビでレースゲームをしながら、抜《ぬ》いたり抜《ぬ》かれたりを繰《く》り返《かえ》す。普段《ふだん》から無《む》口《くち》な僕《ぼく》は集中《しゅうちゅう》すると更《さら》に言葉《ことば》を発《はっ》しなくなった。代《か》わりに彼女《かのじょ》が「ああ！」だの「もう！」だのとうるさかったので、世界《せかい》に存在《そんざい》する音量《おんりょう》の差《さ》し引《ひ》きはゼロだ。

集中《しゅうちゅう》していた僕《ぼく》に彼女《かのじょ》が妨害《ぼうがい》以外《いがい》の目的《もくてき》で話《はな》しかけてきたのは、レースが最終《さいしゅう》ラップに突入《とつにゅう》した時《とき》だった。

彼女《かのじょ》は僕《ぼく》に訊《き》いた。それはもう、何気《なにげ》ない感《かん》じで。

「【仲良《なかよ》し】くんはさ、彼女作《かのじょつく》る気《き》はないの？」

僕《ぼく》は画面《がめん》の中《なか》でバナナを避《よ》けながら反応《はんのう》してあげる。

「作《つく》る気《き》も作《つく》れる気《き》もないよ。友達《ともだち》もいないんだから」

「彼女《かのじょ》はともかく友達《ともだち》は作《つく》りなよ」

「気《き》が向《む》いたらね」

「気《き》が向《む》いたら、か。ふーん、あのさ」

「うん」

「私《わたし》を彼女《かのじょ》にする気《き》は、何《なに》があってもないよね？」

あまりに突拍子《とっぴょうし》もない、ある意味彼女《いみかのじょ》の正攻法《せいこうほう》とも言《い》える戦法《せんぽう》に、思《おも》わず隣《となり》を見《み》てしまった僕《ぼく》は、画面《がめん》の中《なか》で見事《みごと》に事故《じこ》った。

「うわはは、事故《じこ》ってやんのー」

「……何《なに》を言《い》ってんの、君《きみ》は」

「あ、彼女《かのじょ》の話《はなし》？　ただの確認《かくにん》だよ。君《きみ》は私《わたし》を別《べつ》に好《す》きじゃないでしょ？　何《なに》があってもさ、私《わたし》を彼女《かのじょ》にする気《き》はきっとないよね」

「……………ないよ」

「よかった、安心《あんしん》した」

「…………」

何《なに》を、安心《あんしん》したのだろうか。不思議《ふしぎ》に思《おも》った。

文脈《ぶんみゃく》から、察《さっ》してみる。

まさか、彼女《かのじょ》は、僕《ぼく》が彼女《かのじょ》と恋人関係《こいびとかんけい》になりたいと思《おも》っていると勘繰《かんぐ》っていたのだろうか。

宿《やど》をともにし、部屋《へや》に上《あ》がり込《こ》んだ僕《ぼく》が勘違《かんちが》いをして彼女《かのじょ》に恋《こい》すると、もしかして彼女《かのじょ》はそれを危惧《きぐ》していたのだろうか。

まるで、いわれのない、事実無根《じじつむこん》の容疑《ようぎ》。

僕《ぼく》は、本当《ほんとう》に珍《めずら》しく、真《しん》に不愉快《ふゆかい》な気分《きぶん》になった。明確《めいかく》に、胃《い》の底《そこ》に悪《わる》いものが溜《た》まるのを感《かん》じた。

レースを終《お》えて、僕《ぼく》らはコントローラを放《はな》した。

「じゃあ、本《ほん》を貸《か》して。もう帰《かえ》るよ」

内臓《ないぞう》の中《なか》に沈《しず》んだ感情《かんじょう》は、なかなか消《き》えてくれることはなかった。僕《ぼく》はそれを彼女《かのじょ》に悟《さと》られないよう、この場《ば》から逃《に》げることにした。

立《た》ちあがり本棚《ほんだな》に歩《あゆ》み寄《よ》る。雨《あめ》は、全《まった》く弱《よわ》まってなかった。

「ゆっくりしていけばいいのに。じゃあ、ちょっと待《ま》って」

彼女《かのじょ》も椅子《いす》から立《た》ちあがり、本棚《ほんだな》に寄《よ》ってきた。僕《ぼく》の背後《はいご》に彼女《かのじょ》が立《た》った。彼女《かのじょ》の呼《こ》吸《きゅう》が聞《き》こえる。心《こころ》なしか、いつもより呼吸《こきゅう》が荒《あら》い気《き》がした。

僕《ぼく》は彼女《かのじょ》に構《かま》わず本棚《ほんだな》を上《うえ》から順番《じゅんばん》に見《み》ていく。彼女《かのじょ》もそうやって探《さが》しているのかもしれない。最初《さいしょ》から所定《しょてい》の位置《いち》に置《お》いておけばいいのに、と僕《ぼく》は少《すこ》しいらだった。

ややあって、彼女《かのじょ》が息《いき》を大《おお》きく吐《は》いたのが聞《き》こえた。同時《どうじ》に視界《しかい》の端《はし》から腕《うで》が伸《の》びてくる。どうやら先《さき》に見《み》つけられたようだと思《おも》った。そうではない、というのはこの段階《だんかい》で分《わ》かってしかるべきだった。彼女《かのじょ》の腕《うで》は、僕《ぼく》の視界《しかい》の両端《りょうたん》に見《み》えたのだから。

途端《とたん》、僕《ぼく》は自分《じぶん》の体《からだ》の位置《いち》を見失《みうしな》った。

誰《だれ》かから積極的《せっきょくてき》な接触《せっしょく》を受《う》けたことがほとんどないからだろう、自身《じしん》に起《お》こる事態《じたい》をすぐに把握《はあく》できなかった。

気《き》がついた時《とき》、僕《ぼく》は本棚《ほんだな》の横《よこ》の壁《かべ》に背中《せなか》から押《お》し付《つ》けられていた。左手《ひだりて》は自由《じゆう》だけれど、右手《みぎて》は掴《つか》まれて肩《かた》の上《うえ》くらいの高《たか》さで壁《かべ》に押《お》し付《つ》けられている。さっきよりも間近《まぢか》に、自分《じぶん》以外《いがい》の吐息《といき》、加《くわ》えて、鼓動《こどう》。熱《ねつ》、甘《あま》ったるい匂《にお》い。彼女《かのじょ》の右腕《みぎうで》が僕《ぼく》の首《くび》に回《まわ》されている。顔《かお》は見《み》えない、彼女《かのじょ》の口《くち》が僕《ぼく》の耳元《みみもと》にある。頬《ほほ》と頬《ほほ》が、触《ふ》れそうな距離《きょり》にある。時々《ときどき》、触《ふ》れる。

何《なに》を、しているんだ。口《くち》を動《うご》かしたのに、声《こえ》を発《はっ》することは、できなかった。

「……私《わたし》、死《し》ぬまでにしたいことをメモしてるって、覚《おぼ》えてる?」

耳元《みみもと》で、囁《ささや》き。声《こえ》と吐息《といき》が耳《みみ》たぶにかかる。僕《ぼく》の反応《はんのう》を、彼女《かのじょ》は期待《きたい》しなかった。

「それを実行《じっこう》するために、私《わたし》を彼女《かのじょ》にする気《き》があるかって訊《き》いたの」

黒《くろ》い髪《かみ》が、鼻先《はなさき》で揺《ゆ》れる。

「家《いえ》に呼《よ》んだのもそれでだよ」

くすり、彼女《かのじょ》が笑《わら》った気《き》がする。

「ないって言《い》ってくれてありがとう、安心《あんしん》しちゃった。あるって言《い》われたら、私《わたし》の目的《もくてき》は達成《たっせい》されないから」

言葉《ことば》も状況《じょうきょう》も理解《りかい》しかねた。

「私《わたし》のしたいことはね」

甘《あま》ったるい。

「恋人《こいびと》でも、好《す》きな人《ひと》でもない男《おとこ》の子《こ》と、いけないことをする」

いけないこと、いけないこと？

僕《ぼく》は彼女《かのじょ》の言葉《ことば》を頭《あたま》の中《なか》で反芻《はんすう》した。いけないこと、とはどういうことなのか。今《いま》の状況《じょうきょう》のことを言《い》っているのか、それともこれからのことを言《い》っているのか、もしくは今《いま》までのことを言《い》っているのか。どれも正解《せいかい》だと思《おも》った。どれも、いけないことだ。僕《ぼく》が彼《かの》女《じょ》の病気《びょうき》を知《し》ってしまったことも、死《し》ぬ前《まえ》の時間《じかん》を好《す》きでもない僕《ぼく》と過《す》ごしていることも、一緒《いっしょ》に泊《と》まったことも、部屋《へや》に入《はい》ったことも、いけないことと言《い》ってしまえば、全部《ぜんぶ》そうだ。

「これは、ハグだよ。だから、いけないことは、これから」

やはり彼女《かのじょ》は僕《ぼく》の心《こころ》を見透《みす》かしたかのように言《い》う。鼓動《こどう》の共有《きょうゆう》が僕《ぼく》の心《こころ》を読《よ》ませやすくする。彼女《かのじょ》の心《こころ》は、まるで読《よ》めないけれど。

僕《ぼく》は、どうすればよかったんだろう。

「【？？？？？】くんならいいんだ」

「…………」

「いけないこと」

どういった対応《たいおう》をするのが正解《せいかい》なのか、まるで分《わ》からなかったけれど、僕《ぼく》は空《あ》いた左《ひだり》手《て》で僕《ぼく》の首《くび》にかかっていた腕《うで》を解《と》いた。彼女《かのじょ》の体《からだ》を前《まえ》に押《お》しやると、呼吸《こきゅう》も鼓動《こどう》も消《き》えた。代《か》わりに、酒《さけ》も飲《の》んでいないのに真《ま》っ赤《か》な彼女《かのじょ》の顔《かお》が目《め》の前《まえ》に現《あらわ》れた。

彼女《かのじょ》は、僕《ぼく》の顔《かお》を見《み》て驚《おどろ》いた顔《かお》をした。僕《ぼく》は、彼女《かのじょ》のように人《ひと》に見《み》せる顔《かお》を作《つく》れないので、どんな顔《かお》をしていたか自分《じぶん》でも分《わ》からない。ただ弱《よわ》く首《くび》を横《よこ》に振《ふ》った。何《なに》を否定《ひてい》したのかも分《わ》からない。

お互《たが》いの目《め》を見《み》る。沈黙《ちんもく》が、張《は》りつく。

彼女《かのじょ》の表情《ひょうじょう》を観察《かんさつ》する。彼女《かのじょ》は、両目《りょうめ》をきょろきょろと動《うご》かして、明後日《あさって》の方向《ほうこう》を見《み》て停止《ていし》した後《あと》、口角《こうかく》をゆっくり遠慮《えんりょ》がちにあげて、僕《ぼく》を見《み》た。

そうして彼女《かのじょ》は、いきなり噴《ふ》き出《だ》した。

「んふっ」

「…………」

「うふふふふふふふふふふふふ、なーんちゃって」

そう言《い》って彼女《かのじょ》は、今度《こんど》は満面《まんめん》の笑《え》みを浮《う》かべた。僕《ぼく》の右腕《みぎうで》は拘束《こうそく》を解《と》かれ、彼女《かのじょ》は僕《ぼく》の手《て》を振《ふ》り払《はら》って、そのまうわははっと笑《わら》う。

「あ――――、はっずかしい。冗談《じょうだん》だよ冗談《じょうだん》！　いつものいたずら！　恥《は》ずかしい雰囲《ふんい》気《き》にしないでよ、もー」

彼女《かのじょ》の豹変《ひょうへん》に、僕《ぼく》は、呆然《ぼうぜん》とした。

「いやぁ勇気《ゆうき》がいりましたよぉ。なんせ君《きみ》に抱《だ》きつくんだもん。でも、やっぱりいたずらにはリアリティがいるからねー。頑張《がんば》ったよ私《わたし》、うん。それに君《きみ》が黙《だま》っちゃうから本気《ほんき》っぽい雰囲気《ふんいき》になっちゃったじゃーん。ドキドキした？　君《きみ》が私《わたし》を好《す》きじゃないって聞《き》いといてよかったよ、じゃないとマジの感《かん》じになっちゃうもん、今《いま》の！　でもいたずらは大成《だいせい》功《こう》だね！　君相手《きみあいて》だからできたんだよ、スリルあったぁ」

理由《りゆう》は、分《わ》からない。なぜだろう。

だけれど、ああ、彼女《かのじょ》と出会《であ》って、初《はじ》めてだった。

初《はじ》めて僕《ぼく》は、彼女《かのじょ》の悪《わる》ふざけに真剣《しんけん》な怒《いか》りを感《かん》じた。

自分《じぶん》で仕掛《しか》けたことの恥《は》ずかしさを振《ふ》りきるように喋《しゃべ》り続《つづ》ける彼女《かのじょ》を標的《ひょうてき》とした怒《いか》りが、僕《ぼく》の内臓《ないぞう》の中《なか》で少《すこ》しずつ形《かたち》を決《き》めていって、もはや消化《しょうか》ができなくなっていた。

僕《ぼく》を、なんだと思《おも》っているのか。侮辱《ぶじょく》された、そう感《かん》じたし、事実《じじつ》そうだったろう。

これが人付《ひとづ》き合《あ》いだと彼女《かのじょ》が言《い》うならば、僕《ぼく》はやはり誰《だれ》とも関《かか》わらずに生《い》きていきたい。

皆《みんな》、膵臓《すいぞう》を病《や》んで死《し》んでしまえばいい。いや、僕《ぼく》が食《た》べてやろう。唯一正《ゆいいつただ》しい僕《ぼく》が皆《みんな》の膵臓《すいぞう》を食《た》べてやろう。

感情《かんじょう》と行動《こうどう》に、案外簡単《あんがいかんたん》に結《むす》びついていた。

彼女《かのじょ》の悲鳴《ひめい》を聞《き》いた僕《ぼく》の耳《みみ》には、肥大《ひだい》した怒《いか》りが詰《つ》まって何《なに》も聞《き》こえなかったのかもしれない。

僕《ぼく》は、目《め》の前《まえ》の彼女《かのじょ》の肩《かた》を掴《つか》んでそのままベッドに押《お》し倒《たお》した。

彼女《かのじょ》の上半身《じょうはんしん》をベッドに押《お》し付《つ》け、倒《たお》れた彼女《かのじょ》の肩《かた》から手《て》を放《はな》し、両腕《りょううで》を掴《つか》んで動《うご》けなくする。僕《ぼく》は、何《なに》も考《かんが》えていなかった。

彼女《かのじょ》は我《わ》が身《み》の状況《じょうきょう》に気《き》がついてから少《すこ》しだけじたばたと動《うご》いたけど、やがて諦《あきら》めて自分《じぶん》の顔《かお》に影《かげ》を作《つく》っている僕《ぼく》の顔《かお》を見《み》た。相変《あいか》わらず僕《ぼく》は、自分《じぶん》がどんな顔《かお》をしているのか分《わ》からなかった。

「【仲良《なかよ》し】くん？」

彼女《かのじょ》の戸惑《とまど》い。

「どうしたの、放《はな》してよ、痛《いた》いよ」

黙《だま》って僕《ぼく》は彼女《かのじょ》の目《め》だけを見《み》た。

「さっきのは冗談《じょうだん》だよ？　ねえ、いつもの遊《あそ》びだよ」

どうなれば、満足《まんぞく》だったのだろうか。自分《じぶん》で自分《じぶん》が分《わ》からない。

僕《ぼく》が何《なに》も喋《しゃべ》らないでいると、表情豊《ひょうじょうゆた》かな彼女《かのじょ》の顔《かお》が、人《ひと》と付《つ》き合《あ》う人生《じんせい》で身《み》につけた顔《かお》が、いつかみたいにくるくると変《か》わった。

彼女《かのじょ》は笑《わら》った。

「えへへっ、私《わたし》のジョークに乗《の》ってくれてるの？　君《きみ》にしてはサービスいいね！　さ、そろそろ放《はな》して」

彼女《かのじょ》は困《こま》った。

「ね、ねえ、どうしたの？　【仲良《なかよ》し】くんらしくないよ。君《きみ》は、こういう悪《わる》ふざけはしない人《ひと》でしょ？　ね、放《はな》して」

彼女《かのじょ》は怒《おこ》った。

「いい加減《かげん》にしてよ！　女《おんな》の子《こ》にこんなことしていいと思《おも》ってるの？　早《はや》く放《はな》して！」

僕《ぼく》は、恐《おそ》らく一番《いちばん》の無感動《むかんどう》をたたえた目《め》で、彼女《かのじょ》を真《ま》っ直《す》ぐ見据《みす》え続《つづ》けた。彼女《かのじょ》も、僕《ぼく》の視線《しせん》から逃《に》げようとしない。僕《ぼく》らのベッドの上《うえ》での見《み》つめ合《あ》いは、この上《うえ》なく、ロマンチックだった。

やがて彼女《かのじょ》も、何《なに》も言《い》わなくなった。激《はげ》しい雨《あめ》の音《おと》だけが、窓《まど》を隔《へだ》てて僕《ぼく》を責《せ》めるみたいだった。彼女《かのじょ》の吐息《といき》や瞬《まばた》きの音《おと》は僕《ぼく》を、どうしているのか分《わ》からなかった。

じっと彼女《かのじょ》を見《み》ていた。彼女《かのじょ》もじっと僕《ぼく》を見《み》ていた。

だから分《わ》かった。

無言《むごん》で、表情《ひょうじょう》も動《うご》かなくなった彼女《かのじょ》の目《め》に、涙《なみだ》が浮《う》かんだ。

それを見《み》た途端《とたん》、そもそも出所《でどころ》の分《わ》からなかった僕《ぼく》の怒《いか》りが最初《さいしょ》からなかったみたいに溶《と》けていった。

溜飲《りゅういん》が下《さ》がると一緒《いっしょ》に、内臓《ないぞう》の底《そこ》から、後悔《こうかい》がせり上《あ》がってきた。

僕《ぼく》は彼女《かのじょ》の両腕《りょううで》を今更《いまさら》に優《やさ》しく解放《かいほう》して、立《た》ちあがった。彼女《かのじょ》は、呆《ほう》けた顔《かお》で僕《ぼく》を見《み》ていた。僕《ぼく》は、それを確認《かくにん》したきり、彼女《かのじょ》の顔《かお》を見《み》れなかった。

「ごめん…………」

答《こた》えは返《かえ》ってこなかった。彼女《かのじょ》はまだベッドの上《うえ》にいる。押《お》さえつけられた体勢《たいせい》のままで。

僕《ぼく》は床《ゆか》に置《お》いていた荷物《にもつ》を持《も》つ。そして逃《に》げるようにドアノブに手《て》をかけた。

「……【ひどいクラスメイト】くん」

背後《はいご》からの声《こえ》に、僕《ぼく》は一瞬《いっしゅん》だけ躊躇《ちゅうちょ》し、振《ふ》り向《む》かずに答《こた》えた。

「ごめん、もう帰《かえ》るよ」

それだけ言《い》って、もう二度《にど》と来《く》ることはないだろう部屋《へや》のドアを開《あ》けて、足早《あしばや》に、逃《に》げた。誰《だれ》も追《お》ってこなかった。

雨《あめ》の中《なか》に踏《ふ》み出《だ》して何歩《なんぽ》か歩《ある》いてから、雨《あめ》が髪《かみ》を濡《ぬ》らしていることに気《き》がついた。慌《あわ》てずに傘《かさ》を差《さ》して公道《こうどう》に出《で》る。アスファルトから夏《なつ》の雨《あめ》の匂《にお》いが立《た》ち昇《のぼ》っていた。

後《うし》ろを振《ふ》り返《かえ》りたい自分《じぶん》を叱咤《しった》し、僕《ぼく》は学校《がっこう》までの道《みち》を思《おも》い出《だ》しながら歩《ある》き続《つづ》けた。雨脚《あまあし》は強《つよ》まっている。

考《かんが》える。やっと取《と》り戻《もど》した冷静《れいせい》な自分《じぶん》で考《かんが》える。

考《かんが》えれば考《かんが》えるほど、心《こころ》の中《なか》には後悔《こうかい》しか見《み》つけられなかった。

なんてことをしたのだろうかと、自分《じぶん》に失望《しつぼう》するのでいっぱいだった。

知《し》らなかった、誰《だれ》かに怒《いか》りを向《む》けることが、こんなに誰《だれ》かを傷《きず》つけるなんて。こんなに自分《じぶん》を傷《きず》つけるなんて。

彼女《かのじょ》の顔《かお》を見《み》たか。涙《なみだ》を見《み》たか。感情《かんじょう》が溢《あふ》れだしていた。心外《しんがい》だという想《おも》いが、溢《あふ》れだしていた。

歯《は》を食《く》いしばる自分《じぶん》に気《き》がつく。意識《いしき》すると歯茎《はぐき》が痛《いた》くなってきた。人間関係《にんげんかんけい》で自分《じぶん》の体《からだ》を痛《いた》めつける日《ひ》が来《く》るなんて、僕《ぼく》がおかしくなっている。でも、この痛《いた》みを自分《じぶん》への罰《ばつ》だと思《おも》えるほど、正気《しょうき》を失《うしな》ってはいない。そんなことじゃ、僕《ぼく》の罪《つみ》は拭《ぬぐ》われない。

彼女《かのじょ》の言《い》ういたずらが発端《ほったん》だ。あれが、僕《ぼく》の感情《かんじょう》を逆《さか》なでた。事実《じじつ》だけれど、事実《じじつ》だったとして僕《ぼく》が彼女《かのじょ》に働《はたら》いた暴力《ぼうりょく》の言《い》い訳《わけ》になるわけがない。たとえ、僕《ぼく》が彼女《かのじょ》の意思《いし》とは無関係《むかんけい》に傷《きず》ついたとしても。傷《きず》ついた、傷《きず》ついただって？　何《なに》に傷《きず》ついたんだろう。彼女《かのじょ》の匂《にお》いや鼓動《こどう》を思《おも》い出《だ》しても、意味《いみ》は分《わ》からない。ただ、なんとなく、許《ゆる》せなかった。理屈《りくつ》の通《とお》らない感情《かんじょう》で、僕《ぼく》が彼女《かのじょ》を傷《きず》つけた。

大《おお》きな家《いえ》の間《あいだ》を縫《ぬ》って歩《ある》く。平日《へいじつ》の午後《ごご》、人影《ひとかげ》はなかった。きっと、僕《ぼく》が突然《とつぜん》消《き》えても誰《だれ》も気《き》がつかないだろう。

そんなことを思《おも》うくらい静《しず》かだったから、背後《はいご》から突然《とつぜん》かけられた声《こえ》に、僕《ぼく》は驚《おどろ》いた。

「【目立《めだ》たないクラスメイト】くん」

それは、落《お》ち着《つ》いた男性《だんせい》の声《こえ》だった。咄嗟《とっさ》に振《ふ》り向《む》くと、そこには傘《かさ》を差《さ》したクラスメイトがいた。声《こえ》をかけられるまで、存在《そんざい》にまるで気《き》がつかなかった。僕《ぼく》は不思議《ふしぎ》に思《おも》う。一《ひと》つに、彼《かれ》が僕《ぼく》に声《こえ》をかけたこと。二《ふた》つに、いつも温厚《おんこう》な笑顔《えがお》を浮《う》かべているイメージの彼《かれ》の顔《かお》に張《は》り付《つ》いているのが、怒《いか》りのような感情《かんじょう》に見《み》えること。

彼《かれ》と話《はな》すのは、今日《きょう》二度目《にどめ》になる。珍《めずら》しいことだ、僕《ぼく》が一日《いちにち》に二《に》度《ど》も同《おな》じ人間《にんげん》と言葉《ことば》を交《か》わすなんて。

温和《おんわ》で清潔感《せいけつかん》のある男《おとこ》の子《こ》。うちのクラスの学級《がっきゅう》委員《いいん》。そんな彼《かれ》が僕《ぼく》と関《かか》わろうとしたその心中《しんちゅう》を知《し》ろうと、僕《ぼく》は彼《かれ》とは関係《かんけい》のない動揺《どうよう》を抑《おさ》えつけて「やあ」と彼《かれ》の呼《よ》び掛《か》けに答《こた》えた。

反応《はんのう》を期待《きたい》したのに、彼《かれ》は僕《ぼく》を見《み》てじっと黙《だま》っていた。仕方《しかた》なく僕《ぼく》が再度口《さいどくち》を開《ひら》く。

「ここらへんに住《す》んでるんだね」

「…………違《ちが》うよ」

彼《かれ》はやはり、不機嫌《ふきげん》そうだった。彼《かれ》も、雨《あめ》が嫌《きら》いなのかもしれない。雨《あめ》だと、手荷物《てにもつ》が増《ふ》えて邪魔《じゃま》だし。今《いま》の彼《かれ》は私服《しふく》で、傘以外《かさいがい》には何《なに》も持《も》っていなかったけれど。

僕《ぼく》は彼《かれ》の顔《かお》を見《み》た。最近《さいきん》の僕《ぼく》は、人《ひと》の感情《かんじょう》を目《め》から読《よ》みとることをやっと覚《おぼ》えた。彼《かれ》がなぜ、不機嫌《ふきげん》を背負《せお》ってまで僕《ぼく》に話《はな》しかけてきたのかを探《さぐ》るため、彼《かれ》の視線《しせん》をどうにか受《う》け止《と》めた。

僕《ぼく》にはもう喋《しゃべ》ることがなかった。だから、自分《じぶん》の気持《きも》ちをなだめながら彼《かれ》の顔《かお》を黙《だま》って見《み》ていると、先《さき》に彼《かれ》がしびれを切《き》らした。苦虫《にがむし》を噛《か》み潰《つぶ》す顔《かお》で、僕《ぼく》の名《な》を呼《よ》んだ。

「【目立《めだ》たないクラスメイト】こそ、どうしてこんなところに？」

さっきとは違《ちが》って彼《かれ》から呼《よ》び捨《す》てにされたことは特《とく》に気《き》にならなかった。それよりも、彼《かれ》が僕《ぼく》を【目立《めだ》たないクラスメイト】とは違《ちが》うものとして呼《よ》んだように聞《き》こえたのが、気《き》にかかった。例《たと》えば、【許《ゆる》せない相手《あいて》】とか。ひとまず理由《りゆう》は分《わ》からないけど、そういうことにしておく。

僕《ぼく》が答《こた》えないでいると、彼《かれ》は舌打《したう》ちをした。

「【許《ゆる》せない相手《あいて》】はどうしてこんなところにいるんだって訊《き》いてるんだよ」

「……用事《ようじ》があったんだ」

「桜良《さくら》だろ」

聞《き》き覚《おぼ》えのある名前《なまえ》に、心臓《しんぞう》が収縮《しゅうしゅく》した気《き》がした。息苦《いきぐる》しくなって、すぐには答《こた》えられなかった。彼《かれ》は、それも許《ゆる》してくれなかった。

「桜良《さくら》だろって」

「…………」

「答《こた》えろよ！」

「…………君《きみ》の言《い》う、サクラって人《ひと》と、僕《ぼく》の知《し》ってるクラスメイトの彼女《かのじょ》が同《おな》じ人《ひと》なら、そうだね」

もしかしたら彼《かれ》の勘違《かんちが》いかもしれないという僕《ぼく》の淡《あわ》い期待《きたい》は、彼《かれ》の歯噛《はが》みした表情《ひょうじょう》で打《う》ち砕《くだ》かれた。それで彼《かれ》が僕《ぼく》に対《たい》してあまりよろしくない感情《かんじょう》を向《む》けていることが決定《けってい》的《てき》に分《わ》かった。ただ、まだ彼《かれ》の感情《かんじょう》の理由《りゆう》が分《わ》からない。

どうしようか。

そんな僕《ぼく》の思考《しこう》はすぐに意味《いみ》のないものになった。理由《りゆう》は間《ま》もなく、他《ほか》でもない彼《かれ》の言《こと》葉《ば》で知《し》れた。

「桜良《さくら》は」

「………」

「桜良《さくら》はどうしてお前《まえ》なんかと」

ああ、なるほど。

言葉《ことば》に出《だ》しそうになった納得《なっとく》を、僕《ぼく》は意識的《いしきてき》に押《お》し込《こ》める。なるほど。彼《かれ》の僕《ぼく》に向《む》けた感情《かんじょう》の正体《しょうたい》が分《わ》かった。僕《ぼく》は思《おも》わず頭《あたま》をかく。面倒臭《めんどうくさ》そうだな、とそういう風《ふう》に思《おも》った。

もし彼《かれ》の目《め》がちゃんと見《み》えていれば、いくらでもはぐらかしや弁明《べんめい》が利《き》くのだろうけれど、彼《かれ》は的外《まとはず》れな怒《いか》りを僕《ぼく》に向《む》けるほどには盲目的《もうもくてき》になっている。

もしかすると、今日《きょう》この場《ば》ではち合《あ》わせたのも偶然《ぐうぜん》ではないのかもしれない。例《たと》えば、二人《ふたり》で歩《ある》く僕《ぼく》らをつけてきたとか、いくらでも想像《そうぞう》することができた。

彼《かれ》は、恋《こい》をしているのだろう。故《ゆえ》に、僕《ぼく》に見当違《けんとうちが》いの嫉妬《しっと》を向《む》けている。盲目的《もうもくてき》、だから正確《せいかく》な観察眼《かんさつがん》を失《うしな》い、普段《ふだん》の自分《じぶん》への俯瞰《ふかん》を失《うしな》っている。他《ほか》に、何《なに》か失《うしな》っているものはあるのだろうか。

僕《ぼく》はひとまず、最良《さいりょう》の手段《しゅだん》と思《おも》われる真実《しんじつ》の説明《せつめい》を試《こころ》みる。

「僕《ぼく》と彼女《かのじょ》は、君《きみ》の想像《そうぞう》しているような間柄《あいだがら》ではないよ」

言《い》うと、彼《かれ》の目《め》が血走《ちばし》った。まずいかなと思《おも》った時《とき》には遅《おそ》く、彼《かれ》はより攻撃的《こうげきてき》な声量《せいりょう》と口調《くちょう》で僕《ぼく》を責《せ》めた。雨《あめ》の音《おと》は、掻《か》き消《け》される。

「じゃあ、一体《いったい》なんだって言《い》うんだよ！　二人《ふたり》っきりで食事《しょくじ》に行《い》って、旅行《りょこう》に行《い》って、今日《きょう》はあの子《こ》の家《いえ》に一人《ひとり》で遊《あそ》びに行《い》って、クラス中《じゅう》で噂《うわさ》になってる！　お前《まえ》が突然《とつぜん》、桜良《さくら》に付《つ》きまといだしたって」

旅行《りょこう》のことはどこから漏《も》れたのだろうか、と少《すこ》しだけ気《き》になった。

「付《つ》きまといだしたっていう表現《ひょうげん》は、正確《せいかく》じゃないと思《おも》う。かと言《い》って付《つ》き合《あ》ってあげてるって言《い》うのは尊大《そんだい》だし、付《つ》き合《あ》ってもらってるって言《い》うのも謙遜《けんそん》のしすぎだし。付《つ》き合《あ》うっていうのは、別《べつ》に恋人《こいびと》としてという意味《いみ》ではないよ」

付《つ》き合《あ》う、という言葉《ことば》に彼《かれ》の表情《ひょうじょう》が動《うご》いたのを確認《かくにん》したので、付《つ》け加《くわ》えておく。

「とにかく、君《きみ》や、クラスメイトが思《おも》っているような関係《かんけい》じゃないんだ」

「それでも、桜良《さくら》は、お前《まえ》と時間《じかん》を過《す》ごしてる」

「……そうだね」

「お前《まえ》みたいな協調性《きょうちょうせい》のない暗《くら》いだけの奴《やつ》と！」

彼《かれ》が憎々《にくにく》しげに言《い》い放《はな》った僕《ぼく》の人間性《にんげんせい》については、特《とく》に異論《いろん》はない。そう見《み》えているだろうし、事実《じじつ》そうだろう。

どうして彼女《かのじょ》が僕《ぼく》と一緒《いっしょ》に時間《じかん》を過《す》ごすのか、そんなのは僕《ぼく》こそが知《し》りたい。彼女《かのじょ》は、僕《ぼく》が彼女《かのじょ》に日常《にちじょう》と真実《しんじつ》を同時《どうじ》に与《あた》える唯一《ゆいいつ》の存在《そんざい》だと言《い》っていて、もっともらしいけれど、それを答《こた》えとするのも何《なに》やら的《まと》が外《はず》れている気《き》がする。

なので僕《ぼく》は沈黙《ちんもく》を貫《つらぬ》いた。彼《かれ》も、視線《しせん》こそ熱《あつ》く、けれど表情《ひょうじょう》を固《かた》まらせたまま雨《あめ》の中《なか》に立《た》っていた。

沈黙《ちんもく》は長《なが》く続《つづ》いた。あまりに続《つづ》くので、僕《ぼく》は会話《かいわ》が終《お》わったものなのだと考《かんが》えた。彼《かれ》も正当性《せいとうせい》のない自分《じぶん》の怒《いか》りに気《き》がついて、さっきまでの僕《ぼく》みたいに後悔《こうかい》に襲《おそ》われているのかもしれない。もしくはそうではないかもしれない。盲目的《もうもくてき》な彼《かれ》は、やはり自分自身《じぶんじしん》の感《かん》情《じょう》を見《み》つめられてはいないのかも。

つまりはどちらでもよかった。どちらにしろ、お互《たが》いにとってこれ以上《いじょう》向《む》き合《あ》うのは得策《とくさく》ではないだろうと、僕《ぼく》は彼《かれ》に背《せ》を向《む》けた。彼《かれ》がそのまま見送《みおく》ってくれると思《おも》ったからそうした。あるいはただ早《はや》く一人《ひとり》になりたかっただけか。これもどちらでもいい。僕《ぼく》の行《こう》動《どう》は、変《か》わらない。

よくよく考《かんが》えてみれば、恋《こい》する人間《にんげん》が盲目《もうもく》であることを僕《ぼく》が知《し》っているのは物語上《ものがたりじょう》だけでの話《はなし》で、本当《ほんとう》の人間《にんげん》の心《こころ》に触《ふ》れてこなかった僕《ぼく》に、生身《なまみ》の人間《にんげん》の行動《こうどう》を読《よ》むなんておこがましいことだった。物語《ものがたり》の登場人物《とうじょうじんぶつ》と、本当《ほんとう》の人間《にんげん》とは違《ちが》う。物語《ものがたり》と現実《げんじつ》は違《ちが》う。

現実《げんじつ》は、物語《ものがたり》ほど美《うつく》しくもいさぎよくもない。

人間《にんげん》のいない方向《ほうこう》へと歩《ある》きだした僕《ぼく》の背中《せなか》は、ひしひしと刺《さ》さる視線《しせん》を浴《あ》びていた。振《ふ》り向《む》きはしない。振《ふ》り向《む》いても、誰《だれ》も得《とく》をしないからだ。人間関係《にんげんかんけい》を数学《すうがく》の式《しき》みたいに考《かんが》えてしまう僕《ぼく》を彼女《かのじょ》が好《この》むわけがない、と背後《はいご》の彼《かれ》に理解《りかい》してもらいたかったけれど、無駄《むだ》だろう。

人《ひと》を盲目《もうもく》にするのは恋《こい》だけではない、思考《しこう》も人《ひと》を盲目《もうもく》にすると知《し》らなかった僕《ぼく》は、肩《かた》を掴《つか》まれるまで後《うし》ろの彼《かれ》が追《お》いかけてきていることに気《き》がつかなかった。

「待《ま》て！」

僕《ぼく》は、仕方《しかた》なく首《くび》だけで振《ふ》り返《かえ》る。勘違《かんちが》いとは言《い》え、彼《かれ》の態度《たいど》に少《すこ》し辟易《へきえき》としていた。

表情《ひょうじょう》には、出《だ》さない。

「まだ話《はなし》は終《お》わってない！」

思《おも》えば、僕《ぼく》も気《き》が立《た》っていたのかもしれない。人生《じんせい》でおよそ初《はじ》めての経験《けいけん》となる、いわゆるいざこざ。感情《かんじょう》のぶつかり合《あ》いに、理性《りせい》で考《かんが》える部分《ぶぶん》を失《うしな》っていたのだと思《おも》う。

明《あき》らかに彼《かれ》を傷《きず》つけようとする言葉《ことば》が、口《くち》から出《で》てきた。

「あのさ、一《ひと》つ教《おし》えておいてあげる。きっと役《やく》にたつんじゃないかな」

僕《ぼく》は、彼《かれ》の目《め》をしっかりと見《み》て、内臓《ないぞう》をえぐるつもりで言《い》った。

「あの子《こ》は、しつこい人間《にんげん》は嫌《きら》いだそうだよ。前《まえ》の彼氏《かれし》がそうだったらしい」

最後《さいご》に間近《まぢか》で見《み》た彼《かれ》の顔《かお》は、この数分《すうふん》でも見《み》たことがないくらいに歪《ゆが》んでいた。それがどういう意味《いみ》の表情《ひょうじょう》かは分《わ》からなかったけれど、どうでもよかった。理解《りかい》したところで、結果《けっか》は変《か》わらなかった。

左目《ひだりめ》あたりに強《つよ》い衝撃《しょうげき》を受《う》けて、僕《ぼく》は後《うし》ろによろめく勢《いきお》いそのまま、雨《あめ》に濡《ぬ》れたアスファルトに尻《しり》もちをついた。雨《あめ》が制服《せいふく》にすばやくにじんでくる。手放《てばな》してしまった傘《かさ》が開《ひら》いたまま間抜《まぬ》けな音《おと》をたてて転《ころ》がった。同《おな》じく放《ほう》りだされた鞄《かばん》も、地面《じめん》に横《よこ》たわっている。自分《じぶん》の置《お》かれた状況《じょうきょう》に驚《おどろ》いて、僕《ぼく》は咄嗟《とっさ》に彼《かれ》の方《ほう》を向《む》いた。左目《ひだりめ》がぼやけてよく見《み》えなかった。

細《こま》かくは分《わ》からないけれど、暴力《ぼうりょく》を受《う》けたことだけは分《わ》かった。人《ひと》は勝手《かって》に倒《たお》れたりはしないから。

「しつこいってなんだよ！　俺《おれ》は、俺《おれ》は」

彼《かれ》が言《い》った。僕《ぼく》の方《ほう》を向《む》いていたけど、明《あき》らかにその言葉《ことば》は僕《ぼく》に向《む》けられたものではなかった。僕《ぼく》は、彼《かれ》の逆鱗《げきりん》に触《ふ》れたのだと知《し》った。人《ひと》を傷《きず》つけようとして傷《きず》つけられているのだから、ざまあない。僕《ぼく》は、深《ふか》く反省《はんせい》する。

人《ひと》に殴《なぐ》られるのは確《たし》か初《はじ》めてだ。なかなかに、痛《いた》い。殴《なぐ》られた部分《ぶぶん》は分《わ》かるのだけれど、なぜか心《こころ》の芯《しん》の部分《ぶぶん》が痛《いた》い。これが続《つづ》くと、人《ひと》の心《こころ》は折《お》れるのかもしれない。

地面《じめん》に座《すわ》ったまま僕《ぼく》は彼《かれ》を見上《みあ》げる。左目《ひだりめ》の視力《しりょく》は、まだ戻《もど》らない。

明言《めいげん》はしてくれなかったからこの時点《じてん》では結論《けつろん》づけられないけれど、恐《おそ》らくは彼女《かのじょ》の以前《いぜん》の恋人《こいびと》だったのであろう彼《かれ》は、鼻息荒《はないきあら》く僕《ぼく》を見下《みお》ろしていた。

「お前《まえ》みたいな奴《やつ》が、桜良《さくら》に近《ちか》づくんじゃない！」

言《い》いながら、彼《かれ》はポケットから取《と》り出《だ》したものを僕《ぼく》に対《たい》して投《な》げつけた。くしゃくしゃになったそれを広《ひろ》げてみると、いつかなくした本《ほん》のしおりだった。なるほど、話《はなし》の筋道《すじみち》が見《み》えた。

「君《きみ》だったんだ」

彼《かれ》は答《こた》えてはくれなかった。

端整《たんせい》な顔立《かおだ》ちの中《なか》にあるのは、穏《おだ》やかな人間性《にんげんせい》だと思《おも》っていた。彼《かれ》がクラスの前《まえ》に立《た》って話《はな》し合《あ》いを先導《せんどう》する時《とき》も、たまに図書室《としょしつ》に来《き》て本《ほん》を借《か》りる時《とき》も、彼《かれ》は整《ととの》った笑顔《えがお》を振《ふ》りまいていた。だけど、彼《かれ》の内面《ないめん》を知《し》らなかった僕《ぼく》が見《み》ていたのは、彼《かれ》が外界《がいかい》に出《だ》す準備《じゅんび》をきちんとしたものだったんだ。やはり、大切《たいせつ》なのは外側《そとがわ》ではなく中身《なかみ》だ。

僕《ぼく》はどうしようかと考《かんが》えた。先《さき》に彼《かれ》を傷《きず》つけたのは僕《ぼく》なのだから、彼《かれ》の攻撃《こうげき》は正当防衛《せいとうぼうえい》と言《い》えなくもない。多少過剰《たしょうかじょう》気味《ぎみ》だけれど、彼《かれ》がどれだけ傷《きず》ついたのかは、僕《ぼく》には分《わ》かりはしない。だから立《た》ちあがって彼《かれ》に反撃《はんげき》するのはおかしい気《き》がした。立《た》っている彼《かれ》の血《ち》の気《け》はまだ引《ひ》いていないみたいだ。どうにか彼《かれ》を落《お》ち着《つ》かせる手段《しゅだん》があればいいのだろうけれど、言葉《ことば》を間違《まちが》えれば、いや間違《まちが》えなくても火《ひ》に油《あぶら》を注《そそ》いでしまいかねない。彼《かれ》に、感情《かんじょう》のどこかにある一線《いっせん》を越《こ》えさせたのは間違《まちが》いなく僕《ぼく》なのだから。

彼《かれ》を見《み》る。ともすれば、彼《かれ》の方《ほう》が僕《ぼく》よりもよほど正《ただ》しいのだとも思《おも》えてきた。彼《かれ》は、きっと本当《ほんとう》に彼女《かのじょ》のことが好《す》きなんだ。少《すこ》し手段《しゅだん》を間違《まちが》えているだけで、いや、その手段《しゅだん》が問題《もんだい》なのだけれど、直線的《ちょくせんてき》な想《おも》いを彼女《かのじょ》に向《む》け、ともに時間《じかん》を過《す》ごしたいと願《ねが》っている。

だから、彼女《かのじょ》の時間《じかん》を奪《うば》う僕《ぼく》を憎《にく》んでいる。ところで僕《ぼく》はどうだ、もし彼女《かのじょ》が一年後《いちねんご》に死《し》ぬと知《し》らなかったら、僕《ぼく》は彼女《かのじょ》と食事《しょくじ》をすることも、旅行《りょこう》をすることも、家《いえ》に行《い》って気《き》まずくなることもなかった。彼女《かのじょ》の死《し》が僕《ぼく》らを結《むす》び付《つ》けている。でも、死《し》なんて誰《だれ》にでも訪《おとず》れる運命《うんめい》。だから、僕《ぼく》と彼女《かのじょ》が出会《であ》ったのは偶然《ぐうぜん》だ。僕《ぼく》らが時間《じかん》を過《す》ごすのは偶然《ぐうぜん》だ。意思《いし》や、感情《かんじょう》に伴《ともな》う純粋《じゅんすい》さが、僕《ぼく》にはまるでない。

人《ひと》と関《かか》わらない僕《ぼく》でも知《し》ってる、間違《まちが》っている方《ほう》は正《ただ》しい方《ほう》に屈《くっ》しなければならない。

そうか、じゃあ、彼《かれ》の気《き》が済《す》むまでやられてあげよう。人《ひと》の気《き》も知《し》らずに誰《だれ》かと関係《かんけい》を持《も》とうとした僕《ぼく》が悪《わる》い。

僕《ぼく》を睨《にら》みつける彼《かれ》の目《め》をしっかりと受《う》け止《と》め、意志《いし》を伝《つた》えようとした。君《きみ》に屈《くっ》するという意志《いし》を伝《つた》えようとした。でも、それは敵《かな》わなかった。

息《いき》を荒《あら》らげる彼《かれ》の奥《おく》、立《た》つ人影《ひとかげ》を見《み》つけた。

「何《なに》、してんの……？」

その声《こえ》に、彼《かれ》は雷《かみなり》を打《う》たれたように振《ふ》り返《かえ》った。傘《かさ》が揺《ゆ》れて、落《お》ちてきたしずくが彼《かれ》の肩《かた》に積《つ》もる。僕《ぼく》は、タイミングがいいのか悪《わる》いのか、とまるで人《ひと》ごとみたいに、二人《ふたり》の様子《ようす》を見《み》ていた。

傘《かさ》を差《さ》す彼女《かのじょ》は、状況《じょうきょう》を理解《りかい》しようとしているのか、何度《なんど》も僕《ぼく》と彼《かれ》の顔《かお》を見比《みくら》べた。

彼《かれ》は何《なに》かを言《い》おうとしていた。でもそれが外《そと》に出《で》る前《まえ》に、彼女《かのじょ》は僕《ぼく》の方《ほう》に駆《か》け寄《よ》り、転《ころ》がっていた傘《かさ》を拾《ひろ》って差《さ》し出《だ》した。

「風邪《かぜ》ひいちゃうよ、【ひどいクラスメイト】くん……」

少々的外《しょうしょうまとはず》れな優《やさ》しさを僕《ぼく》が受《う》け取《と》ると、彼女《かのじょ》が息《いき》を呑《の》むのが聞《き》こえた。

「【ひどいクラスメイト】くん！　血《ち》、血《ち》が出《で》てる！」

取《と》り乱《みだ》した様子《ようす》で彼女《かのじょ》はポケットからハンカチを出《だ》し、僕《ぼく》の左目《ひだりめ》の上《うえ》に当《あ》てた。出血《しゅっけつ》していたとは知《し》らなかった。では彼《かれ》の暴力《ぼうりょく》は、素手《すで》によるものではなかったのかもしれない。今《いま》さら凶器《きょうき》の正体《しょうたい》なんて知《し》りたくはなかったけれど。

それよりも、僕《ぼく》は、彼女《かのじょ》が僕《ぼく》に駆《か》け寄《よ》った後《あと》の立《た》ちすくむ彼《かれ》の表情《ひょうじょう》を見《み》ていた。その変化《へんか》の著《いちじる》しさは、筆舌《ひつぜつ》に尽《つ》くしがたい。感情《かんじょう》がこぼれ落《お》ちるとは、きっとこういうことなんだろうと思《おも》わせた。

「どうしたの？」「なんで血《ち》が」と続《つづ》ける彼女《かのじょ》。僕《ぼく》は彼《かれ》の感情《かんじょう》に目《め》を奪《うば》われていたので、彼女《かのじょ》の心配《しんぱい》を無視《むし》していたのだけれど、問題《もんだい》はなかった。説明《せつめい》は、彼《かれ》がしてくれた。

「桜良《さくら》……どうしてそんな奴《やつ》と……」

彼女《かのじょ》は僕《ぼく》の左眉《ひだりまゆ》のあたりにハンカチを添《そ》えたまま、彼《かれ》の方《ほう》へ振《ふ》り返《かえ》った。彼《かれ》の顔《かお》は、彼女《かのじょ》の顔《かお》を見《み》てだろう、また歪《ゆが》んだ。

「そんな奴《やつ》って……何《なに》……【ひどいクラスメイト】くんのこと？」

「そうだよ、そいつが桜良《さくら》に付《つ》きまとってるから、もうちょっかいを出《だ》さないように、俺《おれ》がやっつけてやった」

彼《かれ》は弁解《べんかい》をするように言《い》った。彼女《かのじょ》に、見直《みなお》してもらおうと思《おも》ったのだろうか。もう一《いち》度《ど》見《み》てほしいと思《おも》ったのだろうか。盲目的《もうもくてき》な彼《かれ》にはもう、彼女《かのじょ》の心《こころ》なんて見《み》えていない。

すっかり傍観者《ぼうかんしゃ》となってしまった僕《ぼく》は、ことの成《な》り行《ゆ》きを見守《みまも》るしかなかった。彼女《かのじょ》は固《かた》まってしまったように彼《かれ》の方《ほう》に顔《かお》をじっと向《む》けていた。腕《うで》だけが、僕《ぼく》の顔《かお》に当《あ》てられたハンカチに伸《の》びている。彼《かれ》は、褒《ほ》めてもらうつもりの子《こ》どものように半分笑《はんぶんわら》っていた。半《はん》分恐《ぶんおそ》れていた。

数秒後《すうびょうご》、彼《かれ》の顔《かお》は後者《こうしゃ》に傾《かたむ》いた。

彼女《かのじょ》が、硬直《こうちょく》の時間《じかん》に溜《た》めたお腹《なか》の中《なか》の感情《かんじょう》を全《すべ》て吐《は》きだすように、一言《ひとこと》だけ彼《かれ》に贈《おく》った。


「…………最低《さいてい》」


言葉《ことば》に、彼《かれ》は呆気《あっけ》に取《と》られた顔《かお》をした。

間《ま》もなく、彼女《かのじょ》は僕《ぼく》に振《ふ》り返《かえ》った。その顔《かお》を見《み》て、僕《ぼく》は少《すく》なからず驚《おどろ》いた。彼女《かのじょ》の表情《ひょうじょう》の豊《ゆた》かさは、明《あか》るい方向《ほうこう》にだけ拡《ひろ》がっていると勘違《かんちが》いしていた。怒《おこ》っていても、泣《な》いていても、明《あか》るい。そう勘違《かんちが》いしていた。

彼女《かのじょ》でも、こんな顔《かお》をするんだ。

こんな、誰《だれ》かを傷《きず》つけるためみたいな。

彼女《かのじょ》はすぐに僕《ぼく》に向《む》けた表情《ひょうじょう》を変《か》えた。戸惑《とまど》いと笑顔《えがお》が混在《こんざい》していた。彼女《かのじょ》に促《うなが》され、僕《ぼく》は立《た》ちあがった。ズボンもシャツも既《すで》にずぶ濡《ぬ》れだったけれど、夏《なつ》でよかった。寒《さむ》くはない。気温《きおん》と、彼女《かのじょ》に握《にぎ》られた腕《うで》が原因《げんいん》だった。

僕《ぼく》が鞄《かばん》を拾《ひろ》うと、彼女《かのじょ》は僕《ぼく》の腕《うで》を強《つよ》く引《ひ》っ張《ぱ》り彼《かれ》の立《た》つ方向《ほうこう》へと歩《ある》きだした。彼《かれ》の顔《かお》を見《み》る。彼《かれ》の呆《ほう》けた顔《かお》を見《み》て、僕《ぼく》は今後《こんご》、彼《かれ》が僕《ぼく》のものを盗《と》ったりすることはないだろうと確信《かくしん》した。

彼《かれ》の横《よこ》を通《とお》り過《す》ぎ、そのまま彼女《かのじょ》の推進力《すいしんりょく》のまま行《い》くものだと思《おも》っていた僕《ぼく》は、突然《とつぜん》立《た》ち止《ど》まった彼女《かのじょ》の背中《せなか》にぶつかりそうになった。二人《ふたり》の傘《かさ》がぶつかって大粒《おおつぶ》のしずくが落《お》ちる。

彼女《かのじょ》は、振《ふ》り返《かえ》らずに、静《しず》かで大《おお》きな声《こえ》でこう言《い》った。

「私《わたし》、もうタカヒロを嫌《きら》いになったから。二度《にど》と、私《わたし》と私《わたし》の周《まわ》りの人達《ひとたち》に何《なに》もしないで」

タカヒロと呼《よ》ばれた彼《かれ》は、何《なに》も言《い》わなかった。最後《さいご》に彼《かれ》の背中《せなか》を見《み》ると、彼《かれ》は泣《な》いているように見《み》えた。

僕《ぼく》はそれから彼女《かのじょ》の家《いえ》に引《ひ》っ張《ぱ》っていかれた。無言《むごん》で家《いえ》にあげられ、タオルと着替《きが》えを渡《わた》されてシャワーを浴《あ》びろと言《い》われた。僕《ぼく》は遠慮《えんりょ》なくそうさせてもらうことにした。男物《おとこもの》のT《ティー》シャツとパンツとジャージを借《か》りて、初《はじ》めて彼女《かのじょ》に年《とし》の離《はな》れた兄《あに》がいることを知《し》った。僕《ぼく》は彼女《かのじょ》の家族構成《かぞくこうせい》すら知《し》らなかった。

着替《きが》えてから、二階《にかい》にある彼女《かのじょ》の部屋《へや》に呼《よ》ばれた。部屋《へや》に入《はい》ると、彼女《かのじょ》が床《ゆか》に正座《せいざ》していた。

そこから僕《ぼく》は、彼女《かのじょ》と人生《じんせい》で初《はじ》めての経験《けいけん》をした。人《ひと》との関《かか》わりの乏《とぼ》しい僕《ぼく》には、二人《ふたり》でただひたすらに素直《すなお》な言葉《ことば》を紡《つむ》ぐ作業《さぎょう》の名前《なまえ》がなんなのか分《わ》からなかった。だから、彼女《かのじょ》の言葉《ことば》を借《か》りる。

彼女《かのじょ》はそれを仲直《なかなお》りと呼《よ》んだ。

それは、今《いま》まで体験《たいけん》したどんな人間《にんげん》との関《かか》わりよりも、痒《かゆ》くて恥《は》ずかしいものだった。彼女《かのじょ》は僕《ぼく》に謝《あやま》った。僕《ぼく》も彼女《かのじょ》に謝《あやま》った。彼女《かのじょ》は僕《ぼく》に説明《せつめい》した。君《きみ》が困《こま》った顔《かお》をして笑《わら》ってくれると思《おも》った、と。だから僕《ぼく》も説明《せつめい》した。なぜだか分《わ》からないけれど、馬鹿《ばか》にされたような気《き》がして腹《はら》がたった、と。雨《あめ》の中《なか》、彼女《かのじょ》が追《お》ってきたのは、このまま険悪《けんあく》になるのは絶対《ぜったい》に嫌《いや》だと思《おも》ったから、僕《ぼく》に押《お》し倒《たお》されて泣《な》いたのは単純《たんじゅん》に男《おとこ》の子《こ》の力《ちから》が怖《こわ》かったから、そう聞《き》いた。

僕《ぼく》は、ひたすらに心《こころ》の底《そこ》から謝《あやま》った。

途中《とちゅう》、雨《あめ》の中置《なかお》き去《ざ》りにしてきた彼《かれ》のことが気《き》になって話《はなし》に出《だ》した。うちのクラスの学級委員《がっきゅういいん》はやはり、彼女《かのじょ》の前《まえ》の恋人《こいびと》だった。僕《ぼく》は雨《あめ》の中《なか》で思《おも》ったことを正直《しょうじき》に言《い》った。僕《ぼく》といるよりは、例《たと》えば彼《かれ》のように君《きみ》を本気《ほんき》で想《おも》っている人《ひと》といた方《ほう》がいい。僕《ぼく》らは、あの日《ひ》に病院《びょういん》で偶然《ぐうぜん》に出会《であ》ったに過《す》ぎないんだから。

言《い》うと、僕《ぼく》は彼女《かのじょ》に叱《しか》られた。

「違《ちが》うよ。偶然《ぐうぜん》じゃない。私達《わたしたち》は、皆《みんな》、自分《じぶん》で選《えら》んでここに来《き》たの。君《きみ》と私《わたし》がクラスが一緒《いっしょ》だったのも、あの日《ひ》病院《びょういん》にいたのも、偶然《ぐうぜん》じゃない。運命《うんめい》なんかでもない。君《きみ》が今《いま》までしてきた選択《せんたく》と、私《わたし》が今《いま》までしてきた選択《せんたく》が、私達《わたしたち》を会《あ》わせたの。私達《わたしたち》は、自分《じぶん》の意思《いし》で出会《であ》ったんだよ」

僕《ぼく》は、口《くち》を噤《つぐ》んだ。何《なに》も言《い》えなかった。本当《ほんとう》に、彼女《かのじょ》からは多《おお》くを学《まな》ぶ。果《は》たして、彼《かの》女《じょ》の命《いのち》が残《のこ》り一年《いちねん》ではなかったとして、もっと長《なが》かったとして、僕《ぼく》が今《いま》まで教《おそ》わった以《い》上《じょう》のことを、彼女《かのじょ》に教《おし》えられるだろうか。いや、きっとどんなに時間《じかん》があっても、足《た》りない。


濡《ぬ》れた制服《せいふく》を入《い》れる袋《ふくろ》と服《ふく》、そして約束《やくそく》の本《ほん》を借《か》りた。僕《ぼく》は手《て》に入《い》れた本《ほん》は順番《じゅんばん》に読《よ》む、だから本棚《ほんだな》に積《つ》み上《あ》げている本《ほん》が先《さき》になるから時間《じかん》がかかる、そう告《つ》げると、一年後《いちねんご》に返《かえ》してくれればいいと言《い》われた。つまり、僕《ぼく》は彼女《かのじょ》が死《し》ぬまで仲良《なかよ》くすることを誓《ちか》った。

次《つぎ》の日《ひ》、補習《ほしゅう》の授業《じゅぎょう》を受《う》けるために学校《がっこう》に行《い》くと、上靴《うわぐつ》は消《き》えていなかった。

教室《きょうしつ》に行《い》くと彼女《かのじょ》はいなかった。一時間目《いちじかんめ》になっても彼女《かのじょ》は学校《がっこう》に来《こ》なかった。次《つぎ》の時間《じかん》も、次《つぎ》の時間《じかん》も。放課後《ほうかご》の時間《じかん》になっても、彼女《かのじょ》の姿《すがた》は見当《みあ》たらなかった。

なぜ彼女《かのじょ》が来《こ》なかったのか、知《し》ったのはその日《ひ》の夜《よる》のことだった。

彼女《かのじょ》は、入院《にゅういん》していた。

6

僕《ぼく》と彼女《かのじょ》が再会《さいかい》したのは、その週《しゅう》の土曜日《どようび》、病室《びょうしつ》でのことだ。午前中《ごぜんちゅう》の天気《てんき》は曇《くも》りで、過《す》ごしやすい気温《きおん》だった。僕《ぼく》は彼女《かのじょ》からメールで面会可能《めんかいかのう》な時間帯《じかんたい》を教《おし》えられて、いわゆる見舞《みま》いに来《き》ていた。来《き》ていた、というか呼《よ》びだされたわけだけれど。

彼女《かのじょ》は一人用《ひとりよう》の病室《びょうしつ》にいた。僕《ぼく》が到着《とうちゃく》した時《とき》には他《ほか》に見舞《みま》い客《きゃく》はなく、彼女《かのじょ》はよくある病人服《びょうにんふく》を着《き》て腕《うで》から管《くだ》をぶらさげ、窓《まど》に向《む》かって変《へん》なダンスをしていた。背後《はいご》から声《こえ》をかけると彼女《かのじょ》は跳《と》び上《あ》がって驚《おどろ》き、ギャーギャーと騒《さわ》ぎながら布団《ふとん》にもぐりこんだ。ベッドの脇《わき》に置《お》いてあったパイプ椅子《いす》に座《すわ》って騒《さわ》ぎ終《お》わるのを待《ま》っていると、彼女《かのじょ》は急《きゅう》に静《しず》かになって、何事《なにごと》もなかったみたいにベッドの上《うえ》に座《すわ》り直《なお》した。彼女《かのじょ》の突発性《とっぱつせい》は時《とき》と場所《ばしょ》を選《えら》ばない。

「急《きゅう》に来《こ》ないでよね、恥《は》ずかしさで先《さき》に死《し》んじゃうかと思《おも》ったよ」

「そんな前代未聞《ぜんだいみもん》の死《し》に方《かた》を君《きみ》がしたら、僕《ぼく》が生涯《しょうがい》の笑《わら》い話《ばなし》にしてあげるよ。はい、これ、お見舞《みま》い」

「えーいいのに！　あ、苺《いちご》だ！　食《た》べようよ。そこの棚《たな》にお皿《さら》とか入《はい》ってるから取《と》って」

僕《ぼく》は彼女《かのじょ》の指示《しじ》通《どお》りに近《ちか》くの白《しろ》い棚《たな》から皿《さら》とフォークを二《に》セット、それとナイフを出《だ》して椅子《いす》に座《すわ》り直《なお》した。ちなみに苺《いちご》は、クラスメイトの見舞《みま》いに行《い》くと言《い》ったら親《おや》がくれたお金《かね》で買《か》った。

へたを取《と》った苺《いちご》を食《た》べながら、僕《ぼく》は彼女《かのじょ》に病状《びょうじょう》について訊《き》いた。

「全然大丈夫《ぜんぜんだいじょうぶ》だよ。ちょっと数値《すうち》が変《へん》だったからお父《とう》さんとお母《かあ》さんが心配《しんぱい》して入院騒《にゅういんさわ》ぎになったけど、別《べつ》に私《わたし》は平気《へいき》。二週間《にしゅうかん》くらい入院《にゅういん》して特別《とくべつ》な薬《くすり》を体《からだ》に入《い》れて、そしたらまた学校《がっこう》行《い》くよ」

「その頃《ころ》にはもう補習《ほしゅう》も終《お》わって、ちゃんと夏休《なつやす》みだよ」

「あ、そっか。じゃあ君《きみ》とも夏休《なつやす》みの予定《よてい》たてなきゃね」

僕《ぼく》は彼女《かのじょ》の腕《うで》から伸《の》びる管《くだ》の先《さき》を見《み》た。キャスター付《つ》きの鉄《てつ》の棒《ぼう》にぶら下《さ》げられた袋《ふくろ》の中《なか》に、透明《とうめい》な液体《えきたい》が入《はい》っている。一《ひと》つの疑問《ぎもん》が浮《う》かんだ。

「他《ほか》の、例《たと》えば親友《しんゆう》さん、キョウコさんとかにはなんて言《い》ってるの？」

「キョウコ達《たち》には盲腸《もうちょう》の手術《しゅじゅつ》だって言《い》っといたよ。病院側《びょういんがわ》も口裏合《くちうらあ》わせてくれてる。結構心配《けっこうしんぱい》してくれてるみたいだからさぁ、ますます本当《ほんとう》のこと言《い》いにくくなってきたよぉ。数日前《すうじつまえ》、私《わたし》をベッドに押《お》し倒《たお》した【仲良《なかよ》し】くんはどう思《おも》う？」

「んー、せめて親友《しんゆう》さん、キョウコさんにはいつかはちゃんと言《い》うべきだと思《おも》うけどね。

最後《さいご》は、数日前《すうじつまえ》に僕《ぼく》に抱《だ》きついてきた君《きみ》の考《かんが》えを尊重《そんちょう》すべきかな」

「ていうか思《おも》い出《だ》させないでよ！　恥《は》ずかしい！　死《し》ぬ前《まえ》に押《お》し倒《たお》されたこと、キョウコにばらすから、大人《おとな》しく殺《ころ》されてね」

「君《きみ》は親友《しんゆう》を犯罪者《はんざいしゃ》にしようとしてるんだよ、なんて罪深《つみぶか》い」

「っていうか親友《しんゆう》さんって何《なに》？」

「キョウコさんを僕《ぼく》は心《こころ》の中《なか》で親友《しんゆう》さんと呼《よ》んでいるんだ。親《した》しみを込《こ》めて」

「他人行儀《たにんぎょうぎ》にしか聞《き》こえないよ。課長《かちょう》さんみたいな意味《いみ》でしょ？」

彼女《かのじょ》は呆《あき》れたように肩《かた》をすくめた。いつもの彼女《かのじょ》となんら変《か》わらない様子《ようす》で。

病状《びょうじょう》についてメールでは聞《き》いていたけれど、実際《じっさい》に元気《げんき》な彼女《かのじょ》に会《あ》ってほっとした。実《じつ》は急《きゅう》に死期《しき》が早《はや》まったのではないかと危惧《きぐ》していた。彼女《かのじょ》を見《み》る限《かぎ》り、そんな様子《ようす》はなさそうだ。表情《ひょうじょう》も明《あか》るく、動《うご》きもきびきびとしている。

安心《あんしん》した僕《ぼく》は、鞄《かばん》の中《なか》から新《あたら》しく買《か》ってきたまっさらなノートを取《と》り出《だ》す。

「さて、おやつを食《た》べ終《お》わったところでお勉強《べんきょう》の時間《じかん》だ」

「えー、もうちょっとゆっくりしてからにしようよー」

「君《きみ》にこれを頼《たの》まれて来《き》たんだよ。それに、ずっとここでゆっくりしてるでしょ」

僕《ぼく》が今日《きょう》病院《びょういん》に来《き》たのは、久《ひさ》しぶりに彼女《かのじょ》に会《あ》うため以外《いがい》にもきちんとした理由《りゆう》があった。彼女《かのじょ》が学校《がっこう》に来《こ》られなかった数日分《すうじつぶん》、補習《ほしゅう》で習《なら》ったことをまとめて教《おし》えに来《く》るよう彼女《かのじょ》に頼《たの》まれたのだった。即答《そくとう》で快諾《かいだく》すると、僕《ぼく》がいやに素直《すなお》なことに彼女《かのじょ》は驚《おどろ》いていた。まったく、失礼《しつれい》な話《はなし》だ。

新《あたら》しいノートを彼女《かのじょ》に渡《わた》してペンを持《も》たせ、僕《ぼく》は補習内容《ほしゅうないよう》を要約《ようやく》して彼女《かのじょ》に伝《つた》えた。僕《ぼく》の主観《しゅかん》で、覚《おぼ》えなくてもいいと感《かん》じた部分《ぶぶん》はカットして、短縮授業《たんしゅくじゅぎょう》にした。彼女《かのじょ》は、一応《いちおう》は真面目《まじめ》に聞《き》いてくれた。休憩《きゅうけい》を挟《はさ》みながら、一時間半《いちじかんはん》ほどで僕《ぼく》のなんちゃって授《じゅ》業《ぎょう》は終《お》わった。

「ありがとね、【仲良《なかよ》し】くん教《おし》えるの上手《うま》いなぁ、教師《きょうし》になりなよ」

「嫌《いや》だよ。どうして君《きみ》は、そう人間《にんげん》と関《かか》わる仕事《しごと》ばっかり提案《ていあん》してくるわけ？」

「死《し》ななかったら、本当《ほんとう》は私《わたし》がやりたかったことを代《か》わりにやってもらおうとしてるのかも」

「そういうこと言《い》われると、無下《むげ》に断《ことわ》ってる僕《ぼく》が悪《わる》いみたいだからやめてよ」

彼女《かのじょ》はクスクス笑《わら》いながら、ノートをベッドの横《よこ》の茶色《ちゃいろ》い棚《たな》の上《うえ》に置《お》いた。その棚《たな》の上《うえ》には雑誌《ざっし》や漫画本《まんがぼん》などが並《なら》べて置《お》いてある。彼女《かのじょ》みたいな行動的《こうどうてき》な人間《にんげん》には、この病室《びょうしつ》はさぞかし退屈《たいくつ》なことだろう。そりゃあ、変《へん》なダンスも踊《おど》る。

時刻《じこく》は正午前《しょうごまえ》だった。お昼頃《ひるごろ》に親友《しんゆう》さんが見舞《みま》いに来《く》ると知《し》らされていた僕《ぼく》は、十二《じゅうに》時《じ》には帰《かえ》るつもりだった。そのことを彼女《かのじょ》に告《つ》げると「ガールズトークに加《くわ》わればいいのに」と誘《さそ》われたので、丁重《ていちょう》にお断《ことわ》りした。教師《きょうし》の真似事《まねごと》でそろそろお腹《なか》も空《す》いてきていたし、何《なに》より彼女《かのじょ》の無事《ぶじ》を確認《かくにん》しただけで今日《きょう》の僕《ぼく》は満足《まんぞく》していた。

「じゃあ帰《かえ》る前《まえ》に、手品見《てじなみ》てよ、手品《てじな》」

「へえ、もう覚《おぼ》えたの？」

「簡単《かんたん》なのだけだよ。練習中《れんしゅうちゅう》なのは何個《なんこ》かあるけどね」

彼女《かのじょ》が披露《ひろう》したのは、トランプを使《つか》った手品《てじな》だった。相手《あいて》が選《えら》んだカードを見《み》ずに当《あ》てるというもので、この短期間《たんきかん》で身《み》につけたにしては上出来《じょうでき》だと思《おも》った。トリックは、手品《てじな》について勉強《べんきょう》したことのない僕《ぼく》には分《わ》からなかった。

「次《つぎ》はもっと難《むずか》しいのをやるから、期待《きたい》してててね！」

「期待《きたい》してるよ、最後《さいご》は燃《も》え盛《さか》る箱《はこ》からの脱出《だっしゅつ》マジックかな」

「火葬場《かそうば》でってこと？　それは無理《むり》だよー」

「だからそういうジョークは」

「桜良《さくら》ー、元気《げんき》ぃ…………って、また？」

快活《かいかつ》な声《こえ》に僕《ぼく》は思《おも》わず振《ふ》り返《かえ》ってしまう。元気《げんき》に病室《びょうしつ》に入《はい》ってきた親友《しんゆう》さんは、顔《かお》を歪《ゆが》めて僕《ぼく》を見《み》ていた。最近《さいきん》、親友《しんゆう》さんの僕《ぼく》に対《たい》する態度《たいど》があからさまになってきている気《き》がする。このままでは、彼女《かのじょ》の死後《しご》に親友《しんゆう》さんと仲良《なかよ》くするという依頼《いらい》を実現《じつげん》できそうにない。

椅子《いす》から立《た》ちあがり、彼女《かのじょ》に軽《かる》い別《わか》れの言葉《ことば》を告《つ》げて、僕《ぼく》は帰《かえ》ることにした。親友《しんゆう》さんが明《あき》らかに僕《ぼく》を睨《にら》んできていたので、目《め》を合《あ》わせないようにする。猛獣《もうじゅう》と目《め》を合《あ》わせてはいけないと昨夜《さくや》の動物番組《どうぶつばんぐみ》で言《い》っていた。

ところが、このままお互《たが》い別《べつ》の生《い》き物《もの》として干渉《かんしょう》することなく別《わか》れられると思《おも》っていた僕《ぼく》の希望的観測《きぼうてきかんそく》をよそに、ベッドの上《うえ》の彼女《かのじょ》がとんでもないことを思《おも》い出《だ》して、言《い》った。

「【仲良《なかよ》し】くん、そういえばこの前貸《まえか》したお兄《にい》ちゃんのジャージとパンツは？」

「あ……」

これほど自分《じぶん》のうっかりを呪《のろ》ったことはない。今日《きょう》、僕《ぼく》の鞄《かばん》の中《なか》には以前借《いぜんか》りた彼女《かのじょ》のお兄《にい》さんの服《ふく》が入《はい》っていて、それを返《かえ》すつもりだったのに忘《わす》れていた。

しかし、何《なに》も今言《いまい》うことではない。

振《ふ》り返《かえ》ると、彼女《かのじょ》のニヤニヤとした顔《かお》と、ベッドの側《そば》に移動《いどう》した親友《しんゆう》さんが驚愕《きょうがく》の表情《ひょうじょう》を浮《う》かべているのが見《み》えた。僕《ぼく》はできるだけ動揺《どうよう》を悟《さと》られないように、鞄《かばん》の中《なか》からビニール袋《ぶくろ》に入《い》れた洋服一式《ようふくいっしき》を取《と》り出《だ》し、彼女《かのじょ》に渡《わた》した。

「どうもー」

彼女《かのじょ》はまだニヤニヤとしていて、僕《ぼく》と親友《しんゆう》さんを見比《みくら》べた。僕《ぼく》も、ちらりとだけ親友《しんゆう》さんに視線《しせん》をやった。怖《こわ》いもの見《み》たさという愚《おろ》かな欲求《よっきゅう》が僕《ぼく》にもあったのだろう。親友《しんゆう》さんは、既《すで》に驚愕《きょうがく》を引《ひ》っ込《こ》めていて、代《か》わりに人《ひと》を殺《ころ》せそうな目《め》で僕《ぼく》を見《み》ていた。心《こころ》なしか、ライオンのように喉《のど》を鳴《な》らしているような気《き》もする。

僕《ぼく》は即座《そくざ》に親友《しんゆう》さんから目《め》を逸《そ》らし、早足《はやあし》で病室《びょうしつ》を出《で》た。退室《たいしつ》する直前《ちょくぜん》、親友《しんゆう》さんが極《きわ》めて低《ひく》い声《こえ》で「パンツって何《なに》？」と彼女《かのじょ》に詰《つ》め寄《よ》るのが聞《き》こえた。僕《ぼく》は、面倒《めんどう》なことに巻《ま》き込《こ》まれないようにとますます足《あし》を速《はや》く回転《かいてん》させた。

週《しゅう》が明《あ》けて月曜日《げつようび》、真面目《まじめ》に学校《がっこう》に行《い》くと教室《きょうしつ》では僕《ぼく》にとって極《きわ》めて心外《しんがい》な噂《うわさ》が蔓延《まんえん》していた。

どうも、僕《ぼく》が彼女《かのじょ》のストーカーをやっているという噂《うわさ》らしい。聞《き》いたのは、恒例行事《こうれいぎょうじ》的《てき》にガムをすすめてくる彼《かれ》からだった。何《なに》を馬鹿《ばか》な、と僕《ぼく》が顔《かお》をしかめると、彼《かれ》はやはり面白《おもしろ》そうにガムをすすめてきたので丁重《ていちょう》にお断《ことわ》りした。

噂《うわさ》がたった経緯《けいい》をなんとなく想像《そうぞう》してみた。きっと、中途半端《ちゅうとはんぱ》に僕《ぼく》と彼女《かのじょ》を目撃《もくげき》した幾人《いくにん》かの証言《しょうげん》が、彼女《かのじょ》がいるところにいつも僕《ぼく》がいるという情報《じょうほう》に書《か》き換《か》えられ、それを聞《き》いた僕《ぼく》を快《こころよ》く思《おも》わない人々《ひとびと》が悪意《あくい》を持《も》ってストーカーと評《ひょう》したのが、まるで事実《じじつ》のように噂《うわさ》になった、と僕《ぼく》の想像力《そうぞうりょく》ではこの辺《へん》が限界《げんかい》だけれど、事実《じじつ》に近《ちか》いのではないだろうか。

そんな筋道《すじみち》が仮《かり》にあったとしても、あまりにも事実無根《じじつむこん》な噂《うわさ》に、僕《ぼく》は呆《あき》れる。何《なに》がって、クラス中《じゅう》のほとんどの人々《ひとびと》が僕《ぼく》の方《ほう》を見《み》てひそひそストーカーだの気《き》をつけた方《ほう》がいいだのと、噂《うわさ》を信《しん》じ切《き》っていることだ。

もう一度《いちど》言《い》う。僕《ぼく》は、心底呆《しんそこあき》れる。どうして彼《かれ》らは多数派《たすうは》の考《かんが》えが正《ただ》しいと信《しん》じているのだろうか。きっと彼《かれ》らは、三十人《さんじゅうにん》も集《あつ》まれば人《ひと》も平気《へいき》で殺《ころ》してしまうのではないか。自分《じぶん》に正当性《せいとうせい》があると信《しん》じてさえいれば、どんなことでもしてしまうのではないか。それが人間性《にんげんせい》でなく、機械的《きかいてき》なシステムであることにも気《き》づかずに。

もしかするとことがエスカレートし、僕《ぼく》に対《たい》するいじめが発生《はっせい》するのではないかと考《かんが》えていたのだけれど、それは僕《ぼく》の自意識過剰《じいしきかじょう》だった。はっきり言《い》って彼《かれ》らが本当《ほんとう》に興味《きょうみ》があるのは彼女《かのじょ》であって、付《つ》きまとっている僕《ぼく》ではない。いや、付《つ》きまとってはないけれども。

だから、彼《かれ》らが僕《ぼく》に対《たい》するアクションというなんの利益《りえき》もない面倒臭《めんどうくさ》いことをする必要《ひつよう》はない。毎日登校《まいにちとうこう》する度《たび》に睨《にら》んでくれる親友《しんゆう》さんに関《かん》しては、興味《きょうみ》というか敵意《てきい》を持《も》ってくれているだけなので、あれはただ怖《こわ》い。

そういう話《はなし》を、火曜日二回目《かようびにかいめ》の見舞《みま》いに行《い》った時《とき》にすると、彼女《かのじょ》は膵臓《すいぞう》を抱《かか》えてどぅわっはっはっはと笑《わら》った。

「キョウコも皆《みんな》も【仲良《なかよ》し】くんも面白《おもしろ》いなー」

「君《きみ》は陰口《かげぐち》を面白《おもしろ》いって思《おも》うタイプなの？　ひどい人間《にんげん》だ」

「皆《みんな》がさ、今《いま》まで関《かか》わらなかった君《きみ》と意味分《いみわ》かんない形《かたち》で関《かか》わってんのが面白《おもしろ》いの。それで、君《きみ》はどうしてそういう状況《じょうきょう》に陥《おちい》ってるのか分《わ》かってる？」

「君《きみ》と一緒《いっしょ》にいるからでしょ？」

「私《わたし》のせいにする気《き》？　違《ちが》うよ、君《きみ》がきちんと皆《みんな》と話《はな》さないからだよ」

彼女《かのじょ》はベッドの上《うえ》でみかんの皮《かわ》をむきながら断言《だんげん》した。

「皆《みんな》は【仲良《なかよ》し】くんの人間性《にんげんせい》を知《し》らないから、そういう風《ふう》に思《おも》っちゃうのさ。互《たが》いの勘違《ちが》いをなくすためにも、君《きみ》は皆《みんな》と仲良《なかよ》くするべきだと思《おも》うな」

「誰《だれ》の得《とく》にもならないことはしないよ」

彼女《かのじょ》がいなくなったら一人《ひとり》になる僕《ぼく》にも、彼女《かのじょ》がいなくなれば僕《ぼく》のことを忘《わす》れるクラスメイト達《たち》にも、必要《ひつよう》のないことだ。

「皆《みんな》もね、ちゃんと君《きみ》のことを知《し》ったらさ、君《きみ》が面白《おもしろ》い人《ひと》だってちゃんと分《わ》かってくれると思《おも》うし。それに今《いま》だって、本当《ほんとう》は【仲良《なかよ》し】くんのこと悪《わる》い風《ふう》には思《おも》ってないと思《おも》うよ」

馬鹿《ばか》なことを言《い》う、とみかんの皮《かわ》をむきながら思《おも》った。

「君《きみ》やキョウコさん以外《いがい》は、僕《ぼく》のことを【地味《じみ》なクラスメイト】か、それ以下《いか》にしか思《おも》ってないよ」

「それは本人達《ほんにんたち》に訊《き》いたの？」

彼女《かのじょ》は、僕《ぼく》の人間性《にんげんせい》の核心《かくしん》を衝《つ》くように首《くび》を傾《かし》げた。

「訊《き》いてないよ。でも、そうだと思《おも》う」

「そんなの本人《ほんにん》に訊《き》いてもないのに分《わ》かんないじゃん。ただの【仲良《なかよ》し】くんの想像《そうぞう》でしょ？　正《ただ》しいとは限《かぎ》らないじゃない」

「正《ただ》しくても正《ただ》しくなくてもいいんだ、どうせ誰《だれ》とも関《かか》わらないんだし、ただの僕《ぼく》の想像《そうぞう》だから。僕《ぼく》がそう思《おも》ってるだけ。名前《なまえ》を呼《よ》ばれた時《とき》に、僕《ぼく》はその人《ひと》が僕《ぼく》をどう思《おも》ってるか想像《そうぞう》するのが趣味《しゅみ》なんだよ」

「なあにその自己完結《じこかんけつ》。自己完結系男子《じこかんけつけいだんし》なの？」

「違《ちが》うよ、自己完結《じこかんけつ》の国《くに》から来《き》た自己完結王子《じこかんけつおうじ》なんだ。敬《うやま》ってよ」

彼女《かのじょ》は白《しら》けた顔《かお》でみかんをむさぼった。彼女《かのじょ》に僕《ぼく》の価値観《かちかん》を理解《りかい》してもらおうとは思《おも》わなかった。彼女《かのじょ》は僕《ぼく》とは反対《はんたい》の人間《にんげん》なのだから。

彼女《かのじょ》は人《ひと》と関《かか》わることで生《い》きてきた人間《にんげん》だ。表情《ひょうじょう》や人間性《にんげんせい》が、それを物語《ものがた》っている。反《はん》して僕《ぼく》はというと、家族以外全《かぞくいがいすべ》ての人間関係《にんげんかんけい》を頭《あたま》の中《なか》での想像《そうぞう》で完結《かんけつ》させてきた。好《す》かれるのも嫌《きら》われるのも僕《ぼく》の想像《そうぞう》で、自分《じぶん》に危害《きがい》が及《およ》ばなければ好《す》き嫌《きら》いすらどちらでもいいと思《おも》って生《い》きてきた。人《ひと》との関《かか》わりを最初《さいしょ》から諦《あきら》めて生《い》きてきた。彼女《かのじょ》とは、正反対《せいはんたい》の、周《まわ》りから必要《ひつよう》とされない人間《にんげん》。それでいいのかと訊《き》かれたら、困《こま》るけれど。

みかんを食《た》べ終《お》わった彼女《かのじょ》は、丁寧《ていねい》にむいた皮《かわ》を折《お》り畳《たた》んでゴミ箱《ばこ》に投《な》げた。皮《かわ》ボールは見事《みごと》にゴミ箱《ばこ》に入《はい》り、それしきのことで彼女《かのじょ》は嬉《うれ》しそうに拳《こぶし》を握《にぎ》る。

「ちなみに、私《わたし》は君《きみ》のことをどう思《おも》ってると思《おも》う？」

「さあ、『仲良《なかよ》し』とかじゃないの？」

僕《ぼく》の妥当《だとう》な答《こた》えに、彼女《かのじょ》は唇《くちびる》を尖《とが》らせた。

「ぶー、はーずれ。前《まえ》はそうだと思《おも》ってたけどね」

独特《どくとく》な彼女《かのじょ》の言《い》い回《まわ》しに僕《ぼく》は首《くび》を傾《かし》げる。そうだと思《おも》っていた、というのはつまり、他《ほか》の考《かんが》えに変《か》わったのではなく、自分《じぶん》の考《かんが》えが違《ちが》う種類《しゅるい》のものだと気《き》がついたということだろうか。少《すこ》しだけ、興味《きょうみ》があった。

「じゃあ、どう思《おも》ってるの？」

「教《おし》えたら人間関係《にんげんかんけい》、面白《おもしろ》くないでしょ。人間《にんげん》は相手《あいて》が自分《じぶん》にとって何者《なにもの》か分《わ》からないから、友情《ゆうじょう》も恋愛《れんあい》も面白《おもしろ》いんだよ」

「やっぱり君《きみ》はその考《かんが》え方《かた》なんだね」

「あれ？　前《まえ》にもしたっけこの話《はなし》」

本気《ほんき》で忘《わす》れているのか、彼女《かのじょ》は不思議《ふしぎ》そうに眉《まゆ》をひそめた。その様子《ようす》がおかしく、僕《ぼく》は笑《わら》ってしまった。第三者的《だいさんしゃてき》な僕《ぼく》が、人《ひと》に対《たい》して素直《すなお》に笑《わら》う自分《じぶん》を見《み》ていた。いつの間《ま》にそんな人間《にんげん》になれたのだろうかと、訝《いぶか》しがり、反面《はんめん》、感心《かんしん》していた。僕《ぼく》をそうしたのは、間《ま》違《ちが》いなく目《め》の前《まえ》の彼女《かのじょ》だった。いいことなのか悪《わる》いことなのかは誰《だれ》にも分《わ》からないだろうけれど。とにかく随分《ずいぶん》と、僕《ぼく》は変《か》わってしまった。

笑《わら》う僕《ぼく》を見《み》て、彼女《かのじょ》は目《め》を細《ほそ》めた。

【？？？？】くんがすっごくいい人《ひと》だって、皆《みんな》に教《おし》えてあげたい」

穏《おだ》やかな彼女《かのじょ》の声《こえ》。自分《じぶん》を押《お》し倒《たお》した男《おとこ》に、よくもそんなことが言《い》えるものだ。僕《ぼく》は一《いっ》生《しょう》あれを悔《く》いるだろうというのに。

「皆《みんな》にはともかく、キョウコさんには教《おし》えておいてよ。怖《こわ》いんだよ」

「言《い》ってるんだけどね。あの子《こ》、親友想《しんゆうおも》いだから君《きみ》が私《わたし》をたぶらかしてると思《おも》ってるんだよ」

「君《きみ》の情報伝達能力《じょうほうでんたつのうりょく》に問題《もんだい》があるんだろうね。キョウコさんは頭《あたま》が良《よ》さそうだし」

「え、何《なに》、キョウコをべた褒《ぼ》めして。私《わたし》が死《し》んだ後《あと》はキョウコを弄《もてあそ》ぼうとしてるの？流石《さすが》の私《わたし》もひくわー」

彼女《かのじょ》のオーバーリアクションを僕《ぼく》は白《しら》けた顔《かお》でみかんをむさぼりながら見《み》てやった。彼《かの》女《じょ》が面白《おもしろ》くなさそうにベッドに座《すわ》り直《なお》したので僕《ぼく》はまた笑《わら》ってしまう。

「じゃあ、今日《きょう》の手品《てじな》はね」

今回《こんかい》彼女《かのじょ》が習得《しゅうとく》していたものは、コインを掌《てのひら》で操《あやつ》って消《け》したり出現《しゅつげん》させたりしているように見《み》せるものだった。段取《だんど》りに引《ひ》っかかりはあったものの、これまた前回同様《ぜんかいどうよう》、初心《しょしん》者《しゃ》にしては上等《じょうとう》なできだと思《おも》えた。何《なに》も知《し》らない僕《ぼく》から見《み》れば、彼女《かのじょ》にはもしかしたらその筋《すじ》の特別《とくべつ》な才能《さいのう》があるのではと思《おも》うくらいに。

「だってずっと練習《れんしゅう》してるもん！　時間《じかん》ないからさー」

時間《じかん》があるから練習《れんしゅう》できるのではないか？　と丁寧《ていねい》にツッコミを入《い》れそうになったけど、僕《ぼく》がジョークに甘《あま》くないことを彼女《かのじょ》に分《わ》からせるためにスルーした。

「これなら本当《ほんとう》に一年後《いちねんご》には凄《すご》いのができるようになってるかもね」

「うん、まー、ね！」

変《へん》な間《ま》の取《と》り方《かた》をする彼女《かのじょ》。ジョークを無視《むし》されたのが気《き》に入《い》らなかったのかもしれない。仕方《しかた》がないので、僕《ぼく》は素直《すなお》に彼女《かのじょ》の努力《どりょく》と成果《せいか》を褒《ほ》めてあげた。彼女《かのじょ》は上機嫌《じょうきげん》に笑《わら》った。

それで、二回目《にかいめ》の見舞《みま》いは彼女《かのじょ》になんの問題《もんだい》もなく終《お》わった。

僕個人《ぼくこじん》にとっての問題《もんだい》は、病院《びょういん》からの帰《かえ》り道《みち》で起《お》きた。

僕《ぼく》と言《い》えば、この世界《せかい》に存在《そんざい》する場所《ばしょ》の中《なか》で一番《いちばん》と言《い》っていいほど本屋《ほんや》が好《す》きで、この日《ひ》も病院《びょういん》から帰《かえ》る途中《とちゅう》、本屋《ほんや》に寄《よ》った。クーラーのよく効《き》いた店内《てんない》で僕《ぼく》は本《ほん》を物色《ぶっしょく》することにした。幸《さいわ》い、今日《きょう》は待《ま》たせてしまう女《おんな》の子《こ》は連《つ》れてきていなかったので、どれだけ時間《じかん》を使《つか》っても問題《もんだい》なかった。

僕《ぼく》には何《なん》にも誇《ほこ》れるものはないけれど、本《ほん》を読《よ》む時《とき》の集中力《しゅうちゅうりょく》にだけは自信《じしん》があった。例《たと》えばガムをすすめられたり、体《からだ》に染《し》みついているチャイムの音《おと》が鳴《な》らなければ、周《まわ》りのことには一切構《いっさいかま》わずいつまででも本《ほん》を一人《ひとり》の世界《せかい》で読《よ》み続《つづ》けていられるだろう。もし僕《ぼく》が草食動物《そうしょくどうぶつ》だったら、きっと違《ちが》う世界《せかい》のことに夢中《むちゅう》になって、近《ちか》くにいる肉食動物《にくしょくどうぶつ》に気《き》がつかず、すぐに食《た》べられてしまうと思《おも》う。

だから、文庫本《ぶんこぼん》の中《なか》の短編《たんぺん》を一篇《いっぺん》、立《た》ち読《よ》みで読《よ》み終《お》えて、久方《ひさかた》ぶりに少女《しょうじょ》が病気《びょうき》で命《いのち》を奪《うば》われるこの世界《せかい》に帰《かえ》って来《き》た時《とき》ようやく、僕《ぼく》は気《き》がつくことができた。

横《よこ》に、ライオンが立《た》っていた。

跳《と》び上《あ》がるくらいに僕《ぼく》は驚《おどろ》き、びびった。親友《しんゆう》さんは大《おお》きな鞄《かばん》を肩《かた》にかけ手元《てもと》で開《ひら》いた文庫本《ぶんこぼん》を見《み》ていた。でも、その意識《いしき》は明《あき》らかに僕《ぼく》をしとめようとしているのが分《わ》かった。ひょっとしたら、足音《あしおと》を立《た》てないようにこの場《ば》を離《はな》れれば逃《に》げられないだろうか。そんな僕《ぼく》の淡《あわ》すぎる期待《きたい》は、すぐに殺《ころ》された。

「あんた桜良《さくら》のことどう思《おも》ってるの？」

挨拶《あいさつ》も何《なに》もなく放《はな》たれた親友《しんゆう》さんのその一言《ひとこと》には、答《こた》えを誤《あやま》れば噛《か》みちぎるという迫《はく》力《りょく》があった。

僕《ぼく》は、背中《せなか》に冷《つめ》たい汗《あせ》が流《なが》れるのを感《かん》じながら、迷《まよ》った。どう答《こた》えるのが正解《せいかい》なのか。でも、考《かんが》えていて、気《き》がついた。親友《しんゆう》さんのその質問《しつもん》には、あの彼女《かのじょ》への想《おも》い以外《いがい》には何《なに》もつまっていないと。その誠実《せいじつ》さに、僕《ぼく》は、正直《しょうじき》に答《こた》える以外《いがい》の道《みち》を選《えら》べなかった。

「分《わ》からない」

それからの数秒間《すうびょうかん》の沈黙《ちんもく》が、親友《しんゆう》さんの迷《まよ》いだったのか、それとも殺気《さっき》を研《と》ぐ時間《じかん》だったのかは知《し》りようがない、でも気《き》がつくと、僕《ぼく》の腕《うで》はライオンの爪《つめ》に捕《つか》まえられていた。乱暴《らんぼう》にひき寄《よ》せられ、僕《ぼく》がよろめいた先《さき》、親友《しんゆう》さんは声《こえ》にドスを利《き》かせて言《い》った。

「あの子《こ》は、あんなんだけど、人一倍傷《ひといちばいきず》つきやすいの。中途半端《ちゅうとはんぱ》な気持《きも》ちであの子《こ》に近《ちか》づくのはやめて。もしそんなんで桜良《さくら》を傷《きず》つけたら、私《わたし》が、殺《ころ》すから」

殺《ころ》す、小学生《しょうがくせい》や中学生《ちゅうがくせい》が安易《あんい》に使《つか》う相手《あいて》を威嚇《いかく》する言葉《ことば》、それとは違《ちが》う、私《わたし》は本気《ほんき》、そうはっきりと僕《ぼく》に伝《つた》わった親友《しんゆう》さんの宣言《せんげん》。僕《ぼく》は、身震《みぶる》いをした。

それ以上《いじょう》は何《なに》も言《い》わずに親友《しんゆう》さんは去《さ》った。暴《あば》れまわる鼓動《こどう》をどうにか落《お》ち着《つ》けようと必死《ひっし》だった僕《ぼく》は、結局《けっきょく》たまたま本屋《ほんや》に入《はい》ってきたクラスメイトにガムをすすめられるまで、その場《ば》から動《うご》くことができなかった。

僕《ぼく》が彼女《かのじょ》をどう思《おも》っているのか、この日《ひ》の夜《よる》、僕《ぼく》は、そのことを真剣《しんけん》に考《かんが》えてみた。

でも、やっぱり答《こた》えなんて全《まった》く分《わ》からなかった。


僕《ぼく》が本屋《ほんや》で捕食《ほしょく》されそうになった次《つぎ》の日《ひ》、彼女《かのじょ》から突然《とつぜん》呼《よ》び出《だ》しのメールが来《き》た。過去《か こ》二回《に かい》、病院《びょういん》への呼《よ》び出《だ》しの連絡《れんらく》は前日《ぜんじつ》までに来《き》ていたので珍《めずら》しいことだった。何《なに》かあったのかと思《おも》いきや、そんなことは全《まった》くなく、僕《ぼく》が着《つ》くなり彼女《かのじょ》は思《おも》い切《き》りの笑顔《えがお》でこう言《い》った。

「病院《びょういん》から逃《に》げ出《だ》さない？」

彼女《かのじょ》は、思《おも》いついたいたずらをすぐに僕《ぼく》に披露《ひろう》したかっただけだった。

「やだよ、僕《ぼく》はまだ殺人犯《さつじんはん》になりたくないんだ」

「大丈夫《だいじょうぶ》だって、死《し》にかけの恋人《こいびと》が病院《びょういん》から抜《ぬ》け出《だ》して途中《とちゅう》で死《し》ぬって、お約束《やくそく》だから皆《みんな》許《ゆる》してくれるよ」

「君《きみ》の理論《りろん》だと、押《お》すなって言《い》ってる他人《たにん》を熱湯《ねっとう》に突《つ》き落《お》としても、許《ゆる》されることになるけど？」

「え、なるでしょ？」

「ならないよ。普通《ふつう》に傷害罪《しょうがいざい》だよ。だから病院《びょういん》から抜《ぬ》け出《だ》すなんてことは、君《きみ》の寿命《じゅみょう》を縮《ちぢ》めることを厭《いと》わない恋人《こいびと》とやって」

ちぇー、と彼女《かのじょ》はわりと本気《ほんき》で残念《ざんねん》そうに髪《かみ》を縛《しば》るゴムをくるくると指《ゆび》で回《まわ》した。僕《ぼく》は心外《しんがい》だった。まさか僕《ぼく》が、そんな彼女《かのじょ》を危険《きけん》にさらすような行動《こうどう》に乗《の》るとでも思《おも》っていたのか。そして意外《いがい》でもあった。冗談《じょうだん》とはいえ、彼女《かのじょ》が残《のこ》り少《すく》ない自分《じぶん》の命《いのち》を危険《きけん》にさらすような愚《おろ》かな行動《こうどう》をしようと提案《ていあん》してくるなんて。

もしかして、冗談《じょうだん》じゃなかったのだろうか。僕《ぼく》はいつもと変《か》わらない彼女《かのじょ》の笑顔《えがお》を見《み》て、すぐに溶《と》けて消《き》えてしまう程度《ていど》の違和感《いわかん》を抱《いだ》いた。

僕《ぼく》らはその後《ご》、「じゃあ病室《びょうしつ》から抜《ぬ》け出《だ》そう」という彼女《かのじょ》の提案《ていあん》で、一緒《いっしょ》に三階《さんかい》にある売店《ばいてん》へと向《む》かった。彼女《かのじょ》は右手《みぎて》から伸《の》びた管《くだ》がちぎれないように、マイクスタンドのようなもので丁寧《ていねい》に薬《くすり》を運《はこ》んで僕《ぼく》の前《まえ》を歩《ある》いた。こうして見《み》ると、まるで病人《びょうにん》だ。僕《ぼく》は、そう思《おも》った。

売店《ばいてん》の近《ちか》くのソファで、並《なら》んでアイスを食《た》べながら、彼女《かのじょ》は突然《とつぜん》に、こんな話《はなし》を切《き》り出《だ》した。きっかけや理由《りゆう》は分《わ》からなかった。

「ねえ、桜《さくら》がどうして春《はる》に咲《さ》くか知《し》ってる？」

「君《きみ》が、ってこと？　だとしたら意味《いみ》が分《わ》からない」

「違《ちが》うよ、一回《いっかい》でも私《わたし》が自分《じぶん》を名前《なまえ》で呼《よ》んだ？　ま、まさか私《わたし》以外《いがい》の桜《さくら》って女《おんな》と……浮《うわ》気性《きしょう》の男《おとこ》だったんだね、死《し》んだ方《ほう》がいいんじゃない？」

「天国《てんごく》が暇《ひま》そうだからって僕《ぼく》を線路《せんろ》に引《ひ》きずり込《こ》むのはやめてね。そうだ、君《きみ》の葬式《そうしき》はぜひ友引《ともびき》の日《ひ》にやったらいい」

「えー、友達《ともだち》には生《い》きていてほしいから駄目《だめ》だよ」

「僕《ぼく》なら死《し》んでいいと思《おも》ってる理由《りゆう》を原稿用紙《げんこうようし》に書《か》いて提出《ていしゅつ》してくれる？　で、桜《さくら》が春《はる》に咲《さ》く理由《りゆう》だっけ。そういう種類《しゅるい》の花《はな》だからじゃないの？」

僕《ぼく》が至極《しごく》まっとうなことを言《い》うと、彼女《かのじょ》は心底《しんそこ》馬鹿《ばか》にしたように鼻《はな》で笑《わら》った。僕《ぼく》は手《て》に持《も》っていたレモン味《あじ》のアイスキャンデーで彼女《かのじょ》の鼻《はな》を潰《つぶ》すのをかろうじて我慢《がまん》する。

僕《ぼく》の不機嫌《ふきげん》を読《よ》みとったらしい、彼女《かのじょ》はにへらっと笑《わら》って言《い》わんとするところを説明《せつめい》した。

「教《おし》えてあげる。桜《さくら》は散《ち》ってから、実《じつ》はその三《さん》ヶ《か》月《げつ》くらい後《あと》には次《つぎ》の花《はな》の芽《め》をつけるんだよ。だけど、その芽《め》は一度《いちど》眠《ねむ》るの。暖《あたた》かくなってくるのを待《ま》って、それから一気《いっき》に咲《さ》く。

つまり、桜《さくら》は咲《さ》くべき時《とき》を待《ま》ってるんだよ。素敵《すてき》じゃない？」

彼女《かのじょ》の話《はなし》を聞《き》いて、僕《ぼく》は、花《はな》の習性《しゅうせい》に意思《いし》を感《かん》じるのは少々《しょうしょう》こじつけが過《す》ぎるのではないかと思《おも》った。それは花粉《かふん》を運《はこ》ぶ虫《むし》や鳥《とり》を待《ま》っているだけだ、とも。だけれど、僕《ぼく》はそれをつっこまなかった。なぜなら、もっと別《べつ》の視点《してん》からの意見《いけん》を思《おも》いついたからだ。

「なるほどね、君《きみ》の名前《なまえ》にぴったりだ」

「綺麗《きれい》だから？　照《て》れるなぁ」

「……そうじゃなくて、春《はる》を選《えら》んで咲《さ》く花《はな》の名前《なまえ》は、出会《であ》いや出来事《できごと》を偶然《ぐうぜん》じゃなく選択《せんたく》だと考《かんが》えてる、君《きみ》の名前《なまえ》にぴったりだって思《おも》ったんだ」

僕《ぼく》の意見《いけん》に、彼女《かのじょ》は一瞬《いっしゅん》きょとんとしてから、とても嬉《うれ》しそうに「ありがとう」と言《い》った。ぴったり、という言葉《ことば》も、似合《にあ》っていると同様《どうよう》に褒《ほ》め言葉《ことば》ではないので、彼女《かのじょ》がそんなにも嬉《うれ》しそうにする理由《りゆう》が僕《ぼく》には分《わ》からなかった。

「【？？？？】くんの名前《なまえ》も君《きみ》によくあってるよ」

「……どうかな」

「ほら、死《し》が横《よこ》にいる」

彼女《かのじょ》は得意気《とくいげ》に笑《わら》いながら僕《ぼく》と自分《じぶん》を交互《こうご》に指差《ゆびさ》し、そう冗談《じょうだん》を言《い》った。

その言葉《ことば》を聞《き》いて、僕《ぼく》はそれまでの会話《かいわ》を全《すべ》て飛《と》び越《こ》え、やっぱり今日《きょう》の彼女《かのじょ》はどこか変《へん》だと、またそう思《おも》った。

彼女《かのじょ》はスイカバーをかじりながら、いつもの通《とお》りいつまでも生《い》きているような様子《ようす》でいる。それは変《か》わらない、なのに彼女《かのじょ》の冗談《じょうだん》が、どこか、そう、まるで夏休《なつやす》みの最終日《さいしゅうび》、やっていなかった自由研究《じゆうけんきゅう》の答《こた》えを慌《あわ》てて探《さが》しているように聞《き》こえた。

何《なに》か、あったのだろうか。

僕《ぼく》は心《こころ》の奥底《おくそこ》でそう思《おも》った。だけれど、彼女《かのじょ》に訊《き》かなかったのは、彼女《かのじょ》の中《なか》に見《み》えたかすかな焦《あせ》りが、本来当《ほんらいあ》たり前《まえ》のものだと思《おも》ったからだ。あと一年《いちねん》しかない、生涯《しょうがい》。本来《ほんらい》なら彼女《かのじょ》のようにひょうひょうとしている方《ほう》が、おかしいはずだ。

だから僕《ぼく》はその日《ひ》、彼女《かのじょ》から感《かん》じた違和感《いわかん》を、単《たん》なる僕《ぼく》の主観《しゅかん》が生《う》んだ、ごくごく小《ちい》さなものとして処理《しょり》することにした。

それが、正《ただ》しいことだと思《おも》った。


それなのに、次《つぎ》に病室《びょうしつ》に呼《よ》び出《だ》された土曜日《どようび》の午前中《ごぜんちゅう》、僕《ぼく》の抱《いだ》いた小《ちい》さな違和感《いわかん》は形《かたち》を持《も》って僕《ぼく》の目《め》の前《まえ》に現《あらわ》れた。

指定《してい》された時間《じかん》の通《とお》りに僕《ぼく》が入室《にゅうしつ》すると、彼女《かのじょ》がすぐに僕《ぼく》の存在《そんざい》に気《き》が付《つ》き、僕《ぼく》の名《な》を呼《よ》んで笑《わら》った。ただその笑顔《えがお》が少々《しょうしょう》ぎこちなかった。

彼女《かのじょ》の豊《ゆた》かな表情《ひょうじょう》は、まるで彼女《かのじょ》の心《こころ》をそのまま絵《え》に描《か》いてくれているみたいに、彼《かの》女《じょ》の緊張《きんちょう》を教《おし》えてくれた。僕《ぼく》は遠慮《えんりょ》なく嫌《いや》な予感《よかん》を持《も》った。

後《あと》ずさりそうになる足《あし》をなだめ、いつものパイプ椅子《いす》に座《すわ》ると、彼女《かのじょ》は思《おも》いきった様子《ようす》で僕《ぼく》の予感《よかん》に違《たが》わぬことを言《い》った。

「ねえ……【？？？？】くん」

「……うん、どうしたの」

「一回《いっかい》だけでいいからさ」

言《い》いながら、彼女《かのじょ》は棚《たな》の上《うえ》に置《お》いてあったトランプを手《て》に取《と》った。

「真実《しんじつ》か挑戦《ちょうせん》、やってくれない？」

「………………どうして？」

悪魔《あくま》のゲームの提案《ていあん》。即断《そくだん》で拒否《きょひ》してみてもよさそうなものだけれど、彼女《かのじょ》がどうして突然《とつぜん》そういうことを言《い》いだしたのか、何《なに》より彼女《かのじょ》の鬼気迫《ききせま》る様子《ようす》が気《き》にかかった。

彼女《かのじょ》がすぐには答《こた》えなかったので、僕《ぼく》が言葉《ことば》をつなぐ。

「どうしても訊《き》きたいことか、どうしてもしてほしいことがあるってことだよね。それも、普通《ふつう》に頼《たの》んだら、僕《ぼく》が断《ことわ》りそうな」

「そう……じゃないの。もしかしたら君《きみ》は普通《ふつう》に教《おし》えてくれるのかもしれないけど、訊《き》くってことが私《わたし》の中《なか》で整理《せいり》できてなくて、だから運《うん》に委《ゆだ》ねようと思《おも》って」

いやにかしこまっていて歯切《はぎ》れの悪《わる》い彼女《かのじょ》の言葉《ことば》、一体《いったい》なんだというのだろう。僕《ぼく》は、彼女《かのじょ》を困《こま》らせるような秘密《ひみつ》を持《も》っている自覚《じかく》はない。

彼女《かのじょ》は、じっと僕《ぼく》の目《め》を見《み》ていた。強《つよ》い意志《いし》を押《お》し通《とお》そうとするように。彼女《かのじょ》の眼《め》は不《ふ》思議《しぎ》と、逆《さか》らう気力《きりょく》をなくさせる。僕《ぼく》が草舟《くさぶね》だからか。それとも、相手《あいて》が彼女《かのじょ》だからか。

考《かんが》えた末《すえ》、僕《ぼく》は結局《けっきょく》こういう決断《けつだん》をする。

「……本《ほん》も貸《か》してもらったし。一回《いっかい》だけなら、付《つ》き合《あ》おう」

「ありがとう」

僕《ぼく》の答《こた》えなんて事前《じぜん》に知《し》っていた、そういう風《ふう》に彼女《かのじょ》は一言《ひとこと》だけ礼《れい》を言《い》って、カードをシャッフルし始《はじ》めた。彼女《かのじょ》は、やっぱり様子《ようす》がおかしかった。普段《ふだん》、余計《よけい》なことを言《い》うのを生業《なりわい》みたいにしている癖《くせ》に、今日《きょう》に限《かぎ》っては何《なに》も余分《よぶん》に言葉《ことば》を添《そ》えずに、語《かた》りかけてくる。一体《いったい》、彼女《かのじょ》に何《なに》があったのかと、興味《きょうみ》と心配《しんぱい》が心《こころ》の中《なか》でヨーグルトになった。

ルールは以前《いぜん》と同《おな》じ真実《しんじつ》か挑戦《ちょうせん》。たった一回《いっかい》のゲームということで、交互《こうご》にトランプを五回《ごかい》ずつシャッフルして山《やま》をベッドの上《うえ》に置《お》き、好《す》きな場所《ばしょ》から一枚《いちまい》を引《ひ》くようにした。

彼女《かのじょ》が散々悩《さんざんなや》んで真《ま》ん中《なか》より少《すこ》し下《した》を選《えら》んだ後《あと》、僕《ぼく》は一番上《いちばんうえ》のトランプを手《て》に取《と》った。見《み》えないし、何《なに》がどこに行《い》ったか分《わ》からない以上《いじょう》、選《えら》ぶ場所《ばしょ》に価値《かち》の違《ちが》いなんてない。

それに、このゲームに対《たい》する思《おも》い入《い》れが、僕《ぼく》と彼女《かのじょ》では違《ちが》う。こんなことを言《い》ってしまえば彼女《かのじょ》は怒《おこ》るかもしれないけれど、僕《ぼく》は今回《こんかい》、勝《か》っても負《ま》けてもどっちでもよかった。もし気合《きあ》いや意志《いし》の違《ちが》いで勝負《しょうぶ》が決《き》まる、そんな設定《せってい》を神様《かみさま》がこの世界《せかい》に作《つく》っていたら、間違《まちが》いなく彼女《かのじょ》の勝《か》ちだった。

彼女《かのじょ》なら言《い》うだろう、そうならないから面白《おもしろ》いんだと。

同時《どうじ》にトランプをめくって、彼女《かのじょ》は心底悔《しんそこくや》しそうな顔《かお》をした。

「うわぁ、これは、不覚《ふかく》だぁ」

彼女《かのじょ》はベッドのかけぶとんを握《にぎ》りしめて、落胆《らくたん》が逃《に》げ去《さ》るのを待《ま》つみたいにしていた。勝《か》ってしまった僕《ぼく》は、見守《みまも》ることしかできない。やがて彼女《かのじょ》は僕《ぼく》の視線《しせん》に気《き》がついて、落《らく》胆《たん》をどこかに投《な》げ飛《と》ばし、顔《かお》を綻《ほころ》ばせた。

「しょうがないね！　こういうもんだよ！　だから面白《おもしろ》いんだよ！」

「…………そうか、質問《しつもん》を考《かんが》えないといけないんだね」

「いいよ、なんでも答《こた》えるよ？　ファーストキスの話《はなし》とか聞《き》く？」

「せっかく得《え》た権利《けんり》をそんなエレベーターよりも下《くだ》らない質問《しつもん》に使《つか》えないよ」

「……エレベーターって別《べつ》に下《くだ》るよね？」

「そうだよ？　だから？　意味《いみ》あること言《い》ったとでも思《おも》った？」

彼女《かのじょ》はうわははっと上機嫌《じょうきげん》に笑《わら》った。笑《わら》う様子《ようす》を見《み》ると、彼女《かのじょ》がいつもと違《ちが》うというのは僕《ぼく》の思《おも》いすごしだったかもしれないとも思《おも》った。今回《こんかい》も、前《まえ》に病院《びょういん》に来《き》た時《とき》も、彼《かの》女《じょ》の様子《ようす》が違《ちが》ったことに別《べつ》に大《たい》したきっかけはないのかも。彼女《かのじょ》は少《すこ》しの理由《りゆう》ですぐに表情《ひょうじょう》が変《か》わるから、アルコールとか、天気《てんき》とか、そんなちょっとの原因《げんいん》で。そう、期待《きたい》した。

不本意《ふほんい》ながら権利《けんり》を得《え》た僕《ぼく》は、考《かんが》えた。彼女《かのじょ》に何《なに》を訊《き》くべきだろうか。彼女《かのじょ》への興味《きょうみ》は以前《いぜん》このゲームをやった時《とき》から変《か》わらない。いかにして、彼女《かのじょ》みたいな人間《にんげん》ができあったのか。本当《ほんとう》は、もっと気《き》になることが一《ひと》つ二《ふた》つあったかもしれない。例《たと》えば、彼女《かのじょ》が僕《ぼく》をどう思《おも》ってるだとか。

だけれど僕《ぼく》にはその一《ひと》つか二《ふた》つを彼女《かのじょ》に訊《き》く勇気《ゆうき》がなかった。僕《ぼく》という人間《にんげん》は、臆病《おくびょう》からできあがっていると、彼女《かのじょ》といることで気《き》づかされる。勇気《ゆうき》ある彼女《かのじょ》を鏡《かがみ》としてしまう。

何《なに》を訊《き》こうかと考《かんが》えながら彼女《かのじょ》を見《み》ていた。彼女《かのじょ》はじっと質問《しつもん》を待《ま》って僕《ぼく》の方《ほう》を見《み》ている。ベッドの上《うえ》に座《すわ》って黙《だま》っている彼女《かのじょ》は、以前《いぜん》より少《すこ》しだけ、死《し》にそうに見《み》えた。

その予感《よかん》を振《ふ》り払《はら》いたかった僕《ぼく》の質問《しつもん》は、決《き》まったと同時《どうじ》に口《くち》から出《で》た。

「君《きみ》にとって、生《い》きるっていうのは、どういうこと？」

彼女《かのじょ》は、「うっわー、真面目《まじめ》かよ」と茶化《ちゃか》した後《あと》、真剣《しんけん》な顔《かお》をして空《くう》を見《み》つめて考《かんが》えてくれた。「生《い》きる、か」と彼女《かのじょ》が呟《つぶや》く。

それだけで、彼女《かのじょ》が死《し》ではなく生《せい》を見《み》つめていると実感《じっかん》できるそれだけで、僕《ぼく》は心《こころ》が微量《びりょう》ながら軽《かる》くなるのを感《かん》じた。僕《ぼく》は、臆病《おくびょう》だ。知《し》ってしまう、僕《ぼく》は、まだ彼女《かのじょ》が死《し》ぬのをどこかで認《みと》めきれていない。

旅行先《りょこうさき》のホテルで彼女《かのじょ》のリュックの中《なか》を見《み》て取《と》り乱《みだ》した自分《じぶん》と、あの日《ひ》、最後《さいご》の質問《しつもん》で僕《ぼく》を脅《おど》かした彼女《かのじょ》を思《おも》い出《だ》した。

「うん！　そうだな！　これだ！」

彼女《かのじょ》は人差《ひとさ》し指《ゆび》を上《うえ》に立《た》てて、結論《けつろん》が出《で》たことを教《おし》えた。僕《ぼく》は、彼女《かのじょ》の言葉《ことば》を逃《のが》すまいと耳《みみ》をそばだてる。

「生《い》きるってのはね」

「…………」

「きっと誰《だれ》かと心《こころ》を通《かよ》わせること。そのものを指《さ》して、生《い》きるって呼《よ》ぶんだよ」

命《いのち》の湧《わ》きたつ音《おと》がした。

……ああ、そうか。

僕《ぼく》は気《き》づいて、鳥肌《とりはだ》が立《た》った。

彼女《かのじょ》の存在《そんざい》そのものと言《い》える言葉《ことば》が、視線《しせん》や声《こえ》、彼女《かのじょ》の意思《いし》の熱《ねつ》、命《いのち》の振動《しんどう》となって、僕《ぼく》の魂《たましい》を揺《ゆ》らした気《き》がした。

「誰《だれ》かを認《みと》める、誰《だれ》かを好《す》きになる、誰《だれ》かを嫌《きら》いになる、誰《だれ》かと一緒《いっしょ》にいて楽《たの》しい、誰《だれ》かと一緒《いっしょ》にいたら鬱陶《うっとう》しい、誰《だれ》かと手《て》を繋《つな》ぐ、誰《だれ》かとハグをする、誰《だれ》かとすれ違《ちが》う。それが、生《い》きる。自分《じぶん》たった一人《ひとり》じゃ、自分《じぶん》がいるって分《わ》からない。誰《だれ》かを好《す》きなのに誰《だれ》かを嫌《きら》いな私《わたし》、誰《だれ》かと一緒《いっしょ》にいて楽《たの》しいのに誰《だれ》かと一緒《いっしょ》にいて鬱陶《うっとう》しいと思《おも》う私《わたし》、そういう人《ひと》と私《わたし》の関係《かんけい》が、他《ほか》の人《ひと》じゃない、私《わたし》が生《い》きてるってことだと思《おも》う。私《わたし》の心《こころ》があるのは、皆《みんな》がいるから、私《わたし》の体《からだ》があるのは、皆《みんな》が触《さわ》ってくれるから。そうして形成《けいせい》された私《わたし》は、今《いま》、生《い》きてる。まだ、ここに生《い》きてる。だから人《ひと》が生《い》きてることには意味《いみ》があるんだよ。自分《じぶん》で選《えら》んで、君《きみ》も私《わたし》も、今《いま》ここで生《い》きてるみたいに」

「…………」

「……っとぉ、かなり熱弁《ねつべん》してしまいましたけどもぉ、ここってコンサート会場《かいじょう》で私《わたし》はMC中《エムシーちゅう》だったっけ？」

「いや、病室《びょうしつ》で共病中《きょうびょうちゅう》だよ」

僕《ぼく》は、極《きわ》めてそっけなく答《こた》えた。彼女《かのじょ》は頬《ほほ》を膨《ふく》らます。許《ゆる》してほしい、それどころじゃなかったんだから。

「…………」

「【？？？？】くん……？」

この時《とき》彼女《かのじょ》の言葉《ことば》を聞《き》きながら初《はじ》めて、僕《ぼく》は僕《ぼく》の奥《おく》の奥《おく》、底《そこ》に溜《た》まった本当《ほんとう》の想《おも》いを見《み》つけ出《だ》した。それは気《き》づけばすぐそこまで身《み》を寄《よ》せていて、僕《ぼく》の心《こころ》そのものになってしまいそうになっているのに、僕《ぼく》が今《いま》まで気《き》がつかなかったものだった。僕《ぼく》が、臆病《おくびょう》だからだ。ここ数日間《すうじつかん》、いや本当《ほんとう》はずっと、求《もと》め続《つづ》けてきた答《こた》えが、今《いま》そこにあった。

そうだ、僕《ぼく》は君《きみ》に……。

その言葉《ことば》を抑《おさ》えつけるので、精一杯《せいいっぱい》だった。

「…………本当《ほんとう》に」

「あ、やっと喋《しゃべ》りだした、何《なに》？【？？？？】くん」

「本当《ほんとう》に君《きみ》には、色《いろ》んなことを教《おし》えてもらう」

「うっわ、どしたの突然《とつぜん》、恥《は》ずかしい」

「本心《ほんしん》だよ。ありがとう」

「熱《ねつ》あるの？」

彼女《かのじょ》が掌《てのひら》を僕《ぼく》の額《ひたい》に当《あ》てる。当然平熱《とうぜんへいねつ》なので、彼女《かのじょ》は首《くび》を傾《かし》げる。というか、喩《たと》えじゃなく本気《ほんき》で熱《ねつ》があると思《おも》っていたのだろうか。僕《ぼく》は面白《おもしろ》くて笑《わら》ってしまう。そんな様子《ようす》を

見《み》て、彼女《かのじょ》がまた掌《てのひら》をこちらに向《む》けてくる。僕《ぼく》はまた笑《わら》う。その繰《く》り返《かえ》し。

あー、楽《たの》しい。彼女《かのじょ》がいるからだ。

彼女《かのじょ》が僕《ぼく》に熱《ねつ》がないことをやっと理解《りかい》してから、僕《ぼく》は、ありがたくも僕《ぼく》がお土産《みやげ》に買《か》ってきたカットパインを食《た》べることを提案《ていあん》した。

以前《いぜん》の見舞《みま》いの時《とき》、次回《じかい》はパインがいいと言《い》っていた彼女《かのじょ》は嬉《うれ》しそうに顔《かお》を咲《さ》かせた。

二人《ふたり》で美味《おい》しくパインを頂《いただ》いていると、彼女《かのじょ》が溜息《ためいき》をついた。

「あーあ、私《わたし》も運《うん》がないなー」

「真実《しんじつ》か挑戦《ちょうせん》？　そうだね、でもゲームじゃなくても、もし僕《ぼく》が答《こた》えられるような質問《しつもん》だったら答《こた》えてあげるよ」

「いいの、ゲームの結果《けっか》なんだから」

彼女《かのじょ》はきっぱりと断《だん》じた。何《なに》を訊《き》こうとしていたのか、相変《あいか》わらず心当《こころあ》たりの欠片《かけら》もない。

おやつを食《た》べ終《お》え、補習《ほしゅう》で進《すす》んだ分《ぶん》を彼女《かのじょ》に教《おし》えた後《あと》は、恒例《こうれい》の手品観賞会《てじなかんしょうかい》となった。今回《こんかい》は前回《ぜんかい》からそんなに時間《じかん》も経《た》っていないということで、手品《てじな》グッズを使《つか》った簡単《かんたん》なものだった。いつも通《どお》り、手品《てじな》に造詣《ぞうけい》の深《ふか》くない僕《ぼく》は素直《すなお》に感心《かんしん》した。勉強《べんきょう》の時間《じかん》も、手《て》品《じな》の時間《じかん》も、少《すこ》し前《まえ》までは知《し》らなかった自分《じぶん》の心《こころ》に気《き》がついた僕《ぼく》は、彼女《かのじょ》ばかりを見《み》ていた。

「じゃあ、そろそろ帰《かえ》るよ。お腹《なか》も空《す》いてきたし」

「えー！　もう帰《かえ》るのぉ」

彼女《かのじょ》は子《こ》どもみたいに体《からだ》を揺《ゆ》らして抗議《こうぎ》した。彼女《かのじょ》にとって、一人《ひとり》きりの病室《びょうしつ》は僕《ぼく》が思《おも》うよりもよほど退屈《たいくつ》な忌《い》むべきものなのかもしれない。

「もうすぐ君《きみ》は昼食《ちゅうしょく》の時間《じかん》でしょ？　それに、キョウコさんが来《き》たりして僕《ぼく》を昼食《ちゅうしょく》に食《た》べられたくないし」

「膵臓《すいぞう》を？」

「もしかしたらね」

肉食動物《にくしょくどうぶつ》に捕食《ほしょく》される自分《じぶん》を想像《そうぞう》しながら立《た》ちあがると、彼女《かのじょ》から音声《おんせい》になった「待《ま》った！」がかかった。

「ちょっと待《ま》って、じゃあ最後《さいご》にお願《ねが》いがあるんだけど」

彼女《かのじょ》はちょいちょいっと手招《てまね》きをした。僕《ぼく》が警戒心《けいかいしん》も皆無《かいむ》に近《ちか》づくと、彼女《かのじょ》はなんの悪《わる》気《ぎ》も遠慮《えんりょ》も他意《たい》も下心《したごころ》も反省《はんせい》も責任《せきにん》もない様子《ようす》で、上半身《じょうはんしん》を伸《の》ばして僕《ぼく》に抱《だ》きついた。

僕《ぼく》は、予感《よかん》も何《なに》も見《み》せなかった彼女《かのじょ》の行動《こうどう》に、驚《おどろ》きを忘《わす》れた。自分《じぶん》でも意外《いがい》なほど冷静《れいせい》に、僕《ぼく》は彼女《かのじょ》の肩《かた》にあごを載《の》せた。甘《あま》ったるい。

「……あのさ」

「こないだのとは違《ちが》うよ、これはいたずらじゃないの」

「…………じゃあ、何《なに》」

「最近妙《さいきんみょう》に人《ひと》の体温《たいおん》が好《す》きなんだよねー」

彼女《かのじょ》のその言《い》い方《かた》に、僕《ぼく》はある種《しゅ》の確信《かくしん》を持《も》った。

「ねえ、実《じつ》はずっと気《き》になってるんだけど」

「スリーサイズ？　胸《むね》が当《あ》たってるから」

「馬鹿《ばか》じゃねえの」

「うわははっ」

「君《きみ》の様子《ようす》がおかしくないかってこと。何《なに》かあったの？」

抱《だ》き合《あ》ったまま、いや正《ただ》しくは彼女《かのじょ》に勝手《かって》に抱《だ》きつかれたまま、僕《ぼく》は彼女《かのじょ》の答《こた》えをじっと待《ま》った。以前《いぜん》とは違《ちが》って、馬鹿《ばか》にされているとは思《おも》わず、むしろ僕《ぼく》の体温《たいおん》なんかでよければ使《つか》いたいだけ使《つか》えばいいと思《おも》っていた。

彼女《かのじょ》は、ゆっくり首《くび》を横《よこ》に二往復《におうふく》させた。

「……んーん、なーんにもないよー」

当然《とうぜん》、僕《ぼく》はそれを信《しん》じなかった。けれど、言《い》いたくないことを言《い》わせる勇気《ゆうき》も僕《ぼく》にはなかった。

「ただ、君《きみ》のくれる真実《しんじつ》と日常《にちじょう》を味《あじ》わいたいだけ」

「………そう」

まあ、的外《まとはず》れな勇気《ゆうき》があったところで、なかったところで、この時僕《ときぼく》が彼女《かのじょ》の心中《しんちゅう》を知《し》ることは敵《かな》わなかったわけだけれど。

本当《ほんとう》に僕《ぼく》はタイミングというものに見放《みはな》されている。

彼女《かのじょ》が黙《だま》った間《ま》で、背後《はいご》から猛獣《もうじゅう》の鳴《な》き声《ごえ》が聞《き》こえた。

「さっくらー、おは……って、あんた……今日《きょう》という今日《きょう》は！」

彼女《かのじょ》をベッドに押《お》しのけて「ふぎゃ」という声《こえ》を聞《き》きながら扉《とびら》の方《ほう》に振《ふ》り返《かえ》ると、魔王《まおう》のような顔《かお》をして僕《ぼく》を睨《にら》みつけるクラスメイトがいた。流石《さすが》の僕《ぼく》の顔《かお》もひきつっていたように思《おも》う。詰《つ》めよってくる親友《しんゆう》さんから逃《に》げようと後《あと》ずさるも、ベッドが邪魔《じゃま》をした。

ついに親友《しんゆう》さんが僕《ぼく》の胸倉《むなぐら》を掴《つか》もうとして、万事休《ばんじきゅう》すかというところで助《たす》けが入《はい》った。

彼女《かのじょ》が素早《すばや》くベッドから下《お》りて親友《しんゆう》さんを抱《だ》きすくめる。

「キョウコは落《お》ち着《つ》けとくから！」

「あ、うん、じゃあ！」

僕《ぼく》は親友《しんゆう》さんから逃《に》げるように、というか逃《に》げるために病室《びょうしつ》を出《で》た。彼女《かのじょ》のところに来《く》るといつも逃《に》げてばかりいる。最後《さいご》に、親友《しんゆう》さんが僕《ぼく》の名字《みょうじ》を高《たか》らかに呼《よ》ぶ声《こえ》がしたのを鮮《あざ》やかに無視《むし》して、三回目《さんかいめ》の見舞《みま》いが終《お》わった。体《からだ》にまだ甘《あま》ったるい匂《にお》いが残《のこ》っている気《き》がした。

やっぱり、というべきか、実際《じっさい》にはそんな風《ふう》に割《わ》り切《き》って考《かんが》えられていないんだけれど、次《つぎ》の日《ひ》、日曜日《にちようび》の夜《よる》に彼女《かのじょ》からメールをもらって、僕《ぼく》はあの日《ひ》彼女《かのじょ》が隠《かく》そうとしたこと、なのかもしれない事実《じじつ》を知《し》った。

彼女《かのじょ》の入院期間《にゅういんきかん》が、予定《よてい》より二週間《にしゅうかん》延《の》びた。

7

入院期間《にゅういんきかん》が延《の》びたことについて、彼女《かのじょ》は意外《いがい》とあっけらかんとしていた。心配《しんぱい》していたのだけれど、本人《ほんにん》にとっては別《べつ》に想定外《そうていがい》のことではないという様子《ようす》だったので、少《すこ》し安心《あんしん》する。心《こころ》の中《なか》だけで白状《はくじょう》するけれど、僕《ぼく》は結構《けっこう》気《き》が気《き》ではなかった。

火曜日《かようび》の午後《ごご》、補習《ほしゅう》が終《お》わってから僕《ぼく》は彼女《かのじょ》の見舞《みま》いに行《い》った。補習期間《ほしゅうきかん》も、もうすぐ終《お》わる。

「夏休《なつやす》み、半分以上《はんぶんいじょう》終《お》わっちゃうじゃんねー」

彼女《かのじょ》は、それだけが口惜《くちお》しいという調子《ちょうし》で言《い》った。本当《ほんとう》にそれだけが口惜《くちお》しいと、僕《ぼく》に伝《つた》えるみたいに。

天気《てんき》は、晴《は》れ。クーラーが効《き》いている病室《びょうしつ》はまるで日差《ひざ》しから僕《ぼく》らを守《まも》るシェルターみたいで、意味《いみ》もなく僕《ぼく》を不安《ふあん》にさせる。

「キョウコは大丈夫《だいじょうぶ》だった？」

「ああ、うん。先週《せんしゅう》より心《こころ》なしか眼光《がんこう》がするどくなってる気《き》がするけど、君《きみ》が説得《せっとく》してくれたのが麻酔銃《ますいじゅう》みたいに効《き》いてるのか、まだ跳《と》びかかられてはないよ」

「私《わたし》の親友《しんゆう》を猛獣《もうじゅう》みたいに言《い》うのやめてよ」

「君《きみ》はきっとあんな目《め》で見《み》られたことがないんだよ。猫《ねこ》かぶってるんだろうね。ネコ科《か》の猛獣《もうじゅう》、ライオンかな」

一週間前《いっしゅうかんまえ》、本屋《ほんや》での出来事《できごと》は彼女《かのじょ》に話《はな》していなかった。

僕《ぼく》はお土産《みやげ》に買《か》ってきた桃《もも》の缶詰《かんづめ》の中身《なかみ》を器《うつわ》に出《だ》して、彼女《かのじょ》と一緒《いっしょ》につついた。シロップの甘《あま》みがなんだか小学生《しょうがくせい》の頃《ころ》を思《おも》い起《お》こさせる。

異常《いじょう》に黄色《きいろ》い桃《もも》をかじりながら、彼女《かのじょ》は外《そと》を見《み》た。

「こんな天気《てんき》のいい日《ひ》に、君《きみ》はどうして病院《びょういん》に来《き》てるの？　外《そと》でドッジボールでもしなよ」

「まず第一《だいいち》に君《きみ》に呼《よ》ばれたってこと、第二《だいに》にドッジボールなんて小学生《しょうがくせい》以来《いらい》やってないってこと、第三《だいさん》に僕《ぼく》には一緒《いっしょ》にやる人《ひと》がいないってこと、以上三点《いじょうさんてん》の注意点《ちゅういてん》があるんだけど、どれがいいか選《えら》んで」

「全部《ぜんぶ》」

「よくばりだね、じゃあ最後《さいご》の桃《もも》をあげるよ」

子《こ》どもみたいな笑顔《えがお》になった彼女《かのじょ》はフォークに桃《もも》を刺《さ》して一口《ひとくち》で頬張《ほおば》った。僕《ぼく》はお皿《さら》とフォークと缶《かん》を病室《びょうしつ》の端《はし》にある流《なが》しに持《も》っていく。ここに置《お》いておけば、看護師《かんごし》さんが片《かた》づけてくれるシステムらしい。食事《しょくじ》も出《で》てくるし、彼女《かのじょ》の中《なか》の病気《びょうき》さえなければここはＶＩＰ《ビップ》ルームかもしれない。

ＶＩＰ《ビップ》ルームのオプションとして僕《ぼく》が無償《むしょう》で勉強《べんきょう》を教《おし》えてあげると、彼女《かのじょ》は今日《きょう》も面《めん》倒臭《どうくさ》がりながら、真面目《まじめ》にノートを取《と》った。以前《いぜん》に僕《ぼく》は一度《いちど》、彼女《かのじょ》に勉強《べんきょう》をする必要性《ひつようせい》について訊《き》いた。彼女《かのじょ》には受験《じゅけん》もなんにもないのだから。すると彼女《かのじょ》は成績《せいせき》が突然《とつぜん》ボロボロになったりしたら、周《まわ》りに変《へん》に思《おも》われるからだと言《い》った。なるほど、僕《ぼく》は自分《じぶん》がどんな状《じょう》況《きょう》になっても特別勉強《とくべつべんきょう》する気《き》が起《お》きない理由《りゆう》が分《わ》かった。

今日《きょう》は彼女《かのじょ》の手品《てじな》ショーはお預《あず》けだった。やはり、そうそう新作《しんさく》を用意《ようい》できるわけではないと言《い》っていた。とっておきを練習《れんしゅう》してるから期待《きたい》してて、とも。

「首《くび》を長《なが》くして待《ま》ってるよ」

「首《くび》を長《なが》くするってどうやるの？　誰《だれ》かに引《ひ》っ張《ぱ》ってもらうとか？」

「慣用句《かんようく》も分《わ》かんないほど馬鹿《ばか》になったの？　脳《のう》にもウイルスがいってるね大変《たいへん》だ」

「馬鹿《ばか》って言《い》った方《ほう》が馬鹿《ばか》なんだよ！」

「間違《まちが》ってるね、僕《ぼく》は君《きみ》を病気《びょうき》って言《い》ってるけど病気《びょうき》じゃないもの」

「間違《まちが》ってないよ、死《し》ね！　ほら、私《わたし》の方《ほう》が死《し》ぬもん」

「どさくさに紛《まぎ》れて僕《ぼく》に呪《のろ》いをかけるのやめてくれない？」

いつもと同《おな》じようなふざけた会話《かいわ》。こんななんでもない会話《かいわ》ができることを、僕《ぼく》は喜《よろこ》んでいた。彼女《かのじょ》といつもと同《おな》じ調子《ちょうし》で冗談《じょうだん》を言《い》い合《あ》える空気《くうき》が、変《か》わらぬ日常《にちじょう》の証明《しょうめい》になる気《き》がしたからだ。

そんななんの意味《いみ》もないことで安心《あんしん》してしまった僕《ぼく》は、やはり人間経験《にんげんけいけん》というものが足《た》りなかったのだろう。

僕《ぼく》はなんとはなしに病室《びょうしつ》の角《かど》を見《み》た。ここで過《す》ごした人々《ひとびと》の色《いろ》んな病気《びょうき》の破片《はへん》が付着《ふちゃく》して溜《た》まっているから黒《くろ》ずんでいるのかな、と思《おも》った。

「【？？？？】くんは、夏休《なつやす》み予定《よてい》は？」

角《かど》からゆっくり彼女《かのじょ》に視線《しせん》を戻《もど》そうとしたところで名《な》を呼《よ》ばれ、僕《ぼく》の視線《しせん》は僕《ぼく》が思《おも》った

より も少《すこ》し早《はや》く彼女《かのじょ》に到達《とうたつ》した。

「ここに来《く》るのと、家《いえ》で本《ほん》を読《よ》むくらいかな。宿題《しゅくだい》も」

「そんだけ？　なんかしなよー、せっかくの夏休《なつやす》み。私《わたし》の代《か》わりにキョウコと旅行《りょこう》してくる？」

「ライオンの檻《おり》の中《なか》に入《はい》るような資格《しかく》持《も》ってないんだ。君《きみ》は、キョウコさんと旅行《りょこう》には行《い》かないの？」

「ちょっと無理《むり》かなぁ。入院延《にゅういんの》びちゃったし、あの子《こ》、部活忙《ぶかついそが》しいから」

彼女《かのじょ》は寂《さび》しそうに僕《ぼく》に笑《わら》いかけながら、言《い》った。

「もう一度《いちど》、旅行《りょこう》したかったなぁ」

もの憂《う》げな彼女《かのじょ》の言葉《ことば》が、僕《ぼく》の呼吸《こきゅう》を一瞬《いっしゅん》止《と》めた。

突然部屋《とつぜんへや》の空気《くうき》の色《いろ》までが黒《くろ》ずんで見《み》え、僕《ぼく》の心《こころ》の奥《おく》で眠《ねむ》っていた何《なに》か嫌《いや》なものが、喉《のど》までせり上《あ》がってくるのを感《かん》じた。僕《ぼく》はそれを吐《は》きだしてしまわないように、急《いそ》いでペットボトルのお茶《ちゃ》を飲《の》む。なんだ、今《いま》の。

僕《ぼく》は頭《あたま》の中《なか》で彼女《かのじょ》の台詞《せりふ》を反芻《はんすう》する。小説《しょうせつ》の中《なか》で名探偵《めいたんてい》が、重要人物《じゅうようじんぶつ》の台詞《せりふ》をそうするみたいに。

僕《ぼく》が難《むずか》しい顔《かお》をしたからだろう。彼女《かのじょ》は消《き》え入《い》りそうな笑顔《えがお》を引《ひ》っ込《こ》めて首《くび》を傾《かし》げた。

不思議《ふしぎ》なのは、僕《ぼく》の方《ほう》だった。

なんで、彼女《かのじょ》は。

思《おも》った時《とき》には、口《くち》から飛《と》び出《だ》していた。

「どうして、もう二度《にど》と旅行《りょこう》には行《い》けないみたいな言《い》い方《かた》をするの？」

彼女《かのじょ》は、虚《きょ》を衝《つ》かれたようだった。鳩《はと》が豆鉄砲《まめでっぽう》をくったような顔《かお》をした。

「………そんな言《い》い方《かた》、した？」

「したよ」

「そっかー、私《わたし》もこう見《み》えてもの思《おも》うところがあるのかもなー」

「ねえ……」

僕《ぼく》はどんな顔《かお》をしているのだろう。前回《ぜんかい》ここに来《き》た時《とき》から心《こころ》の奥《おく》に忍《しの》ばせてきた不安《ふあん》のうねりが、ついに口《くち》から出《で》てしまいそうになる。僕《ぼく》は必死《ひっし》に手《て》で口《くち》を押《お》さえようとしたのだけれど、手《て》が動《うご》くよりも先《さき》に口《くち》が動《うご》いてしまった。

「死《し》なないよね？」

「え？　死《し》ぬよぉ。そりゃ死《し》ぬよ、私《わたし》も君《きみ》も」

「そうじゃなくて」

「膵臓《すいぞう》がやられてってことだったら、それもまあ死《し》ぬよ」

「そうじゃなくて！」

ベッドの端《はし》を叩《たた》きながら、僕《ぼく》は思《おも》わず立《た》ちあがっていた。椅子《いす》と床《ゆか》がこすれ、金属《きんぞく》の嫌《いや》な音《おと》が病室《びょうしつ》に鳴《な》る。僕《ぼく》の目《め》はずっと彼女《かのじょ》の目《め》の中《なか》にあった。彼女《かのじょ》は、今度《こんど》こそ本当《ほんとう》に驚《おどろ》いたという顔《かお》をしている。僕《ぼく》こそ自分《じぶん》に驚《おどろ》いている。どうしてしまったんだろう。

僕《ぼく》は、からからになった喉《のど》をふりしぼって、最後《さいご》の一滴《いってき》みたいな声《こえ》を出《だ》した。

「まだ、死《し》なない、よね？」

驚《おどろ》いたままの彼女《かのじょ》が、何《なに》も答《こた》えないものだから、病室《びょうしつ》には静寂《せいじゃく》が落《お》ちる。僕《ぼく》はそれが怖《こわ》くて、言葉《ことば》を続《つづ》けた。

「この前《まえ》から、君《きみ》は様子《ようす》がおかしい」

「…………」

「何《なに》か隠《かく》してるんでしょ。ばればれなんだよ。真実《しんじつ》か挑戦《ちょうせん》も、突然《とつぜん》抱《だ》きついてきたりするのも。僕《ぼく》が何《なに》かあったのかって訊《き》いた時《とき》の反応《はんのう》も変《へん》だった。あんな変《へん》な間《ま》を取《と》って、僕《ぼく》が不思議《ふしぎ》に思《おも》わないと思《おも》ったの？　これでも僕《ぼく》は大病《たいびょう》を抱《かか》えた君《きみ》を心配《しんぱい》してるんだよ」

自分《じぶん》でも覚《おぼ》えのないくらいの早口《はやくち》で、僕《ぼく》はまくしたてた。言《い》い終《お》えると、息《いき》が切《き》れていた。息継《いきつ》ぎをしなかったのだけが原因《げんいん》ではない。僕《ぼく》は戸惑《とまど》っていた。何《なに》かを隠《かく》している彼女《かのじょ》にも、彼女《かのじょ》に踏《ふ》み入《い》ろうとする自分《じぶん》にも。

いまだひどく驚《おどろ》いた顔《かお》をしている彼女《かのじょ》を見《み》ながら僕《ぼく》は、誰《だれ》かが自分《じぶん》より狼狽《ろうばい》していると落《お》ち着《つ》くという理屈《りくつ》で少《すこ》しだけ落《お》ち着《つ》いて、椅子《いす》に座《すわ》り直《なお》した。シーツを握《にぎ》りしめていた手《て》もそっと緩《ゆる》める。

彼女《かのじょ》の顔《かお》を見《み》る。目《め》を見開《みひら》いて唇《くちびる》を結《むす》んでいる。また彼女《かのじょ》は韜晦《とうかい》に走《はし》るだろうか。そうしたら、僕《ぼく》はどうしよう。更《さら》なる追及《ついきゅう》の勇気《ゆうき》が、僕《ぼく》にはあるだろうか。あったとして、何《なに》か意味《いみ》があるのだろうか。

僕《ぼく》は……どうしたいのだろうか。

考《かんが》えているうちに、答《こた》えは出《で》てしまった。

いつもはころころと変《か》わる彼女《かのじょ》の表情《ひょうじょう》。だからぽかんとした今《いま》の顔《かお》から、彼女《かのじょ》の表《ひょう》情《じょう》はどういう形《かたち》にせよ豊《ゆた》かに回転《かいてん》するものだと思《おも》っていた。

違《ちが》った。今回《こんかい》、彼女《かのじょ》の顔《かお》は本当《ほんとう》にゆっくりとその色《いろ》どりを変《か》えた。結《むす》んでいた唇《くちびる》の口角《こうかく》が、カタツムリの速《はや》さで上《あ》がっていった。見開《みひら》いていた目《め》が幕引《まくひ》きの速《はや》さで細《ほそ》くなっていく。硬直《こうちょく》していた頬《ほほ》が、氷《こおり》が融《と》ける速《はや》さで伸《の》びていった。

彼女《かのじょ》は、僕《ぼく》なら一生《いっしょう》かかっても足《た》りないような顔《かお》で笑《わら》った。

「教《おし》えてあげようか？　何《なに》かあったのか」

「……うん」

僕《ぼく》は怒《おこ》られる直前《ちょくぜん》の子《こ》どもみたいに、緊張《きんちょう》する。

彼女《かのじょ》は、大《おお》きな口《くち》を開《あ》けてまるで幸《しあわ》せそうに答《こた》えた。

「なーんにもないよ。ただ、君《きみ》のことを考《かんが》えてたの」

「僕《ぼく》のこと？」

「そ、君《きみ》のこと。真実《しんじつ》か挑戦《ちょうせん》もね、本当《ほんとう》になんでもないことを訊《き》こうとしたんだよ。強《し》いて言《い》うなら、君《きみ》ともっと仲良《なかよ》くなれたらいいのにって思《おも》って」

「……本当《ほんとう》？」

僕《ぼく》は懐疑的《かいぎてき》な声音《こわね》で訊《き》いた。

「本当《ほんとう》だよ。君《きみ》には嘘《うそ》つかないもん、私《わたし》」

リップサービスかもしれない、それでも僕《ぼく》は安堵《あんど》を隠《かく》しきれなかった。一気《いっき》に肩《かた》の力《ちから》が抜《ぬ》ける。甘《あま》いとは分《わ》かっているけれど、僕《ぼく》は彼女《かのじょ》を信《しん》じた。

「うふふふふふふふふふふ」

「いやぁ、私《わたし》、今幸《いましあわ》せだなぁって思《おも》って。死《し》んじゃうかも」

「……どうしたの？」

「駄目《だめ》だよ」

「私《わたし》に生《い》きててほしいの？」

「………うん」

「うふふふふふふふふふふふふふふふふふふふ」

僕《ぼく》の顔《かお》を見《み》たまま、彼女《かのじょ》は異常《いじょう》なほど嬉《うれ》しそうに笑《わら》った。

「いやぁ、君《きみ》がまさか私《わたし》をそこまで必要《ひつよう》としてるなんて、思《おも》いもよらなかったよ。人間《にんげん》冥利《みょうり》に尽《つ》きるね、ひきこもりの君《きみ》が初《はじ》めて必要《ひつよう》としてる人間《にんげん》なんじゃないの、私《わたし》」

「誰《だれ》がひきこもりだ」

ツッコミながら、僕《ぼく》は顔《かお》が爆発《ばくはつ》してしまうんじゃないかと思《おも》うくらい恥《は》ずかしくなってきていた。彼女《かのじょ》に対《たい》する心配《しんぱい》とは、失《うしな》いたくないということ、必要《ひつよう》だということ。事実《じじつ》だけれど、言葉《ことば》にされると、頭《あたま》で思《おも》っているのとは比《くら》べられないくらいに恥《は》ずかしく、僕《ぼく》の全身《ぜんしん》の血《ち》は沸騰《ふっとう》して頭《あたま》に上《のぼ》っていきそうだった。そんなことになっては僕《ぼく》が先《さき》に死《し》んでしまう。どうにか僕《ぼく》は深呼吸《しんこきゅう》をして、熱《ねつ》を体外《たいがい》に逃《に》がす。

休憩中《きゅうけいちゅう》の僕《ぼく》にインターバルを与《あた》える気《き》はないという調子《ちょうし》で、彼女《かのじょ》は嬉《うれ》しそうな顔《かお》のまま続《つづ》けた。

「様子《ようす》がおかしいから、私《わたし》がもうすぐ死《し》ぬと思《おも》ったの？　君《きみ》に黙《だま》ったまま」

「……そうだよ、急《きゅう》に入院期間《にゅういんきかん》が延《の》びるし」

彼女《かのじょ》は腕《うで》にくっついた点滴《てんてき》の管《くだ》が取《と》れてしまうんじゃないかと思《おも》うくらい、大声《おおごえ》で笑《わら》い転《ころ》げた。そこまで笑《わら》われると、流石《さすが》の僕《ぼく》もむっとする。

「悪《わる》いのは、勘違《かんちが》いさせるようなことする君《きみ》だろ」

「前《まえ》から言《い》ってたじゃん！　時間《じかん》はまだあるって！　じゃないと、手品《てじな》の練習《れんしゅう》なんてしないってー。さっき君が言ってたことだけど、どうして私の言うことの間とか気にするかなー。本当《ほんとう》に小説《しょうせつ》の読《よ》み過《す》ぎだと思《おも》うよぉ」

言《い》い終《お》わってから彼女《かのじょ》はまた笑《わら》った。

「大丈夫《だいじょうぶ》、死《し》ぬ時《とき》はちゃんと君《きみ》に教《おし》えるから」

彼女《かのじょ》はまたまた大笑《おおわら》いする。笑《わら》われ過《す》ぎて、僕《ぼく》もなんだかおかしくなってきた。僕《ぼく》はどうやら大《おお》きなお門違《かどちが》いをしていたらしいのだと、突《つ》きつけられる。

「死《し》んだらちゃんと膵臓《すいぞう》を食《た》べてね」

「もしかしたら、悪《わる》いところがなくなったら死《し》なないんじゃない？　今《いま》すぐにでも食《た》べてあげようか？」

「生《い》きててほしいの？」

「とても」

僕《ぼく》の場合《ばあい》、素直《すなお》であることが冗談《じょうだん》みたいに見《み》える人間《にんげん》でよかった。本当《ほんとう》の本当《ほんとう》の素直《すなお》を受《う》け取《と》られたら、人《ひと》との関《かか》わりを怠《おこた》ってきた僕《ぼく》は照《て》れてもう出《で》てこられなくなる。

彼女《かのじょ》がどう受《う》け取《と》ったかは分《わ》からないけれど、「きゃー嬉《うれ》しい」と冗談《じょうだん》めかして言《い》ってから、僕《ぼく》に向《む》かって両腕《りょううで》を広《ひろ》げた。楽《たの》しそうな彼女《かのじょ》の顔《かお》はとても冗談《じょうだん》っぽかった。

「君《きみ》も最近《さいきん》、誰《だれ》かの体温《たいおん》が好《す》きになってきたんじゃないの？」

にししししっと笑《わら》う彼女《かのじょ》の言葉《ことば》は、きっと冗談《じょうだん》なんだ。だから、僕《ぼく》は、逆《ぎゃく》に素直《すなお》に受《う》け止《と》めるという冗談《じょうだん》で返《かえ》してやろう。

立《た》ちあがって彼女《かのじょ》に近《ちか》づき、初《はじ》めてこちらから背中《せなか》に手《て》を回《まわ》す冗談《じょうだん》をしてあげると、彼女《かのじょ》は「ひゃー」とこれまた冗談《じょうだん》っぽく言《い》いながら僕《ぼく》の背中《せなか》に手《て》を回《まわ》した。どういう意《い》味《み》があるのかなんて無粋《ぶすい》だ。冗談《じょうだん》に理屈《りくつ》を求《もと》めちゃいけない。

しばらくの間《あいだ》、同《おな》じ体勢《たいせい》でいて、僕《ぼく》は不思議《ふしぎ》に思《おも》った。

「あれ、今日《きょう》はこういうタイミングでキョウコさん来《こ》ないんだね」

「あの子《こ》、部活《ぶかつ》だよ。ていうかキョウコをなんだと思《おも》ってるの？」

「僕《ぼく》らの仲《なか》を引《ひ》き裂《さ》く悪魔《あくま》かな」

二人《ふたり》で笑《わら》って、僕《ぼく》は頃合《ころあ》いと彼女《かのじょ》の体《からだ》を解放《かいほう》したのだけれど、彼女《かのじょ》は一度《いちど》強《つよ》く僕《ぼく》の背骨《せぼね》を締《し》めあげてから放《はな》してくれた。離《はな》れてみて、あくまで冗談《じょうだん》っぽくお互《たが》いの顔《かお》が赤《あか》いのを笑《わら》いあった。

「死《し》ぬと言《い》えばさ」

二人《ふたり》ともに落《お》ち着《つ》いてから、彼女《かのじょ》が切《き》り出《だ》した。

「そんな語《かた》り出《だ》しは前代未聞《ぜんだいみもん》だろうね」

「最近《さいきん》、遺書《いしょ》を書《か》き始《はじ》めようと思《おも》って」

「早《はや》くない？　やっぱりまだ時間《じかん》あるって嘘《うそ》なの？」

「違《ちが》うよ、何回《なんかい》も推敲《すいこう》と添削《てんさく》を繰《く》り返《かえ》してさ、きちんとしたのを見《み》せたいじゃん。だから下書《したが》きを始《はじ》めるの」

「そういうことなら結構《けっこう》なことだね。小説《しょうせつ》も書《か》くより添削《てんさく》の方《ほう》が時間《じかん》かかるっていうし」

「ほらぁ、やっぱり私《わたし》は正《ただ》しい。私《わたし》が死《し》んだ後《あと》は私《わたし》の完成《かんせい》された遺書《いしょ》を読《よ》んで楽《たの》しんでね」

「楽《たの》しみにしてるよ」

「早《はや》く死《し》ねってこと？　ひどーい。とか言《い》っちゃったりしてね、君《きみ》は私《わたし》が必要《ひつよう》だから死《し》んでほしくないんだもんねー」

彼女《かのじょ》はニヤニヤとしているけれど、もうそろそろ僕《ぼく》も心情的《しんじょうてき》に限界《げんかい》なので、素直《すなお》に頷《うなず》くのはやめる。白《しら》けた目《め》で見《み》てやったのに、彼女《かのじょ》は懲《こ》りずにニヤニヤしていた。そういう症状《しょうじょう》なのかもしれない。

「そうだ、君《きみ》には無用《むよう》な心配《しんぱい》をかけたからさ、お詫《わ》びに退院《たいいん》して一番《いちばん》に君《きみ》と遊《あそ》んであげましょう」

「お詫《わ》びの割《わり》には随分偉《ずいぶんえら》そうだね」

「嫌《いや》なの？」

「嫌《いや》ではないよ」

【？？？？】くんって、本当《ほんとう》にそういうところあるよね」

どういうところかっていうのは、なんとなく自分《じぶん》で分《わ》かるので特《とく》に訊《き》かなかった。

「退院《たいいん》する日《ひ》、一回家《いっかいいえ》に帰《かえ》るけど、それからは自由《じゆう》だから、午後《ごご》ね」

「何《なに》をするの？」

「んー、何《なに》しよっか、退院《たいいん》するまで何回《なんかい》か来《く》るでしょ？　考《かんが》えようよ」

僕《ぼく》はそれで納得《なっとく》した。後《のち》に、彼女《かのじょ》が「デートの約束《やくそく》」という不本意《ふほんい》な名前《なまえ》をつけた予定《よてい》は、彼女《かのじょ》が退院《たいいん》するまでの二週間《にしゅうかん》の間《あいだ》に彼女《かのじょ》の希望《きぼう》で海《うみ》に行《い》くということになった。加《くわ》えて、どこかのカフェに寄《よ》って練習中《れんしゅうちゅう》のとっておき手品《てじな》を披露《ひろう》してくれるという。

実《じつ》は、僕《ぼく》は退院後《たいいんご》の約束《やくそく》をするというこの時点《じてん》で、何《なに》かの伏線《ふくせん》になっており、もしかすると退院《たいいん》までの間《あいだ》にとても重大《じゅうだい》なことが起《お》きるのではないかと憂慮《ゆうりょ》していたのだけれど、そんなこともなく、彼女《かのじょ》が退院《たいいん》するまでの日々《ひび》は過《す》ぎ去《さ》った。この時《とき》ばかりは、彼女《かのじょ》の言《い》う通《とお》り、僕《ぼく》は小説《しょうせつ》の読《よ》み過《す》ぎなのかもしれないと思《おも》った。

延《の》びた二週間《にしゅうかん》の間《あいだ》に、僕《ぼく》が彼女《かのじょ》の見舞《みま》いに赴《おもむ》いたのは四回《よんかい》。そのうち一回《いっかい》、親友《しんゆう》さんとはち合《あ》わせた。二回《にかい》、彼女《かのじょ》はベッドが揺《ゆ》れるくらい大笑《おおわら》いした。三回《さんかい》、僕《ぼく》が帰《かえ》る時《とき》に駄々《だだ》をこねた。四回《よんかい》、僕《ぼく》は彼女《かのじょ》の背中《せなか》に両手《りょうて》を回《まわ》した。一回《いっかい》も、慣《な》れることはなかった。

たくさん冗談《じょうだん》を言《い》って、たくさん笑《わら》い合《あ》い、たくさん罵倒《ばとう》し合《あ》って、たくさん互《たが》いを尊重《そんちょう》し合《あ》った。まるで小学生《しょうがくせい》みたいな僕《ぼく》らの日常《にちじょう》が、僕《ぼく》は好《す》きになってしまって、一体《いったい》どうしたことだと第三者的《だいさんしゃてき》な僕《ぼく》が驚《おどろ》いた。

俯瞰《ふかん》の僕《ぼく》に、言《い》ってやろう。僕《ぼく》は、人《ひと》との関《かか》わりを喜《よろこ》んでいた。生《う》まれて初《はじ》めてだった。誰《だれ》かと一緒《いっしょ》にいて、一人《ひとり》になりたいと一度《いちど》も思《おも》わなかったのは。

きっとこの世界《せかい》で一番《いちばん》、人《ひと》との関《かか》わりに感動《かんどう》していた僕《ぼく》の二週間《にしゅうかん》は、彼女《かのじょ》の病室《びょうしつ》に集約《しゅうやく》される。たった四日《よっか》、その四日《よっか》が僕《ぼく》の二週間《にしゅうかん》の全《すべ》てだった。

たった四日《よっか》だったから、彼女《かのじょ》の退院《たいいん》の日《ひ》は、すぐに来《き》た。

彼女《かのじょ》が退院《たいいん》する日《ひ》、僕《ぼく》は朝早《あさはや》く起《お》きた。基本的《きほんてき》に朝《あさ》は早《はや》く起《お》きる。それが晴《は》れの日《ひ》でも雨《あめ》の日《ひ》でも、予定《よてい》があってても予定《よてい》がなくても。今日《きょう》は快晴《かいせい》で、予定《よてい》があった。窓《まど》を開《あ》けると、部屋《へや》の中《なか》の空気《くうき》と外気《がいき》が入《い》れ換《か》わるのが見《み》えるようだった。気持《きも》ちのいい、朝《あさ》だ。

下《した》の階《かい》で顔《かお》を洗《あら》い、リビングに行《い》くと父親《ちちおや》が出《で》かけるところだった。労《ねぎら》いの言葉《ことば》をかけてやると、彼《かれ》は嬉《うれ》しそうに僕《ぼく》の背中《せなか》を叩《たた》いて家《いえ》を出《で》ていった。彼《かれ》は一年中元気《いちねんじゅうげんき》だ。あんな父親《ちちおや》からどうして僕《ぼく》のような子《こ》どもが生《う》まれたのか、いつも不思議《ふしぎ》に思《おも》う。

食卓《しょくたく》には既《すで》に僕《ぼく》のための朝食《ちょうしょく》が用意《ようい》されていた。母親《ははおや》に「いただきます」と言《い》って、食卓《しょくたく》についてもう一度《いちど》食材《しょくざい》に「いただきます」と言《い》ってから味噌汁《みそしる》を飲《の》んだ。母《はは》の作《つく》る味噌汁《みそしる》が僕《ぼく》は結構《けっこう》好《す》きだ。

僕《ぼく》が料理《りょうり》を堪能《たんのう》していると、洗《あら》いものを終《お》えた母《はは》が僕《ぼく》の正面《しょうめん》に座《すわ》ってホットコーヒーを飲《の》み始《はじ》めた。

「ねえ、あんたさ」

僕《ぼく》をあんたと呼《よ》ぶのは、今《いま》のところ母《はは》と親友《しんゆう》さんだけだ。

「何《なに》？」

「彼女《かのじょ》できたでしょ」

「…………は？」

朝一番《あさいちばん》で何《なに》を言《い》いだすんだ、この人《ひと》は。

「違《ちが》うの、じゃあ好《す》きな子《こ》か。どっちにしろ今度《こんど》連《つ》れてきなさいよ」

「どっちでもないし、連《つ》れてこないよ」

「ふーん、私《わたし》はてっきり」

何《なに》を理由《りゆう》に、と思《おも》ったけれど親《おや》の勘《かん》というものが働《はたら》いているのかもしれない。的外《まとはず》れだけれども。

「じゃあただの友達《ともだち》か」

それも違《ちが》う。

「なんでもいいんだけどね。初《はじ》めてあんたをちゃんと見《み》てくれる人《ひと》が現《あらわ》れて私《わたし》は嬉《うれ》しい」

「………はい？」

「あんた、私《わたし》があんたの嘘《うそ》に気《き》づいてないと思《おも》ってたの？　母親《ははおや》なめんな」

僕《ぼく》は感謝《かんしゃ》しながらも完全《かんぜん》になめ切《き》っていた母親《ははおや》の顔《かお》をまじまじと見《み》る。僕《ぼく》とは違《ちが》って目《め》に強《つよ》い光《ひかり》の宿《やど》った母《はは》は、本当《ほんとう》に嬉《うれ》しそうだった。まったく、恐《おそ》れ入《い》る。僕《ぼく》は唇《くちびる》の端《はし》だけで笑《わら》った。母《はは》はもうコーヒーを飲《の》みながらテレビを見《み》ていた。

彼女《かのじょ》との約束《やくそく》は午後《ごご》だったので、午前中《ごぜんちゅう》は本《ほん》を読《よ》んで過《す》ごした。彼女《かのじょ》から借《か》りていた『星《ほし》の王子《おうじ》さま』の順番《じゅんばん》はまだ来《き》ていない。少《すこ》し前《まえ》に買《か》ったミステリー小説《しょうせつ》をベッドに寝《ね》転《ころ》がって読《よ》んだ。

時間《じかん》はすぐに過《す》ぎ去《さ》って、お昼前《ひるまえ》に僕《ぼく》は簡素《かんそ》な洋服《ようふく》に着替《きが》えて家《いえ》を出《で》た。本屋《ほんや》に行《い》きたかったので、約束《やくそく》の時間《じかん》よりだいぶ早《はや》めに駅《えき》に着《つ》き、近《ちか》くの大《おお》きな本屋《ほんや》に入《はい》る。

しばらくうろうろとして一冊本《いっさつほん》を買《か》い、待《ま》ち合《あ》わせ場所《ばしょ》のカフェに行《い》くことにした。駅《えき》から少《すこ》しだけ歩《ある》いた場所《ばしょ》にあるその店内《てんない》は平日《へいじつ》ということで比較的《ひかくてき》空《す》いていた。アイスコーヒーを注文《ちゅうもん》して窓際《まどぎわ》の席《せき》に陣取《じんど》る。約束《やくそく》の時間《じかん》までは、まだ一時間《いちじかん》ほどあった。

店内《てんない》は冷房《れいぼう》が効《き》いていたけれど、体内《たいない》は熱《ねつ》を持《も》っていた。アイスコーヒーを飲《の》むとコーヒーが体中《からだじゅう》に行《い》き渡《わた》っていくような快感《かいかん》を味《あじ》わえた。本当《ほんとう》にそんなことになったら僕《ぼく》が先《さき》に死《し》ぬので、あくまで想像上《そうぞうじょう》の話《はなし》だ。

クーラーとコーヒーの力《ちから》を借《か》りて汗《あせ》をひかせると、お腹《なか》がくうっと鳴《な》った。健康的《けんこうてき》な生活《かつ》のおかげで、お昼《ひる》の的確《てきかく》な時間《じかん》に空腹《くうふく》を感《かん》じた。何《なに》か食《た》べようかという考《かんが》えが一瞬《いっしゅん》頭《あたま》をよぎったが、彼女《かのじょ》と昼食《ちゅうしょく》をともにする約束《やくそく》をしていたのでやめた。ここでお腹《なか》を落《お》ち着《つ》かせたところに、また食《た》べ放題《ほうだい》にでも連《つ》れていかれては悔《くや》しい思《おも》いをする。彼女《かのじょ》には、そういうところがある。

僕《ぼく》は、二日《ふつか》連続《れんぞく》で不本意《ふほんい》な昼食《ちゅうしょく》に付《つ》き合《あ》わされたことを思《おも》い出《だ》して笑《わら》う。もう、ひと月《つき》以上前《いじょうまえ》のことか。

僕《ぼく》は大人《おとな》しく彼女《かのじょ》を待《ま》つことにした。テーブルの上《うえ》に読《よ》みかけの文庫本《ぶんこぼん》を出《だ》す。当然《とうぜん》、読《よ》もうと思《おも》ったのだけれど、ふいに僕《ぼく》はなぜだか外《そと》を眺《なが》めていた。なぜなのか、分《わ》からなかった。理由《りゆう》を求《もと》められれば、なんとなくとしか言《い》いようがない。僕《ぼく》らしくない、まるで彼女《かのじょ》みたいな能天気《のうてんき》な理由《りゆう》。

強《つよ》い日差《ひざ》しの中《なか》、様々《さまざま》な人《ひと》が行《ゆ》き交《か》っている。スーツ姿《すがた》の男性《だんせい》は、随分《ずいぶん》と暑《あつ》そうだ。なぜジャケットを脱《ぬ》がないのだろう。タンクトップを着《き》た若《わか》い女性《じょせい》は足取《あしど》り軽《かろ》やかに駅《えき》の方《ほう》に向《む》かっている。楽《たの》しい予定《こてい》があるのだろう。高校生《こうこうせい》くらいの男女二人組《だんじょふたりぐみ》は手《て》をつなぎ合《あ》っている。カップルというやつだ。子《こ》どもを乳母車《うばぐるま》に乗《の》せたお母《かあ》さんは……。

考《かんが》えていて僕《ぼく》は、はっとした。

窓《まど》の外《そと》を歩《ある》いている彼《かれ》らは、きっと生涯僕《しょうがいぼく》とは関係《かんけい》を持《も》たないであろう、まごうことなき、他人《たにん》だ。

他人《たにん》なのに、僕《ぼく》はどうしてか彼《かれ》らについて考《かんが》えていた。こんなことは、以前《いぜん》ならなかったことだ。

ずっと、周《まわ》りの誰《だれ》にも興味《きょうみ》を持《も》たないと思《おも》っていたのに。いや、違《ちが》う。興味《きょうみ》を持《も》たないでおこうと思《おも》っていたのに。その、僕《ぼく》が。

思《おも》わず、僕《ぼく》は一人《ひとり》で笑《わら》ってしまった。そうか僕《ぼく》は、こんなにも変《か》わっていたのか。面白《おもしろ》くて、笑《わら》ってしまった。

今日会《きょうあ》うはずの、彼女《かのじょ》の顔《かお》が浮《う》かぶ。

変《か》えられたんだ。間違《まちが》いなく変《か》えられた。

彼女《かのじょ》と出会《であ》ったあの日《ひ》、僕《ぼく》の人間性《にんげんせい》も日常《にちじょう》も死生観《しせいかん》も変《か》えられることになっていた。

ああそうか、彼女《かのじょ》に言《い》わせれば、僕《ぼく》は今《いま》までの選択《せんたく》の中《なか》で、自分《じぶん》から変《か》わることを選《えら》んだのだろう。

僕《ぼく》は置《お》き去《ざ》りにされた文庫本《ぶんこぼん》を手《て》に取《と》ることを選《えら》んだ。

文庫本《ぶんこぼん》を開《ひら》くことを選《えら》んだ。

彼女《かのじょ》と会話《かいわ》することを選《えら》んだ。

彼女《かのじょ》に図書委員《としょいいん》の仕事《しごと》を教《おし》えることを選《えら》んだ。

彼女《かのじょ》の誘《さそ》いに乗《の》ることを選《えら》んだ。彼女《かのじょ》と食事《しょくじ》することを選《えら》んだ。

彼女《かのじょ》と並《なら》んで歩《ある》くことを選《えら》んだ。彼女《かのじょ》と旅行《りょこう》することを選《えら》んだ。

彼女《かのじょ》の行《い》きたいところに行《い》くことを選《えら》んだ。彼女《かのじょ》と同《おな》じ部屋《へや》で寝《ね》ることを選《えら》んだ。

真実《しんじつ》を選《えら》んだ。挑戦《ちょうせん》を選《えら》んだ。

彼女《かのじょ》と同《おな》じベッドで寝《ね》ることを選《えら》んだ。

彼女《かのじょ》の残《のこ》した朝食《ちょうしょく》を食《た》べてあげることを選《えら》んだ。彼女《かのじょ》と一緒《いっしょ》に大道芸《だいどうげい》を見《み》ることを選《えら》んだ。

彼女《かのじょ》に手品《てじな》をすすめることを選《えら》んだ。

彼女《かのじょ》にウルトラマンを買《か》ってあげることを選《えら》んだ。お土産《みやげ》を選《えら》んだ。

旅行《りょこう》は楽《たの》しかったと答《こた》えることを選《えら》んだ。

彼女《かのじょ》の家《いえ》に行《い》くことを選《えら》んだ。

将棋《しょうぎ》をすることを選《えら》んだ。彼女《かのじょ》をひきはがすことを選《えら》んだ。

彼女《かのじょ》を押《お》し倒《たお》すことを選《えら》んだ。学級委員《がっきゅういいん》の彼《かれ》を傷《きず》つけることを選《えら》んだ。

彼《かれ》にやられることを選《えら》んだ。彼女《かのじょ》と仲直《なかなお》りすることを選《えら》んだ。

彼女《かのじょ》の見舞《みま》いに行《い》くことを選《えら》んだ。お土産《みやげ》を選《えら》んだ。

彼女《かのじょ》に勉強《べんきょう》を教《おし》えることを選《えら》んだ。帰《かえ》るタイミングを選《えら》んだ。

親友《しんゆう》さんから逃《に》げることを選《えら》んだ。手品《てじな》を見《み》ることを選《えら》んだ。

真実《しんじつ》か挑戦《ちょうせん》を選《えら》んだ。質問《しつもん》を選《えら》んだ。

彼女《かのじょ》の腕《うで》から逃《に》げないことを選《えら》んだ。彼女《かのじょ》を問《と》い詰《つ》めることを選《えら》んだ。

彼女《かのじょ》と笑《わら》うことを選《えら》んだ。彼女《かのじょ》を抱《だ》きしめることを選《えら》んだ。

何度《なんど》も、そうすることを選《えら》んだ。

違《ちが》う選択《せんたく》もできたはずなのに、僕《ぼく》は紛《まぎ》れもない僕自身《ぼくじしん》の意思《いし》で選《えら》び、ここにいるんだ。

以前《いぜん》とは違《ちが》う僕《ぼく》として、ここにいる。

そうか、今《いま》、気《き》がついた。

誰《だれ》も、僕《ぼく》すらも本当《ほんとう》は草舟《くさぶね》なんかじゃない。流《なが》されるのも流《なが》されないのも、僕《ぼく》らは選《えら》べる。

それを教《おし》えてくれたのは、紛《まぎ》れもない彼女《かのじょ》だ。もうすぐ死《し》ぬはずなのに、誰《だれ》よりも前《まえ》を見《み》て、自分《じぶん》の人生《じんせい》を自分《じぶん》のものにしようとする彼女《かのじょ》。世界《せかい》を愛《あい》し、人《ひと》を愛《あい》し、自分《じぶん》を愛《あい》している彼女《かのじょ》。

改《あらた》めて、思《おも》う。

僕《ぼく》は君《きみ》に……。

と、ポケットの中《なか》の携帯電話《けいたいでんわ》が震《ふる》えた。

『今《いま》お家《うち》に帰《かえ》りましたー！　ちょっとだけ遅《おく》れちゃうかも、ごめんね（汗《あせ》）可愛《かわい》い恰好《かっこう》していってあげるからさ！（笑《わらい》）』

メールを見《み》て、僕《ぼく》は少《すこ》し考《かんが》えて、返信《へんしん》をする。

『退院《たいいん》おめでとう。今《いま》、君《きみ》のことを考《かんが》えていたよ』

冗談《じょうだん》めかして送《おく》ったメールに、すぐに返事《へんじ》が来《き》た。

『珍《めずら》しく嬉《うれ》しいことを言《い》うじゃない！　どうしたの、病気《びょうき》？　［ウインクしている顔《かお》］』

僕《ぼく》は間《ま》を置《お》いて、返《かえ》す。

『君《きみ》とは違《ちが》って健康体《けんこうたい》だよ』

『ひどい！　私《わたし》を傷《きず》つけたね！　罰《ばつ》として私《わたし》を褒《ほ》めなさい！』

『思《おも》い浮《う》かばないんだけど、僕《ぼく》に問題《もんだい》があるのか君《きみ》に問題《もんだい》があるのか』

『ひゃくぱー、君《きみ》だね。ほら、さっさと』

携帯電話《けいたいでんわ》をテーブルの上《うえ》に置《お》いて、腕《うで》を組《く》み、僕《ぼく》は考《かんが》える。彼女《かのじょ》を褒《ほ》めること。褒《ほ》める点《てん》なんて、本当《ほんとう》は山《やま》のようにある。きっと携帯電話《けいたいでんわ》のメモリに収《おさ》まりきらないくらいに。僕《ぼく》は、彼女《かのじょ》と出会《であ》って、本当《ほんとう》にたくさんのことを学《まな》んだ。今《いま》まで知《し》らなかったことを彼《かの》女《じょ》は教《おし》えてくれた。

こういうメールのやりとりも教《おそ》わったことの一《ひと》つだ。人《ひと》との会話《かいわ》の楽《たの》しさを僕《ぼく》は初《はじ》めて知《し》って、だから彼女《かのじょ》から面白《おもしろ》い反応《はんのう》が返《かえ》って来《き》そうな言葉《ことば》を選《えら》んだ。

そもそも彼女《かのじょ》の凄《すご》いところは、彼女《かのじょ》の人間的魅力《にんげんてきみりょく》の多《おお》くが、彼女《かのじょ》の余命《よめい》とはまるで関《かん》係《けい》のないものであるということだ。きっと、彼女《かのじょ》はずっとああだった。そりゃあ少《すこ》しずつ思想《しそう》は練《ね》り固《かた》められ、言葉《ことば》は豊《ゆた》かさを増《ま》したろうけど、でも根幹《こんかん》はきっと彼女《かのじょ》が一年後《いちねんご》に死《し》のうが死《し》ぬまいが関係《かんけい》がなかったんだろう。

彼女《かのじょ》は、彼女《かのじょ》のままで凄《すご》い。それが、僕《ぼく》は本当《ほんとう》に凄《すご》いと思《おも》う。

白状《はくじょう》しよう、何《なに》かを教《おそ》わる度《たび》に、僕《ぼく》は彼女《かのじょ》を凄《すご》いと思《おも》っていた。僕《ぼく》とは正反対《せいはんたい》の人間《にんげん》。臆病《おくびょう》で自己《じこ》に閉《と》じこもることしかしてこなかった僕《ぼく》にはできないことを平気《へいき》で言《い》ってのけ、やってのける人間《にんげん》。

僕《ぼく》は携帯電話《けいたいでんわ》を手《て》に持《も》つ。

君《きみ》は、本当《ほんとう》に凄《すご》い人《ひと》だ。

ずっと思《おも》っていた。でも、それを明確《めいかく》な言葉《ことば》として捉《とら》えることができなかった。

だけれど、あの時《とき》、分《わ》かったんだ。

彼女《かのじょ》が、僕《ぼく》に生《い》きるということの意味《いみ》を教《おし》えてくれたあの時《とき》に。

僕《ぼく》の心《こころ》は、彼女《かのじょ》で埋《う》め尽《つ》くされた。

僕《ぼく》は君《きみ》に………。

「僕《ぼく》は、本当《ほんとう》は君《きみ》になりたかった」

人《ひと》を認《みと》められる人間《にんげん》に、人《ひと》に認《みと》められる人間《にんげん》に。

人《ひと》を愛《あい》せる人間《にんげん》に、人《ひと》に愛《あい》される人間《にんげん》に。

言葉《ことば》にすると、僕《ぼく》の心《こころ》にあまりにぴったりで、沁《し》み込《こ》んでいくのが分《わ》かった。自然《しぜん》に口《こう》角《かく》が上《あ》がってしまう。

僕《ぼく》はどうかすれば君《きみ》になれただろうか。

僕《ぼく》はどうかすれば君《きみ》になれるのだろうか。

どうすれば。

はて、と気《き》づく。確《たし》かそんな意味《いみ》の慣用句《かんようく》があったような。

考《かんが》えてから、思《おも》い出《だ》し、僕《ぼく》はそれを彼女《かのじょ》に贈《おく》ることにした。

『君《きみ》の爪《つめ》の垢《あか》を煎《せん》じて飲《の》みたい』

打《う》ち込《こ》むだけ打《う》ち込《こ》んで、すぐに消《け》した。これでは面白《おもしろ》くない気《き》がした。彼女《かのじょ》を喜《よろこ》ばせるのに、もっと適《てき》した言葉《ことば》が、存在《そんざい》するような気《き》がした。

今一度《いまいちど》考《かんが》えていると、記憶《きおく》の片隅《かたすみ》、いや、中央《ちゅうおう》かも、そこから言葉《ことば》が浮《う》き上《あ》がってきた。

僕《ぼく》はその言葉《ことば》を見《み》つけて、とても嬉《うれ》しい気分《きぶん》になった。勝手《かって》に得意気《とくいげ》にすらなった。

彼女《かのじょ》に贈《おく》るのに、これ以上《いじょう》にぴったりな言葉《ことば》はない。

僕《ぼく》は、渾身《こんしん》の言葉《ことば》を、彼女《かのじょ》の携帯電話《けいたいでんわ》に向《む》かって送信《そうしん》した。

僕《ぼく》は……。

『君《きみ》の膵臓《すいぞう》を食《た》べたい』

携帯電話《けいたいでんわ》をテーブルの上《うえ》に置《お》いて、僕《ぼく》は彼女《かのじょ》の返信《へんしん》を楽《たの》しみに待《ま》った。誰《だれ》かの反応《はんのう》を楽《たの》しみにするなんて、きっと数《すう》ヶ月前《かげつまえ》の僕《ぼく》なら信《しん》じられないことだろうけれど。数《すう》ヶ月前《かげつまえ》の僕《ぼく》が、今《いま》の僕《ぼく》を選《えら》んだのだから、文句《もんく》は言《い》わせない。

じっと彼女《かのじょ》の返信《へんしん》を待《ま》った。

じっと。

なのに、彼女《かのじょ》からの返信《へんしん》は、まるで来《こ》なかった。

時間《じかん》だけが過《す》ぎ、僕《ぼく》の空腹《くうふく》だけが増《ま》していった。

待《ま》ち合《あ》わせの時間《じかん》を過《す》ぎると、今度《こんど》は彼女《かのじょ》が来《き》てからの反応《はんのう》を楽《たの》しみにするようにした。

ところが、彼女《かのじょ》が来《く》ることもまたなかった。

三十分《さんじゅっぷん》までは特《とく》に気《き》にもせずに待《ま》った。

一時間《いちじかん》にも二時間《にじかん》にもなると、流石《さすが》に心配《しんぱい》になってそわそわとし始《はじ》めた。

三時間《さんじかん》が経《た》って、彼女《かのじょ》に初《はじ》めて電話《でんわ》をしてみた。彼女《かのじょ》は出《で》なかった。

四時間《よじかん》が経《た》って、外《そと》の景色《けしき》が夕方《ゆうがた》になった。僕《ぼく》は店《みせ》を出《で》た。何《なに》かがあったのは分《わ》かったけれど、何《なに》があったのかは分《わ》からなかった。漠然《ばくぜん》とした不安《ふあん》を持《も》ったけれど、不安《ふあん》を掻《か》き消《け》す術《すべ》はなくて、僕《ぼく》は彼女《かのじょ》にメールをし、仕方《しかた》なく家《いえ》に帰《かえ》ることにした。

帰宅《きたく》して、ひょっとすると彼女《かのじょ》は両親《りょうしん》に強制的《きょうせいてき》にどこかに連《つ》れていかれたのでは、と考《かんが》えた。そうしなければ、心《こころ》に張《は》り付《つ》いた恐怖《きょうふ》を拭《ぬぐ》いされなかった。

ずっとそわそわとしていた僕《ぼく》。思《おも》えばあの時《とき》で世界中《せかいじゅう》の時間《じかん》が止《と》まってしまっていればよかった。

そう思《おも》ったのは、僕《ぼく》が夕食《ゆうしょく》を前《まえ》にしながら不安《ふあん》でお腹《なか》をいっぱいにしている時《とき》、テレビを見《み》ていてだった。

僕《ぼく》は、その時初《ときはじ》めて、彼女《かのじょ》がどうして現《あらわ》れなかったのかを知《し》った。

彼女《かのじょ》は嘘《うそ》をついた。

僕《ぼく》も嘘《うそ》をついた。

彼女《かのじょ》は、僕《ぼく》に死《し》ぬ時《とき》を教《おし》えるという約束《やくそく》をやぶった。

僕《ぼく》は、彼女《かのじょ》に借《か》りていたものを必《かなら》ず返《かえ》すという約束《やくそく》をやぶった。

僕《ぼく》と彼女《かのじょ》が会《あ》うことは、もう二度《にど》とできなくなった。


ニュースを見《み》た。

クラスメイト山内桜良《やまうちさくら》は、住宅街《じゅうたくがい》の路地《ろじ》で倒《たお》れているところを付近《ふきん》の住民《じゅうみん》に発見《はっけん》された。

発見後《はっけんご》すぐさま緊急搬送《きんきゅうはんそう》されたが、懸命《けんめい》の治療《ちりょう》もむなしく、彼女《かのじょ》は息《いき》を引《ひ》き取《と》った。

ニュース番組《ばんぐみ》のキャスターが無感動《むかんどう》に事実《じじつ》だけを読《よ》み上《あ》げた。

僕《ぼく》は言《い》い訳程度《わけていど》に持《も》っていた箸《はし》を遠慮《えんりょ》なく床《ゆか》に落《お》としてしまった。

発見《はっけん》された時《とき》、彼女《かのじょ》の胸《むね》には深々《ふかぶか》と市販《しはん》の出刃包丁《でばぼうちょう》が刺《さ》さっていた。

彼女《かのじょ》は、以前《いぜん》から世間《せけん》を騒《さわ》がせていた通《とお》り魔事件《まじけん》に巻《ま》き込《こ》まれた。

どこの誰《だれ》だかも分《わ》からない犯人《はんにん》は、すぐに、捕《つか》まった。


彼女《かのじょ》が死《し》んだ。

甘《あま》えていた。

この期《ご》に及《およ》んで僕《ぼく》はまだ甘《あま》えていた。

彼女《かのじょ》に残《のこ》された一年《いちねん》という時間《じかん》に甘《あま》えていた。

ひょっとすると彼女《かのじょ》ですら、そうだったのかもしれない。

少《すく》なくとも僕《ぼく》は、誰《だれ》しもの明日《あした》が保証《ほしょう》されていないという事実《じじつ》をはきちがえていた。

僕《ぼく》は、残《のこ》り時間《じかん》の少《すく》ない彼女《かのじょ》には明日《あした》があるものだと当然《とうぜん》のように思《おも》っていた。

まだ時間《じかん》のある僕《ぼく》の明日《あした》は分《わ》からないけれど、もう時間《じかん》のない彼女《かのじょ》の明日《あした》は約束《やくそく》されているとと思《おも》っていた。

なんて馬鹿《ばか》げた理屈《りくつ》だ。

僕《ぼく》は、残《のこ》り少《すく》ない彼女《かのじょ》の命《いのち》だけは世界《せかい》が甘《あま》やかしてくれると信《しん》じきっていた。

もちろん、そんなことはない。なかった。

世界《せかい》は、差別《さべつ》をしない。

まるで健康体《けんこうたい》の僕《ぼく》のような人間《にんげん》にも、病《やまい》を患《わずら》ったもうすぐ死《し》んでしまう彼女《かのじょ》にも平等《びょうどう》に攻撃《こうげき》の手《て》を緩《ゆる》めない。

僕《ぼく》らは間違《まちが》えた。馬鹿《ばか》だった。

でも、誰《だれ》が間違《まちが》えていた僕《ぼく》らを揶揄《やゆ》できるだろう。

最終回《さいしゅうかい》の決《き》まったドラマは、最終回《さいしゅうかい》までは終《お》わらない。

打《う》ち切《き》りの決《き》まった漫画《まんが》は、打《う》ち切《き》りまでは終《お》わらない。

最終章《さいしゅうしょう》の予告《よこく》があった映画《えいが》は、最終章《さいしゅうしょう》までは終《お》わらない。
皆《みんな》、それを信《しん》じて生《い》きてきたはずだ。そう教《おし》えられてきたはずだ。
僕《ぼく》も、そう思《おも》っていた。
小説《しょうせつ》は、最後《さいご》のページまで終《お》わらないと、信《しん》じていた。
彼女《かのじょ》は笑《わら》うだろうか、小説《しょうせつ》の読《よ》み過《す》ぎだと。
笑《わら》われても、構《かま》わない。
最後《さいご》まで読《よ》みたかった。読《よ》むつもりだったのに。
残《のこ》り数《すう》ページを白紙《はくし》にしたまま終《お》わってしまった彼女《かのじょ》の物語《ものがたり》。
前振《まえふ》りも、伏線《ふくせん》も、ミスリードもほったらかしで。
もう何《なに》も知《し》ることはできない。
彼女《かのじょ》が仕掛《しか》けたロープのいたずらの行《ゆ》く末《すえ》も。
彼女《かのじょ》のとっておきの手品《てじな》のネタも。
彼女《かのじょ》が本当《ほんとう》は僕《ぼく》をどう思《おも》っていたのかも。
知《し》ることはできない。

…………そう思《おも》っていた。

彼女《かのじょ》が死《し》んでから、僕《ぼく》はそう諦《あきら》めてしまっていた。

でもそれが真実《しんじつ》ではないと、後《のち》に僕《ぼく》は気《き》がつく。

葬儀《そうぎ》が終《お》わって彼女《かのじょ》がすっかり骨《ほね》になってしまってからも、僕《ぼく》は彼女《かのじょ》の家《いえ》には行《い》かなかった。

毎日自室《まいにちじしつ》にこもって、本《ほん》を読《よ》んで過《す》ごした。

結局《けっきょく》、僕《ぼく》が彼女《かのじょ》の家《いえ》に行《い》く勇気《ゆうき》と理由《りゆう》を見《み》つけるのには、十日《とおか》ほどの時間《じかん》が必要《ひつよう》だった。

夏休《なつやす》みが終《お》わる直前《ちょくぜん》に、僕《ぼく》は思《おも》い出《だ》したのだった。

彼女《かのじょ》の物語《ものがたり》の残《のこ》り数《すう》ページ、それを読《よ》めるかもしれない唯一《ゆいいつ》の方法《ほうほう》があることを。

僕《ぼく》と彼女《かのじょ》の始《はじ》まりとも言《い》えるそれ。

『共病文庫《きょうびょうぶんこ》』を、読《よ》まなければならない。

8

雨《あめ》が降《ふ》っていた。もうすぐ夏休《なつやす》みも終《お》わるというのに、これでは誰《だれ》も残《のこ》った宿題《しゅくだい》をやる気《き》にならないだろう。

起《お》きてすぐそう思《おも》った。もう十一度目《じゅういちどめ》の彼女《かのじょ》がこの世界《せかい》にいない朝《あさ》だった。

ちなみに、僕《ぼく》は夏休《なつやす》みの宿題《しゅくだい》は速《すみ》やかに終《お》わらせてしまうタイプなので、今《いま》までの人生《じんせい》、夏休《なつやす》み終了《しゅうりょう》の直前《ちょくぜん》に慌《あわ》てふためいた経験《けいけん》はない。

一階《いっかい》に下《お》りて顔《かお》を洗《あら》っていると、出勤前《しゅっきんまえ》の父親《ちちおや》が洗面所《せんめんじょ》にやってきて身《み》だしなみのチェックをし始《はじ》めた。軽《かる》く挨拶《あいさつ》を交《か》わして洗面所《せんめんじょ》を出《で》ようとすると、父《ちち》は僕《ぼく》の背中《せなか》を叩《たた》いた。何《なに》か意味《いみ》があるのだろうと思《おも》ったけれど、考《かんが》えるのが面倒《めんどう》だった。

キッチンに立《た》つ母親《ははおや》に挨拶《あいさつ》をし、食卓《しょくたく》につく。いつもの朝《あさ》ごはんが用意《ようい》されている。僕《ぼく》は手《て》を合《あ》わせて味噌汁《みそしる》を飲《の》んだ。母《はは》の味噌汁《みそしる》は、いつだって美味《おい》しい。

食事《しょくじ》をとっていると、母《はは》が芳《かぐわ》しいホットコーヒーの入《はい》ったカップを持《も》って食卓《しょくたく》にやって来《き》た。一瞥《いちべつ》すると、彼女《かのじょ》は僕《ぼく》を見《み》ていた。

「あんた、今日《きょう》出《で》かけるのよね」

「うん、お昼過《ひるす》ぎてからね」

「はい、これ」

何気《なにげ》なく母《はは》が差《さ》し出《だ》してきたのは、白《しろ》い封筒《ふうとう》だった。受《う》け取《と》って中《なか》を見《み》る。一万円札《いちまんえんさつ》が一枚《いちまい》入《はい》っていた。驚《おどろ》いて母《はは》を見《み》る。

「これ……」

「ちゃんと、お別《わか》れをしてきなさい」

それだけ言《い》うと、母《はは》はテレビに目《め》を向《む》けて芸人《げいにん》のくだらない一言《ひとこと》に笑《わら》った。僕《ぼく》は無言《むごん》で朝《あさ》ごはんを食《た》べ終《お》えてから、白《しろ》い封筒《ふうとう》を持《も》って自室《じしつ》に戻《もど》った。母《はは》は何《なに》も言《い》わなかった。お昼《ひる》まで自室《じしつ》で過《す》ごしてから、僕《ぼく》は出《で》かけるために制服《せいふく》に着替《きが》えた。なんとなく、私服《しふく》で行《い》くよりは制服《せいふく》がいいという噂《うわさ》を耳《みみ》にしていたのと、あちらのご家族《かぞく》に怪《あや》しまれてはかなわないという理由《りゆう》があったからだ。

一階《いっかい》の洗面所《せんめんじょ》で寝癖《ねぐせ》を直《なお》した。母《はは》はもう仕事《しごと》に出《で》ていた。

自分《じぶん》の部屋《へや》で必要《ひつよう》なものを鞄《かばん》に詰《つ》めた。母《はは》からもらったお金《かね》、携帯電話《けいたいでんわ》、『星《ほし》の王子《おうじ》さま』。借《か》りた分《ぶん》のお金《かね》はまだ返《かえ》せない。

家《いえ》の玄関《げんかん》を出《で》ると本降《ほんぶ》りの雨《あめ》が地面《じめん》から跳《は》ね返《かえ》って、制服《せいふく》のズボンにさっそくいくつかの水玉《みずたま》を作《つく》った。傘《かさ》を差《さ》さなければならないので、自転車《じてんしゃ》ではなく歩《ある》きで彼女《かのじょ》の家《いえ》に向《む》かう。

平日《へいじつ》の真《ま》っ昼間《ぴるま》、大粒《おおつぶ》の雨《あめ》、公道《こうどう》の人通《ひとどお》りは少《すく》なかった。学校《がっこう》までの道《みち》のりを僕《ぼく》は静《しず》かに歩《ある》いた。

学校近《がっこうちか》くのコンビニに寄《よ》って、香典用《こうでんよう》の袋《ふくろ》を買《か》った。幸《さいわ》い、店内《てんない》に買《か》ったものを食《た》べたりするためのテーブルがあったので、そこで袋《ふくろ》の中《なか》にお金《かね》を入《い》れる作業《さぎょう》をした。

学校《がっこう》からしばらく歩《ある》いて住宅地《じゅうたくち》に入《はい》った。

ああ、そうか。住宅地《じゅうたくち》の一角《いっかく》。僕《ぼく》は、不躾《ぶしつけ》にも思《おも》う。

ここら辺《へん》のどこかで彼女《かのじょ》は殺《ころ》された。今日《きょう》も人通《ひとどお》りはまるでない。あの日《ひ》もそうだったのだろう。彼女《かのじょ》は刺《さ》された。恨《うら》みを買《か》った誰《だれ》かや、彼女《かのじょ》の運命《うんめい》に同情《どうじょう》した誰《だれ》かにではなく、顔《かお》も名前《なまえ》も知《し》らない、どこかの誰《だれ》かに。

不思議《ふしぎ》と、罪悪感《ざいあくかん》はなかった。もしあの日《ひ》僕《ぼく》と約束《やくそく》をしていなければ彼女《かのじょ》は死《し》ななかっただろうか、とか、そういった後悔《こうかい》はしても意味《いみ》がないし、もはやそういう問題《もんだい》ではないというのを、理解《りかい》していた。

冷静《れいせい》な僕《ぼく》を、薄情《はくじょう》だと思《おも》うだろうか。誰《だれ》が？

僕《ぼく》は、悲《かな》しんでいる。

悲《かな》しんでいるけれど、それが僕《ぼく》を壊《こわ》したりはしなかった。彼女《かのじょ》を失《うしな》ったことは、当然《とうぜん》に悲《かな》しい。でも、僕以上《ぼくいじょう》に悲《かな》しんでいる人《ひと》がたくさんいるはずだ。これから会《あ》うご家族《かぞく》もそう、親友《しんゆう》さんもそう、学級委員《がっきゅういいん》の彼《かれ》もそうかもしれない。そう考《かんが》えると、僕《ぼく》はどうしても悲《かな》しみを素直《すなお》に受《う》け止《と》めることができなかった。

それに、取《と》り乱《みだ》しても彼女《かのじょ》は帰《かえ》ってこない。当然《とうぜん》の結論《けつろん》が、僕《ぼく》の精神《せいしん》をがっちりと繋《つな》ぎとめていた。

雨《あめ》の中《なか》、歩《ある》く。僕《ぼく》が殴《なぐ》られた場所《ばしょ》を通《とお》り過《す》ぎる。

彼女《かのじょ》の家《いえ》に行《い》くにあたって、あまり緊張《きんちょう》はしていなかった。留守《るす》だったらどうしようか、その程度《ていど》しか考《かんが》えなかった。

二度目《にどめ》、彼女《かのじょ》の家《いえ》の前《まえ》について、僕《ぼく》は躊躇《ちゅうちょ》なくインターフォンを押《お》した。少《すこ》し時間《じかん》が経《た》って応答《おうとう》があった。よかった。

『……どちらさまですか？』

くぐもった女性《じょせい》の声《こえ》だった。

僕《ぼく》は名字《みょうじ》を名乗《なの》り、桜良《さくら》さんのクラスメイトです、と伝《つた》えた。女性《じょせい》は『ああ……』と言《い》った後《あと》、少《すこ》し黙《だま》り、やがて『ちょっと待《ま》っててください』とあって、インターフォンは切《き》られた。

雨《あめ》の中《なか》待《ま》っていると、痩《や》せた女性《じょせい》が出《で》てきた。どうやら彼女《かのじょ》のお母《かあ》さんのようだ。顔色《かおいろ》が悪《わる》いのをさしひくと、彼女《かのじょ》によく似《に》ていた。挨拶《あいさつ》をすると、とてもぎこちない笑顔《えがお》を浮《う》かべて、お母《かあ》さんは僕《ぼく》を迎《むか》え入《い》れてくれた。傘《かさ》を畳《たた》んで、促《うなが》されるまま玄関《げんかん》から家《いえ》に入《はい》る。

玄関《げんかん》のドアが閉《し》まってから、僕《ぼく》は頭《あたま》を下《さ》げた。

「突然《とつぜん》おしかけてすみません。事情《じじょう》があって、お通夜《つや》もお葬式《そうしき》にも顔《かお》を出《だ》せなかったものですから、せめてお線香《せんこう》だけでもあげさせていただけないかと」

嘘《うそ》の入《い》り混《ま》じった僕《ぼく》の言葉《ことば》を受《う》けて、お母《かあ》さんはまたぎこちない笑顔《えがお》を浮《う》かべた。

「大丈夫《だいじょうぶ》よ、今《いま》は私《わたし》しかいないから。きっと桜良《さくら》も喜《よろこ》ぶわ」

その喜《よろこ》ぶ彼女《かのじょ》はどこにいるというのだろう、と思《おも》ったけれど、もちろん口《くち》には出《だ》さなかった。

靴《くつ》を脱《ぬ》いで、上《あ》がらせてもらうと気《き》のせいだろうと思《おも》うけれど、家《いえ》の中《なか》が前《まえ》に来《き》た時《とき》よりも広《ひろ》く、冷《つめ》たく感《かん》じられた。

僕《ぼく》は、以前《いぜん》来《き》た時《とき》には入《はい》らなかったリビングに通《とお》された。

「先《さき》にお参《まい》りをするかしら」

僕《ぼく》が頷《うなず》くと、お母《かあ》さんはリビングの隣《となり》にある畳《たたみ》の部屋《へや》に僕《ぼく》を案内《あんない》した。そこで見《み》た光景《こうけい》に、僕《ぼく》は一瞬《いっしゅん》心《こころ》と体《からだ》が大《おお》きく揺《ゆ》らぐのを感《かん》じたけれど、なんとか踏《ふ》み止《とど》まって不自然《ふしぜん》ではないと思《おも》われる歩《あゆ》みで、様々《さまざま》なものが並《なら》べられた木製棚《もくせいだな》の前《まえ》に立《た》った。

お母《かあ》さんは先《さき》に膝《ひざ》を折《お》って、棚《たな》の下《した》の方《ほう》からマッチを取《と》り出《だ》し、ろうそくに火《ひ》をつけた。

「桜良《さくら》、お友達《ともだち》が来《き》てくれたわ」

棚《たな》に置《お》かれた遺影《いえい》に向《む》かって小《ちい》さな声《こえ》で言《い》ったお母《かあ》さんの声《こえ》は、どこにも届《とど》かずに、ただ空虚《くうきょ》な膜《まく》となって僕《ぼく》の耳《みみ》に届《とど》いた。

促《うなが》され、僕《ぼく》は置《お》かれた座布団《ざぶとん》の上《うえ》に正座《せいざ》する。

目《め》の前《まえ》に置《お》かれた彼女《かのじょ》の遺影《いえい》と、否《いや》が応《おう》でも向《む》き合《あ》ってしまう。

生前《せいぜん》の彼女《かのじょ》そのままの、今《いま》にもあの笑《わら》い声《ごえ》が聞《き》こえてきそうな笑顔《えがお》の写真《しゃしん》。

駄目《だめ》だ……。

僕《ぼく》は写真《しゃしん》から目《め》を逸《そ》らしてよく名前《なまえ》の分《わ》からない道具《どうぐ》で高《たか》い音《おと》を鳴《な》らし、手《て》を合《あ》わせた。

どうしたことだろうか、祈《いの》りたいことなんて、何《なに》も考《かんが》えられなかった。

お参《まい》りが終《お》わってから、隣《となり》に正座《せいざ》していたお母《かあ》さんの方《ほう》に向《む》き直《なお》った。一応座布団《いちおうざぶとん》からは下《お》りる。お母《かあ》さんは、疲《つか》れきった顔《かお》で正面《しょうめん》に来《き》た僕《ぼく》に微笑《ほほえ》みかけた。

「桜良《さくら》さんからお借《か》りしていたものがあります。それを、お母《かあ》さんにお渡《わた》ししても、いいですか？」

「あの子《こ》から……ええ、何《なに》かしら」

鞄《かばん》の中《なか》から文庫本《ぶんこぼん》の『星《ほし》の王子《おうじ》さま』を取《と》り出《だ》し、お母《かあ》さんに手渡《てわた》した。心当《こころあ》たりがあったみたいで、お母《かあ》さんは受《う》け取《と》ってから一度《いちど》胸《むね》に抱《だ》いて彼女《かのじょ》の遺影《いえい》の横《よこ》にお供《そな》え物《もの》みたいに本《ほん》を置《お》いた。

「……桜良《さくら》と、仲良《なかよ》くしてくれて、本当《ほんとう》にありがとう」

恭《うやうや》しく頭《あたま》を下《さ》げられて、僕《ぼく》は戸惑《とまど》う。

「いえ、こちらこそ、生前《せいぜん》、桜良《さくら》さんには本当《ほんとう》にお世話《せわ》になりました。彼女《かのじょ》はいつも元気《げんき》で、一緒《いっしょ》にいるとこっちまで明《あか》るくなってしまうようでした」

「……そうね、元気《げんき》だった」

お母《かあ》さんの言《い》い淀《よど》みに、僕《ぼく》はそういえば家族以外《かぞくいがい》の人間《にんげん》は、彼女《かのじょ》の膵臓《すいぞう》については知《し》らないことになっていたのだと思《おも》い至《いた》った。

隠《かく》し通《とお》そうか、そう思《おも》ったけれど、隠《かく》したままでは本来《ほんらい》の目的《もくてき》を切《き》り出《だ》せないことに気《き》がつく。

正直《しょうじき》、今《いま》さらになってご家族《かぞく》とこんな話《はなし》をするのはいかがなものかと止《と》める良心的《りょうしんてき》な僕《ぼく》もいたけれど、そんな自分《じぶん》はすぐに打《う》ちのめしてやった。

「あの……お話《はなし》があるんです」

「ん、何《なに》？」

お母《かあ》さんは優《やさ》しく悲《かな》しい顔《かお》をする。僕《ぼく》は、再度良心《さいどりょうしん》を打《う》ち倒《たお》す。

「実《じつ》は……僕《ぼく》は、彼女《かのじょ》の病気《びょうき》のことを知《し》っていました」

「え……」

お母《かあ》さんは、予想通《よそうどお》りの驚《おどろ》いた顔《かお》をした。

「彼女《かのじょ》から聞《き》いていました。だから、今回《こんかい》のことは本当《ほんとう》に、思《おも》いもかけないことで」

驚《おどろ》いたまま、お母《かあ》さんは無言《むごん》で手《て》を口元《くちもと》に当《あ》てた。やはり、彼女《かのじょ》は病気《びょうき》について誰《だれ》かに喋《しゃべ》っていることを、家族《かぞく》に伝《つた》えてなかった。そうだろうとは思《おも》っていた。なぜなら彼女《かのじょ》はあの病室《びょうしつ》で、僕《ぼく》と親友《しんゆう》さんを何度《なんど》もはち合《あ》わせさせたくせに、僕《ぼく》と家族《かぞく》をはち合《あ》わせには絶対《ぜったい》にしなかった。されたら困《こま》るのは僕《ぼく》だったけれども。

「実《じつ》は、彼女《かのじょ》と病院《びょういん》でたまたま会《あ》ったことがあるんです。その時《とき》に、彼女《かのじょ》から聞《き》きました。どうして教《おし》えてくれたのかは、分《わ》かりませんが」

黙《だま》って言葉《ことば》を聞《き》いてくれるのに甘《あま》えて、僕《ぼく》は続《つづ》けた。

「彼女《かのじょ》は、僕以外《ぼくいがい》のクラスメイトには秘密《ひみつ》にしていました。だから、今回《こんかい》、こんなお話《はなし》を突然《とつぜん》して、驚《おどろ》かせてしまって、すみません」

僕《ぼく》は、今日訪《きょうおとず》れた目的《もくてき》の核心《かくしん》を衝《つ》く。

「今日《きょう》、実《じつ》はお参《まい》り以外《いがい》に、もう一《ひと》つお願《ねが》いがあって来《き》ました。彼女《かのじょ》が、病気《びょうき》になってから日記《にっき》のようにつけていた本《ほん》を見《み》せていただきたいんです」

「…………」

「『共病文庫《きょうびょうぶんこ》』を」

その言葉《ことば》が、引《ひ》き金《がね》だった。

お母《かあ》さんは、山内桜良《やまうちさくら》のお母《かあ》さんは、口元《くちもと》に手《て》を当《あ》てたまま両方《りょうほう》の目《め》から涙《なみだ》を流《なが》し始《はじ》めた。静《しず》かに、静《しず》かに、声《こえ》を押《お》し殺《ころ》すように、お母《かあ》さんは泣《な》いていた。

涙《なみだ》の意味《いみ》が、僕《ぼく》には分《わ》からなかった。悲《かな》しみには違《ちが》いないのだろうけれど、僕《ぼく》が彼女《かのじょ》の病気《びょうき》を知っているという事実《じじつ》のどこに更《さら》なる悲《かな》しみを誘発《ゆうはつ》する作用《さよう》があったのか、僕《ぼく》には分《わ》からなかった。だから、慰《なぐさ》める言葉《ことば》も見《み》つからず、黙《だま》って僕《ぼく》は待《ま》った。

やがて涙《なみだ》が乾《かわ》ききらぬ間《あいだ》に、お母《かあ》さんは僕《ぼく》の目《め》をじっとみて、それからゆっくりと涙《なみだ》の理由《りゆう》を話《はな》してくれた。

「君《きみ》、だったのね……」

どういう意味《いみ》だろう。

「よかった……よかった……来《き》てくれて……本当《ほんとう》によかった」

ますます意味《いみ》が分《わ》からない。僕《ぼく》は呆然《ぼうぜん》と涙《なみだ》の行方《ゆくえ》を見守《みまも》った。

「ちょっと待《ま》ってて……」

お母《かあ》さんは立《た》ちあがり、どこか別《べつ》の場所《ばしょ》に消《き》えていった。取《と》り残《のこ》された僕《ぼく》は、お母《かあ》さんの涙《なみだ》と言葉《ことば》の意味《いみ》を考《かんが》える。考《かんが》えるも、何《なに》も思《おも》い浮《う》かばなかった。

そして僕《ぼく》が何《なに》かに思《おも》い当《あ》たる前《まえ》に、お母《かあ》さんは部屋《へや》に戻《もど》ってきた。手《て》には、見覚《みおぼ》えのある文庫本《ぶんこぼん》。

「これ、よね……」

涙《なみだ》ながらに、お母《かあ》さんは文庫本《ぶんこぼん》をそっと畳《たたみ》に置《お》いて僕《ぼく》の方《ほう》へと向《む》けた。それは確《たし》かに彼女《かのじょ》が肌身離《はだみはな》さず持《も》っていた本《ほん》。たった一度《いちど》を除《のぞ》いて、彼女《かのじょ》が中身《なかみ》を隠《かく》し続《つづ》けた本《ほん》。

「はい、『共病文庫《きょうびょうぶんこ》』です。彼女《かのじょ》が、病気《びょうき》になってからつけ始《はじ》めた日記《にっき》のようなものだと聞《き》いてます。生前《せいぜん》、中身《なかみ》を見《み》たことはなかったのですが、彼女《かのじょ》の死後《しご》には皆《みんな》に公開《こうかい》すると、本人《ほんにん》から聞《き》いていました。そのことについて、何《なに》かお聞《き》きになっていますか？」

こくり、こくり、無言《むごん》でお母《かあ》さんは何度《なんど》も頷《うなず》いた。その度《たび》に、畳《たたみ》や淡《あわ》い色《いろ》のスカートに涙《なみだ》が落《お》ちた。

僕《ぼく》はきちんと頭《あたま》を下《さ》げてお願《ねが》いをする。

「見《み》せて、いただけませんか」

「……ええ……………もちろん、もちろんよ……」

「……ありがとうございます」

「桜良《さくら》は、あなたに向《む》けてこれを残《のこ》したんだもの」

本《ほん》に伸《の》ばしかけた僕《ぼく》の手《て》が、止《と》まった。意思《いし》ならぬところで、反射的《はんしゃてき》に体《からだ》を止《と》めて、お母《かあ》さんの顔《かお》を見《み》た。

「…………え？」

お母《かあ》さんは、一層《いっそう》涙《なみだ》の色《いろ》を強《つよ》めて話《はな》し始《はじ》めた。

「桜良《さくら》から……聞《き》いてた。この日記《にっき》は……あの子《こ》が死《し》んだら、とある人《ひと》に渡《わた》してほしいって。たった一人《ひとり》……あの子《こ》の病気《びょうき》のことを知《し》ってる…………『共病文庫《きょうびょうぶんこ》』っていう名前《なまえ》を知《し》ってる人《ひと》が……いるからって……」

一層色《いっそういろ》の強《つよ》まった涙《なみだ》が、空気《くうき》に溶《と》けていく。僕《ぼく》は、聞《き》いていることしかできなかった。

横《よこ》で、笑顔《えがお》の彼女《かのじょ》が、僕《ぼく》らを見《み》ていた。

「その人《ひと》が………その人《ひと》は……臆病《おくびょう》だから……お葬式《そうしき》には来《き》てくれないかもしれない、でも、絶対《ぜったい》これを取《と》りに来《き》てくれるから……。それまでは……家族以外《かぞくいがい》の誰《だれ》にも見《み》せないでって……はっきり、あの子《こ》の言葉《ことば》、覚《おぼ》えてるわ……本当《ほんとう》は、もっと先《さき》のことだった……」

いよいよ感極《かんきわ》まったのか、お母《かあ》さんは両手《りょうて》で顔《かお》を覆《おお》って泣《な》き始《はじ》めた。僕《ぼく》は呆然《ぼうぜん》とするばかりだった。聞《き》いていた話《はなし》と、違《ちが》う。彼女《かのじょ》が、僕《ぼく》に残《のこ》した？

彼女《かのじょ》との記憶《きおく》が、脳内《のうない》をすり抜《ぬ》けていった。

お母《かあ》さんの涙《なみだ》の隙間《すきま》から、声《こえ》が漏《も》れ出《で》てくる。

「ありがとう……本当《ほんとう》にありがとう………あなたのおかげで……あの子《こ》は………。あの子《こ》は……あなたを………」

僕《ぼく》は、堪《た》えられなくなって目《め》の前《まえ》に置《お》かれた文庫本《ぶんこぼん》を手《て》に取《と》った。誰《だれ》も、それを止《と》めなかった。

最初《さいしょ》の数日《すうじつ》は、中学生《ちゅうがくせい》だった彼女《かのじょ》の独白《どくはく》だった。

『２０××年《ねん》　11月《がつ》　29日《にち》
あんまり暗《くら》いことは書《か》きたくないんだけど、こういうことも書《か》いておかないとね。病《びょう》気《き》に罹《かか》ったって知《し》った時《とき》なんだけど、頭《あたま》が真《ま》っ白《しろ》になって、どうすればいいのかも分《わ》からないし、不安《ふあん》になって泣《な》いたり、怒《おこ》って家族《かぞく》にやつあたりしたりとか、色々《いろいろ》なことをした。まずはそのことを家族《かぞく》に謝《あやま》りたいです。ごめんなさい。そこから私《わたし》が落《お》ち着《つ》くまでずっと見守《みまも》ってくれてありがとう。…………』
『２０××年《ねん》　12月《がつ》　４日《か》
最近寒《さいきんさむ》い。病気《びょうき》になったって分《わ》かってから色《いろ》んなことを考《かんが》えたんだけど。その一《ひと》つとして、病気《びょうき》になった自分《じぶん》の運命《うんめい》を恨《うら》まないって決《き》めたっていうのがある。だから、闘病《とうびょう》じゃなくて共病文庫《きょうびょうぶんこ》っていう名前《なまえ》にした。…………』

数日置《すうじつお》きに、彼女《かのじょ》の日常《にちじょう》で起《お》きたことが記録《きろく》されている。これが数年分《すうねんぶん》。とは言《い》っても、この期間《きかん》の記述《きじゅつ》は短《みじか》いものばかりだった。僕《ぼく》の知《し》りたいこととは、あまり関係《かんけい》がないと思《おも》ったので、今《いま》は斜《なな》め読《よ》みで済《す》ますことにした。気《き》になった記述《きじゅつ》もちらほらはあった。

『２０××年《ねん》　10月《がつ》　12日《にち》
新《あたら》しく彼氏《かれし》ができた。不思議《ふしぎ》な気分《きぶん》。彼《かれ》ともしも長《なが》く続《つづ》いたら、病気《びょうき》のことも話《はな》さなくちゃいけないかな。やだな。』
『２０××年《ねん》　１月《がつ》　３日《か》
別《わか》れた。三《さん》が日《にち》に別《わか》れるなんて、縁起《えんぎ》が悪《わる》いんじゃないかな。恭子《きょうこ》が慰《なぐさ》めてくれた。』
『２０××年《ねん》　１月《がつ》　20日《か》
恭子《きょうこ》にもいつか病気《びょうき》のことを話《はな》さなくちゃいけない。でもそれは本当《ほんとう》に最後《さいご》のことでいい。私《わたし》はずっと恭子《きょうこ》と楽《たの》しく遊《あそ》んでいたいから。もし恭子《きょうこ》がこれを読《よ》んだ時《とき》のために、ここで黙《だま》っていたことを謝《あやま》っておくね。死《し》ぬって言《い》ってなくてごめんなさい。』

中学《ちゅうがく》を卒業《そつぎょう》して、彼女《かのじょ》は高校《こうこう》に入学《にゅうがく》し、親友《しんゆう》さんと一緒《いっしょ》に精一杯《せいいっぱい》の青春《せいしゅん》を謳歌《おうか》する。

一年《いちねん》が過《す》ぎて、二年生《にねんせい》になり、死《し》というものがそこまで来《き》ていると感《かん》じながらも明《あか》るく生《い》きようとする彼女《かのじょ》の日常《にちじょう》は、その一言一言《ひとことひとこと》が内臓《ないぞう》に深《ふか》く沈《しず》み込《こ》んでいった。

『２０××年《ねん》　６月《がつ》　15日《にち》

だんだん高校生《こうこうせい》らしくなってきたかな、私《わたし》。部活《ぶかつ》に入《はい》ろうかどうか散々迷《さんざんまよ》ったんだけど結局入《けっきょくはい》らないことにした。文化系《ぶんかけい》もいくつか考《かんが》えたんだけど、家族《かぞく》や友達《ともだち》との時間《じかん》を大《たい》切《せつ》にするためってことで帰宅部《きたくぶ》を選《えら》んだ。恭子《きょうこ》は相変《あいか》わらずバレーで毎日汗《まいにちあせ》だくになってる。頑張《がんば》れ恭子《きょうこ》！』

『20××年《ねん》　3月《がつ》　12日《にち》

桜《さくら》が散《ち》るのを見《み》てせつなくなるって、よく言《い》うけど、私《わたし》は咲《さ》くのを見《み》てもせつなくなる。あと何回《なんかい》この桜《さくら》を見《み》れるなって計算《けいさん》しちゃうから。だけれどもいいこともある。きっと私《わたし》が見《み》てる桜《さくら》は同年代《どうねんだい》の誰《だれ》が見《み》る桜《さくら》よりも綺麗《きれい》に見《み》えるはずだ。……』

『20××年《ねん》　4月《がつ》　5日《か》

二年生《にねんせい》になった！　恭子《きょうこ》と同《おな》じクラスになったー！　よかったー！　あと他《ほか》にも陽菜《ひな》とか里香《りか》とか、男子《だんし》だと隆弘《たかひろ》くんも一緒《いっしょ》だった。運《うん》がいいな。まあ膵臓《すいぞう》の運《うん》を全《すべ》てそっちに回《まわ》してると思《おも》えば妥当《だとう》かな。そういえば……』

そして青春《せいしゅん》の中《なか》、ある日彼女《ひかのじょ》は、僕《ぼく》と出会《であ》う。
互《たが》いを知《し》ったのはもっとずっと前《まえ》だったけれど、出会《であ》ったのは、あの日《ひ》だ。

『20××年《ねん》　4月《がつ》　22日《にち》
今日《きょう》、家族《かぞく》以外《いがい》の人《ひと》に初《はじ》めて病気《びょうき》のことを喋《しゃべ》った。相手《あいて》はクラスメイトの●●くん。病院《びょういん》でたまたまこの共病文庫《きょうびょうぶんこ》を拾《ひろ》って、読《よ》まれちゃったもんだから、もういいや！ってなって喋《しゃべ》っちゃった。私《わたし》も誰《だれ》かに聞《き》いてほしかったのかも。あとは、●●くんは友達《ともだち》も少《すく》なそうだし自分《じぶん》の心《こころ》の中《なか》に留《とど》めておいてくれそうだと思《おも》った。実《じつ》は前《まえ》から●●くんのことは気《き》になってた。一年生《いちねんせい》の頃《ころ》も実《じつ》は同《おな》じクラスにいたんだけど、彼《かれ》は覚《おぼ》えてるかな？ずっと本《ほん》を読《よ》んでるし、まるでじっと自分《じぶん》と戦《たたか》ってるみたい。それに今日《きょう》話《はな》してみると凄《すご》く面白《おもしろ》くて、私《わたし》はすぐ彼《かれ》を気《き》に入《い》った。単純《たんじゅん》。●●くんは他《ほか》の人《ひと》とはちょっと違《ちが》う感《かん》じがする。もっと仲良《なかよ》くなりたい。秘密《ひみつ》も知《し》られたことだし。』

　僕《ぼく》の名前《なまえ》が、ボールペンで丸《まる》く塗《ぬ》りつぶされていた。僕《ぼく》が、名前《なまえ》を出《だ》さないでほしいと言《い》ったから、塗《ぬ》りつぶしてくれたのかもしれない。

　ここから彼女《かのじょ》の時系列《じけいれつ》が僕《ぼく》と重《かさ》なり始《はじ》める。大体《だいたい》記述《きじゅつ》は三日《みっか》ごとにされていた。ほとんどは、他愛《たあい》もない内容《ないよう》だった。

『20××年《ねん》　4月《がつ》　23日《にち》

図書委員《としょいいん》になった。ここで言《い》っても仕方《しかた》がないけど、委員会《いいんかい》の人数《にんずう》が自由《じゆう》ってどんなシステムだよ！　●●くんに話《はな》しかけると、困《こま》った顔《かお》をしていた。でも、仕事内容《しごとないよう》とかはちゃんと教《おし》えてくれるみたいだ。色々《いろいろ》と話《はなし》を聞《き》こうと思《おも》う。』

『２０××年《ねん》　６月《がつ》　７日《か》

小《しょう》テストは満点《まんてん》だった。流石私《さすがわたし》！「流石私《さすがわたし》」ってなんだか花《はな》の名前《なまえ》みたいに見《み》えない？　最近心《さいきんこころ》が軽《かる》い気《き》がする。たまーに、私《わたし》が死《し》ぬことについて冗談《じょうだん》を言《い》うと、●●くんは顔《かお》をしかめて面白《おもしろ》いことを言《い》う。彼《かれ》の人《ひと》となりが、少《すこ》しずつだけど見《み》えてきた。彼《かれ》はやっぱり、自分《じぶん》と戦《たたか》ってる。』

『２０××年《ねん》　６月《がつ》　30日《にち》

暑《あつ》い。暑《あつ》いのも嫌《きら》いじゃない。汗《あせ》をかくと生《い》きてるって感《かん》じがする。体育《たいいく》はバスケだった。それより●●くんに共病文庫《きょうびょうぶんこ》に名前《なまえ》を出《だ》すなと言《い》われた。彼《かれ》の真似《まね》をして憎《にく》まれ口《ぐち》を叩《たた》いた私《わたし》だけれど、彼《かれ》とは違《ちが》って根《ね》が素直《すなお》なのでたまには彼《かれ》の主張《しゅちょう》を受《う》け止《と》めてあげよう。ここから、彼《かれ》の名前《なまえ》は出《だ》さないでおいてあげる。』

やはりそうだった。読《よ》み進《すす》めていくと、この日以降本当《ひいこうほんとう》に僕《ぼく》の名前《なまえ》は出《で》てこなかった。

もう一《ひと》つ理解《りかい》する。中身《なかみ》がこうなっていたから、お母《かあ》さんは誰《だれ》が彼女《かのじょ》の病気《びょうき》を知《し》っていたのか特定《とくてい》できなかったのだろう。ご家族《かぞく》の心労《しんろう》を考《かんが》えると、余計《よけい》なことを言《い》ったかもしれない。続《つづ》きを読《よ》んで、その思《おも》いはより強《つよ》くなった。

『20××年《ねん》 7月《がつ》 8日《か》
今日《きょう》、時間《じかん》をしたいことに使《つか》った方《ほう》がいいと助言《じょげん》を受《う》けた。何《なに》かあるかなぁと考《かんが》えたら助言《じょげん》をくれた人《ひと》と遊《あそ》びにでかけたい、のと、焼《や》き肉《にく》が食《た》べたくなったので、日曜日《にちようび》に出《で》かける約束《やくそく》をした。…………』

『20××年《ねん》 7月《がつ》 11日《にち》
焼《や》き肉《にく》美味《おい》しかった！ そして今日《きょう》は楽《たの》しかった。詳《くわ》しくは書《か》けないのが惜《お》しい。一《ひと》つだけ言《い》えるのは、ホルモンの美味《おい》しさを私《わたし》が死《し》ぬまでに叩《たた》きこんでやろうと思《おも》う。その後《ご》…………』

『20××年《ねん》 7月《がつ》 12日《にち》
今日《きょう》は予定《よてい》を急《きゅう》きょ作《つく》って甘《あま》い物《もの》をたらふく食《た》べにいった。朝学校《あさがっこう》に行《い》ってから思《おも》いついたので、どうやってその予定《よてい》に巻《ま》き込《こ》んでやるかを考《かんが》えて計画《けいかく》を練《ね》り、実行《じっこう》に移《うつ》した。ずっと考《かんが》えていたのでテストはあまりできていないかもしれない。』

僕《ぼく》の名前《なまえ》を出《だ》さなくなると、彼女《かのじょ》が僕《ぼく》について思《おも》っていることの記述《きじゅつ》も一気《いっき》になくなった。失敗《しっぱい》だった。

この頃《ころ》になると、彼女《かのじょ》の記述《きじゅつ》は毎日《まいにち》のものとなっているようだった。

『20××年《ねん》　7月《がつ》　13日《にち》

今日《きょう》からやりたいことを思《おも》いついたらここに書《か》いて行《い》くことにしよう。

・旅行《りょこう》に行《い》きたい（男《おとこ》の子《こ》と）

・美味《おい》しいホルモンを食《た》べたい

・美味《おい》しいラーメン食《た》べたい

いいことを思《おも》いついた。』

『20××年《ねん》　7月《がつ》　15日《にち》

・恋人《こいびと》じゃない男《おとこ》の子《こ》といけないことをしたい（笑《わらい》）

旅行《りょこう》のことは帰《かえ》ってから書《か》く。』

『20××年《ねん》　7月《がつ》　19日《にち》

テストの結果《けっか》が思《おも》ってたより良《よ》かった！　旅行《りょこう》も楽《たの》しかったし恭子《きょうこ》も許《ゆる》してくれたし、私《わたし》の夏休《なつやす》みはかなりよい感《かん》じに始《はじ》まりそうです。と思《おも》ったらまだ補習《ほしゅう》があった。ちくしよう。』
『20××年《ねん》　7月《がつ》　21日《にち》
とても悪《わる》くて、良《い》い日《ひ》だった。少《すこ》しだけ、一人《ひとり》で泣《な》いた。今日《きょう》は泣《な》いてばかりだ。』
…………あの日《ひ》のことだろう。あの、僕達《ぼくたち》が間違《まちが》ったあの日《ひ》。
彼女《かのじょ》が一人《ひとり》で泣《な》いていたことは、意外《いがい》で、肺《はい》の辺《あた》りが痛《いた》くなった。
『20××年《ねん》　7月《がつ》　22日《にち》
病院《びょういん》にいる。二週間《にしゅうかん》くらい入院《にゅういん》することになった。何《なに》やら数値《すうち》がおかしいとかで。少《すこ》し、いやここで嘘《うそ》をつくのはやめよう。かなり不安《ふあん》。だけど、周《まわ》りには見栄《みえ》を張《は》ってる。嘘《うそ》をついたんじゃないよ。見栄《みえ》を張《は》っただけ。』
『20××年《ねん》　7月《がつ》　24日《か》
不安《ふあん》を吹《ふ》っ飛《と》ばそうと思《おも》って踊《おど》っているところを見《み》られた。恥《は》ずかしいのと、来《き》てくれてほっとしたのとで涙《なみだ》が出《で》てきたから、必死《ひっし》に隠《かく》した。その後《ご》は楽《たの》しく過《す》ごした。心《こころ》が軽《かる》くなった。…………』
『20××年《ねん》　7月《がつ》　27日《にち》

面白《おもしろ》いことがあったけれど、そのことについてはルール上書《じょうか》けない。だから手品《てじな》のことを書《か》こうかな。…………』
『20××年《ねん》 7月《がつ》 28日《にち》
寿命《じゅみょう》が半分《はんぶん》に縮《ちぢ》まった。』

並《なら》んだ文字《もじ》を、黙読《もくどく》していた僕《ぼく》は、絶句《ぜっく》した。

『20××年《ねん》 7月《がつ》 31日《にち》
嘘《うそ》をついた。初《はじ》めてじゃないかな。はっきりと嘘《うそ》をついたのは。何《なに》かあったのかと訊《き》かれて、また泣《な》きそうになった。話《はな》してしまいそうになった。でも駄目《だめ》だと思《おも》って言《い》わなかった。持《も》って来《き》てくれる日常《にちじょう》を手放《てばな》したくなかった。私《わたし》は、弱《よわ》い。真実《しんじつ》を、いつ伝《つた》えよう。』
『20××年《ねん》 8月《がつ》 3日《か》
私《わたし》の心配《しんぱい》をしてくれてた。また嘘《うそ》をついた。あんなにほっとした顔《かお》をされたらさ、伝《つた》えられないじゃん。でも、嬉《うれ》しかった。生《い》きてて、こんなに嬉《うれ》しいことがあるのかと思《おも》うくらい。あんなに必要《ひつよう》とされてるって知《し》らなかったから。嬉《うれ》しくて嬉《うれ》しくて、一人《ひとり》になった後《あと》たくさん泣《な》いちゃった。こうやって書《か》いてるのも、死《し》んだ後《あと》に私《わたし》の本当《ほんとう》の方《ほう》の気《き》持《も》ちも知《し》っておいてほしいからであって、やっぱり私《わたし》は弱《よわ》い。ばれなかったとは、思《おも》う。私《わたし》、意《い》外《がい》とポーカー強《つよ》い。』
『20××年《ねん》 8月《がつ》 4日《か》
ちょっと最近《さいきん》の私《わたし》は気《き》弱《よわ》すぎたみたい！ もう暗《くら》いこと書《か》くのやめる！ ずっと前《まえ》に決《き》めたことを忘《わす》れてた！ もしかしたら、ここ数日《すうじつ》の日記《にっき》は後《あと》で消《け》すかも。』
『20××年《ねん》 8月《がつ》 7日《か》
実《じつ》は入院《にゅういん》した時《とき》からなんだけど、できるだけ、とある二人《ふたり》をはち合《あ》わせさせるようにしてる。仲良《なかよ》くしてほしいんだけど、なかなか難《むずか》しいみたい（笑《わらい》）私《わたし》が死《し》ぬまでには二人《ふたり》が仲良《なかよ》くなりますように。最近《さいきん》大《おお》きな手品《てじな》を練習《れんしゅう》してる！ 披露《ひろう》するのが楽《たの》しみ。
…………』
『20××年《ねん》 8月《がつ》 10日《か》
退院《たいいん》してからの予定《よてい》を決《き》めた。海《うみ》に行《い》く。まずはそれくらいがちょうどいいかなって思《おも》う。最近《さいきん》の私達《わたしたち》はちょっとペースダウンしないと行《い》くところまで行《い》きそうで（笑《わらい》）それもいいんだけど、徐々《じょじょ》にね。手品《てじな》、難《むずか》しい。…………』
『20××年《ねん》 8月《がつ》 13日《にち》

ここに来《き》て今夏初《こんかはつ》のスイカを食《た》べた。メロンよりスイカが好《す》き。子《こ》どもの頃《ころ》からの好《この》みってあんまり変《か》わらないよねぇ。と言《い》ってもホルモンは別《べつ》にずっと好《す》きなわけじゃない。ミノをくちゃくちゃ言《い》わせる子《こ》どもなんてすごく嫌《いや》だ（笑《わらい》）お母《かあ》さんにこの本《ほん》についてのルール説明《せつめい》をした。もう一度書《いちどか》く。この本《ほん》はある人《ひと》が取《と》りにくるまで絶対家族以外《ぜったいかぞくいがい》に見《み》せない。ヒントを恭子《きょうこ》とかから聞《き》きだすのも駄目《だめ》。…………』

『20××年《ねん》　8月《がつ》　16日《にち》

もうすぐ退院《たいいん》！　二人《ふたり》が最後《さいご》のお見舞《みま》いに来《き》てくれた。両方《りょうほう》からいいかげんにしてほしいと注意《ちゅうい》を受《う》けていたので時間《じかん》をずらしてあげた（笑《わらい》）

・一度《いちど》でもいいから、三人《さんにん》で仲良《なかよ》くごはんとか行《い》きたい！』

『20××年《ねん》　8月《がつ》　18日《にち》

明日退院《あしたたいいん》だあああああああ！

残《のこ》った時間《じかん》を謳歌《おうか》するぞー！

いええええええええええい！』

彼女《かのじょ》の日記《にっき》は、そこで途絶《とだ》えた。

なんていうことだろう。

僕《ぼく》の不安《ふあん》は正《ただ》しかったんだ。

彼女《かのじょ》は、何《なに》かあったのに、それをひた隠《かく》しにしていた。

内臓《ないぞう》からいつかみたいに何《なに》かがせり上《あ》がってくる。落《お》ち着《つ》け、と僕《ぼく》は自分《じぶん》をなだめる。

どうしようもなかったし、今《いま》さらどうにもならないと言《い》い訳《わけ》をして自分《じぶん》を必死《ひっし》に保《たも》つ。

深呼吸《しんこきゅう》をしながら、僕《ぼく》は、今考《いまかんが》えるべきを考《かんが》える。

僕《ぼく》の望《のぞ》むものは、『共病文庫《きょうびょうぶんこ》』の中《なか》には見《み》つからなかった。彼女《かのじょ》が僕《ぼく》を、なんだと思《おも》っていたのかという明確《めいかく》な答《こた》えが、この本《ほん》の中《なか》にはなかった。大切《たいせつ》に思《おも》ってくれていたのは分《わ》かった、でも、そんなのは知《し》っていたことだ。僕《ぼく》は、彼女《かのじょ》が僕《ぼく》をどう呼《よ》んでいたのかが知《し》りたかったのに。

僕《ぼく》は、少《すく》なからず落胆《らくたん》した。

目《め》を閉《と》じて、呼吸《こきゅう》を落《お》ち着《つ》かせる。期《き》せずして、黙《もく》とうのようになってしまった。

本《ほん》を閉《と》じると、前《まえ》では彼女《かのじょ》のお母《かあ》さんがじっと待《ま》ってくれていた。僕《ぼく》は、本《ほん》を静《しず》かに畳《たたみ》に置《お》いて、差《さ》し出《だ》した。

「ありがとうございました……」

「まだ」

「…………………え」

お母《かあ》さんは、『共病文庫《きょうびょうぶんこ》』を受《う》け取《と》らなかった。彼女《かのじょ》にそっくりな目《め》を真《ま》っ赤《か》にして。しっかりと僕《ぼく》の目《め》を見《み》た。

「桜良《さくら》が、あなたに本当《ほんとう》に読《よ》んでほしかったのは、きっとまだ先《さき》」

言《い》われ、僕《ぼく》は慌《あわ》ててパラパラと白紙《はくし》のままのページをめくった。

再《ふたた》び記述《きじゅつ》が始《はじ》まったのは、文庫本《ぶんこぼん》の最後《さいご》の方《ほう》。

人間性《にんげんせい》が浮《う》かび上《あ》がるような、元気《げんき》のよい、彼女《かのじょ》の文字《もじ》だった。

僕《ぼく》は、息《いき》が止《と》まるかと思《おも》った。

『遺書《いしょ》（下書《したが》き）（何回《なんかい》も書《か》きなおす）

はいけい、皆《みな》さん

これは、私《わたし》の遺書《いしょ》です。

これが誰《だれ》かの目《め》に触《ふ》れているということは、私《わたし》はもうこの世界《せかい》にはいないのでしょうね。

（ありきたりすぎるかな？）

まず、ほとんどの人達《ひとたち》に病気《びょうき》のことを黙《だま》っていたのを謝《あやま》らせてください。本当《ほんとう》にごめんなさい。

わがままだけど、私《わたし》は、皆《みんな》と普通《ふつう》に生活《せいかつ》していっぱい遊《あそ》んでいっぱい笑《わら》いたかったの。だから、黙《だま》ったまま死《し》んじゃいました。

もしかしたら私《わたし》に何《なに》かを伝《つた》えたいと思《おも》ってた人《ひと》もいるかもしれない。もしそうだったら。私以外《わたしいがい》の人《ひと》には、伝《つた》えたいことを全《すべ》て伝《つた》えるようにしてください。好《す》きだとか嫌《きら》いだとか、そういう全《すべ》てを、伝《つた》えるようにしてほしい。じゃないと、私《わたし》みたいにいつの間《ま》にか死《し》んじゃうかもしれないよ。私《わたし》にはもう間《ま》に合《あ》わないけど、他《ほか》の人《ひと》にはまだ間《ま》に合《あ》うから、伝《つた》えてあげてください。

学校《がっこう》の皆《みんな》（何人《なんにん》か個別《こべつ》に書《か》くかな？）、皆《みんな》と一緒《いっしょ》に勉強《べんきょう》できて本当《ほんとう》に楽《たの》しかった。文化《ぶんか》祭《さい》も体育祭《たいいくさい》も私《わたし》は本気《ほんき》で楽《たの》しかったけど、むしろ私《わたし》は、日常生活《にちじょうせいかつ》で皆《みんな》が一緒《いっしょ》にいてくれることが楽《たの》しかった。皆《みんな》がこれから色《いろ》んな場所《ばしょ》で、色《いろ》んなことで活躍《かつやく》するんだろうことが、楽《たの》しみで、見《み》れないのが悔《くや》しい。思《おも》い出話《でばなし》をいーっぱい作《つく》って、天国《てんごく》で私《わたし》に話《はな》してください。だから皆《みんな》、悪《わる》いことしちゃ駄目《だめ》だよ（笑《わらい》）私《わたし》のことを好《す》きでいてくれた人《ひと》、私《わたし》のことを嫌《きら》いだった人《ひと》、ありがとう。

お父《とう》さん、お母《かあ》さん、お兄《にい》ちゃん（これこそ個別《こべつ》なんじゃない？）今《いま》まで、本当《ほんとう》にありがとう。家族《かぞく》が、私《わたし》は大好《だいす》きでした。お父《とう》さんのこともお母《かあ》さんのこともお兄《にい》ちゃんのことも、本当《ほんとう》の本当《ほんとう》に大好《だいす》きだったの。私《わたし》がまだちっちゃかった時《とき》、四人《よにん》でよく旅行《りょこう》に行《い》ったね。今《いま》でも、よく覚《おぼ》えてる。ちっちゃな時《とき》から私《わたし》は凄《すご》く奔放《ほんぽう》で迷惑《めいわく》ばかりかけたけど、私《わたし》は自慢《じまん》の娘《むすめ》になれたでしょうか。天国《てんごく》でも、お父《とう》さんお母《かあ》さんの子《こ》どもになりたい。生《う》まれ変《か》わっても、私《わたし》は二人《ふたり》の娘《むすめ》になりたい。だから、ずっと仲良《なかよ》くしてね。生《う》まれ変《か》わった時《とき》に、また二人《ふたり》で私《わたし》を育《そだ》ててね。お兄《にい》ちゃんと一緒《いっしょ》に、また私《わたし》は山内《やまうち》として生《い》きたいです。うーん、書《か》きたいことがありすぎて、まとまらないな。

（やっぱり大切《たいせつ》な相手《あいて》には個別《こべつ》に書《か》く。家族《かぞく》の分《ぶん》は改《あらた》めて書《か》きなおします。）

恭子《きょうこ》。

まずこれを言《い》わせて。大好《だいす》き。

私《わたし》は恭子《きょうこ》が大好《だいす》き。間違《まちが》いなく、大好《だいす》き。だから、本当《ほんとう》にごめん。

報告《ほうこく》するのがギリギリになって、ごめん。（このこともちゃんと考《かんが》えなきゃ）

許《ゆる》して、なんて言《い》えない。

でも、これだけは信《しん》じて。大好《だいす》きだった。

大好《だいす》きだったから、言《い》えなかった。

恭子《きょうこ》といるのが大好《だいす》きだった。笑《わら》ったり、怒《おこ》ったり、馬鹿《ばか》なこと言《い》ったり、泣《な》いたりするのが、大好《だいす》きだった。

ごめん、違《ちが》う。

今《いま》でも大好《だいす》きだよ。

ずっと。現在進行形《げんざいしんこうけい》で大好《だいす》きだよ。天国《てんごく》に行《い》っても、生《う》まれ変《か》わっても、ずっと大好《だいす》きのままだよ。

大好《だいす》きな恭子《きょうこ》との大好《だいす》きな時間《じかん》を、壊《こわ》す勇気《ゆうき》が、私《わたし》にはなかったの。

他《ほか》の友達《ともだち》に悪《わる》いけど、恭子《きょうこ》はいつでも私《わたし》の一番《いちばん》。もしかしたら私《わたし》、恭子《きょうこ》に恋《こい》してたかな。よし、じゃあ、次生《つぎう》まれ変《か》わる時《とき》は、恭子《きょうこ》は男《おとこ》の子《こ》になってよ（笑《わらい》）

幸《しあわ》せになってね。恭子《きょうこ》。

何《なに》があっても、恭子《きょうこ》なら大丈夫《だいじょうぶ》。私《わたし》の大好《だいす》きな恭子《きょうこ》は、負《ま》けないもんね。

素敵《すてき》なだんなさんを見《み》つけて、可愛《かわい》い赤《あか》ちゃんを産《う》んで。誰《だれ》よりも幸《しあわ》せな家庭《かてい》を作《つく》るんだよ。

本当《ほんとう》を言《い》うと、見《み》たかったな。恭子《きょうこ》の家《か》◯（↑本番《ほんばん》書《か》く時《とき》は泣《な》かない）

天国《てんごく》から恭子《きょうこ》をいつも見守《みまも》ってる。

そうだ一《ひと》つだけお願《ねが》いがあるの。私《わたし》の最後《さいご》のお願《ねが》いだと思《おも》って聞《き》いてくれると嬉《うれ》しいな。
お願《ねが》いっていうのは、仲良《なかよ》くしてあげてほしい人《ひと》がいるの。
そう、恭子《きょうこ》がいつもにらんでる彼《かれ》（笑《わらい》）
彼《かれ》は、良《よ》い人《ひと》だよ。本当《ほんとう》に。時々《ときどき》私《わたし》をいじめるけど（笑《わらい》）
だけど、彼《かれ》は
（彼《かれ》の説明《せつめい》は後回《あとまわ》しでいいか笑《わらい》）
（恭子《きょうこ》に伝《つた》えたいこともっと上手《うま》く）

じゃあ、最後《さいご》、君《きみ》に。
名前《なまえ》なんて書《か》いてあげないよ（笑《わらい》）
君《きみ》だよ、君《きみ》。君《きみ》が書《か》くなって言《い》ったんだからね。
やあ、元気《げんき》？（笑《わらい》）
色々《いろいろ》、最近《さいきん》は特《とく》に言《い》いたいことが増《ふ》えたかな（二年《にねん》の夏《なつ》）
でもまずは事務連絡《じむれんらく》。
この『共病文庫《きょうびょうぶんこ》』は、君《きみ》の自由《じゆう》にしてください。
家族《かぞく》にもそう伝《つた》えてある。君《きみ》がこれを取《と》りに来《き》たら、渡《わた》してあげるようにって。

自由《じゆう》にっていうのは、君《きみ》は受《う》け取《と》ったこれをどうにでもしていいってこと。破《やぶ》くなり、隠《かく》すなり、誰《だれ》かにあげるなり。
つまり、私《わたし》は色《いろ》んな人《ひと》にメッセージを書《か》いてるけど、それを皆《みんな》に見《み》せるかどうかも君《きみ》次《し》第《だい》。
今君《いまきみ》がこれを見《み》てる時点《じてん》で、この『共病文庫《きょうびょうぶんこ》』は君《きみ》のものになったから。嫌《いや》なら、捨《す》てればいいよ（怒《いかり》）
これが、私《わたし》に色《いろ》んなものをくれた君《きみ》へのせめてものお礼《れい》。
この間《あいだ》のスイカ美味《おい》しかったよ（笑《わらい》）（なんか今視点《いましてん》になってる。書《か》きなおせばいいか）
うん、今伝《いまつた》えたいことを書《か》くね。それが、本当《ほんとう》の気持《きも》ちだと思《おも》う。もし気持《きも》ちが変《か》わったら、書《か》きなおすよ。嫌《きら》いになったら書《か》かないけどね（笑《わらい》）その時《とき》は恭子《きょうこ》に殺《ころ》されればいいんじゃない（笑《わらい》）
あの時《とき》、病院《びょういん》で会《あ》った時《とき》からまだ四ヶ月《よんかげつ》しか経《た》ってないんだね。不思議《ふしぎ》。私《わたし》は、もっともっと長《なが》い時間《じかん》を君《きみ》と過《す》ごしたみたいな気《き》になってる。きっと、たくさんのことを君《きみ》に教《おし》えてもらってるから、充実《じゅうじつ》してるんだね。

日記《にっき》の方《ほう》にも書《か》いたけどさ、私《わたし》は実《じつ》はあれよりずっと前《まえ》から君《きみ》が気《き》になってた。どうしてか分《わ》かる？　君《きみ》がよく言《い》ってたことだよ。

正解《せいかい》は、私《わたし》も思《おも》ってたから。

君《きみ》と私《わたし》は、きっと反対側《はんたいがわ》にいる人間《にんげん》なんだって。

私《わたし》も思《おも》ってた。

そう思《おも》ってて、気《き》にはなってたけど仲良《なかよ》くなる機会《きかい》がなくて、そんなところにあの偶然《ぐうぜん》でしょ？　もう仲良《なかよ》くなるしかないなーって思《おも》っちゃったわけ。結果的《けっかてき》に仲良《なかよ》くなれて良《よ》かった良《よ》かった。

最近《さいきん》は仲良《なかよ》くなりすぎなんじゃないかーなんて声《こえ》もちらほら聞《き》こえて来《き》ますが（笑《わらい》）あの、恋人《こいびと》ごっこ？　勝手《かって》に名前《なまえ》をつけたけど、あれ本当《ほんとう》にドキドキする。今《いま》はまだハグだからいいけどさ。このままだと私達《わたしたち》、遊《あそ》びでキスくらいしちゃうんじゃないかしらって、ドキドキしてる（笑《わらい》）

んー、まあそれでもいいんだけどね。爆弾発言《ばくだんはつげん》だって思《おも》ってる？　でも本当《ほんとう》、それでもいいんだ。恋人《こいびと》にさえならなければ、それでもよかった。

ちょっと悩《なや》んだけど、もういっか、君《きみ》がこれ読《よ》んでる時《とき》、私《わたし》死《し》んでるんだし（笑《わらい》）正直《しょうじき》になろう。

正直《しょうじき》に言《い》うとさ、私《わたし》は何度《なんど》も、本当《ほんとう》に何度《なんど》も、君《きみ》に恋《こい》をしてるって思《おも》ったことがあるの。例《たと》えば、あれ、君《きみ》が初恋《はつこい》の人《ひと》の話《はなし》をしてくれた時《とき》。私《わたし》、胸《むね》がキュンってなったもん。ホテルの部屋《へや》でお酒《さけ》を飲《の》んだ時《とき》もそう。初《はじ》めて私《わたし》からハグした時《とき》もそう。だけどね、私《わたし》は君《きみ》と恋人《こいびと》になる気《き》はなかったし、これからだって、なる気《き》はない。と、思《おも》うよ、多分《たぶん》ね（笑《わらい》）

もしかしたら恋人《こいびと》としても上手《うま》くやっていけたのかもしれない。だけどそれを確《たし》かめる時間《じかん》は私達《わたしたち》にはないでしょう？

それにね、私達《わたしたち》の関係《かんけい》をそんなありふれた名前《なまえ》で呼《よ》ぶのは嫌《いや》なの。恋《こい》とか、友情《ゆうじょう》とか。そういうのではないよね、私達《わたしたち》は。もし君《きみ》が私《わたし》に恋《こい》してたらどうしてたかな、それはちょっと気《き》になります。訊《き》く気《き》も術《すべ》もないけどね。

あ、その話《はなし》と関係《かんけい》あるから、ついでに病院《びょういん》で私《わたし》が真実《しんじつ》か挑戦《ちょうせん》をやろうって言《い》った時《とき》、あの時何《ときなに》を訊《き》こうとしたのかを教《おし》えてあげる。私《わたし》は答《こた》えを知《し》れないんだから、ルール違反《いはん》じゃないよね。

私《わたし》が訊《き》きたかったのはね。

「どうして、君《きみ》は私《わたし》の名前《なまえ》を呼《よ》ばないの？」ってこと。

私《わたし》、覚《おぼ》えてるよ。新幹線《しんかんせん》で私《わたし》が寝《ね》てた時《とき》、ゴムパッチンで私《わたし》を起《お》こしたでしょ。呼《よ》んで起《お》こせばいいのに、名前《なまえ》を呼《よ》ばなかった。それからずっと気《き》にしてたの。そしたら君《きみ》は本《ほん》当《とう》に私《わたし》の名前《なまえ》を一回《いっかい》も呼《よ》ばなかった。いつも、「君《きみ》」。君《きみ》、君《きみ》、君《きみ》。

あの時《とき》、君《きみ》に訊《き》いていいかどうか迷《まよ》ったのは、もしかしたら君《きみ》は私《わたし》を嫌《きら》いだから名前《なまえ》を呼《よ》ばないのかもしれないと思《おも》ったの。私《わたし》はそういう風《ふう》に思《おも》うんだよ。しかも、それをどうでもいいなんて思《おも》えないの。私《わたし》には、自信《じしん》なんてまるでないから。私《わたし》は、君《きみ》とは違《ちが》って、周《まわ》りに頼《たよ》らないと自分《じぶん》を作《つく》れない人間《にんげん》だったから。

そう思《おも》ってたから真実《しんじつ》か挑戦《ちょうせん》に頼《たよ》らないと訊《き》けないって思《おも》ったんだけどね、最近実《さいきんじつ》は違《ちが》うって気《き》づいた。

ここからは私《わたし》の勝手《かって》な想像《そうぞう》。違《ちが》ってても許《ゆる》してね。

君《きみ》は、私《わたし》を君《きみ》の中《なか》の誰《だれ》かにするのが怖《こわ》かったんじゃない？

言《い》ってたよね、君《きみ》は名前《なまえ》を呼《よ》ばれた時《とき》に、周《まわ》りの人間《にんげん》が自分《じぶん》のことをどう思《おも》ってるか想《そう》像《ぞう》するのが趣味《しゅみ》だって。想像《そうぞう》して、でも、正《ただ》しくても間違《まちが》ってても、どうでもいいって。

これは私《わたし》に都合《つごう》のいい勝手《かって》な解釈《かいしゃく》だけど、君《きみ》は、私《わたし》のことをどうでもいいとは思《おも》ってなかったんじゃないかな。

だから、君《きみ》がそうするように、私《わたし》が想像《そうぞう》するのが怖《こわ》かった。

君《きみ》が呼《よ》ぶ私《わたし》の名前《なまえ》に、意味《いみ》がつくのが怖《こわ》かった。

いずれ失《うしな》うって分《わ》かってる私《わたし》を「友達《ともだち》」や「恋人《こいびと》」にするのは怖《こわ》かった。

ってういうのはどうかな？　当《あ》たってたら、私《わたし》の墓前《ぼぜん》に梅酒《うめしゅ》でも置《お》いといて（笑《わらい》）

怖《こわ》がらなくてもいいよ。何《なに》があっても、人《ひと》と人《ひと》はうまくやっていけるはずだからね。これまでの私《わたし》と君《きみ》みたいに。

あ、君《きみ》が怖《こわ》がってるってばっかり書《か》くと、君《きみ》を臆病《おくびょう》だって非難《ひなん》してるみたいだけど、そうじゃないよ。

私《わたし》は君《きみ》を、凄《すご》い人間《にんげん》だと思《おも》ってるからね。

私《わたし》とはまるで反対《はんたい》の、凄《すご》い人《ひと》。

ついでのついでに、君《きみ》のこの前《まえ》の質問《しつもん》にも答《こた》えてあげるよ。大《だい》サービスだね！

私《わたし》は、君《きみ》のことをどう思《おも》ってるかっていうやつ。別《べっ》に知《し》りたくない？（笑《わらい》）読《よ》みとばしてもいいよ。

私《わたし》はね。

私《わたし》は、君《きみ》に憧《あこが》れてたの。

少《すこ》し前《まえ》から、ずっと思《おも》ってることがあるんだ。

私《わたし》が君《きみ》みたいだったら、もっと誰《だれ》にも迷惑《めいわく》をかけず、悲《かな》しみを君《きみ》や家族《かぞく》にふりまいたりすることなく、自分《じぶん》のためだけに、自分《じぶん》だけの魅力《みりょく》を持《も》って、自分《じぶん》の責任《せきにん》で生《い》きられたんじゃないかって。

もちろん、今《いま》の人生《じんせい》は最高《さいこう》に幸《しあわ》せ。でも、周《まわ》りがいなくても。たった一人《ひとり》の人間《にんげん》として、生《い》きている君《きみ》に、私《わたし》は憧《あこが》れてた。

私《わたし》の人生《じんせい》は、周《まわ》りにいつも誰《だれ》かがいてくれることが前提《ぜんてい》だった。

ある時《とき》、気《き》づいたの。

私《わたし》の魅力《みりょく》は、私《わたし》の周《まわ》りにいる誰《だれ》かがいないと成立《せいりつ》しないって。

それも悪《わる》いことだとは思《おも》ってない。だって、皆《みんな》そうでしょ？　人《ひと》との関《かか》わりが人《ひと》を作《つく》るんだもん。うちのクラスメイト達《たち》だって、友達《ともだち》や恋人《こいびと》と一緒《いっしょ》にいないと自分《じぶん》を保《たも》てないはずだよ。

誰《だれ》かと比《くら》べられて、自分《じぶん》を比《くら》べて、初《はじ》めて自分《じぶん》を見《み》つけられる。

それが、「私《わたし》にとっての生《い》きるってこと」。

だけど君《きみ》は、君《きみ》だけは、いつも自分自身《じぶんじしん》だった。

君《きみ》は人《ひと》との関《かか》わりじゃなくて、自分《じぶん》を見《み》つめて魅力《みりょく》を作《つく》り出《だ》してた。

私《わたし》も、自分《じぶん》だけの魅力《みりょく》を持《も》ちたかった。

だからあの日《ひ》、君《きみ》が帰《かえ》ったあと、私《わたし》は泣《な》いたの。

君《きみ》が本気《ほんき》で私《わたし》を心配《しんぱい》してくれた日《ひ》。君《きみ》が私《わたし》に生《い》きててほしいって言《い》ってくれた日《ひ》。

友達《ともだち》とか恋人《こいびと》とか、そういう関《かか》わりを必要《ひつよう》としない君《きみ》が、選《えら》んでくれたんだもん。

誰《だれ》か、じゃなく。私《わたし》を選《えら》んでくれたんだもん。

初《はじ》めて、私《わたし》は、私自身《わたしじしん》として、必要《ひつよう》とされてるって知《し》ったの。

初《はじ》めて私《わたし》は、自分《じぶん》が、たった一人《ひとり》の私《わたし》であるって思《おも》えたの。

ありがとう。

17年《ねん》、私《わたし》は君《きみ》に必要《ひつよう》とされるのを待《ま》っていたのかもしれない。

桜《さくら》が、春《はる》を待《ま》っているみたいに。

それが分《わ》かってたから、私《わたし》は本《ほん》も読《よ》まないくせに、この「共病文庫《きょうびょうぶんこ》」という記録方法《きろくほうほう》を選《えら》んだのかもね。

自分《じぶん》で選《えら》んで、君《きみ》に出会《であ》ったの。

ほんとさー、誰《だれ》かをこんなに幸《しあわ》せにできるなんて、君《きみ》は凄《すご》い人間《にんげん》だよねー。皆《みんな》も君《きみ》の魅《み》力《りょく》に気《き》づけばいいのに。

私《わたし》はもうとっくに君《きみ》の魅力《みりょく》に気《き》がついているからね。

死《し》ぬ前《まえ》に、君《きみ》の爪《つめ》の垢《あか》でも煎《せん》じて飲《の》みたいな。

って書《か》いてから、気《き》づいたよ。

そんなありふれた言葉《ことば》じゃ駄目《だめ》だよね。私《わたし》と君《きみ》の関係《かんけい》は、そんなどこにでもある言葉《ことば》で表《あら》わすのはもったいない。

そうだね、君《きみ》は嫌《いや》がるかもしれないけどさ。

私《わたし》はやっぱり。

君《きみ》の膵臓《すいぞう》を食《た》べたい。

(君《きみ》のことが一番長《いちばんなが》くなっちゃった。恭子《きょうこ》が怒《おこ》りそうだから加筆修正《かひつしゅうせい》)
第一回下書《だいいっかいかいしたが》き　』

「…………」

読《よ》み終《お》わって、戻《もど》ってきた世界《せかい》に彼女《かのじょ》がいないと気《き》がついた僕《ぼく》は、分《わ》かった。

僕《ぼく》が、壊《こわ》れる。

自覚《じかく》した。せき止《と》めるのは、無理《むり》だと自覚《じかく》した。

その前《まえ》に、確認《かくにん》しておかなければならないことがあった。

「彼女《かのじょ》の…………桜良《さくら》さんの、携帯電話《けいたいでんわ》は」

「携帯《けいたい》……？」

お母《かあ》さんは、立《た》ちあがってすぐに一台《いちだい》の携帯電話《けいたいでんわ》を持《も》って来《き》てくれた。

「あの子《こ》が……いなくなってから、電話《でんわ》だけはとるようにしてたんだけど、最近《さいきん》は電源《でんげん》も切《き》ってて」

「お願《ねが》いです……見《み》せて、ください」

無言《むごん》で、お母《かあ》さんは僕《ぼく》に携帯電話《けいたいでんわ》を差《さ》し出《だ》した。

開閉式《かいへいしき》のそれを、開《ひら》いて、電源《でんげん》を入《い》れる。少《すこ》し待《ま》って、メールのフォルダを呼《よ》び出《だ》し、受信箱《じゅしんばこ》を開《ひら》いた。

たくさんの未開封《みかいふう》メールの中《なか》に、見《み》つけた。

僕《ぼく》が贈《おく》った、最後《さいご》の言葉《ことば》。

彼女《かのじょ》に対《たい》する、最後《さいご》のメッセージ。

メールは、開《ひら》かれていた。

届《とど》いて……いたんだ…………。

携帯電話《けいたいでんわ》と『共病文庫《きょうびょうぶんこ》』を畳《たたみ》の上《うえ》に置《お》いて、僕《ぼく》は震《ふる》える唇《くちびる》をどうにか動《うご》かして、壊《こわ》れる前《まえ》の、最後《さいご》の言葉《ことば》を。

「お母《かあ》、さん……」

「…………何《なに》？」

「ごめんなさい……お門違《かどちが》い、だとは、分《わ》かってるんです…………だけど……ごめんなさい……」

「…………」

「…………もう、泣《な》いて、いいですか」

彼女《かのじょ》のお母《かあ》さんは、自分自身《じぶんじしん》も一筋《ひとすじ》の涙《なみだ》を流《なが》してから、一度《いちど》きり、頷《うなず》いて、僕《ぼく》を許《ゆる》してくれた。

僕《ぼく》は、壊《こわ》れた。いや、本当《ほんとう》はとっくに壊《こわ》れていた。

「ああああああああああああああああああああああああああああああ！」

僕《ぼく》は泣《な》いた。恥《は》ずかしげもなく、赤《あか》ん坊《ぼう》のように泣《な》きじゃくった。畳《たたみ》に額《ひたい》をこすりつけたり、天井《てんじょう》を仰《あお》いだりしながら、大声《おおごえ》で、泣《な》いた。初《はじ》めてだった。大声《おおごえ》で泣《な》くことも、人前《ひとまえ》で泣《な》くことも。そういうことはしたくなかったから。悲《かな》しみを人《ひと》に押《お》し付《つ》けるようなことはしたくなかったから。今《いま》までしなかった。でも、今《いま》は、押《お》し寄《よ》せる数多《あまた》の感情《かんじょう》が、僕《ぼく》に自己完結《じこかんけつ》を許《ゆる》さなかった。

嬉《うれ》しかったんだ。

届《とど》いていたこと、通《つう》じていたこと。

彼女《かのじょ》が、僕《ぼく》を必要《ひつよう》としてくれていたこと。

僕《ぼく》が、彼女《かのじょ》の役《やく》に立《た》てたこと。
嬉《うれ》しかった。
同時《どうじ》に、想像《そうぞう》したこともないくらい苦《くる》しかった。
鳴《な》りやまない、彼女《かのじょ》の声《こえ》。
次々《つぎつぎ》に浮《う》かび上《あ》がる、彼女《かのじょ》の顔《かお》。
泣《な》いたり、怒《おこ》ったり、笑《わら》ったり笑《わら》ったり笑《わら》ったり。
彼女《かのじょ》の、感触《かんしょく》。
匂《にお》い。
甘《あま》ったるい、あの匂《にお》い。
今《いま》そこにあるように、今《いま》そこにいるように、思《おも》い出《だ》す。
でも、もういない。彼女《かのじょ》はもういない。
どこにも。僕《ぼく》がずっと見《み》ていた彼女《かのじょ》は、もういない。
僕《ぼく》らの方向性《ほうこうせい》が違《ちが》うと、彼女《かのじょ》がよく言《い》った。
当《あ》たり前《まえ》だった。
僕《ぼく》らは、同《おな》じ方向《ほうこう》を見《み》ていなかった。
ずっと、お互《たが》いを見《み》ていたんだ。

反対側《はんたいがわ》から、対岸《たいがん》をずっと見《み》ていたんだ。

本当《ほんとう》は、知《し》らないはずだったのに、気《き》がつかないはずだったのに。お互《たが》いを見《み》ていたこと。違《ちが》う場所《ばしょ》で、関係《かんけい》のない場所《ばしょ》で、それぞれにいるはずだった。

なのに僕《ぼく》らは出会《であ》った、彼女《かのじょ》が溝《みぞ》を飛《と》び越《こ》えてきてくれたから。

それでも、僕《ぼく》だけだと思《おも》っていた。彼女《かのじょ》を必要《ひつよう》とし、彼女《かのじょ》のようになりたいと思《おも》っていたのは。

まさか、こんな僕《ぼく》を。

こんな僕《ぼく》を彼女《かのじょ》は…………。

僕《ぼく》こそだ。

僕《ぼく》こそが、今《いま》、確信《かくしん》した。

僕《ぼく》は、彼女《かのじょ》に出会《であ》うために生《い》きてきた。

選択《せんたく》してきた。彼女《かのじょ》と出会《であ》う、ただそれだけのために、選択《せんたく》して、生《い》きてきた。

疑《うたが》わない。

だって僕《ぼく》は、こんなに幸福《こうふく》で、こんなにつらいことを今《いま》までに一《ひと》つとして知《し》らないから。

生《い》きていた。

僕《ぼく》は彼女《かのじょ》のおかげで、この四ヶ月間《よんかげつかん》を生《い》きていた。

きっと人《ひと》として初《はじ》めて。
彼女《かのじょ》と心《こころ》を通《かよ》わせることで。
ありがとう、ありがとう、ありがとう。
感謝《かんしゃ》は言《い》い足《た》りないのに、言《い》うべき彼女《かのじょ》はいない。
どんなに泣《な》いても、もう届《とど》かない。
どんなに叫《さけ》んでも、もう届《とど》かない。
こんなに伝《つた》えたいのに、嬉《うれ》しいこと、苦《くる》しいこと。
彼女《かのじょ》との日々《ひび》が、今《いま》までのどんな時《とき》より楽《たの》しかったこと。
もっと一緒《いっしょ》にいたかったこと。
ずっと一緒《いっしょ》にいてほしかったこと。
不可能《ふかのう》でも、伝《つた》えればよかった。
自己満足《じこまんぞく》でも、聞《き》いてもらえばよかった。
悔《くや》しい。
僕《ぼく》はもう彼女《かのじょ》に何《なに》も伝《つた》えられない。
僕《ぼく》はもう彼女《かのじょ》に何《なに》もしてあげられない。
彼女《かのじょ》から、こんなにも多《おお》くのものを貰《もら》ったのに。

僕《ぼく》は、何《なに》も…………。

9

泣《な》いた。泣《な》いて、泣《な》いて。

やっと。

意思《いし》ではなく、体《からだ》の機能《きのう》として僕《ぼく》が泣《な》くのを止《や》めた時《とき》、目《め》の前《まえ》では、彼女《かのじょ》のお母《かあ》さんがまだ待《ま》ってくれていた。

僕《ぼく》が顔《かお》をあげると、お母《かあ》さんが水色《みずいろ》のハンカチを差《さ》し出《だ》してくれた。恐《おそ》る恐《おそ》る、ハンカチを受《う》け取《と》って、僕《ぼく》は息《いき》を切《き》らしながら涙《なみだ》を拭《ふ》いた。

「それ、あげるわ。桜良《さくら》のハンカチなの。君《きみ》が持《も》ってくれるなら、あの子《こ》も喜《よろこ》ぶ」

「…………ありがとう……ございます」

僕《ぼく》は素直《すなお》にお礼《れい》を言《い》って、目《め》と鼻《はな》と口《くち》をハンカチで拭《ぬぐ》い制服《せいふく》のポケットに入《い》れた。

畳《たたみ》の上《うえ》にもう一度《いちど》姿勢《しせい》を正《ただ》して座《すわ》り直《なお》す。今《いま》はもう、お母《かあ》さんと同様《どうよう》に、僕《ぼく》も目《め》を赤《あか》くして。

「すみませんでした……取《と》り乱《みだ》して……」

お母《かあ》さんはすぐに首《くび》を横《よこ》に振《ふ》った。

「いいの、子《こ》どもは泣《な》くものよ。あの子《こ》も、よく泣《な》いてた。昔《むかし》から泣《な》き虫《むし》だったから。でもね、君《きみ》と出会《であ》った日《ひ》、日記《にっき》に書《か》いてあった、君《きみ》と時間《じかん》を過《す》ごし始《はじ》めたくらいからね、あの子《こ》、泣《な》かなくなったの。全《まった》く、ではないけどね。だから、ありがとう。あの子《こ》は、あなたのおかげで、とても大切《たいせつ》な時間《じかん》を過《す》ごせたわ」

僕《ぼく》は、また流《なが》れてきそうになる涙《なみだ》を堪《こら》えてから、首《くび》を横《よこ》に振《ふ》った。

「彼女《かのじょ》から、大切《たいせつ》な時間《じかん》を貰《もら》ったのは、僕《ぼく》の方《ほう》です」

「…………本当《ほんとう》なら、あなたも交《まじ》えて、家族全員《かぞくぜんいん》で、食事《しょくじ》でもしたかったわね。あの子《こ》、あなたについて、何《なに》も言《い》わないんだもの」

お母《かあ》さんの悲《かな》しい笑顔《えがお》に、僕《ぼく》はまた揺《ゆ》らぐ。

揺《ゆ》らぐ自分《じぶん》を受《う》け入《い》れたまま、僕《ぼく》はお母《かあ》さんに彼女《かのじょ》との思《おも》い出《で》を少《すこ》しだけ話《はな》した。日記《にっき》に書《か》いていなかったことを、もちろん真実《しんじつ》か挑戦《ちょうせん》についてや、一緒《いっしょ》のベッドで寝《ね》たことは抜《ぬ》きにして。お母《かあ》さんは、何度《なんど》も頷《うなず》きながら、話《はなし》を聞《き》いてくれた。

話《はな》していると、僕《ぼく》の心《こころ》は少《すこ》しずつ浮《う》かびあがっていくようだった。

大切《たいせつ》な喜《よろこ》びや悲《かな》しみはそのままだったけれど、余計《よけい》なものがそぎ落《お》とされていくような気《き》がした。

だからお母《かあ》さんは、僕《ぼく》のために話《はなし》を聞《き》いていてくれたんだと思《おも》う。

話《はなし》の最後《さいご》に僕《ぼく》は、お母《かあ》さんにお願《ねが》いをした。

「また、いつかお参《まい》りに来《き》てもいいですか」

「ええ、もちろん。その時《とき》はぜひ、夫《おっと》や息子《むすこ》とも会《あ》ってあげて。そうだ、恭子《きょうこ》ちゃんとは……あんまり仲《なか》がよくないみたいだけど」

彼女《かのじょ》そっくりに、お母《かあ》さんはクスクス笑《わら》った。

「そう、ですね。色々《いろいろ》と事情《じじょう》があって、嫌《きら》われてます」

「いつか、無理《むり》にとは言《い》わないけど、できたら、恭子《きょうこ》ちゃんとあなたと、うちの家族《かぞく》で、食事《しょくじ》でもしましょう。お礼《れい》っていうのもあるけど、桜良《さくら》が大切《たいせつ》にしてた二人《ふたり》とそういう風《ふう》にできたら、おばさん嬉《うれ》しい」

「僕《ぼく》、よりはあちらの考《かんが》えによるでしょうけど、心《こころ》に留《と》めておきます」

それから数語言葉《すうごことば》を交《か》わし、また後日来訪《ごじつらいほう》することを約束《やくそく》してから、僕《ぼく》は立《た》ちあがった。『共病文庫《きょうびょうぶんこ》』は、お母《かあ》さんの強《つよ》いすすめで持《も》って帰《かえ》ることにした。母親《ははおや》に持《も》たされた一《いち》万円《まんえん》は、断《ことわ》られた。

お母《かあ》さんは玄関《げんかん》まで見送《みおく》りに出《で》てくれた。靴《くつ》を履《は》いて、改《あらた》めてお礼《れい》を言《い》い、ドアノブに手《て》をかけたところで、呼《よ》びとめられた。

「そうだ、下《した》の名前《なまえ》はなんていうの？」

お母《かあ》さんの何気《なにげ》ない質問《しつもん》に、僕《ぼく》はきちんと振《ふ》り返《かえ》り、答《こた》えた。

「春樹《はるき》です。志賀春樹《しがはるき》、といいます」

「あら、そんな小説家《しょうせつか》いるわよね？」

僕《ぼく》は驚《おどろ》いて、それから口《くち》に笑《え》みが浮《う》かぶのを感《かん》じた。

「ええ、どちらのことを言《い》ってるのかは分《わ》かりませんが」

もう一度《いちど》お礼《れい》と別《わか》れの挨拶《あいさつ》を言《い》って、僕《ぼく》は山内家《やまうちけ》の玄関《げんかん》を出《で》た。

雨《あめ》は、やんでいた。

家《いえ》に帰《かえ》ると、母親《ははおや》が既《すで》にいて、僕《ぼく》の顔《かお》を見《み》るなり、「頑張《がんば》ったね」と言《い》った。父《ちち》は夕飯《ゆうはん》の時《とき》にはち合《あ》わせするなり、僕《ぼく》の背中《せなか》を叩《たた》いた。やはり親《おや》は侮《あなど》れないのだろう。

夕飯後《ゆうはんご》、部屋《へや》にこもって、もう一度《いちど》『共病文庫《きょうびょうぶんこ》』を読《よ》みながら、僕《ぼく》は考《かんが》えた。三回《さんかい》、また途中《とちゅう》で泣《な》いてしまったけれど、考《かんが》えた。

これから、僕《ぼく》が何《なに》をすべきなのか。彼女《かのじょ》のため、彼女《かのじょ》の家族《かぞく》のため、自分《じぶん》のため、何《なに》ができるかを考《かんが》えた。

『共病文庫《きょうびょうぶんこ》』を受《う》け取《と》った僕《ぼく》が、できることは何《なに》か考《かんが》えた。

考《かんが》えた末《すえ》、僕《ぼく》は夜《よる》の九時過《くじす》ぎに決断《けつだん》をして、行動《こうどう》を起《お》こした。

机《つくえ》の引《ひ》き出《だ》しの中《なか》にしまってあった、一枚《いちまい》のプリントを取《と》り出《だ》して、携帯電話《けいたいでんわ》を手《て》に取《と》った。

僕《ぼく》はプリントを見《み》ながら、生涯《しょうがい》押《お》すことがないだろうと考《かんが》えていた番号《ばんごう》を携帯電話《けいたいでんわ》に入力《にゅうりょく》した。

その夜《よる》僕《ぼく》は、彼女《かのじょ》と喋《しゃべ》る夢《ゆめ》を見《み》て、また泣《な》いた。


お昼過《ひるす》ぎ、僕《ぼく》は指定《してい》されたカフェに着《つ》いた。

約束《やくそく》の時間《じかん》よりも少《すこ》し早《はや》くに着《つ》いてしまったので、相手《あいて》はまだ来《き》ていなかった。僕《ぼく》はアイスコーヒーを頼《たの》んで、空《あ》いていた窓際《まどぎわ》の席《せき》に座《すわ》った。

指定《してい》されたカフェには迷《まよ》わずに来《こ》れた。偶然《ぐうぜん》だろうけれど、あの日《ひ》、彼女《かのじょ》が死《し》んだ日《ひ》に待《ま》ち合《あ》わせをしていた場所《ばしょ》と同《おな》じだったから。

いや、偶然《ぐうぜん》じゃないのか。僕《ぼく》はアイスコーヒーを飲《の》みながら考《かんが》え直《なお》す。きっと、行《い》きつけだったのだろう。

あの日《ひ》と同《おな》じように、僕《ぼく》は外《そと》を見《み》る。あの日《ひ》と同《おな》じように、色々《いろいろ》な人生《じんせい》を抱《かか》えた人々《ひとびと》が、通《とお》り過《す》ぎていく。

あの日《ひ》と違《ちが》ったのは、待《ま》ち合《あ》わせの相手《あいて》が、きちんと時間通《じかんどお》りに来《き》てくれたことだ。よかった。ほっとした。あの時《とき》のトラウマとは別《べつ》に、すっぽかされるかもしれないと思《おも》っていたから。

無言《むごん》で、向《む》かいの席《せき》に座《すわ》った、恭子《きょうこ》さんは真《ま》っ赤《か》になった目《め》で早速《さっそく》僕《ぼく》を睨《にら》みつけてきた。

「来《き》て……やったけど……何《なに》？」

ひるんでは、ならない。僕《ぼく》は震《ふる》える心《こころ》を無理矢理立《むりやりた》たせて、彼女《かのじょ》の視線《しせん》を迎《むか》え撃《う》ち、口《くち》を開《ひら》こうとした。

だけれど、僕《ぼく》の第一声《だいいっせい》は、恭子《きょうこ》さんに阻《はば》まれた。

「あんたさ……桜良《さくら》の、お葬式《そうしき》……来《こ》なかったよね」

「…………」

「……なんで？」

「それは……」

僕《ぼく》が、答《こた》えあぐねていると、大《おお》きな音《おと》が店内《てんない》に響《ひび》き渡《わた》って、店中《みせじゅう》の時間《じかん》が一瞬《いっしゅん》止《と》まった。恭子《きょうこ》さんが、拳《こぶし》でテーブルを叩《たた》いた音《おと》だった。

「……ごめん……」

店内《てんない》の時間《じかん》が動《うご》き出《だ》すのと一緒《いっしょ》に、恭子《きょうこ》さんは目《め》を伏《ふ》せて、小《ちい》さな声《こえ》で言《い》った。

僕《ぼく》は、改《あらた》めて口《くち》を開《ひら》くことにする。

「来《き》てくれて、ありがとう。ちゃんと話《はな》すのは、初《はじ》めて、かな」

「………」

「君《きみ》に、恭子《きょうこ》さんに、話《はなし》があって来《き》てもらったんだけど、まずは、何《なに》から話《はな》すべきなのか」

「簡潔《かんけつ》に言《い》って」

「……そうだね、ごめん。恭子《きょうこ》さんに、見《み》てほしいものがあるんだ」

「………」

もちろん、話《はなし》とは彼女《かのじょ》のことについてだった。僕《ぼく》と恭子《きょうこ》さんの間《あいだ》にある接点《せってん》は、それだけ。僕《ぼく》は昨日《きのう》悩《なや》んだ末《すえ》に、恭子《きょうこ》さんと話《はなし》をすることに決《き》めた。

ここに来《く》るまでは、どういう風《ふう》に恭子《きょうこ》さんに話《はな》したものか考《かんが》えていた。まずは僕《ぼく》と彼《かの》女《じょ》の関係《かんけい》について話《はな》すべきか、病気《びょうき》のことから話《はな》すべきか。結局《けっきょく》僕《ぼく》は、まずは恭子《きょうこ》さんに真実《しんじつ》を見《み》てもらうことにした。

僕《ぼく》は、『共病文庫《きょうびょうぶんこ》』を鞄《かばん》の中《なか》から出《だ》してテーブルの上《うえ》に置《お》いた。

「……本《ほん》……？」

「これは、『共病文庫《きょうびょうぶんこ》』」

「……きょうびょう？」

僕《ぼく》は、本《ほん》にかかっているカバーを外《はず》して見《み》せた。

途端《とたん》に、恭子《きょうこ》さんの目《め》が、どこか虚《うつ》ろだった目《め》が、思《おも》い切《き》り見開《みひら》かれた。僕《ぼく》は、流石《さすが》だと思《おも》う。羨《うらや》ましい、とも思《おも》う。

「…………桜良《さくら》の……字《じ》だ」

「そう」

僕《ぼく》は、はっきりとした動作《どうさ》で頷《うなず》く。

「これは、彼女《かのじょ》の本《ほん》なんだ。彼女《かのじょ》の遺言《ゆいごん》で、僕《ぼく》が受《う》け取《と》った」

「……遺言《ゆいごん》って………」

この先《さき》を話《はな》すことは、僕《ぼく》の心《こころ》と言葉《ことば》をとても重《おも》くした。でも、止《と》まるわけにはいかない。

「この中《なか》に書《か》いてあることは、全部本当《ぜんぶほんとう》のことなんだ。彼女《かのじょ》のいたずらでも、僕《ぼく》のいたずらでもない。これは、彼女《かのじょ》が書《か》いてた日記《にっき》みたいなもので、最後《さいご》のページには、恭子《きょうこ》さんや、僕《ぼく》に宛《あ》てられた、遺書《いしょ》がある」

「……何《なに》を……言《い》ってんの？」

「彼女《かのじょ》は、病気《びょうき》だったんだ」

「…………嘘《うそ》、私《わたし》、そんなこと知《し》らない」

「言《い》ってなかった」

「………どうして私《わたし》が知《し》らないのにあんたが知《し》ってんのよ」

僕《ぼく》も、そう思《おも》っていた。だけど今《いま》は、その理由《りゆう》を知《し》っている。

「僕《ぼく》以外《いがい》の、誰《だれ》にも言《い》ってなかったんだ。彼女《かのじょ》は、事件《じけん》に巻《ま》き込《こ》まれて亡《な》くなったけど、もし事件《じけん》に遭《あ》わなくても本当《ほんとう》は――」

言葉《ことば》が、途中《とちゅう》で止《と》められた。代《か》わりに、耳《みみ》に高音《こうおん》が届《とど》いて、やがて左《ひだり》の頬《ほほ》に痛《いた》みが来《き》た。経験《けいけん》がなかったために、それが平手打《ひらてう》ちという暴力《ぼうりょく》による痛《いた》みだと、気《き》がつくのに時間《じかん》がかかった。

恭子《きょうこ》さんは、泣《な》きそうな目《め》で訴《うった》えかけるように言《い》った。

「やめてよ………」

「………やめない。僕《ぼく》は、恭子《きょうこ》さんに伝《つた》えなくちゃいけない。彼女《かのじょ》が、この本《ほん》の中《なか》でも書《か》いてるんだ。恭子《きょうこ》さんが、一番大切《いちばんたいせつ》だって。だから聞《き》いてほしいんだ。彼女《かのじょ》は、病《びょう》気《き》だった。もしあの時事件《ときじけん》に遭《あ》わなくても、半年後《はんとしご》に死《し》ぬことが決《き》まってた。嘘《うそ》じゃない」

恭子《きょうこ》さんは、首《くび》を弱々《よわよわ》しく横《よこ》に振《ふ》った。

僕《ぼく》は、『共病文庫《きょうびょうぶんこ》』を恭子《きょうこ》さんへと差《さ》し出《だ》す。

「読《よ》んで。彼女《かのじょ》はいたずら好《ず》きだったけど、君《きみ》を傷《きず》つけるような冗談《じょうだん》は絶対《ぜったい》にしないはずだ」

それ以上《いじょう》、何《なに》も言《い》わないことにした。

もしかすると、読《よ》んですらくれないのではないか、という不安《ふあん》は、ややあって恭子《きょうこ》さんが伸《の》ばした手《て》によって解消《かいしょう》された。

恭子《きょうこ》さんは恐《おそ》る恐《おそ》る『共病文庫《きょうびょうぶんこ》』を手《て》に取《と》って、ページを開《ひら》いた。

「本当《ほんとう》に、桜良《さくら》の字《じ》だ……」

「正真正銘《しょうしんしょうめい》、彼女《かのじょ》が書《か》いたものなんだ」

恭子《きょうこ》さんは、眉《まゆ》をひそめたまま最初《さいしょ》のページからゆっくりと読《よ》み始《はじ》めた。僕《ぼく》は、待《ま》つことに集中《しゅうちゅう》した。

死《し》んでしまった彼女《かのじょ》から聞《き》いていた。恭子《きょうこ》さんも普段活字《ふだんかつじ》を読《よ》むタイプの人《ひと》ではない。だから、恭子《きょうこ》さんが『共病文庫《きょうびょうぶんこ》』を読《よ》み進《すす》めるのには時間《じかん》を要《よう》した。もちろん、本《ほん》を読《よ》むスピードだけが、時間《じかん》の経過《けいか》を促《うなが》していたのではない。

恭子《きょうこ》さんは、最初《さいしょ》は信《しん》じられないという様子《ようす》で何度《なんど》も何度《なんど》もページを往復《おうふく》した。嘘《うそ》だ嘘《うそ》だ、と念《ねん》じているようですらあった。それが、どこかで彼女《かのじょ》と心《こころ》がリンクしたのだろう。スイッチが入《はい》ったように泣《な》き始《はじ》めてしまって、ますます読書《どくしょ》のスピードが遅《おそ》くなった。

僕《ぼく》は、じれったい気持《きも》ちにはまるでならなかった。特《とく》に恭子《きょうこ》さんが泣《な》き始《はじ》めた時《とき》、受《う》け入《い》れてくれたという安心《あんしん》があった。受《う》け入《い》れてくれなければ、今日《きょう》僕《ぼく》がここに来《き》た意味《いみ》がなくなってしまうからだ。彼女《かのじょ》の遺志《いし》を伝《つた》えることと、もう一《ひと》つの目的《もくてき》の。

途中《とちゅう》で僕《ぼく》はコーヒーを二杯《にはい》おかわりした。考《かんが》えて、恭子《きょうこ》さんの前《まえ》にもグラスに入《はい》ったオレンジジュースを置《お》いた。恭子《きょうこ》さんは、何《なに》も言《い》わずに一口《ひとくち》だけ飲《の》んでくれた。

待《ま》っている間《あいだ》、僕《ぼく》は彼女《かのじょ》のことを考《かんが》えていなかった。むしろ彼女《かのじょ》から受《う》け取《と》ったもので何《なに》ができるのかを考《かんが》えていた。今《いま》まで自己完結《じこかんけつ》を貫《つらぬ》いた僕《ぼく》に、難《むずか》しい課題《かだい》だった。考《かんが》えていると、時間《じかん》はすぐに過《す》ぎた。

気《き》がつけば、日《ひ》が暮《く》れていた。結果《けっか》、僕《ぼく》は昨日《きのう》考《かんが》えついたこと以上《いじょう》のこれからを具体《ぐたい》的《てき》に思《おも》いつくことができなかった。普通《ふつう》に人々《ひとびと》がやっていることが、僕《ぼく》には難《むずか》しい。

恭子《きょうこ》さんを見《み》ると、顔《かお》を涙《なみだ》でぐずぐずにしながらテーブルに濡《ぬ》れたティッシュを積《つ》み上《あ》げて、ちょうど本《ほん》の中盤《ちゅうばん》くらいまでに指《ゆび》を挟《はさ》み、本《ほん》を閉《と》じようとしていた。僕《ぼく》は、昨日《きのう》のお母《かあ》さんと同《おな》じことをする。「まだ、先《さき》があるんだ」。

恭子《きょうこ》さんは、もう泣《な》き疲《つか》れたという様子《ようす》さえあったのに、彼女《かのじょ》の遺書《いしょ》の部分《ぶぶん》を読《よ》むと、今度《こんど》は完全《かんぜん》に本《ほん》を閉《と》じ、周《まわ》りに他人《たにん》がいることなんて知《し》らないみたいに、大声《おおごえ》で泣《な》いた。僕《ぼく》は、恭子《きょうこ》さんを見守《みまも》った。昨日《きのう》、彼女《かのじょ》のお母《かあ》さんが僕《ぼく》にそうしてくれたみたいに、ずっと。恭子《きょうこ》さんは、何度《なんど》も何度《なんど》も、彼女《かのじょ》の名前《なまえ》を呼《よ》んだ。桜良《さくら》、桜良《さくら》、と呼《よ》び続《つづ》けた。

昨日《きのう》の僕《ぼく》よりもずっと長《なが》く泣《な》き続《つづ》ける恭子《きょうこ》さんを、僕《ぼく》が見《み》ていると、涙《なみだ》を流《なが》したままの目《め》がこちらを向《む》いた。いつもと同《おな》じ、僕《ぼく》を目《め》の敵《かたき》にしている視線《しせん》。

「……………どうして………」

恭子《きょうこ》さんは、がらがらにかすれた声《こえ》で言《い》った。

「どうして…………私《わたし》に……言《い》わなかったの……」

「……だからそれは、彼女《かのじょ》が」

「桜良《さくら》じゃない！　あんたがよ！」

予想《よそう》もしていなかった怒声《どせい》に、僕《ぼく》は返《かえ》す言葉《ことば》を失《うしな》う。恭子《きょうこ》さんは、僕《ぼく》を刺《さ》し殺《ころ》そうとするみたいにぐちゃぐちゃになった視線《しせん》と言葉《ことば》を放《はな》っていた。

「言《い》って、言《い》ってくれたら……もっと、もっともっともっと一緒《いっしょ》に…………時間《じかん》を過《す》ごせた。部活《ぶかつ》も辞《や》めた、学校《がっこう》だって辞《や》めた！　桜良《さくら》と、一緒《いっしょ》にいれた……」

そういう、ことか。

「……………許《ゆる》さない。いくら、桜良《さくら》があんたを好《す》きで、大切《たいせつ》で、必要《ひつよう》だったとしても、私《わたし》は、許《ゆる》さない」

彼女《かのじょ》は、顔《かお》を再《ふたた》び伏《ふ》せて、涙《なみだ》を床《ゆか》に落《お》とし始《はじ》めた。本当《ほんとう》に少《すこ》し、本当《ほんとう》に少《すこ》しだけ、僕《ぼく》は今《いま》までと同《おな》じ僕《ぼく》のままで、それでも構《かま》わないと思《おも》ってしまった。嫌《きら》ってくれても構《かま》わないと。でも、僕《ぼく》は首《くび》を振《ふ》る。駄目《だめ》だ。それじゃあ、駄目《だめ》なんだ。

僕《ぼく》は、意《い》を決《けっ》してうなだれる恭子《きょうこ》さんに語《かた》りかける。

「ごめん、でも……少《すこ》しずつでもいいから、僕《ぼく》を許《ゆる》してほしいんだ」

恭子《きょうこ》さんは何《なに》も言《い》わない。

僕《ぼく》は緊張《きんちょう》を押《お》しのけて、どうにか口《くち》を開《ひら》いた。

「それで……もしよかったら……僕《ぼく》と…………いつか」

恭子《きょうこ》さんは、僕《ぼく》を見《み》ない。

「と、友達《ともだち》になってほしいんだ」

生涯一度《しょうがいいちど》も言《い》ったことのない言葉《ことば》を使《つか》ったために、喉《のど》と心《こころ》がひきつる。僕《ぼく》は必死《ひっし》で呼《こ》吸《きゅう》を整《とと》えるよう努《つと》める。自分《じぶん》のことに必死《ひっし》で恭子《きょうこ》さんの心境《しんきょう》を推《お》し量《はか》るなんて余裕《よゆう》はなかった。

「…………」

「彼女《かのじょ》の遺志《いし》、だけじゃない。僕《ぼく》が、自分《じぶん》で選《えら》んだ。恭子《きょうこ》さんに、仲良《なかよ》くして、ほしい。仲良《なかよ》く、なりたい」

「…………」

「駄目《だめ》、かな……」

僕《ぼく》はこれ以上《いじょう》の頼《たの》み方《かた》を知《し》らなかった。だから黙《だま》った。二人《ふたり》の間《あいだ》に沈黙《ちんもく》が落《お》ちる。

こんなに、誰《だれ》かの答《こた》えに緊張《きんちょう》をしたことがない。そんな身勝手《みがって》にも極限《きょくげん》の精神状態《せいしんじょうたい》で、僕《ぼく》が恭子《きょうこ》さんからの返事《へんじ》を待《ま》っていると、やがて恭子《きょうこ》さんは、下《した》を向《む》いたまま首《くび》を数度《すうど》横《よこ》に振《ふ》って、数時間《すうじかん》ぶりに立《た》ちあがり、そのまま僕《ぼく》の顔《かお》を見《み》ずに行《い》ってしまった。

恭子《きょうこ》さんの背中《せなか》を見《み》ながら、今度《こんど》は僕《ぼく》がうなだれる番《ばん》だった。

やっぱり……駄目《だめ》だったか……。

ツケが回《まわ》ってきたんだろうなと思《おも》った。これまで人《ひと》を認《みと》めようとしなかったツケが。

「これは、難《むずか》しい」

僕《ぼく》は一人《ひとり》で呟《つぶや》いた。でも、本当《ほんとう》は彼女《かのじょ》に向《む》かって言《い》ったんだと思《おも》う。

テーブルに取《と》り残《のこ》された『共病文庫《きょうびょうぶんこ》』を鞄《かばん》に入《い》れ、二人《ふたり》で作《つく》ったゴミの山《やま》を片《かた》づけてから、僕《ぼく》もまたすっかり暗《くら》くなった外《そと》に出《で》た。

これからどうしようか。僕《ぼく》は、出口《でぐち》のない迷路《めいろ》に閉《と》じ込《こ》められた気分《きぶん》になった。その迷《めい》路《ろ》からは、空《そら》は見《み》える。外《そと》があるというのは分《わ》かっているのに、出《で》られない。

なんと厄介《やっかい》な問題《もんだい》だろうと思《おも》った。こんな問題《もんだい》を日常的《にちじょうてき》に解《と》こうとしている皆《みんな》が、凄《すご》いと思《おも》った。

僕《ぼく》は自転車《じてんしゃ》に乗《の》って、家《いえ》に帰《かえ》ることにした。

夏休《なつやす》みが、もうすぐ終《お》わる。

僕《ぼく》の抱《かか》えた宿題《しゅくだい》は、夏休《なつやす》みの間《あいだ》には到底《とうてい》終《お》わりそうになかった。

10

蝉《せみ》の声《こえ》がこれでもかと僕《ぼく》の尻《しり》を叩《たた》く。

補習《ほしゅう》も昨日《きのう》で終《お》わり、本当《ほんとう》の意味《いみ》での夏休《なつやす》みが始《はじ》まる日《ひ》、僕《ぼく》は石段《いしだん》を地道《じみち》に上《のぼ》っていた。

炎天下《えんてんか》、今日《きょう》はまた特別《とくべつ》の暑《あつ》い日《ひ》で、上《うえ》からの照《て》りつけと下《した》からの反射《はんしゃ》が容赦《ようしゃ》なく僕《ぼく》を攻《せ》め立《た》ててくれるので、既《すで》にT《ティー》シャツがびしょびしょになっている。

別《べつ》に、己《おのれ》をいじめたくて苦行《くぎょう》に身《み》をやつしているわけではない。

「いっつも思《おも》うけど、弱《よわ》っちいなぁ」

汗《あせ》だくで息《いき》を切《き》らす僕《ぼく》を見《み》て笑《わら》いながら、先《さき》を行《い》く彼女《かのじょ》が言《い》う。僕《ぼく》はむっとして正当《せいとう》な反論《はんろん》をしようと思《おも》うけれど、とりあえず落《お》ち着《つ》いてからにしようと思《おも》い、必死《ひっし》に先《さき》を急《いそ》いだ。

「ほら、頑張《がんば》れ頑張《がんば》れ」

余裕《よゆう》ぶった彼女《かのじょ》が手《て》を叩《たた》きながら、僕《ぼく》を鼓舞《こぶ》しているのか挑発《ちょうはつ》しているのか分《わ》からない顔《かお》で応援《おうえん》してくる。

やっと登《のぼ》り切《き》って、汗《あせ》をタオルで拭《ふ》きながら、僕《ぼく》はようやく彼女《かのじょ》に反論《はんろん》する。

「君《きみ》とは違《ちが》うんだよ、僕《ぼく》は」

「男《おとこ》でしょ、情《なさ》けない」

「ほら僕《ぼく》、高貴《こうき》な生《う》まれだから体動《からだうご》かさなくてもいいんだ」

「高貴《こうき》な人達《ひとたち》なめんな」

僕《ぼく》はリュックの中《なか》からペットボトルのお茶《ちゃ》を出《だ》して、勢《いきお》いよくそれを飲《の》んだ。その隙《すき》に、彼女《かのじょ》はずんずんと先《さき》に行《い》く。仕方《しかた》なくついて行《い》くと、しばらくして見晴《みは》らしのいい場所《ばしょ》に出《で》た。高台《たかだい》にあるこの場所《ばしょ》から、僕《ぼく》らの街《まち》が一望《いちぼう》できる。

「気持《きも》ちいー！」

彼女《かのじょ》が両手《りょうて》を広《ひろ》げて叫《さけ》ぶ。確《たし》かに、眺《なが》めと風《かぜ》は気持《きも》ちがよかった。風《かぜ》で汗《あせ》が乾《かわ》いていくのを感《かん》じながら、僕《ぼく》はもう一度《いちど》お茶《ちゃ》を飲《の》んで気合《きあ》いを入《い》れ直《なお》す。

「さ、もうちょっとだね」

「あれ、いきなり元気《げんき》出《で》たじゃん。ご褒美《ほうび》に飴《あめ》あげるよ」

「あのさ、君達二人《きみたちふたり》は僕《ぼく》が飴《あめ》とガムを主食《しゅしょく》にして生《い》きてるとでも思《おも》ってるの？」

僕《ぼく》はいつもいつも教室《きょうしつ》でガムをすすめてくる友人《ゆうじん》の顔《かお》を思《おも》い出《だ》しながら言《い》う。

「しょうがないでしょ、いっつもたまたまポケットに入《はい》ってるんだから、はい」

しぶしぶ、飴《あめ》を受《う》け取《と》ってポケットに入《い》れる。これで何個目《なんこめ》だ。

彼女《かのじょ》は鼻歌《はなうた》交《ま》じりにきびきびと歩《ある》く。僕《ぼく》は後《うし》ろからとぼとぼとついて行《い》っていたのだけれど、まるで僕《ぼく》と彼女《かのじょ》の力関係《ちからかんけい》だとでも言《い》われてる気《き》がして、無理矢理背筋《むりやりせすじ》を伸《の》ばした。

土《つち》だった地面《じめん》が、いつの間《ま》にやら石畳《いしだたみ》になって、僕《ぼく》らは目的地《もくてきち》についた。

たくさんの石《いし》が並《なら》ぶ中《なか》、一《ひと》つを見《み》つけ出《だ》す。

「あ、春樹《はるき》は水《みず》の係《かかり》ね、あっちから汲《く》んできて」

「二点《にてん》いい？　まず他《ほか》にどんな係《かかり》があるのかっていうのと、もう一《ひと》つ、別《べつ》に二人《ふたり》で行《い》けばいいんじゃないの？」

「黙《だま》って行《い》ってこい。飴《あめ》あげたでしょ」

呆《あき》れかえりながらも彼女《かのじょ》の性格上《せいかくじょう》これ以上《いじょう》の反論《はんろん》は無駄《むだ》なので、僕《ぼく》は黙《だま》って荷物《にもつ》を置《お》いて近《ちか》くにある水汲《みずく》み場《ば》まで歩《ある》く。水汲《みずく》み場《ば》には桶《おけ》とひしゃくがいくつか置《お》いてある。僕《ぼく》はそれらを一《ひと》つずつ持《も》ち、桶《おけ》に蛇口《じゃぐち》をひねって出《だ》した水《みず》を溜《た》めてから、彼女《かのじょ》の待《ま》つ場所《ばしょ》に戻《もど》った。

彼女《かのじょ》は、空《そら》を見上《みあ》げて立《た》っていた。

「ん、おう、ご苦労《くろう》」

「思《おも》ってるんなら手伝《てつだ》ってよ」

「ほら、私《わたし》、高貴《こうき》な生《う》まれだから」

「はいはい、じゃあ、こちらをどうぞ」

僕《ぼく》は、彼女《かのじょ》に桶《おけ》とひしゃくを渡《わた》した。彼女《かのじょ》はそれを恭《うやうや》しく受《う》け取《と》って、目《め》の前《まえ》にある山《やま》内家《うちけ》のお墓《はか》に思《おも》い切《き》り水《みず》をかけた。石《いし》に跳《は》ね返《かえ》った水《みず》がしぶきになって頬《ほほ》に当《あ》たった。お墓《はか》が太陽《たいよう》の光《ひかり》を反射《はんしゃ》させるようになり、神秘的《しんぴてき》な光景《こうけい》に見《み》える。

「おらっ、起《お》きろ桜良《さくら》っ!」

「そういう風《ふう》に使《つか》うものじゃないと思《おも》うよ。絶対《ぜったい》」

お墓《はか》に水《みず》をぶつける彼女《かのじょ》を僕《ぼく》はなだめる。彼女《かのじょ》は聞《き》く耳《みみ》を持《も》たず、最後《さいご》の一滴《いってき》までをお墓《はか》に浴《あ》びせかけて、気持《きも》ちよさそうに汗《あせ》を流《なが》していた。そういうスポーツだろうかと錯覚《さっかく》してしまう。

「お墓《はか》に手合《てあ》わせる時《とき》ってさ、音出《おとだ》すの?」

「普通《ふつう》は静《しず》かにするもんだろうけど、あの子《こ》は鳴《な》らしてあげた方《ほう》がいいんじゃない?」

僕《ぼく》と彼女《かのじょ》は、並《なら》んで一度《いちど》手《て》を打《う》ち鳴《な》らし、きちんとあの子《こ》に届《とど》くように願《ねが》いながら、目《め》を瞑《つぶ》った。

二人仲良《ふたりなかよ》く、僕《ぼく》らは想《おも》いを送《おく》った。

長《なが》いこと手《て》を合《あ》わせて、ほぼ同時《どうじ》に目《め》を開《あ》けてから、僕《ぼく》と彼女《かのじょ》は一緒《いっしょ》にそれぞれ持《も》ってきたお供《そな》え物《もの》を置《お》いた。

「さて、桜良《さくら》んちに行《い》くか」

「そうだね」

「おばちゃんと私《わたし》で思《おも》いっきり説教《せっきょう》してやるから」

「何《なに》それ、理由《りゆう》がまるで思《おも》い浮《う》かばないんだけど」

「私《わたし》からすればどれからいこうかなって感《かん》じだよ。そうだな、まずはあんたが三年《さんねん》の夏《なつ》なのに、調子《ちょうし》に乗《の》って全《まった》く勉強《べんきょう》してないことからかな」

「君《きみ》に言《い》われるまでもなく、僕《ぼく》は頭《あたま》がいいから勉強《べんきょう》はしてないよ」

「それを言《い》ってんだよ！」

高《たか》い青空《あおぞら》に彼女《かのじょ》のツッコミが吸《す》いこまれていく。僕《ぼく》は久《ひさ》しぶりに訪《おとず》れる山内家《やまうちけ》に思《おも》いをはせた。前《まえ》に行《い》った時《とき》は、初《はじ》めてお兄《にい》さんに会《あ》い、話《はなし》をさせてもらった。

「そういえば誰《だれ》かと一緒《いっしょ》にあの子《こ》の家《いえ》に行《い》くのは初《はじ》めてだ」

「それが一番《いちばん》の説教《せっきょう》ポイントなんだよ」

極《きわ》めて不毛《ふもう》で楽《たの》しいやりとりをしながら、僕《ぼく》らは今度《こんど》は一緒《いっしょ》に桶《おけ》とひしゃくを返《かえ》した。

もう一度《いちど》お墓《はか》の前《まえ》に戻《もど》って、「今《いま》から家《いえ》の方《ほう》に行《い》くね」と声《こえ》をかけて、来《き》た道《みち》を戻《もど》ることにする。あの道《みち》を帰《かえ》るのは少《すこ》し億劫《おっくう》だったけれど、ここにいたところで不毛《ふもう》で愉快《ゆかい》なやりとりをするだけなので、非生産的《ひせいさんてき》だ。
僕《ぼく》はまた、来《き》た時《とき》と同《おな》じように先《さき》ゆく恭子《きょうこ》さんの背中《せなか》を追《お》った。

手《て》を合《あ》わせて、目《め》を瞑《つぶ》る。
想《おも》いを、僕《ぼく》だけのものから、君《きみ》に贈《おく》るものにする。
許《ゆる》してほしい。ここで思《おも》うこと。
祈《いの》ること。
こんな僕《ぼく》だから、まずは文句《もんく》を言《い》わせてもらう。
簡単《かんたん》じゃなかった。君《きみ》が言《い》うほど、感《かん》じるほど。
人《ひと》と関《かか》わるのは簡単《かんたん》じゃなかったよ。
難《むずか》しかった、本当《ほんとう》に。
だから一年《いちねん》もかかってしまったんだ。これは僕《ぼく》の責任《せきにん》でもあるけれど。
でも、やっと僕《ぼく》は選《えら》んでここまで来《こ》られたんだ。そのことは褒《ほ》めてほしい。
僕《ぼく》は一年前《いちねんまえ》、選《えら》んだんだ。君《きみ》みたいな人間《にんげん》になることを。
人《ひと》を認《みと》められる人間《にんげん》に。人《ひと》を愛《あい》せる人間《にんげん》に。

そうなれているかは分《わ》からないけれど、少《すく》なくとも僕《ぼく》は選《えら》んだんだ。

僕《ぼく》はこれから、君《きみ》の親友《しんゆう》で、僕《ぼく》の初《はじ》めての友人《ゆうじん》である彼女《かのじょ》と君《きみ》の家《いえ》に行《い》くよ。

本当《ほんとう》は三人《さんにん》で会《あ》えればよかったんだけれど、それはできないから、仕方《しかた》ない。それは天国《てんごく》でやることにしよう。

どうして君《きみ》のいない家《いえ》に二人《ふたり》で行《い》くのかというと、あの日《ひ》、君《きみ》のお母《かあ》さんとした約束《やくそく》を果《は》たしに行《い》くんだ。

遅《おそ》いだろって？　それは恭子《きょうこ》さんにも言《い》われた。

言《い》い訳《わけ》を聞《き》いてほしい、僕《ぼく》はこんな人生《じんせい》を歩《ある》いてきたものだから、例《たと》えば友達《ともだち》というものの基準《きじゅん》が分《わ》からなかったんだ。

君《きみ》の家《いえ》には、恭子《きょうこ》さんと友達《ともだち》として行《い》かなければならないと思《おも》っていたから。

分《わ》からなかった僕《ぼく》は、君《きみ》と僕《ぼく》との関係《かんけい》を基準《きじゅん》にした。

許《ゆる》さない、そう言《い》われたあの日《ひ》から、僕《ぼく》らは一歩《いっぽ》ずつ、本当《ほんとう》に一歩《いっぽ》ずつ、友達《ともだち》としての道《みち》を歩《ある》いてきた。僕《ぼく》が歩《ある》く初《はじ》めての道《みち》、いつもはせっかちな癖《くせ》に、足元《あしもと》のおぼつかない僕《ぼく》を辛抱強《しんぼうづよ》く待《ま》ってくれた恭子《きょうこ》さんには、感謝《かんしゃ》の気持《きも》ちでいっぱいだ。流石《さすが》、君《きみ》の親友《しんゆう》だ。

もちろん、本人《ほんにん》には言《い》わないけれど。

そうしてやっと、この間《あいだ》、恭子《きょうこ》さんと、日帰《ひがえ》りではあったけれど、僕《ぼく》らが一年前《いちねんまえ》に行《い》ったあの場所《ばしょ》に行《い》ってきた。その時《とき》に初《はじ》めて君《きみ》のお母《かあ》さんとの約束《やくそく》を恭子《きょうこ》さんに言《い》ったんだ。そしたらもっと早《はや》く言《い》えって怒《おこ》られたよ。

まったく、僕《ぼく》の友達《ともだち》は気《き》が早《はや》い。

お供《そな》え物《もの》はその時《とき》に買《か》ったお土産《みやげ》なんだ。

学問《がくもん》の神様《かみさま》がいた場所《ばしょ》にできた梅《うめ》で作《つく》られたものだ。

君《きみ》はまだ十八歳《じゅうはっさい》だけれど、特別《とくべつ》に許《ゆる》してあげよう。味見《あじみ》した感《かん》じは美味《おい》しかったよ。

気《き》に入《い》ってくれるといい。

恭子《きょうこ》さんは元気《げんき》だ。知《し》ってるかな。

僕《ぼく》も元気《げんき》だ。君《きみ》と会《あ》う前《まえ》よりもずっと。

君《きみ》が死《し》んだ時《とき》、僕《ぼく》は思《おも》った。僕《ぼく》は君《きみ》と出会《であ》うために生《い》きてきたって。

でも、君《きみ》が僕《ぼく》に必要《ひつよう》とされるために生《い》きてきたとは、信《しん》じられなかった。

今《いま》は、違《ちが》う。

僕《ぼく》らはきっと、二人《ふたり》でいるために生《い》きてきたって、信《しん》じてる。

僕《ぼく》らは、自分《じぶん》だけじゃ足《た》りなかったんだ。

だからお互《たが》いを補《おぎな》うために生《い》きてきた。

最近《さいきん》は、そういう風《ふう》に思《おも》う。

だから君《きみ》のいなくなった僕《ぼく》は一人《ひとり》で立《た》てるようにならなくちゃいけない。

それが、僕《ぼく》が二人《ふたり》でやっと一《ひと》つだった僕《ぼく》らの為《ため》にできることだと思《おも》う。

……………また来《く》るよ。死《し》んだあとの人《ひと》の魂《たましい》のことは僕《ぼく》にも分《わ》からないから、君《きみ》の家《いえ》で、写真《しゃしん》の前《まえ》でも同《おな》じ話《はなし》をしてあげる。もし聞《き》いてないってことだったら、天国《てんごく》に行《い》った時《とき》にしてあげる。

じゃあ、またね。

……………。


ああ、そうだそうだ。君《きみ》に一《ひと》つ嘘《うそ》をついてたことをばらしてなかった。

君《きみ》は『共病文庫《きょうびょうぶんこ》』で、泣《な》いてたことや、僕《ぼく》に対《たい》してのことや、嘘《うそ》をついてた色々《いろいろ》をばらしてくれたから、僕《ぼく》も公平《こうへい》にネタをばらしておこうと思《おも》う。

いいかい？

僕《ぼく》がいつか話《はな》した初《はじ》めて好《す》きになった人《ひと》の話《はなし》、あれは嘘《うそ》だ。

言《い》ったよね、「さん」をつける人《ひと》の話《はなし》。あれは真《ま》っ赤《か》な嘘《うそ》、僕《ぼく》の作《つく》り話《ばなし》だ。

君《きみ》があまりに感動《かんどう》するものだから、言《い》いだせなかった。

本当《ほんとう》の話《はなし》はそうだな。今度《こんど》また君《きみ》と会《あ》った時《とき》にでも。

もし、僕《ぼく》の本当《ほんとう》の初恋《はつこい》の人《ひと》みたいな女《おんな》の子《こ》がまた現《あらわ》れたなら。

今度《こんど》こそ、その子《こ》の膵臓《すいぞう》を食《た》べてもいいかも。

相変《あいか》わらず容赦《ようしゃ》のない太陽《たいよう》さんの下《もと》、僕《ぼく》らは光輝《ひかりかがや》く白《しろ》い階段《かいだん》を下《くだ》っていく。

前《まえ》を行《い》く恭子《きょうこ》さんは肩《かた》にかけた部活用《ぶかつよう》の鞄《かばん》を揺《ゆ》らして鼻歌《はなうた》を奏《かな》でる。

僕《ぼく》は随分《ずいぶん》と上機嫌《じょうきげん》な友人《ゆうじん》の横《よこ》に並《なら》んで、彼女《かのじょ》が奏《かな》でる歌《うた》を当《あ》ててあげた。

恭子《きょうこ》さんは、恥《は》ずかしそうに僕《ぼく》の肩《かた》を強《つよ》めに叩《たた》く。

僕《ぼく》は笑《わら》いながら空《そら》を仰《あお》いで、思《おも》っていたことをそのまま言《い》ってしまう。

「幸《しあわ》せになろう」

「…………何《なに》それ、私《わたし》に告白《こくはく》してんの？　桜良《さくら》のお墓参《はかまい》りの帰《かえ》りに？　ひくわー」

「まさか。もっと大《おお》きな意味《いみ》で言《い》ったんだよ。それに僕《ぼく》は、彼《かれ》とは違《ちが》って、君《きみ》みたいな子《こ》よりもっとおしとやかな子《こ》が好《す》きなんだ」

にっと笑《わら》って、あれから許《ゆる》せないはずの僕《ぼく》を許《ゆる》してくれた彼女《かのじょ》を挑発《ちょうはつ》する。

と、すぐに今《いま》の言葉《ことば》が失言《しつげん》だったことに気《き》がついた。時既《ときすで》に遅《おそ》く、恭子《きょうこ》さんは僕《ぼく》の言《い》ったことに疑問符《ぎもんふ》を浮《う》かべて、訝《いぶか》しげに首《くび》を傾《かし》げる。

「彼《かれ》と違《ちが》って？」

「ごめん、やめて、ちょっと待《ま》って、今《いま》のなし」

自分《じぶん》でも珍《めずら》しく取《と》り乱《みだ》してしまった僕《ぼく》を見《み》て、彼女《かのじょ》はちょっと考《かんが》えてから、それはそれは嫌《いや》らしく唇《くちびる》の両端《りょうたん》を吊《つ》り上《あ》げて、手《て》を打《う》った。小気味《こきみ》いい音《おと》があたりの石《いし》に反響《はんきょう》する。

僕《ぼく》は首《くび》を横《よこ》に振《ふ》って彼女《かのじょ》に哀願《あいがん》する。

「本当《ほんとう》に、今《いま》のは、僕《ぼく》のうっかりだから、くれぐれも内密《ないみつ》に……」

「春樹《はるき》がもっと友達《ともだち》を作《つく》っておいたら、私《わたし》も分《わ》かんなかったかもしれないのになー。それにしても、へぇ、あいつがねー、ふーん。それこそ、もっとおしとやかな子《こ》が好《す》きなんだと思《おも》ってた」

僕《ぼく》もそう思《おも》ってた、だって彼自身《かれじしん》がそう言《い》ってたから。好《この》みが変《か》わったのかもしれないし、嘘《うそ》をついたのかもしれないし、どっちでもいいんだけれど、とにかく僕《ぼく》は、彼《かれ》に心《こころ》の中《なか》で思《おも》い切《き》り謝《あやま》る。ごめん、今度《こんど》は僕《ぼく》がガムあげるから。

恭子《きょうこ》さんは「へぇ」「ふーん」と言《い》いながら、まだにやにやしていた。

「嬉《うれ》しいの？」

「うん、まあ、人《ひと》に好《す》かれて嬉《うれ》しくなくはない、よね」

「それは朗報《ろうほう》だね」

うっかり者《もの》の僕《ぼく》にとっても。

「でも付《つ》き合《あ》うのは受験《じゅけん》が終《お》わってからかなぁ」

「随分《ずいぶん》と話《はなし》の先回《さきまわ》りをしたものだね、彼《かれ》に伝《つた》えてあげよう、受験勉強《じゅけんべんきょう》にもやる気《き》でるでしょ」

階段《かいだん》を下《お》りながら、やいやいと僕《ぼく》らはやりあう。

きっと、それを見《み》ていたのだろう。

「うわはは」

背後《はいご》から聞《き》こえた笑《わら》い声《ごえ》に、僕《ぼく》は首《くび》がねじ曲《ま》がるかもしれない勢《いきお》いで振《ふ》り返《かえ》った。恭《きょう》子《こ》さんも同様《どうよう》の動《うご》きをし「痛《いた》ったいっ！」と首《くび》を押《お》さえる。

もちろん、僕《ぼく》らの後《うし》ろには誰《だれ》もいなかった。

汗《あせ》で濡《ぬ》れた顔《かお》を風《かぜ》がなでる。

僕《ぼく》と恭子《きょうこ》さんは向《む》かいあって、目《め》と目《め》で確認《かくにん》しあったあと、同時《どうじ》に笑《わら》った。

「さて、じゃあ桜良《さくら》の家《いえ》に行《い》くか！」

「そうだね、桜良《さくら》が待《ま》ってる」

僕《ぼく》らはうわははっと笑《わら》いながら、長《なが》い階段《かいだん》を下《お》りた。

もう、怖《こわ》いとは思《おも》わなかった。

京都寺町三条のホームズ
Holmes at Kyoto Teramachisanjo
望月麻衣
ヤマウチシズ《イラスト》
京都の寺町三条商店街に、ポツリとたたずむ骨董品店『蔵』。女子高生の真城葵は、ひょんなことから、そこの店主の孫の家頭清貴と知り合い、アルバイトを始めることになる。清貴は物腰は柔らかいが恐ろしく感が鋭く、『寺町のホームズ』と呼ばれていた。葵は清貴とともに、様々な客から持ち込まれる奇妙な依頼を受けるが——。

双葉社ジュニア文庫

君《きみ》の膵臓《すいぞう》をたべたい

２０１８年７月29日　第１刷発行

著　　者　住野《すみの》よる
発 行 者　稲垣潔
発 行 所　株式会社双葉社
〒162-8540　東京都新宿区東五軒町3-28
電話　03-5261-4818（営業）
03-5261-4851（編集）
http://www.futabasha.co.jp
（双葉社の書籍・コミック・ムックが買えます）

印　　刷　中央精版印刷株式会社
製 本 所　中央精版印刷株式会社
装　　丁　橋ヶ谷慶達

ISBN978-4-575-24109-9　C8293